Michael Mehrgardt

Zwei auf einem Stuhl

Unglaubliches aus LÜBECK

Das ideale Geschenk für alle zwischen 47 bis 87

Oh je, wie doch die Zeit vergeht! –
Geboren in den 20ern
von Geo Kaef
80 S., gebunden, zahlr. S-W-Fotos
(ISBN 3-937924-19-1)

Oh je, wie doch die Zeit vergeht! –
Geboren in den 30ern
von Jochen A. Veeser
80 S., gebunden, zahlr. S-W-Fotos
(ISBN 3-937924-20-5)

Oh je, wie doch die Zeit vergeht! –
Geboren in den 40ern
von Wolfgang Rudolph
80 S., gebunden, zahlr. S-W-Fotos
(ISBN 3-937924-21-3)

Oh je, wie doch die Zeit vergeht! –
Geboren in den 50ern
von Günther Klugermann
80 S., gebunden, zahlr. S-W-Fotos
(ISBN 3-937924-22-1)

Herkules Verlag • Richard-Strauß-Straße 33 •
34128 Kassel • (0561) 9 37 17 38 •
www.herkules-verlag.de

Mein besonderer Dank gilt:

Mein Sohn Malte half mir in vielen Gesprächen bei der Entwicklung der Geschichte. Besonders bei der Konstruktion der perfiden Mordsituation erwies er sich als nahezu ebenso kriminell veranlagt wie sein Vater. Malte, herzlichen Dank dafür!
Für ihre kompetenten Korrekturen danke ich meiner Frau Kirsten und meiner Tochter Svenja. Besonders hilfreich war es für mich, dass Du, Svenja, gerade den Konjunktiv in der Schule durchgenommen hast! Und Du, Kirsten, hast mich oft ermutigt, wenn ich bei meinem ersten Krimi Selbstzweifel kriegte.
Bei den Übersetzungen ins „Dänische“ unterstützte mich Willi Dall. Du kannst nicht nur brillant „däneln“, sondern schafftest es auch noch, diese mir vertrauten Laute in Schriftsprache zu übersetzen. Vielen Dank dafür, Willi!
Britta und Dirk Poppe berieten mich in medizinischen Fragen. Euch verdanken es meine Leser und ich, dass einige meiner Hauptfiguren den Roman überlebten. Danke schön, Britta und Dirk! Und Dir, Ilka Strich, danke ich für Deine „ausdrückliche Stilberatung“.
Kriminalhauptkommissare Rainer Cornils aus Flensburg und Thomas Koop aus Lübeck schafften es, mir kriminalistische Begriffe und Gepflogenheiten geduldig beizubringen. Ich bedanke mich herzlich bei Dir, Rainer, und bei Ihnen, Thomas Koop!
Und nicht zuletzt danke ich ganz herzlich meiner Schwester Eva. Du hast ein tolles Cover geschaffen! Ich hoffe, ich sehe noch viele Deiner Werke auf Buchtiteln!
Mein Dank gilt übrigens auch Lübeck und seiner Umgebung für viele anregende Orte. Als Gegenleistung habe ich versucht, Atmosphäre und Besonderheiten dieser schönen Gegend einzufangen.

Hinweis

Alle Personen, Namen und Ereignisse sind frei erfunden. Etwaige Ähnlichkeiten mit real existierenden Personen und ihrer Geschichte sind zufällig. Das *Café Kreuzstich* in Thandorf gibt es allerdings wirklich. Allen Liebhabern von K. u. K. sollte es wegen seines aromatischen Kaffees und seiner hervorragenden Kuchen einen Abstecher wert sein! Für die Verwendung dieses Namens liegt eine entsprechende Erlaubnis vor, ebenso für die Nennung der *Lübecker Nachrichten* und die Erwähnung des Flensburger Hauptkommissars Rainer Cornils. Dafür herzlichen Dank!
Der Brand im *Asylbewerberheim Hafenstraße* und der Anschlag auf die Lübecker Synagoge haben leider tatsächlich stattgefunden. Der Kriminalfall *Leiche ohne Kopf* ist ebenso ein wahrer Fall, der oft durch die Presse gegangen ist.
Die Querelen um die Zukunft der Lübecker Uni und die Schwierigkeiten im neuen Hochschulstadtteil sind ebenfalls nicht erfunden; beides macht auch heute noch immer wieder Schlagzeilen.

Michael Mehrgardt

1. Auflage 2007

Druck: Langner, Erlangen
Buchbinderische Verarbeitung: Langner, Erlangen

34128 Kassel, Richard-Strauß-Straße 33, Tel. (0561) 9 37 17 38
www.Herkules-Verlag.de

ISBN 978-3-937924-53-3

Die Nacht, 1./2. November

Um sie herum hatte die Schwärze der Nacht alles verschluckt. Sie hörte das Heulen des Sturmes, der wütend an dem großen Tor zerrte und ihre Rufe zerfetzte. Regensalven trommelten auf das Blechdach über ihr. Von draußen drückte sich feuchte Kälte durch die Ritzen der Bretterverschalung und kroch zugig über den rauen Betonboden zu ihren nackten Füßen, kletterte ihre Beine herauf und nahm langsam und gnadenlos ihren Körper in Besitz.

Die Frau saß auf einem Stuhl. Beißender, eisiger Schmerz fraß sich durch ihren Leib. Sie schlang ihre Arme um sich, rieb mit ihren Händen ihre Schenkel, wippte mit den Füßen, streckte die Beine, zog sie an; doch allmählich wurden ihre Bewegungen langsamer, immer schwerfälliger und gingen nach und nach in Erstarrung und Gefühllosigkeit über.

Dann kam der Ärger. Über sich selbst: Warum hatte sie so blindlings den Anweisungen des nächtlichen Anrufers Folge geleistet!? Warum hatte sie sich nicht einmal ordentlich angekleidet!? Hatte nur einen Mantel über ihren Pyjama geworfen und war barfuß in ihre ausgetretenen Holzlatschen geschlüpft!? Nur weil sie wieder einmal helfen wollte? Den uneigennützigen Retter spielen? Ohne den nichts geht? Sie verfluchte sich. Eine mächtige Wutwelle wogte durch ihren Leib, brandete auf, toste eine Weile, verebbte dann und versickerte schließlich in dem Treibsand ihrer Ohnmacht.

Und plötzlich war nur noch Panik in ihr. Ihre Situation schoss in ihr Bewusstsein. Sie könnte einfach aufstehen. Einfach rausgehen. Das nächste Haus betreten und sich aufwärmen. Das könnte sie tun. Sie war nicht gefesselt, das Tor war unverschlossen, niemand bedrohte sie, keiner zwang sie mit vorgehaltener Pistole, sitzen zu bleiben.

Dennoch würde sie all das nicht tun. Ein simples, aber teuflisches Arrangement!

Die Frau saß leicht vornüber gebeugt. Wenn sie versuchte sich anzulehnen, stieß ihr Rücken gegen die Fußspitzen eines Mannes, der auf der leicht nach hinten geneigten Stuhllehne stand, eine festgezurrte Schlinge um seinen Hals, deren anderes Ende im Dunkel über ihm verschwand. Der Mann hatte die Finger seiner Linken zwischen Schlinge und Hals gekrampft, seine Rechte umklammerte schraubstockartig das Stahlseil oberhalb seines Kopfes. Die Fingerknöchel waren angeschwollen. Seine Beine zitterten. Waden und Füße waren taub. Der Mann war verzweifelt damit beschäftigt, das Gleichgewicht zu halten. Der Mann stöhnte und wimmerte.

Für den winzigen Teil einer Sekunde durchzuckte eine schreckliche Klarheit das Bewusstsein der Frau: Sie würde den Mann töten.

1 Die kleine Wohnung im Dachgeschoss eines Mehrfamilienhauses in den Schüsselbuden war nur mit dem Nötigsten ausgestattet. Ein altes Eichenbett mit massivem Kopfteil beherrschte die winzige Kammer. Am Fenster, gleich gegenüber der Tür, stand eine wacklige Kommode aus verschossenem Mahagoniholz, deren oberste Schublade aus der Führung gerutscht war und den Blick auf weiße Rippen-Unterwäsche sowie einige zu Knäueln zusammengedrehte Socken freigab. Die dunklen Holzdielen hatten im Laufe der Jahrzehnte breite Fugen gebildet, in denen das Leben vieler Mieter eine bröselige, schmuddelige Paste hinterlassen hatte. Wenngleich der erste Eindruck auf nachlässige Pflege seitens des jetzigen Bewohners schließen ließ, enthüllte der zweite Blick jedoch eine überraschende Sauberkeit und Ordnung. Die wenigen Dinge lagen, wo sie hingehörten: ein Exemplar der Lübecker Nachrichten sowie ein Wecker auf dem kleinen Nachttisch neben dem Bett, eine anthrazitfarbene Strickjacke über der Rückenlehne des zwischen Bett und Kommode eingezwängten Thonet-Stuhls. Bettdecke und Kopfkissen waren ordentlich aufgeschüttelt und glatt gezogen. Auf der Kommode befanden sich ein Baumarkt-Katalog sowie eine kleine Werkzeugtasche mit verschiedenen Zangen.

Durch einen weißen Türrahmen, dessen Farbe rissig geworden war und abblätterte, fiel der Blick in den vorderen, nur wenig größeren Raum, der einen massigen, dunkelgrau lackierten Esstisch mit zwei billigen Kiefernholzstühlen, eine Nirosta-Spüle, eine Kochplatte, einen alten Kühlschrank sowie ein Vorkriegs-Küchenbüfett beherbergte. Am Tisch, auf dem Stuhl am kleinen Dachgaubenfenster, saß ein wenig zusammengesunken ein gut vierzigjähriger Mann von unscheinbarem Äußeren, die Wange auf seine Faust gestützt. Er war einer von jenen Menschen, die man nicht wiedererkennen, bei denen jeder Zeuge in Zweifel geraten würde: mittelgroß, nicht dick, auch nicht dünn, nicht blond, nicht braun, nicht schwarz und schon gar nicht rot. Vielmehr schienen die Haare so, als sei jeder Hauch einer Farbe aus ihnen entfernt worden, sie waren irgendwie nichtfarben. Er trug sie weder lang noch kurz, nicht frisiert und nicht ungepflegt.

Ausdruckslos schaute dieser bieder wirkende Mann aus dem Fenster in einen blauen Sommerhimmel. Die Sonne war, wie immer vormittags um diese Zeit, durch den Schatten der mächtigen Türme der Marienkirche verdeckt, wodurch sich nach einem strahlenden Tagesbeginn jetzt eine trübe und graue Stimmung in der Wohnung ausbreitete. Sich etwas aufrichtend, betrachtete der Mann die beiden Türme der gotischen Basilika, der drittgrößten Kirche Deutschlands. Sein Mund öffnete sich leicht, er wirkte entspannt, wie in tiefe Meditation versunken. Manche Leute würden sich durch die Nähe der Kirchtürme bedrängt, ja bedroht fühlen; er aber empfand den riesigen Bau eher als Bollwerk, hinter dem er sich verstecken und ungestört seine Pläne ausarbeiten konnte. Mit den Fingern seiner Rechten strich er wie absichtslos über eine Kladde, die aufgeschlagen vor ihm auf dem Tisch lag. Sein Blick streifte den handgeschriebenen Text, und für einen kurzen Moment huschte ein entschlossenes, hartes Lächeln über sein Gesicht.

Diesen Ausdruck, dieses Gesicht allerdings würde man sicherlich nicht so leicht vergessen.

Nachdem der Mann seine Aufzeichnungen durch einige weitere Eintragungen ergänzt hatte, schaute er auf seine Uhr, erhob sich, setzte seinen Hut auf den Kopf, warf seinen Mantel über den Arm und verließ die Wohnung, um seine Nachforschungen fortzusetzen.

2 Lars Müller-Hänisch lief nervös auf und ab. Seine dunklen, zerzausten Haare und kurze schwarze Bartstoppeln ließen ihn südländisch und dazu reichlich übernächtigt aussehen. Von schlanker, fast hagerer Statur, überragte er mit seinen eins fünfundneunzig die anderen Personen in dem Vortragssaal. Tief hängende Lampen, zu niedrige Türen, schlechte Sitze und wohl auch eine Reihe erheblich kleinerer Partnerinnen hatten seinen Kopf ein wenig herabgezwungen und seine Schultern einerseits in eine Haltung der Unentschlossenheit nach vorn gedrückt, während sie andererseits zugleich in angespannter, fast bedauernder Weise emporgezogen waren, wie in ständiger Bereitschaft, eine kritische Frage oder Schlimmeres abzuwehren. In seinen unruhigen Bewegungen schien er ständig darum bemüht, seine langen Gliedmaßen unter Kontrolle zu halten. Die Ellbogen an die Seite gepresst, hielt er ein mehrseitiges Manuskript in den Händen, in das er immer wieder aufgeregt schaute, ohne allerdings von seinem Inhalt Notiz zu nehmen.

Etwa 120 Personen hatten bereits in den Stuhlreihen des Raumes Platz genommen, und noch immer kamen weitere Interessierte. Wissenschaftliche Hilfskräfte, Doktoranden und eine Juniorprofessorin ruckelten die Stuhlreihen enger zusammen, schleppten weitere Sitzgelegenheiten aus anderen Räumen herbei oder liefen ohne erkennbare Aufgabe, aber umso zielstrebiger durcheinander. An der Eingangstür zu den Seminarräumen des Hauses 6 der Universitätspsychiatrie wies ein Plakat auf die Veranstaltung hin, die gleich beginnen sollte: *Gewalt und Gewaltbereitschaft in der Gesellschaft – Ursachenanalyse und Strategien zur Gewaltbekämpfung.*

Am Katheder hatte sich inzwischen ein älterer Herr, ebenfalls groß gewachsen, mit aufrechter, ja stolzer Haltung, postiert. Er strich sich mit überlegener Geste sein ergrautes, aber noch volles Haar aus der Stirn. Christian Tille, 70 Jahre, emeritierter Professor der psychiatrischen Abteilung der Medizinischen Universität zu Lübeck, ließ seinen Blick über das murmelnde Publikum schweifen. Eine Assistentin platzierte, mit verbindlichem Lächeln und gehauchtem *Bitteschön*, ein Glas Mineralwasser auf dem Pult.

Professor Tille sandte einen auffordernden Blick zu dem Kollegen an der Eingangstür, der diese sogleich bedeutungsvoll schloss, streckte sich, schaute gebieterisch in die Runde und begann, nachdem sich Ruhe eingestellt hatte, mit der Einführungsrede. Er begrüßte die Honoratioren der Stadt, informierte die Zuhörer, dass diese Veranstaltung – unter seiner Ägide – das Ergebnis einer Kooperation von Universität, örtlicher Polizei, Justizvollzugsanstalt und Lübecker Nachrichten sei, deren Vertreter, Herrn Johann Kuipers, er ausdrücklich willkommen hieß.

„Jedoch der schrecklichste der Schrecken, das ist der Mensch in seinem Wahn!“

Er hielt kurz inne, um dem Auditorium Zeit zu gewähren, dieses sorgsam ausgewählte Zitat zu verdauen.

„Womit Schillers *Glocke* sich einst befasste, das ist heute Sinn und Zweck unseres Symposiums“, ließ er sich weiter vernehmen, „nämlich die Analyse der zunehmenden sozialen Gewaltbereitschaft aus psychiatrischer, polizeilicher und psychologischer Sicht sowie die Entwicklung effizienter Behandlungs- und Bekämpfungsalgorithmen.“

Bei diesem letzten Wort hoben sich im Publikum einige Augenbrauen, einige Zuhörer rutschten unruhig hin und her.

„Eine besondere Freude ist es jetzt für mich, unseren geschätzten Bürgermeister, Herrn Klaus Thüringer, aufzurufen, der als Schirmherr dieser Veranstaltung eine Grußadresse der Kommunalpolitik an uns richten wird. Bitte, Herr Bürgermeister!“

Aus der ersten Reihe erhob sich ein mittelgroßer, schwarzhaariger Herr mittleren Alters und ging federnden Schrittes zum Pult. Nachdem der freundliche Applaus sich gelegt hatte, hob er an:

„Meine sehr verehrten Damen und Herren, lieber Herr Professor Tille, die Hansestadt Lübeck hat, das wissen alle Anwesenden, eine besondere Verpflichtung, sich des Themas Gewaltprävention anzunehmen. So schreckliche Taten wie der mörderische Brandanschlag auf das Asylbewerberheim in der Hafenstraße am 18. Januar 1996 –“

„Gewähren Sie denn nun anlässlich des 10. Jahrestages dieses rassistischen Verbrechens endlich auch dem letzten Opfer, Haile Manube, das dauernde Bleiberecht?“, unterbrach ihn ein Zwischenrufer, der offenbar auf diese Gelegenheit gelauert hatte.

„Das wird andernorts entschieden!“ Der Bürgermeister ließ sich nicht von seinem Konzept abbringen. „Diese Gewalttat und das gemeine Attentat auf unsere Synagoge in der St.-

Annen-Straße im Jahre 1994, um nur zwei besonders abscheuliche Verbrechen herauszustreichen, Verbrechen, die, erinnern Sie sich bitte, niemals aufgeklärt werden konnten, solche Auswüchse sinnloser Gewalt zwingen auch die Politik, die Geschichte der Stadt und das Handeln ihrer Politiker aufzuarbeiten. Ich darf Ihnen ins Gedächtnis zurückrufen, dass die Lübecker Sozialdemokraten sich immer und stets ..."

Nun folgte eine Auflistung der weitsichtigen Entscheidungen und klugen Maßnahmen der lübschen Sozialdemokratie, die sich, unter seiner Führung, als wahrer Glücksfall für die Hansestadt erwiesen habe. Natürlich könne man auch den anderen Fraktionen im Rathaus nicht unterstellen, dass ... aber ... und man könne doch nicht umhin ... einsehen, dass ... immer schon ... Gewaltvorbeugung ... eines unserer wichtigsten Ziele ... danke ... Geduld ... Professor Tille.

Das Auditorium atmete auf und der Bürgermeister übergab das Wort gestenreich an den Professor, der nach einem gebührlichen Dankeswort an den städtischen Verwaltungschef den weiteren Ablauf des Symposiums skizzierte:

„Ich darf als nächsten Redner Herrn Dr. Manfred Reitner, Direktor der Lübecker Polizei, ankündigen, der die Entwicklung der Gewaltverbrechen in Lübeck darstellen sowie einige Spekulationen über die Ursachen anführen wird. Mein persönlicher Intimus Dr. Dr. Frank Brandstätter, erster psychologischer Leiter einer Justizvollzugsanstalt in Deutschland, ist heute leider wegen einer internationalen Konferenz verhindert, und deshalb müssen wir auf seinen Vortrag, dem ich persönlich mit großer Gespanntheit entgegensah, verzichten. Als Ersatz schickt er uns mit einem herzlichen Gruß seinen Mitarbeiter, Herrn Diplompsychologen Lars Müller-Hänisch, der nun die undankbare Aufgabe haben wird, in allzu großen Fußspuren zu wandeln."

Ein kurzer, triumphierender Seitenblick huschte zu dem Angesprochenen hinüber, dessen zu großer Körper auf dem zu kleinen Stuhl gerade den letzten Halt zu verlieren schien.

„Als kleinen Abschluss-Bonbon sozusagen werde dann ich Ihnen in meiner Vorlesung mit dem Titel *Anima obscura – die Verdrängung der Finsternis* die umfassende und, wie ich bescheiden hinzufügen möchte, elegante psychoanalytische Lösung des Gewaltphänomens und seiner Bewältigung servieren."

Anschließend forderte der Professor, das Gesicht inzwischen wieder zu einem harmlosen Lächeln geglättet, den Polizeidirektor auf, ans Rednerpult zu treten, der seinen Vortrag, noch ehe er ganz hinter dem Katheder angekommen war, mit der Bemerkung einleitete, dass die Methoden der Polizei doch wissenschaftlicher seien, als sein Vorredner wohl annehme, und jedenfalls nicht so spekulativ wie die der Psychiatrie. Der kleine, rundliche Mann mit dem roten Gesicht wippte während seines Vortrages energisch von den Hacken auf die Zehen und wieder zurück, als wollte er sich mittels dieser Pumpbewegungen hydraulisch in die Höhe fahren.

Nach diesem aus Ziffern, Tabellen und Diagrammen bestehenden Referat und nach einigen wohlgesinnten Fragen aus dem Publikum sowie einer zähen, kurzlebigen Diskussion schritt Professor Christian Tille wieder vor das Auditorium, um einen freundlichen Dank loszuwerden und den jungen JVA-Psychologen als nächsten Redner anzukündigen.

Entgegen der Vermutung des Professors würde nicht sein eigener Vortrag den Höhepunkt des Tages darstellen, zumal er gar nicht dazu kommen sollte, ihn zu halten. Höhepunkt sollte vielmehr das werden, was sich im Folgenden ereignete.

Lars Müller-Hänischs erste Tat am Katheder war, dass er sein Mineralwasser mit einer linkischen Bewegung vom Pult fegte. Die Assistentin war sofort zur Stelle, wischte Tischfläche und Boden ohne großes Aufheben trocken und stellte ein frisches Wasserglas vor den Referenten; im Unterschied zu ihrem ersten Auftritt jedoch gab sie ihm wortlos, aber eindeutig zu verstehen, dass er sich in der akademischen Hackordnung unterhalb von ihr befinde.

„Mein Vortrag lautet“, begann er – der Titel war wegen der kurzfristigen Änderung nicht auf dem Programm abgedruckt – *„Erziehung zur Gewalt – Waffen in Schulen und Kindergärten!“*.

Ein Raunen ging durch die Zuhörerschaft.

„Ich – äh – habe fünf Thesen, und zwar aus psychologischer Sicht, die ich nun – hm – Ihnen nun mitteilen will und begründen will, und zwar erstens: Wohin du auch kommst, Gewalt ist schon da. Oder: Gewalt braucht keine Ursache …“

Der Referent blickte unsicher in die Runde.

„Zweitens: Gewalt ist Sucht nach Berührung –“

„Dazu kann ich Ihnen gleich verhelfen, wenn Sie wollen!“, ertönte ein erregter Zwischenruf aus dem Publikum.

„… nach – äh – Berührung und Wirkung.“ Lars Müller-Hänisch führte sein Manuskript dichter ans Gesicht, seine Finger krampften sich um die Blätter. „Drittens: Schlage deinen Nächsten oder dich selbst! Oder …“

In die Unruhe mischte sich verhaltene Empörung.

„Oder“, fuhr der Redner mutig fort, „oder: Du kannst nicht nicht gewalttätig sein; du kannst nur wählen, gegen wen.“

Der Redner stockte kurz, während sich sein Gesicht beängstigend rot verfärbte.

„Und dann viertens“, fuhr er fort, „Cowboy Dabbeljuh und die Achse des Bösen. Oder: Gewalt und Gewaltlust werden geleugnet und projiziert. Und weil das so ist, ist die fünfte These: Waffen in Schulen und Kindergärten! Oder: Säet Gewalt und erntet Frieden!“

Die letzten Sätze hatte er hastig gesprochen, so als wollte er sie nur schnell hinter sich bringen.

„Und wir von die Polissei können dann ssehen und werden fertig mit die gansse Sswinerie!“

Die Zwischenruferin, eine drahtige, attraktive rötlich-blonde Frau Anfang dreißig, hatte sich erhoben. Ihrem erregten Einwand hörte man ihre offenkundig dänische Abstammung an.

Professor Christian Tilles Antlitz war inzwischen zu einer verzweifelt freundlichen Maske erstarrt. Ein wiederholter, aber vereinzelter Zuspruch aus den Reihen der Zuhörer ging im allgemeinen Unmut unter. Zwischenrufe ertönten wie: „Die armen JVA-Insassen!“, „Ungeheuerlich!“, „Psychologen in die Armee!“

Der Veranstaltungsleiter hatte eine solche Situation noch nie erlebt. Hilflos erhob er sich, rang nach Worten, setzte einige Male erfolglos an. Dann straffte er, wie als Ergebnis eines inneren Disputes, seinen Körper, hüstelte, reckte seinen Kopf empor, breitete die Arme aus wie zum Segen und verkündete seiner Gemeinde:

„Ruhe bitte ... Ruhe! Wir wollen doch unserem jungen, ungestümen Kollegen die Chance geben, uns seine, nun ja, recht ungewöhnlichen Ansichten zu erläutern!“

Murrend beruhigte sich die Zuhörergemeinde tatsächlich etwas, enttäuscht, von ihrem Opfer, das sich so bereitwillig selbst zur Schlachtbank geführt hatte, ablassen zu sollen. Trotzig setzte der Psychologe zur Flucht nach vorn an, richtete sich zu seiner vollen Größe auf, suchte mit den Augen nach einem einigermaßen freundlichen Halt in der Menge, heftete, nachdem dieser gefunden war, den Blick fest auf das bärtige Gesicht eines ihn mit wachen Augen musternden, korpulenten Endfünfzigers und begann, seine Thesen zu begründen. Abgesehen von einigen Seufzern, Räusperern und verhaltenen Zwiegesprächen schien die sprungbereite Bestie vor ihm nicht unmittelbar zuschlagen zu wollen. Allmählich gewann Lars Müller-Hänisch seine Selbstsicherheit zurück, und mit wachsendem Mut wurden seine Äußerungen flüssiger:

„... ist gefährlich! Denn all diese Theorien, Ursachenzuschreibungen und Maßnahmen übersehen das Eigentliche an der Gewalt, nämlich: Gewalt hat kein Ziel, sie will sich selbst! Gewalt ist geil! Sie ist grundlos wie die Liebe. Sie ist immer, überall, in jedem!“

Sein Blick wanderte zwischen seinem Manuskript und dem Bärtigen hin und her; ab und zu wagten sich seine Augen auch in dessen nähere Umgebung, um sogleich, wie von einer unsichtbaren Kraft gezogen, schnell wieder zu ihrem Ruhepol zurückzukehren. Ein aufmunternder Augenaufschlag des Dicken ließ ihn fortfahren:

„Je mehr die Gesellschaft das Höllenfeuer der Gewalt mit einer festen Hülle versieht, desto mehr öffnen sich unkontrollierbar zunächst kleinere Ventile, reißen dann gewaltige Eruptionen Löcher in die Ummantelung. –“

„Oder das Glas von das Pult!“, ertönte die freche, dänelnde Frauenstimme von vorhin. Alles lachte. Der Referent setzte, scheinbar unbeirrt, seinen Vortrag fort:

„Der Strom des Bösen darf nicht durch starre Deiche eingezwängt werden, er braucht Auen, Überflutungsflächen. Andernfalls wird er zerstörerisch. Insofern ist vernichtende Gewalt auch ein Spiegel, in den eine Gesellschaft schauen muss, um sich selbst zu erkennen …“

Waren die Zuhörer einerseits zwar erregt und teilweise erbost, so war doch andererseits nicht zu verkennen, dass sich immer mehr Interesse und Neugier auf das, was der junge Mann zu sagen hatte, einstellte. Es gab immer noch Bemerkungen und Rufe aus dem Auditorium, aber man hörte ihm zu. Die ersten Fragen ertönten, auf die der Redner einzugehen hatte.

Professor Tille hatte bereits mehrere Male, zuletzt recht unverhüllt, ungeduldig auf seine Armbanduhr gezeigt. Dann erhob er seine Stimme, um kraft seiner Autorität den Vortrag für beendet zu erklären. Allerdings – das Publikum ließ dies nicht zu. Die Mehrheit bestand auf der ungekürzten Fortsetzung der Rede.

Nachdem Lars Müller-Hänisch seinen Vortrag abgeschlossen hatte, entspann sich eine lebhafte, kontroverse Diskussion, die viele hitzige, einige wütende und sogar hysterische Beiträge hervorbrachte. Nach und nach teilte sich das disputierende Plenum, es bildeten sich Untergruppen und Grüppchen, die in ständiger Bewegung waren und sich fortlaufend untereinander austauschten.

Der Vortragende war von einer Menschentraube umstellt. Mehr und mehr spielten sich andere in den Vordergrund, nutzten die Gelegenheit, um ihre eigenen Analysen über die Anwesenden zu ergießen und erlaubten Lars Müller-Hänisch, sich allmählich an den Rand des Geschehens zu verdrücken. Gerade als er sich umdrehen und seine Sachen zusammenpacken wollte, stand die Dänin plötzlich vor ihm und versperrte seinen Weg.

„Ähem –“, war seine wenig originelle Reaktion, und als er die eigene Verlegenheit bemerkte, gab ihm das erneuten Anlass zu erröten.

Die Frau sah ihn forsch und lächelnd an und meinte gnadenlos:

„Du braugst doch nigt sso rot werden! Es war doch gar nigt sso sslegt! Aber, mal ehrlig, was weißt du von das rigtige Leben? Oder ssollst du immer nur studieren und sserbrechen dir dein hübssjes Kopf?“

Diese letzte Bemerkung war nicht gerade dazu angetan, seine Selbstsicherheit wiederherzustellen. Gleichzeitig ärgerte er sich über diese unverschämte Frau, konnte aber nichts erwidern, weil ihm erstens nichts einfiel und er zweitens spürte, dass sich seine Sprechwerkzeuge zu einem Stottern verknoten würden. Eine sonore, kehlige Stimme, die sich von rechts hinten näherte, rettete ihn:

„Nun lassen Sie unseren jungen Freund sich erst mal erholen.“ Dann wandte der Mann sich an den Psychologen: „Das war sehr mutig von Ihnen und wirklich sehr interessant. Solche Thesen hört man nicht alle Tage.“

Lars Müller-Hänisch erkannte den Bärtigen aus dem Publikum und atmete erleichtert aus. Der Mann war ziemlich groß und korpulent, ohne allerdings als dick oder gar fett bezeichnet werden zu können. Die kleinen Augen wirkten hinter der altmodischen Brille lebendig und belustigt, vielleicht ein wenig spöttisch. In dem bisschen Gesicht, das Brille und Vollbart noch frei ließen, hatte sich neben den freundlichen und gemütlichen Zügen auch die eine oder andere herbe Spur eingegraben.

„Ich heiße Johann Kuipers und komme von der Lokalredaktion der Lübecker Nachrichten“, stellte er sich vor und schaute die beiden auffordernd an.

„Ig bin Ike Jensen, Kommissariat Lübeck.“ Ike Jensen gab beiden die Hand. „Freut mich und lernen euch kennen.“ Manchmal, wenn sie entspannt war, gelang ihr der schwierige *ch*-Laut. „Und du bist hämisch?“, fragte sie den Psychologen.

„Ich, äh, wieso ...?“ Dann kapierte er. „Nein, Hänisch, Lars Müller-Hänisch. Mit *n*.“ Dann erst merkte er an ihrem spöttischen Lächeln, dass das wohl ein Witz gewesen war. Und er ärgerte sich ein weiteres Mal über sie.

Das Gespräch der drei setzte sich noch eine ganze Weile fort, wobei Lars Müller-Hänisch mehrmals versuchte, diese selbstbewusste, spitzzüngige, forsche, frivole Person auszukontern.

Was ihm nicht gelang.

Der eigentliche Höhepunkt dieses Tages aber, der als krönende Pointe geplante, in geistreichen Spitzfindigkeiten gipfelnde, in langen Nächten erarbeitete und einstudierte Vortrag des Herrn Professor Christian Tille, musste aus Zeitgründen leider auf ein unbestimmtes Datum verschoben werden.

3 Professor Christian Tille glitt in seinem metallic-silbernen Jaguar XJS über die B 207 Richtung Ratzeburg. Kurz hinter Groß Grönau bog er nach links in eine kleine Straße ein. Auf einer engen, mit Holzbohlen belegten Brücke hielt er an und schaute auf die Wakenitz, die man wegen ihrer üppigen Ufervegetation auch den „Amazonas Schleswig-Holsteins“ nennt und auf der man romantische Bootsfahrten von Lübeck bis nach Rothenhusen, am Zugang zum Ratzeburger See gelegen, unternehmen kann.

Der alte Mann ärgerte sich. Er ärgerte sich über diesen aufgeblasenen Grünschnabel, der mit wahnwitzigen Ideen seine Veranstaltung zu einem Fiasko hatte werden lassen. Der ihn gedemütigt hatte. *Da steh' ich nun, ich armer Tor …!* Wie ein hilfloser Trottel war er sich vorgekommen. Und was ihn am meisten frustrierte: Seinen eigenen Vortrag hatte er nicht präsentieren können. Was hätten ihn seine früheren Kollegen, was hätte ihn insbesondere seine atemberaubend schöne Doktorandin Vanessa von Ruhleben bewundert! Vielleicht sollte er sie gleich anrufen und sie zwecks eines privaten Kolloquiums über ihre Dissertation zu sich nach Hause zitieren.

Ein wütendes Autohupen schreckte ihn aus seinen Grübeleien. Die mit einer Ampelanlage gesicherte Brücke war nur einspurig befahrbar, und ein entgegenkommender Autofahrer forderte nun lautstark sein Recht. Der Professor musste zurücksetzen und diesen ungeduldigen Zeitgenossen vorbeilassen, wobei er seinem neuen Wagen mit Hilfe des Holzgeländers eine Schramme an der rechten Längsseite verpasste.

Das war nicht sein Tag!

Dann steuerte er sein Fahrzeug grimmig über die Wakenitz und wechselte so über den früheren DDR-Todesstreifen nach Nordwestmecklenburg.

Wie immer dachte er an dieser Stelle, dass man *Mecklenburg* mit einem langen *e* ausspricht.

Er ließ seinen Wagen über die Katzenköpfe von Utecht holpern, fuhr dann durch eine hügelige Allee nach Thandorf, um dort in einer Linkskurve nach rechts in einen Schotterweg einzufahren, der ihn am Café Kreuzstich vorbei zu seiner aufwändig restaurierten ehemaligen Bauernkate führte.

Als Erich Bukowski, 54 Jahre, eins neunundsiebzig groß, fettige, strähnige blonde Haare, erwerbslos, vor einigen Jahren von seiner Frau verlassen, an diesem Tag aufwachte, tat er als Erstes das, was er immer tat, wenn er aufwachte:

Er zitterte.

Mit fahrigen Bewegungen tastete er den Boden neben seiner Matratze ab, fand schließlich, was er suchte, setzte sich mühsam auf und führte hastig, beide Hände um ihren Leib gekrampft und gegen den grobschlächtigen Tremor ankämpfend, die Wodkaflasche zum Mund. Während er die ersten Schlucke herunterwürgte, versuchte er, den Brechreiz zu unterdrücken. Zwei Rinnsale der klaren Flüssigkeit schlängelten sich von seinen Mundwinkeln zu beiden Seiten seines zurückspringenden Kinns und tropften von dort auf ein mit öligen Flecken übersätes, ehemals blaues T-Shirt. Gleich wurde er ruhiger. Er schaute die Flasche liebevoll an, setzte sie nochmals an den Hals und nahm einen weiteren, diesmal gemächlichen Schluck.

Er zitterte aber auch aus einem anderen Grund: aus Wut.

Diese brennende, spitze, ihm den Atem raubende Wut, die vibrierend in jede Körperzelle drang, konnte auch der Alkohol nicht löschen. Manchmal schien sie zu schlafen oder zu dösen wie eine in sich gekauerte Schlange, um plötzlich im nächsten

Moment vorzuschnellen, ihn anzufallen und zu überwältigen. Ihr Gift wirkte unmittelbar: Erich Bukowski fühlte, wie sich eine Spange um seinen Brustkorb legte, wie pochendes Blut in seinen Kopf schoss, wie sich seine Muskeln verhärteten und ein innerer Lavastrom sich durch seinen Körper fraß. Er atmete stoßweise, seine Augen verengten sich zu Schlitzen, seine Lippen pressten sich blutleer und schmal aufeinander, während sich das Mahlen der Kiefermuskeln auf der wächsernen Haut abzeichnete.

Er musste sich bewegen, damit sich dieses wütende Reptil nicht vollends gegen ihn selbst richtete und ihn in Panik erstarren ließ. Er stemmte sich vom Bett hoch, ging ein paar steife Schritte, öffnete und schloss die Fäuste und drückte sich die Brille aufs Gesicht. Die dicken Gläser in dem platanenstammfarbenen, uralten Horngestell ließen seine Augen zu stechenden Knöpfen schrumpfen, die ruckartig kreuz und quer über das ganze Brillenglas zu hüpfen schienen. Wie ein müdes Raubtier schlich er durch den Raum, ließ sich nach wenigen Schritten von der Wand abprallen und in das Zimmer zurückwerfen, bis ihn die nächste Mauer reflektierte. *Einfallwinkel gleich Ausfallwinkel,* dachte er kurz. Dann blieb er stehen. Er schaute aus dem trüben Fenster seiner umgebauten Garage. Sein Schwager ließ ihn hier mietfrei wohnen. Scheckiger Betonboden, Einfachverglasung, zugig, ein verschlissener Teppich, der aussah, als habe auf diesem jemand jahrelang unter alten Trabbis gelegen, um ihnen die letzten Motorumdrehungen zu entlocken. Alte Baubohlen, die auf Ziegelsteinen zu Regalen hochgestapelt waren, bargen das Wenige, was ihm nach seinem Ruin geblieben war, einige verbeulte Töpfe, verbogenes Besteck, ein paar Bücher, speckig und zerfleddert, dazwischen schmutzige Wäsche, alte Zeitungen. Netter Zug von seinem Schwager! Obwohl Heiner von den Versicherungsfritzen und Autoverkäufern, die unmittelbar nach der Wende wie die Heuschrecken in den Ort eingefallen waren, schnell gelernt hatte.

Sein Blick fiel auf die abgebrannte Scheune nebenan, die ebenfalls seinem Schwager gehörte. Heiße Sanierung, raunte man sich hier in Thandorf zu.

Erich Bukowski hasste Wessis. Besonders hasste er solche, die sofort nach der Wende in die neuen Bundesländer gezogen waren. Die den Osten ausgepresst hatten wie eine Kolonialzitrone. Die allen Müll zurückgelassen hatten. Und die ihn und seinesgleichen betrogen hatten.

Und ganz besonders hasste er Professor Tille.

4 Der Mann mit dem farblosen Hut und dem dunkelblauen Trenchcoat über dem Arm trat aus dem Haus an den Schüsselbuden. Ein frischer Wind trieb mächtige Kumuluswolken vor sich her, die immer wieder angenehme Sonnenwärme und einen stahlblauen Himmel freigaben. Der Mann zögerte kurz, dann entschloss er sich, nicht den Weg über den Marktplatz und am Rathaus vorbei zur Breiten Straße zu nehmen. Stattdessen ging er die Schüsselbuden hinunter und drängte sich auf der Höhe der Marienkirche durch eine dicht gestaffelte Gruppe in die Luft starrender Touristen hindurch. Unwillkürlich blickte auch er hinauf, wobei die Erläuterungen eines Stadtführers sein Ohr streiften: ... *1350 vollendete Basilika ... fast 40 Meter hohes Mittelschiff ... höchstes Backsteingewölbe der Welt* ... Hundert Meter weiter bog der Mann nach rechts in die Beckergrube ein. Gegenüber dem Jugendstil-Theater verlangsamte er seinen Schritt. Er schaute auf die Uhr: 13.55 Uhr. Noch etwas zu früh. Die Frau würde erst um zehn nach zwei da sein. Zu ihrer Mittagspause kam sie immer ganz pünktlich. Also schlenderte er langsamer weiter und gelangte, nachdem er die Breite Straße überquert hatte, in die Pfaffenstraße. Dort lag linker Hand das kleine Café, in welches er nun eintrat.

Der Mann wusste, dass er nicht auffiel. Diese ausdruckslose, buddhahafte Überentspanntheit seiner Gesichtszüge hatte er ausdauernd vor dem Spiegel geübt: der leicht geöffnete Mund, die wie absichtslos dreinschauenden Augen, der nahezu fehlende Tonus seiner Muskeln, sein unhörbares, flaches Atmen. Dabei hatte er sich an seine Schulzeit erinnert, als er so abwesend und nichtssagend schauen konnte, dass die Lehrer ihn kaum jemals aufforderten, seine unerledigten Hausaufgaben vorzuweisen. Im Unterschied zu seinen Kameraden erschien seine Unauffälligkeit nicht derart angestrengt und ängstlich, dass sie jedem förmlich in die Augen springen musste. Er schien wirklich abwesend zu sein. Manchmal wurde er vom Lehrer, der ihn erst am Ende der Stunde erstaunt entdeckt hatte, gar gefragt, warum er nicht zum Unterricht erschienen war. Seine Unauffälligkeit lag aber nicht nur in seiner physischen Erscheinung begründet, nicht nur in seinem entspannten Habitus, sondern war ebenso Folge einer vollkommenen geistigen Gelassenheit: Es war ihm unwichtig, ob er erwischt wurde oder nicht. Er fühlte keine Angst, keine Scham oder auch nur Verlegenheit, kurz: Er sandte offenbar keinerlei Signale irgendeines Interesses aus, welche sich in den Absichten und Motiven anderer hätten verfangen und deren Aufmerksamkeit auf ihn ziehen können.

Die Serviererin, die nun mit einem rosigen Lächeln die Bestellung des Fremden entgegennahm, konnte sich nicht erinnern, dass sie ihn bereits mehrmals bedient und sogar einige höfliche Sätze mit ihm gewechselt hatte. Und so fragte sie ihn wieder, wie die Male zuvor, ob er das erste Mal in Lübeck sei.

Ihm war das nur recht. Von seinem Platz in der Ecke des Cafés konnte er den Raum gut überblicken. Er hatte sich die Lübecker Nachrichten vom Zeitungsständer geholt, die er jetzt durchblätterte und überflog. Für einen kurzen Augenblick verfing sich seine Aufmerksamkeit in der Ankündigung einer

Podiumsdiskussion des *Lübecker Bündnisses gegen Depression* im Rahmen der *Petri-Vision,* einer nächtlichen Veranstaltungsreihe in der Kulturkirche Lübecks.

Als die Frau das Café betrat, schaute der Mann nur kurz mit scheinbar leerem Blick zu ihr auf.

„Schönen guten Tag“, wurde sie von der Bedienung begrüßt, „ich habe Ihnen Ihren Tisch am Fenster frei gehalten. – Wie immer?“

„Ja, ach danke, ja, wie immer.“ Die Stimme der blonden, hageren Frau klang müde und ein wenig abwesend, war aber dennoch von einer nur mühsam beherrschten Schärfe, so als müsste sie sich immerzu gegen alle Unbill der Welt zur Wehr setzen. Leise aufatmend ließ sie sich auf einen Stuhl fallen, kramte aus ihrer großkalibrigen Bree-Tasche ein zerfleddertes Taschenbuch hervor, das sie an der oben abgeknickten Seite aufschlug, und lehnte sich zurück. Gerade als sie anfangen wollte zu lesen, fuhr sie plötzlich verstört auf, musterte kurz die Umgebung und klappte schnell das Cover des Buches nach hinten um. Die beiden Mädchen, die zwei Tische weiter ihre Nasen zusammensteckten und kichernd tuschelten, hatten bestimmt nichts bemerkt, und der farblos aussehende Durchschnittstyp schräg gegenüber, der so weggetreten dasaß, sicherlich auch nicht. Sie mochte es nicht besonders, auf ihre literarischen Vorlieben angesprochen zu werden.

„Bitteschööhön“, sang die blühende Bedienstete und stellte einen Latte Macchiato, einen Brownie und einen Eisbecher auf das Bistro-Tischchen, „wohl bekomm's! – Schon Feierabend für heute?“

„Nein, gleich geht's weiter, ich arbeite immer bis halb sieben“, gab die Dame zurück, wobei sie ihren Blick wieder ins Buch wandern ließ und ihrem Gegenüber somit entschieden zu verstehen gab, dass sie an einer Konversation nicht sonderlich interessiert war.

Der Fremde hatte indes sehr wohl registriert, worin die Frau vertieft war. *Erfüllung unter südlicher Sonne* lautete der Titel, und die Illustration auf dem Buchdeckel ließ auf einen zweitklassigen erotischen Roman schließen. Er schrieb etwas auf. Ein flüchtiger Blick auf das Tun dieses Mannes hätte den Eindruck erweckt, dass er einen Einkaufszettel schriebe oder Kreuzworträtsel löste. Hätte die Frau allerdings einen Blick in sein Heft werfen können, welches verborgen halb unter der Zeitung lag, hätte sich wohl vor Fassungslosigkeit und Empörung der Inhalt ihres mit durchgelutschtem Himbeereis gefüllten Mundes über das beigefarbene Leinenkostüm ergossen. Fein säuberlich waren hier stichwortartige Informationen über sie selbst zu lesen, unter anderem:

Dr. med. Annerose Tannert, 61 Jahre, psychotherapeutische Praxis im Hinterhaus der Königstraße 3 c, unmittelbare Nähe zum Heiligen-Geist-Hospital

Funktion in der LPV (Lübecker Psychotherapeuten-Vereinigung), anscheinend ehrgeizig

einzige Sprechstundenhilfe Melanie Rauchfleisch (kleine Tochter, die von ihren Eltern versorgt wird)

wohnt in eigenem Bungalow im Lärchenredder 143, Groß Grönau, Wohnzimmer gut einsehbar vom Grundstück gegenüber (Meisenweg Nr. ?)

ziemlich unordentlich

geschieden oder nicht verheiratet

einzige Tochter z. Zt. in Neuseeland

Freund deutlich jünger, dachte erst, das wäre ihr Hausmeister, wahrscheinlich Pole, Name: ?

Titel der Promotion: „Modelle der Gesundheitsversorgung in ländlichen Räumen, am Beispiel Stormarns“.

Und soeben war der Titel des Romans ergänzt worden, und frisch hinzugefügt worden war auch die Notiz:

isst viel Süßes, arbeitet bis 18.30 Uhr.

5 „Melanie, hat Herr Denker abgesagt?“

Frau Dr. Annerose Tannert beugte sich über das Geländer vor der Tür zu ihrem Therapiezimmer in der ersten Etage und bellte ihre Frage schrill durch das kleine Hinterhaus. Ihre Sprechstundenhilfe erhob sich mit einem Seufzen von ihrem Drehstuhl und stampfte durch das Wartezimmer zur Treppe.

„Nein, wieso?“, rief sie die steile, enge Stiege hinauf. Diese Art von Unterhaltung mochte sie überhaupt nicht, weil sie sich wie ein Dackel fühlte, der unterwürfig und mit hochgezogenen Schultern zu seiner Herrin emporblickte.

„Er ist noch nicht da!“, lamentierte die Frau und fuhr sich nervös durch die Haare.

„Morgen, Frau Dr. Tannert, er hat doch immer donnerstags seinen Termin. Jetzt kommt gleich Frau Bredekamp, um zehn nach –“

„O je!“, wurde sie unterbrochen, „das hab’ ich wohl ganz verdrängt. Na ja, äh – ach, bringen Sie mir doch bitte einen grünen Tee hoch, ich fühl mich heute nicht so ganz bei mir.“

„Ja, wird gemacht – soll ich sie gleich hochschicken?“

Mit einem grunzenden Kopfnicken drehte sich die Psychotherapeutin um und verschwand in ihrem Therapiezimmer. Sie ließ sich in ihren ausladenden, mit dunkelgrünem Samt überzogenen Therapiesessel fallen, schaute geistesabwesend aus dem großen Gaubenfenster in der Dachschräge des hellen, mit etwa 25 Quadratmeter recht großzügigen Raumes. Was war los mit ihr? Sie fühlte sich angespannt und unruhig. Ohne es greifen und benennen zu können, ahnte sie heraufziehendes Unheil. Was war heute geschehen? Irgendetwas Ungewöhnliches oder Dunkles? Ein Bild blitzte durch ihren Kopf, zu kurz, um es festzuhalten. Sie schob ihre düsteren Gedanken fort, alles war in Ordnung. Ihr Freund, na ja, nicht optimal, aber insgesamt schon gut, wie es war. Ihre beiden Katzen, auch o. k. Ihr Geist durchpflügte ihren Alltag: ach ja, da war was: ihre Tochter Carlotta, seit einigen Monaten in Neuseeland; irgendwie hatte sie den inneren Kontakt zu ihr verloren, ganz allmählich, gar nicht mal als Folge einer überdrehten Adoleszenz, sondern ganz unmerklich war sie ihr fremd geworden. – Das Bild zuckte ihr wieder durchs Hirn – nein, das hatte nichts mit Carlotta zu tun, etwas anderes ...

Melanie stellte das Teetablett auf das Glastischchen. Hinter ihr stand eine dunkelhaarige Frau mit schräg nach unten verlaufenden Augenlidern, deren Linien die der abfallenden Schultern aufgriffen und fortsetzten. An dieser Frau strebte, so schien es, alles nach unten. Kaum hatte sie die Patientin wahrgenommen, spürte Annerose Tannert, wie ihr alle Kraft aus dem Leib gezogen wurde und augenblicklich im Boden versickerte. Sie konnte sich nicht dagegen wehren. *Eine Stunde das irgendwie aushalten, na ja, genau genommen 50 Minuten – aber ich mach' einfach schon nach 45 Minuten Schluss,* dachte sie. Unauffällig stellte sie ihren Therapiewecker ein wenig vor. Sein sanfter Gong, der das Ende jeder Sitzung anzeigte, würde sie retten ...

„Schönen guten Tag, Frau Bredekamp!" Sie stützte ihr Zwerchfell und drückte ihre Stimme heraus, um fröhlich und überlegen zu klingen. „Nehmen Sie doch bitte Platz, dann können wir gleich loslegen!"

Umständlich setzte sich die Patientin auf die äußerste Kante ihres Sessels, legte ihre backpflaumentrockenen Hände in ihren Schoß, blickte ihre Therapeutin leidend und mit verhangener Miene an und begann mit gedämpfter, brüchiger Stimme:

„Ach, wissen Sie, Frau Dr. Tannert, die Woche war auch nicht so gut." Pause, und dann: „... obwohl ich Ihre Ratschläge befolgt habe ..."

„Ich empfinde Sie als unterschwellig aggressiv!" Annerose Tannert erschrak selbst ob der unvermittelten Heftigkeit ihrer Äußerung, während die Patientin noch etwas mehr in sich zusammensank. „Merken Sie eigentlich, wie viel Macht Sie ausüben?"

Ihr Gegenüber schwieg. Hinter ihren dunklen Augen schien es zu arbeiten. Die Ärztin wartete einige Minuten, aber es kam nichts.

„Haben Sie noch mal darüber nachgedacht, was ich Ihnen in der letzten Stunde über ihre Vaterbeziehung gesagt habe? Dass Sie da auch Macht ausgeübt haben?", startete Annerose Tannert ihren zweiten Anlauf.

„Nein, eigentlich nicht", erwiderte sie zögerlich. „Ich meine, er hat mich doch immer ins Zimmer gesperrt. Ich konnte doch gar nichts tun!"

„Und Ihr Mann?"

Schweigen.

„Haben Sie es ihm gesagt?“

„Was gesagt?“

„Mit seiner Körperhygiene.“

„Wie meinen Sie das?“

Eine bleierne Müdigkeit legte sich auf die Augen der Therapeutin. Die Zimmereinrichtung begann leicht zu tänzeln und auf sie zuzuschweben, schien es sich dann aber anders zu überlegen und kehrte auf die ursprünglichen Plätze zurück. Einen Moment lang zwang sie sich zur Konzentration und reflektierte ihre eigene Gegenübertragung. Warum konnte sie ihre eigene Hilflosigkeit nicht ertragen? Das Leid der Patientin ging sie doch nichts an! Das Bild ihres Vaters tauchte auf, seine Krankheit, immer musste sie Rücksicht nehmen! Nein, das wollte sie jetzt nicht, nicht wieder dieses Thema! Sie sammelte ihre Aufmerksamkeit und richtete sie mit Anstrengung auf diese jämmerliche Frau, die immer noch unbeweglich auf der Stuhlkante hockte wie ein Huhn auf seiner Stange.

Aber ihre Gedanken schlichen sich davon, verließen den Therapieraum, flogen irgendwohin, zu dem Roman, zum Liebesroman, hoffentlich verzeiht er ihr! Aber erregend war es, diese knisternde Begegnung mit dem Fremden in der Strandbar! Und wie er sie einfach genommen hatte! – Und sie selbst? Das Bild des Cafés von heute Mittag blendete sich ein, wie sie dagesessen hatte, das Buch in der Hand, das viele süße Zeug, aus lauter Langeweile, und nichts passierte in ihrem eigenen Leben, die anderen Gäste, dieser durchsichtige Typ, diese beiden gackernden Hühner und diese lebenspralle Serviererin …

Und dann plötzlich spürte sie wieder jene Beklemmung, die Enge in der Brust. *Was ist denn nur los mit mir?* In ihrem Kopf schwirrte es, ach, diese schwierige Patientin, noch 15 Minuten …

Am Abend dieses Tages konnte sie lange keinen Schlaf finden. Ihren Freund hatte sie ziemlich schroff weggeschickt, aber erst nachdem er ihre neue Vorhangschiene angebracht hatte. Sie grübelte. Irgendetwas stimmte nicht.

Irgendetwas kam auf sie zu.

Irgendwann, in den frühen Morgenstunden, war sie doch eingeschlafen. Eine knappe Stunde später schreckte sie aber schon wieder aus dem Schlaf hoch.

Sie hatte einen düsteren Traum gehabt.

6 Gerade als Ike Jensen in das schmucklose Gebäude am Kanalufer eintreten wollte, sprang ein XXL-Schäferhund auf sie zu und schlug drohend an. Seine Vorderläufe waren zum Sprung gebeugt, seine Lefzen geifernd hochgezogen. Erschreckt fuhr die Kommissarin herum. Vor Hunden, die ihr bequem die Pfoten auf die Schultern legen und ihr auf gleicher Höhe in die Augen schauen konnten, hatte sie Respekt, und zwar auch dann, wenn es im Spiel geschah. Bevor sie überhaupt reagieren konnte, sprang ein ziviler Kollege um die Ecke und grinste sie an:

„Du hast doch wohl keine Angst? – Falls doch: Ich kann dich ja beschützen – das heißt, wenn du nett zu mir bist …“ Der Polizist musterte ihren Körper unverhohlen und speicherte ihre körperlichen Attribute offensichtlich in seiner internen Beutedatei.

Diese Sprüche liebte sie. Und solche Typen hatte sie gefressen.

„Komm her, Mars! Sitz! An der Kollegin ist sowieso nicht genug für dich dran. Du kriegst gleich was Saftigeres.“

Ike Jensen sagte nichts. Ihre Augen verengten sich. Ralf Stegmann sollte nur wenig später erfahren, dass man dieses Signal an der neuen Kollegin nicht missachten sollte.

Die junge Kommissarin nahm in dem Büro ihren Platz ein; man hatte ihr einen sichtlich in die Jahre gekommenen, wackligen Schreibtisch zwischen die Arbeitsplätze ihrer drei Kollegen gequetscht, mit denen sie das Büro teilte. Jörg Wächter, der Leiter des Betrugskommissariats, saß ihr gegenüber. Gisela Hansen, die Schreibkraft, und Holger Pauls, ein ewig nörgelnder, miesepetriger Brummbär, teilten sich den verbleibenden Platz zwischen dem überquellenden Aktenregal und der Tür. Alles war zugemüllt: Berge von Aktendeckeln, Zetteln, Büchern und Schreibutensilien, schmutzige Tassen, Urlaubsfotos und unzählige staubwedelfeindliche Klein- und Kleinstfiguren füllten die Borde, die Tischplatten, die Fensterbank, den verschlossenen Rollschrank und auch schon den Fußboden. Der Luftzug ließ einige Wollmäuse übermütig von der Zimmerecke zu den Schreibtischbeinen huschen und sich dann erschöpft zu Ike Jensens Füßen niederlegen. Eine zusammengedrehte alte Feinripp-Unterhose, von der jeder bestritt, der rechtmäßige Besitzer zu sein, hatte sich irgendwann in diesem Sammelsurium eingefunden und war mittlerweile zu einer Art Skulptur erstarrt.

Nur die Arbeitsfläche von Ike Jensen war leer, und allein dieser Umstand wies darauf hin, dass sie neu hier war. Genau genommen gehörte sie gar nicht zu dieser Abteilung. Vielmehr war sie an die Mordkommission im Behördenhochhaus in der Possehlstraße angegliedert. Aus Platzgründen war sie jedoch hierhin ausgelagert worden – in ihrer eigentlichen Abteilung war es noch beengter.

In diesem Raum mit seinen feuchten Wänden roch es muffig, ein Geruch, zu dem sich die Ausdünstungen menschlicher Konzentration und – bei geöffnetem Fenster und Westwind – der modrige Geruch des nahen Elbe-Lübeck-Kanals gesellten. Diese olfaktorische Komposition wurde zwar nicht erträglicher, wenn die Tür offen stand; dennoch verhinderte diese

Maßnahme das zusätzliche Gefühl des Eingezwängtseins und verschaffte den Insassen eine gewisse psychische Erleichterung.

Allerdings verleiten offene Türen auch zum Eintreten. Und besonders üben sie diese Anziehungskraft auf Menschen aus, die sich für begehrenswert und witzig halten und die Gunst ihrer Gegenwart auf alle gleichmäßig meinen verteilen zu müssen. Und ganz besonders wirken sie einladend auf Kollegen wie Ralf Stegmann.

„Ah, hier sitzt unsere hasenfüßige Schönheit also!“ Und mit einem herablassenden Blick ergänzte er siegesgewiss: „Mein Büro ist direkt hier drüber – bring mir doch gleich mal meinen Kaffee hoch – aber bitte nackt! –“, und nach kurzer Unterbrechung: „Ohne Zucker und Milch, mein' ich natürlich!“

Dieser Auftritt war sein dritter Fehler. Sein zweiter Fehler war gewesen, diesen Raum zu betreten. Sein erster Fehler war es, seinen Hund draußen gelassen zu haben.

Während Ike Jensen sich langsam erhob, wurden ihre Augen sehr schmal. Ihn fest anblickend, ging sie langsam auf ihn zu. Dreißig Zentimeter vor ihm blieb sie stehen. Regungslos und mit leicht erhobenem Kopf erwiderte sie seinen belustigten Blick.

Dann griff sie ihm plötzlich zwischen die Beine und krallte ihre kräftigen Finger um sein Gemächt. Im Nu nahm Ralf Stegmanns Gesicht eine hellgraue Farbe an, die leicht ins Bläuliche changierte. Wie hypnotisiert starrte er sie an, den Mund zu einer gekräuselten, schmalen Linie verzogen, und hielt vor Schmerz die Luft an. Ohne ihren Griff zu lockern, sagte sie sehr leise, sehr langsam und sehr deutlich – und ohne den geringsten dänischen Akzent:

„Wer keine Eier in der Hose hat, sollte sich keine erwachsene Frau ins Zimmer bestellen.“

Während Jörg und Holger dieser Szene mit offenen Mündern gefolgt waren, hatte es Gisela von ihrem Drehstuhl hochgerissen; nun stand sie da und hielt sich – ebenso wie zwei weitere Kolleginnen, die inzwischen ihre Köpfe durch den Türausschnitt gesteckt hatten – den Bauch vor Lachen. Ralf Stegmann wurde puterrot; die Drohung, die ihm gewohnheitsmäßig aus der Kehle schlüpfen wollte, wurde von seinen zusammengebissenen Zähnen an weiterer Entfaltung gehindert, so dass er sie unverrichteter Dinge zusammen mit einem dicken Kloß herunterwürgen musste. Der Hundestaffelführer verließ wie ein Rüde, der soeben vom ersten auf den letzten Platz der Rudelrangreihe hinabgestürzt war, den Raum. Was man nicht sehen, aus seiner Haltung aber durchaus schließen konnte, war, dass er wohl seinen Schwanz eingezogen hatte – oder das, was von diesem noch übrig geblieben war. Er sah aus, als wollte er unverzüglich eine Selbsthilfegruppe für gestürzte Alphatiere gründen – *Deltawürmer e. V.*

„Das hat der mal gebraucht!“, hustete die Schreibkraft vom Nebenzimmer mit Tränen in den Augen. „Ach, der Ralf macht doch nichts als heiße Luft!“ „Wie der aus dem Zimmer raus is’, ich fass es nicht, schlapp wie ein gebrauchtes Kondom!“ „Aber ohne was drin …!“, ertönte die schnelle Replik. „Nun reizt ihn bloß nicht zu doll, der kann ganz schön jähzornig sein!“, meldete sich Jörg Wächter beschwichtigend zu Wort, was aber nur ein kurzes Abflauen des Getoses bewirkte, welches nach der nächsten trockenen, mit Unschuldsmiene vorgetragenen Bemerkung von Gisela wieder orkanartig anschwoll: „Das war echt stark, Ike: *Wer keine Eier in der Hose …*, na ja, vielleicht hat sie ja Mars gefressen?“

Das Gelächter, Gekicher, Geschnatter, zu dem mittlerweile noch drei andere Mitarbeiter beitrugen, wurde erst durch Telefonklingeln beendet.

„Ike, für dich“, sagte Gisela, die um Atem und Fassung ringend gerade noch ihren Namen und die Bezeichnung ihrer Dienststelle in den Apparat stammeln konnte, und reichte den Hörer an die neue Kollegin weiter.

Sieben Minuten später saß Ike Jensen in dem kahlen, neonröhrenbestrahlten Besprechungszimmer im siebten Stock des Behördenhochhauses. Die meisten Kolleginnen und Kollegen kannte sie bereits, konnte aber nicht mehr alle Namen abrufen. Am Kopfende des Konferenztisches hatte sich der Leiter der Bezirkskriminalinspektion, Erster Hauptkommissar Hans Sloboda, gerade erhoben, den viele wegen seiner dünnen blonden Haare, die ihm förmlich ins Gesicht flossen, und einer weichlich wirkenden Kontur allzu leicht unterschätzten, bis sie sich plötzlich in einem aus scheinbar harmlosen Fragen und hingeworfenen Bemerkungen geknüpften Netz geistiger Brillanz gefangen und seiner verbindlichen Entschlossenheit ausgeliefert sahen. Die meisten Verdächtigen ahnten dies nicht, wenn er sie wie eine Spinne einzuweben begann. Die Mitarbeiter hingegen wussten es. Alle.

Es wurde sofort still im Raum, als der Hauptkommissar zu sprechen begann. Sloboda fasste die Ergebnisse der letzten Tage zusammen, verteilte die heutigen Aufgaben an die verschiedenen Teams, die er flugs einteilte. Bemerkungen und Änderungswünsche ließ er zu, wenn diese sachlich vernünftig erschienen, aber keine unnützen Diskussionen. Er bereitete diese Besprechungen stets penibel vor, hielt sie möglichst kurz und stand dann am Ende für einige Minuten den individuellen Fragen seiner Mitarbeiter zur Verfügung. Er galt als erfahren, in hohem Maße kompetent und war auch bei der Polizeiführung wegen einer enormen Effizienz angesehen. Trotz seiner Strenge war er auf das Wohl seiner Untergebenen bedacht und war deshalb zwar gefürchtet, aber nicht unbeliebt. Legendär war seine oft durch scheinbare Nachgiebigkeit getarnte Unbeugsamkeit sowohl gegenüber der kommunalen Politik und seinen Dienstvorgesetzten als auch gegenüber dem organisierten Verbrechen, welches gerade auch in Lübeck aufgrund seiner Drehscheibenlage zwischen Ost und West seit Mitte der Neunzigerjahre Fuß gefasst hatte.

Angst hatte dieser gestandene, mutige Mann nur vor zweierlei: vor den Heilkünsten seiner 81-jährigen Mutter und vor einem ganz bestimmten kritischen Blick – er nannte ihn innerlich immer den Bannstrahl – seines ruhigen, südländisch aussehenden Freundes und Lebensgefährten, mit dem ihn eine inzwischen fast dreißigjährige Partnerschaft und Seelenverwandtschaft verband.

Sloboda hatte Ike Jensen wissen lassen, dass sie heute und voraussichtlich die nächsten Tage an seiner Seite arbeiten sollte. Seine Anweisungen endeten stets mit einem Punkt, nicht mit einem Ausrufe- oder gar Fragezeichen, so dass sie seiner Aufforderung widerspruchslos, aber nicht ohne einige Beklemmungen Folge leistete. Vor Sloboda konnte nur bestehen, wer gut war.

Als Sloboda und Jensen in seinem alten Borgward saßen, schilderte der Hauptkommissar in aller Kürze den Fall, mit dem er gerade zu tun hatte: Man hatte eine Wasserleiche gefunden, einen etwa 33-jährigen Mann, der anscheinend unter Alkohol-einfluss bei den Mediadocks in den Hafen gefallen und ertrunken war. Man hatte ihn ziemlich schnell gefunden und in die Gerichtsmedizin gebracht, und nichts deutete darauf hin, dass jemand sein Ableben verursacht oder beschleunigt haben könnte, aber er wolle ihn sich trotzdem nochmals anschauen. Bedächtig steuerte Sloboda den Wagen um den Kreisverkehr und fuhr in den St.-Jürgen-Ring ein. Als die junge Kommissarin ob seiner äußerst zurückhaltenden Fahrweise auf die Tachonadel schielte, die allerdings nahe der Null kleben blieb, meinte er:

„Wird viel geblitzt hier – und außerdem hetzt uns ja niemand." Sloboda wirkte viel umgänglicher als in der Besprechung, und Ike Jensen entspannte sich ein wenig.

Kurz hinter der nächsten Kreuzung zweigte er in die Kahlhorststraße ab. Die Rechtsmedizin befand sich auf dem Gelände des Krankenhauses Süd, gehörte aber zur medizinischen Universität, von der inzwischen niemand mehr wusste, wie diese korrekt zu bezeichnen war, da sie mal mit der Kieler Uni vereinigt, dann wieder abgetrennt wurde und schließlich Teil einer Schleswig-Holstein-Universität werden sollte. Gegenwärtig schien die Landesregierung im Verein mit den Stadtoberen der konkurrierenden Landeshauptstadt Kiel sie ganz abschaffen zu wollen; denn in der ganzen Stadt waren Transparente mit Aufschriften wie *Wir wollen unsere Uni behalten!* oder *Lübeck kämpft für seine Uni!* zu lesen.

Der Pförtner winkte den Borgward durch, und Sloboda parkte seinen Wagen direkt vor der Gerichtsmedizin. Die beiden Polizisten betraten das düstere, dunkelrote Backsteingebäude, welches sich zwischen zwei Kindergärten drängte, als wollte es gegenüber kindlicher Lebendigkeit ein drohendes Menetekel darstellen. Sie gingen eine Treppe hinunter, folgten mehreren verwinkelten Gängen und fanden sich schließlich in dem Kühlraum ein.

„Ach, Herr Sloboda, schon wieder – was ist denn jetzt noch?!“ Die blecherne, näselnde Stimme des Mannes am Obduktionstisch klang wenig erfreut. „Wollen Sie sich ihn etwa noch mal ansehen?“

Professor Albert Soller, Leiter des gerichtsmedizinischen Instituts, sah von seiner Arbeit auf und zog die linke Augenbraue missbilligend empor. Er war von mittelgroßer, sehniger Statur, und seine Haltung, seine Gesichtszüge, seine Bewegungen, alles an ihm wirkte verbissen und vorwurfsvoll.

„Ja, bitte“, erwiderte Sloboda freundlich, „darum möchte ich Sie bitten. Wenn es Ihnen nicht zu große Umstände bereitet.“

„Sie werden nichts finden! Ich selbst habe ihn untersucht!“, gab der Arzt zurück, wobei er das Wort *selbst* mit seiner Augenbraue emphatisch unterstrich. Unterdessen hatte er den Toten aus dem Fach herausgezogen, ihn abgedeckt und wies nun mit einer majestätischen Handbewegung auf ihn.

„Bitte!“

Der Kommissar dankte ihm förmlich und betrachtete die Wasserleiche. Einige Minuten rührte er sich nicht vom Fleck, während Ike Jensen unschlüssig neben ihm stand. Dann trat Sloboda näher an den Leichnam heran, beugte sich vor und schien sich nun kontemplativ in dessen rechten Arm zu versenken. Einmal schnaubte er kaum hörbar, einmal ließ er seinen Blick kurz zur linken Seite des Toten hinübergleiten, einmal kräuselte er kaum merklich seine Stirn, einmal zupfte er kurz mit Daumen und Zeigefinger am Kinn. Das war alles, was geschah. Ike Jensen konnte an dem Unterarm des Toten absolut nichts Bemerkenswertes entdecken.

Plötzlich schien das Leben in den Kommissar zurückzukehren: Er richtete sich mit einem Ruck auf, drehte sich um, winkte seiner Begleiterin mit einer linkischen Armbewegung zu, was so aussah, als hätte er soeben mit seinem Schläger den Tischtennisball verfehlt. Dann murmelte er so etwas wie einen Abschiedsgruß in die Richtung des Professors, der ein *Ich hab's ja gleich gesagt!* auf den Lippen zu haben schien, es aber nicht hervorbrachte, und wandte sich dem Ausgang zu.

Schweigend saßen die beiden im Auto. Einige Minuten blieb Sloboda regungslos. Ike Jensen schaute ihn erwartungsvoll an.

„Sie hat es getan“, murmelte ihr Chef schließlich vor sich hin. „Ich hab's gewusst.“

„Was meinen Ssie, ssie ssoll getan haben?“, fragte die Polizeibeamtin ungläubig.

Sloboda startete den Wagen. Er schüttelte nachdenklich den Kopf:

„Dieses Biest!"

Dann schien er aus seiner Trance zu erwachen, fädelte sein Auto in den laufenden Verkehr der Hauptstraße ein. Er blickte seine Kollegin an:

„Ist Ihnen nichts aufgefallen? – An der rechten Hand des Toten?"

„Nein ... gar nigts ... da war absolut gar nigts", brachte diese zögerlich hervor.

„Genau, eben gar nichts, etwas fehlte ... Am Ringfinger war ein ganz leichter, blasser Abdruck eines Eheringes zu sehen, ziemlich diffus und kaum wahrnehmbar, aber trotzdem eindeutig. – Der Tote, der übrigens der Schwager der Frau war, die sein Verschwinden angezeigt hatte, war aber nicht verheiratet."

Die Kommissarin verstand noch nicht, worauf der Mann hinauswollte:

„Und?"

„Nun, eines fiel mir nämlich vorhin wieder ein, als ich mir den Toten genau angesehen habe. Er sieht dem Ehemann dieser Frau, Charlotte Karoß heißt sie übrigens, also der Tote sieht ihrem Mann sehr ähnlich, wirklich sehr, und ich erinnerte mich plötzlich, dass in der Diele ihrer Wohnung ein Foto hing von ihrem Mann und seinem Bruder, beide junge Leute, vielleicht nach dem Schulabschluss: Sie sahen gleich aus – identisch!"

„Und Ssie meinen...?"

Jensen schaute ihren Vorgesetzten fragend an.

„Hmh ...", gab Sloboda nur zurück. Und dann sagte er: „Ich bitte Sie, Frau Jensen, mir bis morgen einen Bericht fertigzustellen. Und dann sehen wir weiter."

Das war das Letzte, was Sloboda in den verbleibenden Minuten der gemeinsamen Autofahrt von sich gab.

Die Nacht, 1./2. November

Die Kälte in der Scheune fühlte sie kaum noch. Die Frau tastete mit ihren Augen die dunkle Umgebung ab, irgendetwas Schweres, etwas zum ... ein Messer oder so ... sie müsste das Seil durchschneiden oder, wenn's sein musste, durchscheuern ... ein rauer Stein, vielleicht Feuer oder, Moment mal, vielleicht hatte der Mann etwas in der Tasche? Sie bewegte sich ein wenig auf der Sitzfläche.

„Pass doch auf, verdammte Kuh, willst du mich umbringen?", herrschte der Mann sie mit gepresster Stimme an, als infolge ihrer Bewegung die Vorderbeine des Stuhles einige Zentimeter vom Boden abhoben und die Lehne nachgab. „Tu endlich was!"

„Ich kann ja auch nach Hause gehen, wenn dir das lieber ist!", gab die Frau gereizt zurück.

Ein ersticktes Schluchzen ertönte über der Frau.

„Ich kann nicht mehr ... meine Hände ... ich konnte doch nichts machen ... es war nicht meine Schuld ...!“

Die letzten Worte hatte der Mann halb zu sich selbst gesprochen. Er wusste, weshalb er hier stand.

Die Frau hatte inzwischen ihre Beine vorsichtig hochgezogen, jetzt schob sie konzentriert ihren linken Fuß unter den rechten Schenkel.

„Ich stehe jetzt ganz langsam auf, pass auf!“

Die beiden kannten sich. Vor vielen Jahren hatte die Frau davon geträumt, ihn ganz für sich zu haben. Allein mit ihm. Ihn nicht teilen müssen ...

Der Mann murmelte etwas, was wie ein Gebet klang: Bitte mach ...!

Zentimeterweise drehte sich die Frau auf der Sitzfläche des Stuhles herum, wobei sie sich bemühte, ihr linkes Bein so zu verdrehen, dass sie sich hinknien konnte. Sie musste Acht geben, dass sie schön am äußersten Rand blieb: ... Hebelgesetz!, dachte sie flüchtig ... Der Stuhl gab kurz nach, dann knallten die Vorderbeine auf den Fußboden.

Der Mann krampfte die Finger der Rechten noch einen Deut fester um das Seil, starr vor Angst. Er atmete flach und stoßweise.

Jetzt kniete sie. Gerade hatte er in die Hose gepisst; sie roch seinen scharfen Angsturin. Sie hielt sich an der Lehne fest, um nicht nach hinten zu kippen. Zeitlupenartig setzte sie ihren linken Fuß auf die Fläche des Stuhles und zog dann, noch immer hockend, ihren rechten nach. Nun musste sie sich erheben, das war der kritischste Moment. Weil sie ihren Oberkörper zur Lehne vorbeugen musste, um sich aufzurichten, streckte sie ihr Hinterteil als Gegengewicht heraus. Sorgsam auf jede Bewegung des Stuhles achtend, drückte sie sich hoch, bis sie endlich aufrecht stand. Sie reichte dem Mann, der ziemlich groß war, gerade bis zum Rippenbogen. Mit Mühe konnte sie die Schlinge um seinen Hals berühren.

„Zum Glück kein Stahlseil“, sagte sie aufatmend. „Irgendein Plastikband ...“

Sie betastete die Schlinge, streckte sich und verfolgte ihren Verlauf mit den Fingerkuppen bis zu seinem Nacken. Sie stellte sich auf die Zehenspitzen.

„Da ist so'n Verschluss, und dahinter fühle ich ein Stahlseil – eine Öse, durch die das Plastikband geht“, raunte sie ihm zu und versuchte, an dem Mann entlang nach oben starrend, das Dunkel zu durchdringen. „Irgendwie gezackt, wie heißt das gleich? Drahtbinder oder so ...“

Die Frau war durch diese Aktion ganz in Anspruch genommen und entwickelte eine kühle Geschäftigkeit. Angst und Kälte fühlte sie nicht.

„Kabelbinder ...“, erwiderte der Mann schwach, „wenn du ... das einmal ... durch die Öse gesteckt ... hast, kriegst du das ... nur noch zu, nicht mehr auf.“

„Kabelbinder also, ziemlich dick", grummelte sie, „aber vielleicht geht das ja ..."

Ihre Handgelenke schmerzhaft verdrehend, fasste sie ihm in die Hosentaschen.

„Er hat alles da rausgenommen", sagte der Mann teilnahmslos, „da ist nichts."

„Mist!", zischelte sie.

Da fiel ihr der Schlüssel ein. Den Hausschlüssel hatte sie im Auto gelassen. Auf den Beifahrersitz geworfen. Aber der Zündschlüssel ... Die Zahnung, das geht vielleicht!, überlegte sie und klopfte von außen auf ihre Manteltaschen. Rechts. Sie holte ihn heraus.

„Jetzt halt die Schlinge gut fest, ich will mal sehen, ob ich sie damit durchkriege."

Sie hielt ihm den Schlüssel vors Gesicht und begann dann vorsichtig, mit den Zähnen des Schlüsselbartes das Band aufzusägen. Das Material war sehr fest, also musste sie den Schlüsselkopf kräftig zwischen ihre Finger pressen. Gleichzeitig durfte sie den Hals des Mannes nicht zu sehr verletzen. Schon spürte sie sein klebriges Blut, aber er schien dies gar nicht mehr wahrzunehmen. Sie ließ ihre Fingerspitze über die Stelle gleiten, die sie bearbeitet hatte.

„Fast keine Spur! Aber weiter!", flößte sie sich und ihm entschlossen Mut ein. Die verzweifelte Lage und ihr Plan gaben ihr Kraft, und sie arbeitete noch verbissener als zuvor. Plötzlich hielt sie inne.

„Scheiße!"

Und kurz danach hörte man ein hämisches Klingeln des herabgefallenen Schlüsselbartes auf dem Scheunenfußboden. In der Hand hielt sie nur noch den Griff. Wütend schmiss sie ihn hinterher. Ihr war klar, dass sie sogar dann, wenn sie den Schlüssel erreichen sollte – und das war schon ziemlich unwahrscheinlich – nicht genügend Kraft haben würde, um den Schlüssel ohne Griff halten zu können.

Resigniert ließ sie sich auf die Sitzfläche sinken.

Jetzt konnte sie nur noch warten.

Und beten.

September

7 Obwohl der Hochsommer vorbei war, drückte eine diesige Hitze auf die Stadt. Die Inversionswetterlage presste die Rauchfahnen der wenigen größeren und der vielen kleinen Industriebetriebe Lübecks zu Boden, so dass sich einem ihre Emissionen wie ein pelziger Belag auf die Zunge legten und einen schwefeligen Geschmack hinterließen. Statt des sonst für Schleswig-Holstein so typischen klaren, blauen Himmels mit der ewigen frischen Ostseebrise hing über der Stadt eine bewegungslose, trübe, milchige Dunstglocke. Wer sich frei machen konnte, war nach Travemünde, Timmendorf oder Boltenhagen an den Strand gefahren oder lag faul auf einer der Wakenitzwiesen im Schatten. Das Schwimmbad am Krähenteich war seit Tagen übervölkert und schickte diese eigentümlich sphärische Schallkomposition von kreischenden Kleinkindern, grölenden Jugendlichen, dudelnden Radioklängen und den vielfältigen Harmonien plätschernden, spritzenden und klatschenden Wassers über das Aegidienviertel. Über die Königstraße bewegten sich lustlos die wenigen einheimischen Passanten und einige Grüppchen schwedischer Touristen, die schon lange nicht mehr den Worten ihres Fremdenführers lauschten, sondern sich heimlich nach dem nächsten Schattenplatz in einem der überfüllten Straßencafés umsahen. Hemden pappten schweißnass an Oberkörpern, Haare schienen an die Stirnen geklebt, Sonnenbrillen, die auf feuchten Nasenflügeln heruntetrutschten, wurden schon längst nicht mehr zurechtgerückt.

Die hagere Frau wischte sich die blond aufgehellten Strähnen aus dem Gesicht. Ihre kurze, fransig geschnittene Frisur war bei dieser Schwüle angenehm, verlieh ihr aber ein etwas herbes, fast männliches Aussehen. Trotz ihrer 61 Jahre kam sie mit diesem Wetter ganz gut zurecht, offensichtlich besser als die meisten derer, die heute kraftlos an ihr vorübertrotteten. Was sie niederdrückte, war etwas anderes, waren die fünf Sitzungen, die sie heute Nachmittag noch zu absolvieren hatte. Gerade hatte sie ihre Mittagspause beendet, hatte sich mit Kuchen und Kaffee gestärkt und ein wenig in ihrem Liebesroman geschmökert. Auf dem Weg in ihre Praxis blieb Annerose Tannert kurz vor einem alteingesessenen Juweliergeschäft stehen und blickte auf die verführerische Auslage. Von der Pfaffenstraße bog sie nach links in die Königstraße ein und schlenderte, mit flüchtigem Seitenblick auf die Exponate, am Kunsthaus vorbei. Der zum Koberg führende Abschnitt der Königstraße bot nur noch wenige, kleine Geschäfte und somit kaum Zerstreuung. Einzig der mächtige klassizistische Bau der reformierten Kirche mit seinem, gemessen an der Enge der Lübecker Altstadt, überdimensionierten Portal und, genau gegenüber, die fortschreitenden Arbeiten am neuen Willy-Brandt-Haus erregten für einen kurzen Moment Annerose Tannerts Aufmerksamkeit. Als sie das Behnhaus, ein klassizistisches Museumsgebäude aus dem späten 18. Jahrhundert, passierte, fühlte sie ein schlechtes Gewissen, als Altlübeckerin noch niemals die Ausstellungen zur Kunst und Kultur des 19. und 20. Jahrhunderts, die es beherbergte, besucht zu haben. Mürrisch riss sie sich von ihren aufstörenden Gedanken los.

Ihr nächster Patient, ein stadtbekannter Exhibitionist mit einer richterlichen Therapieauflage, kam meist etwas zu spät – also konnte sie noch ein wenig trödeln. Sie stellte sich vor, wie dieser Patient, ein schüchterner Mann mit stattlichem Bauchumfang, in seiner naiven, fast gewinnenden und selbstverständlichen Art seine Entkleidungszeremonien schilderte –

das hatte echten Unterhaltungswert! Diese Stunden mit ihm gingen schnell vorüber, und sie musste aufpassen, dass sie über ihr heimliches Amüsement nicht den therapeutischen Auftrag vergaß. Aber die anschließenden Termine! Zwei hoch depressive und selbstmordgefährdete Patientinnen, ein zwanghafter, zäher Herzphobiker und eine nervenzersetzende Borderline-Patientin, deren Behandlung einem Hochseilakt glich und schon einige Male zu einem Absturz zu werden drohte. Konnte sie diesen Menschen überhaupt helfen? In den wissenschaftlichen Veröffentlichungen waren Erfolgsangaben von 75 oder 80 Prozent zu lesen – das klang immer so einfach: Bei Indikation A wendet man Methode XY an, und fertig! Annerose Tannert aber hatte das Gefühl, sich immer tiefer in die seelischen Abgründe zu verirren, auch ihre eigenen! Sie folgte, so gut sie es vermochte, den vorgeschriebenen Pfaden, hoffte stets, hinter der nächsten Wegbiegung die Lichtung oder hinter der nächsten Bergkuppe den erlösenden Gipfel zu finden, von dem aus man sich nicht weiter emporquälen musste; stattdessen fand sie nur noch mehr soziales Dickicht und Seelengestrüpp und immer neue blockierende Felswände oder unüberwindliche Schluchten vor. Warum litten die Menschen immer mehr? Wieso tauchten immer neue Ängste auf, warum immer mehr Resignation und immer weniger Sinn und Hoffnung? Ihr schien, die Menschen hatten Angst voreinander, Angst, einander nahezukommen, sich zu offenbaren. Beziehungen gingen in die Brüche, Familien brachen auseinander, Teams zerstritten sich. War der Mensch des dritten Jahrtausends ein *Homo solus*, ein einsamer, irrender Steppenwolf? Oder verwandelte er sich eher zum bunt schillernden, chamäleonartigen Zerrbild seiner selbst, das überall in das Kostüm schlüpft, das ihm gerade hingehalten wird? Gab es hinter seiner Fassade keine Substanz mehr, nichts Eigentliches, Eigenes?

In derartige Grübeleien vertieft, schlenderte Annerose Tannert weiter über die Königstraße, bis sie vor dem großen Haus gegenüber von der Jakobikirche und nahe dem Heiligen-Geist-Hospital stehen blieb. An beiden Laibungen der riesigen Eingangstür wiesen groß dimensionierte Schilder auf psychosoziale Hilfen aller Art hin: Hilfen zur Wiedereingliederung in die Arbeitswelt, psychotherapeutische Hilfen, Physiotherapie, eine Meditationspraxis, und, wenn all diese Hilfen nicht gefruchtet hatten, auch noch eine Anwaltskanzlei mit Schwerpunkt Arbeits- und Scheidungsrecht.

Das große Tor war jedoch so schwer zu öffnen, dass man sich fragen konnte, ob Hilfesuchende hier wirklich erwünscht waren. Vielleicht sollten hier nur diejenigen Einlass finden, die zwar Hilfe beanspruchten und bezahlen konnten, aber noch so kräftig waren, dass sie sie nicht wirklich benötigten, sprich: die nicht allzu große Schwierigkeiten machten und die man im Falle des Falles problemlos wieder loswerden konnte? *Na ja,* dachte die Frau, *auf meine eigenen Patienten trifft dieser Verdacht sicher nicht zu.*

Annerose Tannert schob sich durch das schwere Tor, stieg einige Stufen empor, durchschritt die große Dielenhalle, um durch die rückwärtige Tür in den Garten zu gelangen. Wie meist empfand sie für einen kurzen Augenblick etwas Trost, als die Blumenrabatten und die üppig blühende Hortensie rechts vor dem Eingang zum Hinterhaus ihren Blick einfingen und besänftigten. Ein flüchtiger Blumenhauch mischte sich mit der heißen, pelzigen Luft und ließ die Frau für einen kurzen Moment verharren.

Schließlich straffte sie sich, öffnete die Eingangstür zu ihrer Praxis und wunderte sich, diese unverschlossen vorzufinden. Schlagartig schwoll Ärger in ihr an: Sie würde ein ernstes Wort mit ihrer Sprechstundenhilfe zu wechseln haben! Das war der Dank dafür, dass sie ihr für den Nachmittag frei gegeben hatte, damit sie sich für die morgige Klassenarbeit in der Berufsschule vorbereiten konnte!

Als Dr. Annerose Tannert eine gute Stunde vorher ihre Praxis verlassen hatte, um pünktlich ihre Mittagspause anzutreten, hatte der unscheinbare fremde Mann bereits auf der Bank gesessen, welche an der Rückwand des Vorderhauses aufgestellt war. Von hier aus konnte man durch das Gärtchen direkt auf die Praxistür schauen. Als die Ärztin aus dem Hinterhaus getreten und direkt an ihm vorbeigegangen war, hatte der Fremde so teilnahmslos und selbstverständlich dagesessen, dass das Bewusstsein der Frau sich ihm zwar kurz zugewandt hatte, dann aber, sich wieder in sich selbst verfangend, an ihm abgeglitten war. Sie sollte sich später nicht einmal mehr daran erinnern, ihn hier gesehen zu haben.

Der Mann hatte noch ein oder zwei Minuten verstreichen lassen und sich dann langsam erhoben. Er war auf die Tür des kleinen Praxisgebäudes zugeschritten, hatte aufgeschlossen und war eingetreten. Gleich hinter der Tür hatte er sich nach rechts gewandt, das Wartezimmer durchschritten und die Tür zu dem kleinen Büro geöffnet. Dort hatte er den Schlüssel auf dem Schreibtisch deponiert. Weil Melanie Rauchfleisch, die Praxisassistentin, wie fast jede Frau die Angewohnheit hatte, als Erstes, wenn sie ein Gebäude betrat, die Toilette aufzusuchen, und da sie wie fast jede Frau den Schlüssel, mit dem sie gerade die Tür aufgeschlossen hatte, irgendwo abzulegen pflegte, war es dem Fremden am frühen Morgen ein Leichtes gewesen, ihr in die Praxis zu folgen und den Schlüssel, den sie in dringender Eile achtlos in eine Kaffeetasse geworfen hatte, zu entwenden. Er hatte ihr damit einige hysterische Anwürfe ihrer Arbeitgeberin beschert, die aber glücklicherweise ohne Konsequenzen geblieben waren. Nun lag der Schlüssel also wie selbstverständlich auf der Schreibtischplatte und würde für ratloses Kopfschütteln sorgen.

Zufrieden drehte sich der Fremde um, durchquerte das Wartezimmer, stieg die steile Treppe hinauf und betrat den Behandlungsraum, wo er sich in den bequemen Sessel sinken ließ. Er war ruhig. Heute würde er mit der Ausführung seines Planes beginnen. Jetzt, nach vielen Jahren innerer Rastlosigkeit, würde er die Kraft und Überlegenheit haben. Jetzt würde er endlich Rache nehmen!

Als die Psychotherapeutin mit einer Tasse Rooibostee in der Hand das Behandlungszimmer betrat, dachte sie schon nicht mehr an die unverschlossene Haustür. Sie stellte sich an das große Fenster und schaute hinaus. Der 15-Uhr-Termin war noch nicht erschienen.

„Bitte erschrecken Sie nicht!“, ertönte plötzlich eine belegte männliche Stimme.

Leider konnte Dr. Annerose Tannert diesen Rat nicht befolgen. Sie fuhr herum, wobei sie ihre Tasse wie eine aussätzige Katze von sich warf, atmete zweimal scharf ein und blieb dann wie elektrisiert und taumelnd stehen. Dabei fasste sie sich mit der Linken ans Herz und mit der Rechten an den Hals und versuchte sich klarzumachen, dass sie nicht gleichzeitig ein- und ausatmen konnte.

„Was –?“, keuchte sie.

„Ihre Sprechstundenhilfe hat mich eingelassen“, erläuterte der Mann, „und gemeint, dass ich hier warten kann.“

„Wie –?“, stammelte die Psychotherapeutin.

„Melanie, sie hat gesagt, ich soll hier oben auf Sie warten. Sie würden um zehn vor drei wieder zurück sein.“

„Diese –!“

„Ich möchte, dass Sie mich behandeln. Es ist sehr dringend!“, fuhr der Fremde fort, wobei er sich ein wenig im Sessel vorbeugte.

„Sie möchten – worum – äh – worum geht es – ich meine“, allmählich fand Annerose Tannert ihre Fassung wieder, „nein, das geht nicht, ich habe mindestens sechs Monate Wartezeit!“

„Ich weiß“, erwiderte der Mann gelassen, „aber ich brauche Ihre Hilfe jetzt!“

„Sie müssen jetzt gehen, mein nächster Patient kommt gleich, ich hab' jetzt keine Zeit!“

Die Ärztin hatte inzwischen Platz genommen und instinktiv ihren Terminkalender ergriffen. Nach außen zumindest hatte sie sich und die Lage wieder unter Kontrolle.

„Aber ich kann mir ja schon mal Ihren Namen notieren.“ Annerose Tannert musterte ihn. Der Mann sah bieder aus, war etwa eins fünfundsiebzig groß, schien kräftig gebaut. Trotz der Hitze trug er einen karierten Pullover. Ein abgewetzter Hut lag auf seinem Schoß.

„Ich heiße Hellmuth Michelsen, Hellmuth mit zwei *l* und *th*.“

Die Frau notierte sich Namen, Adresse, Mobilnummer und Geburtsdatum. Dann erhob sie sich, um den Mann zu verabschieden.

Aber Hellmuth Michelsen blieb sitzen. Er schaute sie mit einem leicht ironischen Lächeln an, welches der Ärztin jedoch verborgen blieb, und redete ruhig und leise weiter:

„Ich habe mir ganz bewusst Sie ausgesucht. Ich habe Ihre beiden Artikel gelesen, *Schuld und Scham* und *Schuld und Neurose*. In der Zeitschrift *Psychotherapeut*. Sie schreiben wirklich sehr gut! Kompetent und beeindruckend!"

Annerose Tannert sog dieses Lob auf wie Steppe den Regen. Gleichzeitig ärgerte sie sich darüber, dass irgend so ein dahergelaufener Typ meinte, sich ein Urteil über ihre Arbeiten erlauben zu können. Aber er hatte ja Recht! In der Fachwelt hatten ihre Aufsätze kaum Resonanz erzeugt, das war bei oberflächlicher Durchsicht auch nicht zu erwarten gewesen. Trotzdem war sie damals ziemlich frustriert gewesen. Man musste, um ihre Ideen zu verstehen, die Oberfläche durchstoßen haben, um zu dem gehaltvollen Kern vordringen zu können. Dieser Eindringling – ja, *Eindringling* passte gut! – dieser Eindringling war ziemlich unverschämt in ihre Räumlichkeiten eingedrungen, aber eben auch in ihre zugegebenermaßen schwierigen Texte. Als die Ärztin merkte, wie ihr Interesse an diesem Menschen wuchs, wehrte sie dies sogleich ab:

„Ich muss Sie nun hinaus bitten. Ich melde mich bei Ihnen, sobald ich etwas frei habe."

Damit hatte Michelsen natürlich gerechnet. Leise und wie nebenbei setzte er hinzu:

„Sehr gut geschrieben. – Aber Ihre Schlussfolgerungen halte ich für falsch."

„Wie meinen Sie das?" Dr. Tannert glotzte ihn mit offenstehendem Mund an. „Ich meine, wie kommen Sie denn darauf?"

Wieder ärgerte sie sich über diesen blasierten Kerl. Noch mehr aber war sie zornig auf sich selbst, weil sie nämlich im nächsten Moment spürte, dass sie diesen Mann nun nicht mehr so einfach gehen lassen konnte. Sofort tauchte das strenge Gesicht ihres Lehrtherapeuten und Supervisors warnend vor ihrem inneren Auge auf. Sie wischte es energisch beiseite.

„Das können Sie doch gar nicht beurteilen!", schob sie noch schnell hinterher, um so ihre fachliche Überlegenheit zu demonstrieren.

„Das mag sein. Sie haben ja nun auch keine Zeit mehr. Ich werde es Ihnen ein andermal erklären. Vielleicht nur so viel: Schuld ist nicht notwendigerweise das *Ergebnis* eines neurotischen Prozesses, sondern seine existenzielle *Bedingung*. Sie vertauschen also Bedingung und Folge."

Hellmuth Michelsen wusste, dass er gewonnen hatte. Seine neue Psychotherapeutin wusste es auch. Nun musste sie nur noch einen Weg finden, ihr Gesicht zu wahren. Sie fand ihn:

„Mir fällt gerade ein, dass der Mittwoch-9-Uhr-Patient für einige Zeit im Urlaub ist, ein längerer Auslandsaufenthalt. Lassen Sie mich mal überlegen – ja, das könnte vielleicht gehen

– also für zwei Monate kann ich Ihnen etwas anbieten. Nun, Sie könnten dann in der nächsten Woche am Mittwoch um 9 – ich trage Sie gleich ein. Passt Ihnen das?"

„Natürlich, alles andere muss warten. Das ist schließlich wichtiger!"

Auch in dem kahlen Gruppenraum der sozialtherapeutischen Abteilung der Justizvollzugsanstalt Lauerhof war es heiß und stickig. Neun Männer, Sexualstraftäter, saßen auf einfachen Holzstühlen im Kreis um Lars Müller-Hänisch herum. Die Mehrzahl der Männer schaute gelangweilt aus den Fenstern auf die oberen Stockwerke der Mietshäuser am Marliring – ständige Repräsentanten der *Freiheit da draußen* –, von denen sie eine unüberwindliche Betonmauer und zumeist über fünf Jahre trennten.

Gerade sprach Kurt. Er hatte einen Antrag auf eine Ausführung wegen der goldenen Hochzeit seiner Eltern gestellt, den der Psychologe befürworten musste. Kurt strengte sich an. Er wusste, wie die meisten hier, was die Psychologen hören wollten: Psychobrei. Also sülzte Kurt darüber, wie traurig er war, dass es ihm schon wieder passiert ist, das mit dem Mädchen, das ist irgendwie einfach so über ihn gekommen, er weiß auch nicht, vielleicht war er einfach unausgeglichen. Der Krach mit seiner Freundin, klar, der hat ihn auch fertig gemacht, und der Stress mit den Typen, die ihm auflauern, weil er nun mal so'n bekackter Kinderficker ist. Dabei hat er noch nie mit 'nem Kind, die waren alle über vierzehn, und das macht ihn ganz schön traurig, wobei er abschätzend zu dem Psycho rüberguckt, wie der wohl reagiert, der hat das wohl gar nicht mitgekriegt, also noch mal: Das war traurig, und geweint hat er, auch wenn es ihm verdammt schwer fällt, das hier zu sagen, geweint hat er, geheult, geflennt, wobei es ihm gut tat, dass seine Freundin ihn so lieb in die Arme genommen hat.

Und weil der Psychologe immer noch nicht reagierte, sagte er es noch mal lauter:

„Also, immer so angemacht zu werden, weil ich eben – äh – anders bin, und das ist ja eigentlich eine Krankheit, hat mir ein Psychopater mal im Gutachten geschrieben, ja, das tut schon ziemlich weh."

Nun schaute Kurt auffordernd zu Lars Müller-Hänisch herüber, der sich aber gar nicht zu regen schien.

„Herr Müller, wie ist das eigentlich mit meinem Antrag?", wollte Kurt nun direkt wissen.

„Weiß noch nich'", erwiderte der Psychologe geistesabwesend.

Lars Müller-Hänisch war heute überhaupt nicht bei der Sache. Ihm spukte diese Frau im Kopf herum, diese Ike oder wie sie hieß. Sie gefiel ihm. Sehr. Na ja, so sehr nun auch wieder nicht! Und überheblich war sie! Wie verlegen sie ihn gemacht hatte! Er war erzürnt über sich selbst, dass er die Gedanken an sie nicht loswerden konnte. Er malte sich aus, wie abgebrüht er ihr das nächste Mal begegnen würde. Er würde sie nicht merken lassen – ja, was nicht merken lassen? Dass er verliebt in sie war? Sie soll sich ja nichts einbilden! Na ja, sie war schon ziemlich kess, und hübsch war sie auch, nur ihr Mundwerk, wahrscheinlich war nicht so viel dahinter! Schluss jetzt! Er verbannte die Erinnerungen an sie hinter die dickste Zellentür. *Was hatte Kurt gerade gesagt? Traurig ist er? Dass ich nicht lache, der will ja nur wieder was von mir. Aber immerhin hat er mir geholfen, nicht mehr an diese ... diese ... zu denken. Ike Jensen! Ike, Ike, eigentlich ein schöner Name.*

Im Anschluss an die Gruppensitzung schoss er in sein Büro, pulte einen Zettel aus seiner Hosentasche. Darauf stand eine Telefonnummer. Nein, nicht eine Telefonnummer, sondern *die* Telefonnummer! Wieso sollte er sie nicht anrufen? Einfach mal so, damit sie merkt, dass er sich gar nichts dabei denkt. Sie soll ja nicht denken, er habe Hemmungen oder so, weil er vielleicht gar etwas von ihr wolle. Solche Interpretationen würde er im Keim ersticken! Also musste er sie anrufen!

Aber nicht gerade heute.

In dieser Nacht konnte Annerose Tannert lange nicht einschlafen. Sie dachte an diesen merkwürdigen Patienten. Sie war beunruhigt. Das Bild des kleinen Cafés mischte sich unter andere Bilder, Bilder von ihrer Praxis, von dem Mann, dessen Gesicht sie nicht rekonstruieren konnte, der Schreck, als er plötzlich hinter ihr saß! Im Eindämmern tauchte das strenge Gesicht von Peter von Boethius auf, sie musste ihren alten Lehrtherapeuten und Supervisor unbedingt um Rat fragen. Ihr Vater, nein, ihr Vater hatte nie einen Rat für sie gehabt, wie er dalag, so träumend, so hilflos und jämmerlich. Sie hätte ihm helfen müssen, das leidende Gesicht, der stille Vorwurf in seinen Augen, wenn sie mal spielen wollte, ihre Puppe, sie spielte mit ihrer Puppe, sie zog sie an, im Hintergrund die Küchengeräusche ihrer Mutter, die kühl war zu ihr, zu ihrem armen Vater, sie musste ihn ganz alleine pflegen und ihn trösten. Dann brauchte sie ihre schöne, aber ungezogene Puppe. Sie zog sie aus und haute ihr auf den Popo, weil sie unartig gewesen war. Die Puppe guckt sie nur mit großen Augen an, sie schreit gar nicht, sie verzieht ihren Mund nicht, guckt nur. Und sie ist auf einmal ziemlich groß und wird noch größer und guckt nur, guckt so leidend und vorwurfsvoll, dieser stumme Vorwurf in ihren Augen! Noch größer wird sie, und das Gesicht wird dunkel, ist plötzlich ganz schwarz, und ihr Kleid ist auch ganz schwarz. Sie will sie anfassen, aber die Puppe wendet sich ab, wie ihr kranker Vater, anklagend, weil sie nicht sofort bei ihm ist, und immer noch ohne jeden Laut; das Kleidchen der Puppe, das auf einmal ein schwarz-grau karierter Pullover ist, färbt ab, sie hat so was wie Teer an den Händen, eine klebrige Masse, die man nicht abwischen kann, klebrig wie Schuld, und Schuld und Scham sind auch schwarz, die Puppe ist nun ganz groß wie ein Mann und sitzt da ruhig und schaut nur herüber zu ihr und streckt den Zeigefinger zu ihr aus und die Zunge, die auch schwarz ist, und aus dem Mund kommt etwas, was wie *Bedingung* klingt. Wo hat sie das heute schon mal gehört? Und das Gesicht ist plötzlich nicht mehr da, nur eine dunkle Fläche ohne Mund, und eine Nase hat sie auch nicht und auch keine Ohren, und die Puppe sagt, oder ist es der Mann?: *Du bist böse, du hast mir wehgetan! Schon wieder hast du mir nicht zugehört! Du sollst dich schämen!* Da wird die Gestalt noch größer, wird riesig, nimmt ihr den Atem, und gleich passiert etwas Schreckliches, Annerose ist viel jünger, vielleicht dreißig Jahre, und auf einmal fällt sie und fällt, und es hört nicht auf, und keiner ist da, der sie auffängt ...

Plötzlich wird alles ganz rot vor den Augen, das Herz hämmert ihr im Hals, und panisch schnellt Annerose Tannert im Bett hoch und versucht sich zu erinnern, wie alt sie ist.

Es dauerte einige Minuten, bis die Zeit zu ihr zurückkehrte.

Oktober

8 Sinnierend schaute er auf ihre Brüste. Vanessa von Ruhleben hatte sich über ihren Laptop gebeugt, den sie vor ihm auf den Tisch gestellt hatte. Sie war gerade dabei, die Dateien aufzurufen, in denen ihr Versuchsdesign dargestellt war – eine Untersuchung über kortikale Prozesse bei Zwangserkrankungen und deren medikamentöse Behandlungsmöglichkeiten.

Ihre Brüste, die sich formvollendet an ihrem figurbetonten Connemara-Pullover abzeichneten, erinnerten ihn an die idealen Formen der zweigipfligen Gauss'schen Normalverteilungskurve. Schon als Student hatte er sich dieser erotischen Assoziation kaum erwehren können.

„Legen Sie Normalverteilung zugrunde? Und welchen Test wählen Sie? T-Test?"

Professor Tilles Fragen klangen irgendwie obszön. Vanessa von Ruhleben, seine Doktorandin, war verwirrt. So weit war sie doch noch gar nicht. Es ging doch erst einmal um einen möglichen Versuchsaufbau, den er absegnen sollte. Ihr war unbehaglich zumute, sie wollte möglichst schnell von hier verschwinden. Sie horchte angestrengt: Seine Frau war nicht zu hören. Hoffentlich war sie in der Nähe!

Sie setzte sich und begann, ihrem Doktorvater ihr Untersuchungsvorhaben zu erläutern. Er hatte ihr die Thematik vorgeschlagen; schnell noch war Tille kurz vor seiner Emeritierung auf den Zug der modernen Hirnforschung aufgesprungen, hatte sich die Techniken der bildgebenden Verfahren angeeignet und hoffte so, noch einige Lorbeeren ernten zu können – auch als Emeritus, der er inzwischen war. Er hatte sich sehr um Vanessa von Ruhleben bemüht, hatte ihr sein Thema schmackhaft machen und sie dazu bewegen können, bei ihm zu promovieren.

Sie war außerordentlich begabt. Und zwar besonders, was ihre äußeren Reize anging. Professor Tille spürte, wie spezifische Neuronen in seinem Hirn zu feuern begannen, wie Drüsen aktiviert und Hormone freigesetzt wurden. Er stellte sich kurz vor, wie das PET – Positronen-Emissions-Tomogramm – seines Gehirns jetzt wohl aussehen würde. Bestimmt nicht zwanghaft.

„Hätten Sie etwas dagegen, wenn ich Sie Vanessa nenne?" Seine Frage ließ er bewusst harmlos klingen. Er erhob sich von seinem Stuhl, ging, scheinbar konzentriert, ein wenig auf und ab, blieb dann wie absichtslos hinter ihr stehen und meinte, ohne ihre Antwort abzuwarten oder auch nur zu erwarten:

„Vanessa, so können wir das aber nicht machen!" Er zeigte dabei auf das Diagramm auf dem Bildschirm. Sein wie selbstverständlich klingendes *Wir* begann, klebrige Fäden zu spinnen, einen gemeinsamen Kokon zu weben, in den er sie locken, in den er sie einhüllen wollte, in dem er sie umgarnen, umfangen und den Saft ihrer Lebendigkeit und Jugend aus ihr heraussaugen wollte. Sie war wirklich schön! Er musste sie haben, und eigentlich, wenn man es recht bedachte, war es mehr als angemessen, dass sie sich für sein Engagement erkenntlich erwies. Wie nämlich ihre fachlichen Erläuterungen bereits erkennen ließen, schien sie mit diesem anspruchsvollen Thema ein wenig überfordert zu sein. Auch eine technisch ausgefeilte Powerpoint-Präsentation konnte nicht über die Schwächen des Versuchs-Designs hinwegtäuschen. Nun, er musste ihr eben ein bisschen unter die Arme greifen. Und – es gluckste in ihm vor teuflischem Vergnügen – an die ... und zwischen die ...! *Ich bin ein Teil von jener Kraft,* gingen ihm die Verse des Dichterfürsten durch den Kopf, *die stets die Möse will* – einfach genial, seine kleine Variation der mephistophelischen Selbstintroduktion! – *und stets die Rute strafft.* Er grinste. Und weiter ging es: *Was ist mit diesem Rätselwort gemeint? – Ich bin der Geist, der stets vereint!*

Die Doktorandin rutschte unbehaglich auf ihrem Stuhl hin und her, während der Alte ziemlich nahe an sie herangetreten war und ihr nun, etwas vorgebeugt, über die linke Schulter blickte. Seine rechte Hand hatte er bereits auf ihren Oberarm gelegt, wo diese nun begann, sich selbständig zu machen und auf die Suche nach den Rändern des Pullovers zu gehen. Allmählich fuhr sie über das Bündchen des Ausschnitts, rutschte wie versehentlich von diesem ab und ließ die Kuppe des Mittelfingers unter den flauschigen Wollstoff schlüpfen, ohne sich davon beeindrucken zu lassen, dass die junge Frau nunmehr regungslos erstarrt dasaß und kaum noch zu atmen schien. *Sie ist erregt,* dachte der Professor selbstgefällig, *sie genießt und zerfließt und überlässt dem Erfahrenen die Führung! Wie sie leise schnurrt und seufzt!*

Empathie gehört in der Regel nicht zu den Stärken des Psychiaters. Als Seelenarzt lernt man, besser zu wissen als der Patient selbst, was dieser will und was nicht, was er fühlt und was er denken sollte. Einfühlungsvermögen führt nur aufs Glatteis! Man hat Erfahrung und ein tiefes Wissen um die Geheimnisse der Psyche. Und sollte der Patient seiner Deutung widersprechen, geht er eben seinem Unbewussten auf den Leim und leistet *Analysenwiderstand*. Und genau dieser Widerstand ist es, der die Hypothesen des Arztes bestätigt. Denn warum sollte der Patient sich denn sonst dagegen zur Wehr setzen?

Die junge Frau jedoch genoss die Annäherung des Professors keineswegs. Sie unterdrückte ein leises Schluchzen. Sie hatte Angst vor diesem Mann. Sie war wie gelähmt. *Wenn ich mich nicht rege, wenn ich mich tot stelle, hört er auf.* Sie hatte vor der Fahrt hierher ein leichtes Vibrieren unterhalb der Magengrube gespürt, etwas stimmte nicht, zu sehr hatte er ihr die Promotion bei ihm schmackhaft gemacht! Hätte sie doch auf dieses innere Menetekel gehört! *Ach was, stell dich nicht so an*, hatte sie sich selbst beruhigt, *du dünnhäutiges Sensibelchen*! – Sie musste etwas tun! Aufstehen? Ihn zurechtweisen? Ihm eine scheuern? – Seine Frau! Sie konnte seine Frau nicht hören! War sie etwa weggegangen?

Das Knarren der Haustür rettete sie. Überlegen lächelnd, trat Christian Tille einen Schritt zurück, sich seines Opfers sicher wie eine Katze, die der Eidechse gerade den Schwanz abgebissen hatte. Vanessa von Ruhleben erhob sich ruckartig, kramte fahrig ihre Sachen zusammen, stammelte etwas von *Termin* und *Schon so spät!* und hastete kopflos, grußlos und farblos an Frau Hannah Tille vorbei ins Freie.

Hannah Tille, eine kleine Person mit gemütlichen, molligen Formen, schürzte verächtlich ihre vollen und weichen Lippen, um die ständiger Kummer einige herbe Falten eingegraben hatte. Mit stoischer Haltung, in die sie das ganze Gewicht ihrer Verachtung gegenüber diesem Straßenköter von einem Ehemann gelegt hatte, schritt sie auf ihn zu, der er wie triumphierend an seinem Arbeitstisch lehnte, mit diesem dümmlichen, siegestrunkenen Grinsen, einem Don Quichotte gleich, der soeben höchstpersönlich und allein wie jeder wahre Held eine ganze gegnerische Division vom Erdboden gefegt hatte. Sie schritt auf ihn zu, schnaubte kaum hörbar, fast vornehm, und legte, seinem selbstverliebten Blick standhaltend, einen braunen DIN-A-4-Umschlag auf den Stuhl neben ihm.

Das Dumme daran war, dass Tille sich bücken und somit seine herrische Haltung aufgeben musste, wenn er den Umschlag aufnehmen wollte. Wegen eines leichten Hüftschadens sah es recht unvorteilhaft aus, wenn er sich bückte, das wusste der Professor. Er knickte ein wenig seitwärts ein, sein linkes

Bein verwandelte sich in ein X-Bein und erinnerte an ein angeknackstes Streichholz. Für uneitle Menschen wäre dies gar kein Drama gewesen, für Christian Tille jedoch bedeutete es psychische Demontage. In dieser Haltung fühlte er sich wie ein knochenloser Schwächling mit dem Sex-Appeal eines Regenwurms. Er würde sich nicht bücken. Seine Frau stand mit verschränkten Armen vor ihm. Sie wartete. Auf das Bild des Regenwurms, das sie sich nicht entgehen lassen wollte. Christian Tille wusste, dass sie wartete. Er musste sich nicht bücken. Jetzt nicht.

Sein Blick streifte die Aufschrift des Umschlags. Sein Name war auf dem Umschlag zu lesen. Die Buchstaben waren ausgeschnitten. Aus Zeitungsschlagzeilen.

Etwas kleiner, unter seinem Namen, ebenfalls ausgeschnitten, standen Zahlen. Ein Datum stand da: *1.11.1976.* Sonst nichts.

Im gleichen Moment, als der Professor das Datum gelesen hatte, wusste er Bescheid. Sein Herz stockte. Er fasste sich an die Brust, krallte seine Finger um das Revers seines Anzuges und um das darunter liegende welke Fleisch, das sich mittlerweile ganz leicht von den Knochen abziehen und willig in der Handfläche zu einem Kloß formen ließ. Mit zahngelbfarbenem Gesicht ließ sich der alte Mann auf den Stuhl sinken. Er stöhnte. Sein Herz produzierte einige tachykarde Salven, die einem Feldherren zur Ehre gereicht hätten, wenn er sie nur selbst abgefeuert und seine Gegner damit niedergestreckt hätte. Diese Salven jedoch waren gegen ihn selbst gerichtet. Er atmete stoßweise, kalter Schweiß stand ihm auf der Stirn.

„Hilf mir, schnell! Dr. Rasmus!“, röchelte er und blickte seine Frau hilfeflehend an.

Hannah Tille blieb ungerührt stehen und hielt ihren Blick in seine Augen gebohrt. Sie lächelte kalt und sagte mit leiser, schneidender Stimme:

„Wir wollen doch nicht hoffen, dass du jetzt von uns gehst! Du hattest doch noch so viel – beziehungsweise: so Viele! – vorgehabt! Es ist doch ein Jammer, dass dein Herz nicht so vital ist wie gewisse andere Organe ...“

Dann drehte sie sich um und verließ das Zimmer.

Zur selben Zeit saß der mittelgroße, unscheinbare Mann an dem hintersten Tisch im Café Kreuzstich. Von dort aus beobachtete er die aufwändig sanierte ehemalige Bauernkate mit dem etwas zu roten Ziegeldach, dem schwarzen Holzfachwerk und den akkurat verfugten Verblendsteinen und schlürfte bedächtig seinen cremigen Milchkaffee. Außer ihm befand sich kein anderer Gast in dem Lokal. Scheinbar nebenbei fragte er die Bedienung nach dem Besitzer dieses so geschmackvoll restaurierten Gebäudes.

„Ja, schön ist es schon“, äußerte die Café-Besitzerin vielsagend. „Wissen Sie, das ist so eine schlimme Geschichte. Kurz nach der Wende hat der Professor das Haus von Erich gekauft."

„Erich?"

„Erich Bukowski – und der meinte, ein gutes Geschäft gemacht zu haben! Aber er kannte eben nicht die Gepflogenheiten der Wessis – ach, entschuldigen Sie, wir sind es hier so gewohnt, das zu sagen – also, der Erich war einfach zu naiv. Er hatte zwar einen guten Schnitt gemacht, aber nach dem Kauf hat der Professor ihn mit einem scharfen Rechtsanwalt geschröpft, der behauptete, er habe ihm wissentlich gravierende Bauschäden verschwiegen und so weiter. Und nach und nach hat er ihm das Fell über die Ohren gezogen. Erich musste einen Großteil der Kaufsumme zurückzahlen. Jedenfalls tat er das, weil die ihm Angst gemacht haben, dass sie ihn wegen Betruges verklagen würden, und dann hat er eben gezahlt und gezahlt, und dann war hier noch was und da noch ein Schaden, bis er eben zum Schluss fast gar nichts mehr übrig hatte von seinem Geld. Dann ist seine Frau noch weg von ihm, und das hat ihm den Rest gegeben. Alkohol, Sie wissen schon. Und dann die Arbeit verloren."

„Und wo lebt dieser Erich jetzt?", wollte der freundliche, bieder aussehende Mann wissen.

„Drüben, schräg gegenüber, auf der anderen Straßenseite. Sein Schwager, dem das große Anwesen dort gehört, hat ihm eine Garage ausgebaut und lässt ihn da kostenlos wohnen. Man kann es kaum mit ansehen, wissen Sie, der Erich gehört ja zu uns, wir sind zusammen zur Schule gegangen."

Als der Mann daraufhin nur noch ein leises *Hmh* von sich gab und dann stumm aus dem Fenster zu dem Haus des Professors hinüberblickte, zog sich die Bedienung zurück und wandte sich einigen Aufräumarbeiten in der Küche zu.

Fast dreißig Minuten lang hatte der Mann nachdenklich, das Kinn in seine Hand gestützt, mit unbeweglichem Blick dagesessen, als eine junge Frau zielstrebig mit bei jedem Schritt federnden, dunkelbraunen Haaren auf das Haus zuging und nach kurzem Warten eingelassen wurde. Er bemerkte die ältere, etwas mollige Dame mit den weichen, vollen Lippen, die etwas später das Haus betrat. Kurz danach sah er die junge, hübsche Frau in offensichtlicher Desorientierung aus dem Haus laufen. Eine halbe Stunde darauf verließ auch die ältere, mollige Frau in auffallend aufrechtem, fast kämpferischem Gang die Kate. Auch den heruntergekommenen, verbraucht aussehenden, gebückt um das Haus des Professors herumstreunenden Mann bemerkte er. Ein verbissener Hass hatte sich tief in dessen Züge eingegraben.

Es sah so aus, als wäre er dem Objekt seines Hasses im Moment sehr nah.

9 Bäume, Sträucher, Masten, Gebäude wischten schemenhaft an dem Zugfenster vorüber. Zwischen ihnen blinzelten flüchtige, unwirkliche Bilder verschleierter Felder, regloser Straßen, geduckter Häuser und düsterer Waldstücke müde hervor. Die weiter entfernten Pappeln begleiteten wie aufmerksame, aber diskrete Wächter den Lauf des Zuges, der sich soeben in eine lang gezogene Linkskurve legte und das anthrazitfarben schimmernde, gekräuselte Band eines kleinen Baches kreuzte. Wie aus dem Nichts sprang, einem wütenden Untier gleich, ein entgegenkommender Zug in den viereckigen Ausschnitt der Welt und erschütterte für einige Sekunden den Waggon, um genauso plötzlich zu verschwinden und jetzt den Blick auf weite Flächen frei zu geben, was fast genauso erschreckend war. Der Blick verlor sich in der Ferne, konnte sich an nichts so recht festhalten und irrte suchend umher.

Das ist der Moment, in dem der Reisende sich regt. Er lässt sich nicht von dem rasenden Wechsel der nebulösen Gestalten aufstören, nicht von den vielfältig aufblitzenden Bildern und auch nicht von dem lauten Gebrüll des grimmigen Eindringlings. All dies ist ohne eigene Bedeutung, ist nur ein schnell sich wandelnder Fluss äußerer Ereignisse, der den Geist beschäftigt, ihn verführerisch mit sich zieht, ihm Fülle und Werden einschläfernd vorspielt, wie ein Schauspiel, welches mit seinen schillernden Figuren die eigenen inneren Stimmen verstummen macht. Wenn plötzlich der Vorhang fällt, der Strom des Geschehens versiegt, die äußeren Bilder jählings verlöschen und sich unvermittelt eine unbewegte, gleichförmige Weite auftut: Dann erst kommen die inneren Gestalten zu sich, recken sich, blinzeln in den Tag hinein, und nach wenigen Sekunden beginnen ihre Chöre zu schnattern, zu lamentieren, zu stöhnen über das, was der Tag ihnen bringen wird.

Zeitgleich mit dem plötzlichen Anblick des Nichts regte sich auch Johann Kuipers. Wie mit einem Schlage war ihm alles präsent: die letzten Tage seiner Recherchen, deren überraschende Ergebnisse, das Ziel und der Zweck seiner Reise. Der erwachende Tag schickte ein diffuses, trübes Licht in das Abteil, das ihn etwas bedrückte. Johann Kuipers mochte die Dämmerstunden des heraufziehenden wie des scheidenden Tages nicht. Suchend schaute er sich um, dann knipste er die Deckenleuchte an.

Er schaute auf seine Uhr. 9 Uhr 48, noch 25 Minuten bis Hildesheim. Aus seiner Thermoskanne goss er sich tiefschwarzen Kaffee in seinen Becher. Dann wickelte er ein schlaffes Wurstsandwich aus dem Pergamentpapier, biss lustlos hinein und nahm einen kräftigen Schluck zu sich. Er seufzte wohlig, als er spürte, wie jede seiner Körperzellen Wärme und Koffein gierig aufsaugte und sich wie zum Morgenappell straffte. Nun fühlte sich Johann Kuipers wach genug, um sich seinen Tagesplänen zu widmen. Er zog eine braune, scheckige Ledermappe vom Nebensitz auf seinen Schoß und holte seine Notizen, einen Stadtplan von Hildesheim, Kopien von Zeitungs- und Polizeiberichten und einige Ausdrucke aus dem Internet heraus. Nachdenklich ging er die Unterlagen durch. Was hatte er über Robert Steinfath herausgefunden? Geboren am 31. Mai 1960, wohnhaft in Hildesheim, Andreasstraße 11, nicht verheiratet, keine Kinder, kam 2003 aus der ehemaligen DDR nach Hildesheim, wo er seitdem als Psychagoge im Niedersächsischen Landeskrankenhaus arbeitet. Mit Googles Hilfe und viel Geduld war es Johann Kuipers sogar gelungen, im Internet ein Foto von ihm zu entdecken, wenngleich dies etwas verschwommen war und er leider von einer anderen Person halb verdeckt war. Dieses Bild zeigte die *Zielperson* – Johann Kuipers fühlte sich bei diesem Wort wie ein Fahnder des Bundesnachrichtendienstes – offenbar während einer Jahrestag-Feier der Klinik.

Kuipers' Chef Michael Weisberger hatte seinem Vorhaben, eine Serie über unklare Todesfälle und unaufgeklärte Morde für die Zeitung anzufertigen, mürrisch zugestimmt. Wegen der Aussicht auf etwas Freiheit und Ungebundenheit freute er sich auf die Aufgabe. Für heute hatte er sich vorgenommen, Robert Steinfath aufzusuchen und ihm einige Fragen über den Tod seiner Mutter zu stellen, bei dem sich nach Durchsicht des alten Zeitungsartikels und des Polizeiberichtes einige Ungereimtheiten ergeben hatten. Und dann wollte er noch bei Nachbarn, Freunden und Kollegen Erkundigungen über dessen Eigenheiten und Charakter einholen.

Am Hildesheimer Hauptbahnhof stieg Kuipers in die Linie 1, stieg in die 6 um, die er in der Goslarschen Landstraße wieder verließ, ohne viel von der Stadt und ihren Menschen mitbekommen zu haben. An der Haltestelle folgte er einigen Leuten, die ihn direkt in die Halle der Klinik führten. Am Eingang las er: Niedersächsisches Landeskrankenhaus für Psychiatrie. Er blickte sich unsicher um. Wie sollte er Steinfath in diesem Gewimmel finden? Vielleicht hatte er ja auch heute frei! Er fragte einfach auf gut Glück den nächsten Passanten – und er hatte Glück:

„Der Psychagoge? Ja, warten Sie mal, der sitzt auf P 4, hier geradeaus, dann eine Etage hoch, da rechts den Gang entlang und im nächsten Treppenhaus bis zum 4. Stock hoch, der Fahrstuhl ist ein bisschen versteckt. Ich glaube, da irgendwo ist sein Büro, aber da können Sie ja noch mal fragen."

Der Journalist folgte dieser Wegbeschreibung, bis er nach einigen Irrwegen, Befragungen und verhaltenen Wutanfällen wegen wahrlich verrückter Wegweiser – ein Pfeil zeigte senkrecht nach unten, ohne dass aber eine Treppe, ein Fahrstuhl oder auch nur eine Falltür vorhanden gewesen wäre – plötzlich vor dem gesuchten Raum stand: *Robert Steinfath – Psychagoge* prangte in Comic Sans auf dem Schild an der Tür. Kuipers fand sich großartig. In ihm baute sich eine kaum bezähmbare Lust auf, die Partie des Bürgermeisters van Bett aus Lortzings *Zar und Zimmermann* zu schmettern: *Oh, ich bin klug und weise, und mich betrügt man nicht*. Er hielt sich zurück und klopfte. Eine Stimme rief ihn fröhlich herein. Und genauso fröhlich gab ihm diese Stimme, nachdem er eingetreten war und den gesuchten Namen fragend genannt hatte, zu verstehen, dass er leider nicht Robert Steinfath sei, sondern sozusagen sein Nachfolger.

„Und wo finde ich Herrn Steinfath?", wollte Kuipers wissen, wobei seine Siegesgewissheit schon ein wenig in sich zusammengesunken war.

„Hier jedenfalls nicht", erwiderte der Mann fröhlich. „Robert hat überraschend gekündigt, ganz plötzlich. Was mein Glück war, weil ich seine Stelle und natürlich auch sein Büro gekriegt habe. Endlich eine feste Stelle, nicht immer diese Schwangerschafts- und Urlaubs- und Krankheitsvertretungen, und dann einen eigenen Raum, nicht mehr in dieser Abstellkammer!"

Kuipers ärgerte sich. Nun würde er bestimmt nicht mit einem Tag auskommen.

„Wissen Sie, was er jetzt macht?", wollte er wissen. „Und wo ich ihn vielleicht finden könnte?"

„Nein, weiß ich nicht – keine Ahnung. Robert war nie so gesprächig."

Zum Glück bist du es dafür umso mehr, dachte Kuipers bei sich.

„Also", fuhr der andere fort, „der hat nie was über sich erzählt, nichts Privates jedenfalls. Nicht dass er verschlossen gewesen wäre, das kann man auch nicht sagen; er ließ eher die anderen reden, hörte zu, fragte auch mal nach."

Eine kurze Pause entstand, der freundliche Mann räusperte sich, legte seinen Kopf ein wenig schräg und erkundigte sich bei dem Fremden: „Warum interessieren Sie sich denn eigentlich für ihn?", wobei sich seine Augen ein wenig verengten.

So was Blödes!, schoss es Kuipers durch den Kopf, *da hätte ich mir aber was zurechtlegen sollen – wie ein frisch geschlüpfter Volontär!*

Um Zeit zu gewinnen, sagte er erst einmal:

„Ja, wissen Sie –"

Er dehnte die Worte so weit in die Länge, dass es gerade noch geheimnisvoll und noch nicht verlegen klang. Dann fiel ihm die merkwürdige Berufsbezeichnung des Gesuchten ein: *Psychagoge*, das hatte er noch nie gehört! *Psychologe* ja, *Pädagoge* auch, aber *Psychagoge*? Er kramte sein verstümmeltes Griechisch-Wissen aus irgendeiner Hirnwindung: *Seelenführer* oder so ähnlich.

„Meine Tochter möchte gern Psychagogik studieren, und weil ich heute sowieso hier zu tun hatte, hab' ich ihr versprochen, Herrn Steinfath einmal zu konsul..."

„Psychagogik gibt's heute gar nicht mehr", wurde er abrupt unterbrochen, „das war mal vor zig Jahren ein Studiengang, bisschen so wie Sozialpädagogik."

Ein Großteil seines Blutes versammelte sich unmittelbar hinter Kuipers' Gesichtshaut. Er stammelte irgendetwas Unverständliches, aber sein Gegenüber plauderte munter weiter, als habe er nichts bemerkt:

„Na ja, geht mich ja auch nichts an. Also, Robert war ein Einzelgänger, hatte wohl keine Freunde hier, man kannte sich eben, kann mir auch nicht vorstellen, dass er überhaupt Freunde hatte."

„Und eine Frau oder Freundin?"

„Da fragen Sie mal Renate, Frau Wagenbach, die sitzt gegenüber, müsste auch jetzt hier sein, die hat mal so etwas erwähnt."

„Und wie kamen Sie mit Herrn Steinfath so zurecht?" Kuipers wurde offensiver.

„Also, der war sehr beliebt eigentlich, ich meine, das war nicht so persönlich, aber er war eben sehr zuverlässig und hilfsbereit. Wenn der was zusagte, konnte man seine Augäpfel drauf verwetten, dass er es auch einhielt. Wirklich. War immer bereit, seinen Dienst zu tauschen, wenn man mal etwas vorhatte. Und wusste auch gut Bescheid, beruflich. Was er mit den Patienten anstellte, hatte Hand und Fuß, der machte den Ärzten und Therapeuten noch was vor, wusste viel mehr als die."

„Hat er sich aufgespielt, meinen Sie das?", fasste Kuipers sofort nach. „Also sich was darauf eingebildet und die anderen dies spüren lassen?"

„Nein, wirklich, gar nicht. Eigentlich schon komisch, er hätte schon das Zeug dazu, aber das war ihm anscheinend nicht wichtig. Er schien irgendwie überhaupt keinen Ehrgeiz zu haben. Übrigens, auch körperlich, fällt mir grad ein, der war ziemlich fit, glaub' ich. Wie der die Treppen immer hoch ist, ohne zu keuchen, und einmal, hab' ich gehört, hat er bei den Landesmeisterschaften im Triathlon mitgemacht, nein, Ironman war das sogar, ziemlich harte Sache, und hat ganz gut abgeschnitten. Aber angeben damit? Nein, nicht Robert!"

Vor Kuipers' Geist setzte sich schon ein recht gutes Mosaik des Wesens dieses Mannes zusammen.

„Fällt Ihnen sonst noch etwas zu Herrn Steinfath ein?"

„Nein, eigentlich nicht, Robert war insgesamt eher durchschnittlich, man konnte ihn schon mal übersehen oder vergessen, obwohl er das nicht verdient hat. Irgendwie, äh, unscheinbar. – Aber sagen Sie mal", fügte er nach einer kurzen Pause augenblinzelnd hinzu, „Sie scheinen sich wohl eher für Robert Steinfath zu interessieren als für Psychagogik, oder?"

„Hm, kann schon sein ..."

Zwanzig Minuten später saß Johann Kuipers in einem Taxi und ließ sich zur Andreasstraße in der Innenstadt fahren.

Von Frau Wagenbach, die er tatsächlich angetroffen hatte, war ihm mitgeteilt worden, dass Herr Steinfath wohl so etwas wie ein *Bratkartoffelverhältnis* habe. Er habe zwar nichts Eindeutiges erwähnt, aber den Namen einer Frau, nämlich Ilse Petersen, häufiger genannt. Auf ihr Nachfragen habe er ihr berichtet, dass er in der Woche bei dieser Person regelmäßig zu Mittag esse und er ihr dafür den Einkauf und andere Dinge abnehme, da sie an einer spastischen Lähmung leide. Da könne man sich den Rest ja denken. Die Adresse habe sie sich deshalb merken können, weil im Nachbarhaus eine Jugendliebe von ihr lebe. Der Mann sei nun aber unter die Räder gekommen, Drogen vielleicht und wahrscheinlich auch irgendwelche krummen Dinger. Gut, dass sie sich damals von ihm losgesagt und einen weniger flippigen Mann vorgezogen habe, man könne das ja langweilig finden, aber man sehe ja, was dabei herausgekommen wäre.

In dieser Anstalt schienen die Leute ziemlich geschwätzig zu sein. Sicherlich mussten sie den ganzen lieben Tag immer nur zuhören, und wenn sich mal ein Fremder in diese Klinik verirrte, wurden sogleich einige Megabyte Textdateien auf ihn heruntergeladen. Worüber er sich allerdings nicht beklagen wollte!

Das Gespräch mit Ilse Petersen war kurz, aber ergiebig gewesen:

„Mein Name ist Johann Kuipers, guten Tag", hatte er begonnen, „ich bin ein Kollege von Robert Steinfath und wollte ihn auf der Durchreise besuchen. Wohnt er bei Ihnen?"

„Nein", lautete die knappe, aber nicht abweisende Antwort.

„Aber er hat doch hier gewohnt?"

„Ja."

„Ist er umgezogen?" Die Würmer wollten alle einzeln mit Namen genannt und aus ihrer gemütlichen nasalen Behausung herausgelockt werden.

„Ja."

„Würden Sie mir mitteilen, wohin Herr Steinfath verzogen ist?"

„Ja, gern", erwiderte die Frau. Und was sie dann sagte, wirkte auf Johann Kuipers etwa so, als würde eine Tonne fettige Bratkartoffeln auf ihn niederregnen:

„Er ist nach Lübeck gezogen."

10 Die lange, graue Dämmerung war allmählich tiefer Nacht gewichen. Im Haus war es totenstill, und auch von außen drangen keinerlei Geräusche herein. Ein matter, diffuser Lampenschein drang von der Zufahrt durchs Fenster und mischte sich mit dem zaghaften Licht der Nachttischleuchte zu jener schmutzig-gelblichen, bedrohlichen Stimmung, die ein heraufziehendes Unheil ankündigt.

Der alte Mann lag stöhnend auf seinem Bett, die Decke über seine kalten Füße geschlagen. Er hatte die oberen Hemdknöpfe gelöst. Seine aderdurchwebten Hände hatte er leicht auf die Zwerchfellgegend gelegt. Noch immer raste sein Herz, unterbrochen von stechenden Extrasystolen. Kalter Schweiß stand ihm auf der Stirn und perlte über die Schläfen hinunter.

Er kannte das. *Ruhig atmen!*, sagte er sich und blies langsam die Luft durch die leicht zusammengepressten Lippen hindurch. Mit den Fingerkuppen massierte er kreisend den Bereich unter dem Rippenbogen. Das beruhigte ihn, und langsam kam sein Herzschlag wieder in einen akzeptablen Takt. Er fasste etwas Mut und ließ seine Linke über den Nachttisch gleiten, bis sie den Umschlag ertastete. Er schaute ihn nochmals an: *Christian Tille* in ausgeschnittenen, unregelmäßig aufgeklebten Buchstaben stand da und darunter jenes Datum, das ihm Angst machte: *1.11.1976*. Fahrig riss er das Kuvert auf und zog die Kopie eines Zeitungsartikels vom *2.11.1976* heraus. Er las:

Drama in der Psychiatrie – Frau erhängt in psychiatrischer Klinik aufgefunden. Gestern wurde am frühen Nachmittag eine 34-jährige Frau in der Gerätekammer einer psychiatrischen Station des Universitätsklinikums erhängt aufgefunden. Die Polizei geht von Selbstmord aus. Entgegen ersten Vermutungen handelt es sich aber nicht um eine Patientin dieser Klinik, sondern um eine dort tätige Krankenschwester.

Weiter konnte er nicht lesen.

Kaum hatte er den Artikel beiseitegelegt, explodierte die Fensterscheibe.

Seit geraumer Zeit war Erich Bukowski um das Haus des Professors herumgestrichen. Er hatte beobachtet, wie dessen Frau das Haus verlassen hatte und mit entschlossenem Schritt schräg über die Hauptstraße gegangen war. Dort wohnte ihre Freundin. Das würde, er wusste das, Stunden dauern. Alle im Dorf redeten der Frau Professor zu, ihren Mann endlich zu verlassen, und so wie sie eben ausgesehen hatte, würde sie nicht mehr lange damit warten. Bukowski nahm seinen Zimmerschlüssel fest in die Hand und ging, während seine Augen sich um eine Nuance verengten und seine Kiefermuskeln sich sichtbar anspannten, dicht an dem silbernen Jaguar des Professors vorbei. Hinter seinem Körper und begleitet von einem hässlichen, an Tafel und Kreide erinnernden Quietschen tauchte, vom Heck bis zum vorderen Kotflügel, ein unschöner, tiefer Kratzer auf. Bukowski spähte durch das Fenster. Sein Schnapspegel war optimal: genug, um nicht zu zittern, aber nicht so viel, dass seine Sinne im Alkoholnebel die Orientierung verloren hätten. Der Alte lag ausgestreckt auf seinem Bett, die Hände über seinen Leib gefaltet, wie bei einem Toten. Bei dem Gedanken, er könne schon tot sein, verspürte Bukowski so etwas wie Enttäuschung. Und Leere. *Er wollte es tun!* Er nahm die Eisenstange in seine Rechte, die sich sogleich um das kalte Metall schraubte. Das war sein einziger Lebensmotor: Hass! Er biss die Zähne aufeinander. Rächen wollte er sich! Die Adern an seinen Schläfen traten hervor. Für den Betrug, dafür dass dieses Schwein ihn um sein Haus betrogen hatte. Da lag die Sau, satt und träge! Und dafür, dass seine Frau ihn verlassen hatte! Den Schädel ihm zu Brei schlagen! Zornig starrte er den Professor an, seine Augen brannten. Ihn winseln hören! Spüren, wie die Schädelplatte zersplittert! Und seine dreckige, schleimige Hirnmasse austritt! Bukowski rückte das Eisenrohr in beiden Händen zurecht und wiegte es in den Fäusten.

Dann hob er das schwere Rohr empor, umspannte es noch fester mit seinen Fingern und schlug zu.

Zur gleichen Zeit und einige Kilometer entfernt von diesem Geschehen, in einer elegant und minimalistisch eingerichteten Eigentumswohnung im neuen Hochschulstadtteil, lag eine junge Frau in den Armen ihres Freundes. Sie hatte geweint, während sie ihm alles erzählt hatte. Jetzt schwieg sie und schluchzte nur noch einige Male auf. Bernd Ewert streichelte sie mechanisch, hauchte tonlos „meine arme kleine Vanessa“ vor sich hin, während seine Gedanken damit beschäftigt waren, wie er sich diesen Professor aus Thandorf zur Brust nehmen würde.

11 „Ike, du sollst sofort zum Chef kommen!“ Gisela Hansen, die Schreibkraft des Betrugskommissariats, blickte sensationsgierig zu der Kommissarin herüber, die soeben den Raum betreten hatte.

„Hat Ssloboda gesagt, was er will?“, wollte diese wissen.

„Nein, nicht Sloboda! Flummy persönlich!“

„Und wer ist Flummy?“, erkundigte sich Ike Jensen erstaunt.

„Na, eben Flummy, der oberste Boss, Dr. Reitner, der Polizeidirektor! Weil der so rundlich ist und immer auf und ab wippt, deshalb nennen alle ihn nur Flummy. Du kennst doch diese wild hüpfenden Gummibälle, oder? Also nun aber schnell rüber zu ihm!“

„Was ssoll ig denn bei ihm?“ Ike konnte sich nicht erklären, warum er sie zu sich zitierte. „Und dann ssoll ig noch für Ssloboda den Report über den Ertrunkene ssreiben – den Berigt fertigssreiben!“, protestierte sie lauthals, wobei ihre Stimme in einen melodischen Singsang verfiel.

„Weiß auch nicht! – Vielleicht will er ja mit dir auf ein Werbefoto für die Lübecker Polizei, wer weiß?“, stichelte Gisela, während Holger Pauls ungeduldig vor sich hinbrummelte. Jörg Wächter, der Leiter des Dezernats, brütete über der auffälligen Bilanz eines Lübecker Großunternehmens und ließ sich von dem Disput nicht einen Deut in seiner Konzentration stören.

Ike raffte ihre Sachen zusammen und war gerade im Begriff, zur Tür zu gehen, als ihr Telefon klingelte. *Das wird Sloboda sein und sagen, das sei ein Missverständnis,* schoss ihr durch den Kopf. Die Begrüßung ihres Chefs auf der Zunge, ergriff sie den Hörer und meldete sich betont korrekt.

„Lars Müller-Hänisch", meldete sich die Stimme am anderen Ende.

„Mit wem sprecke ig?", fragte sie scheinbar desinteressiert und um etwas Zeit zu gewinnen; denn ihr Herzschlag beschleunigte sich auf ein im wörtlichen Sinne atemberaubendes Tempo, was sie sich aber keinesfalls anmerken lassen wollte. „Mit wem sprecke ig?"

„Äh –"

„Ah sso?"

„Lars Müller-Hänisch – wir – äh – haben uns doch bei dem Vortrag in der Uni kennen gelernt?", versuchte der Anrufer verzweifelt eine Erinnerungsspur in der Frau auszulösen.

„Aaah, der ssüße Psykologe mit die sswarze Locken?"

Bei diesem Satz richteten sich insgesamt drei Augenpaare auf die Kommissarin, von denen sich eines sehr schnell wieder von ihr löste und den viel interessanteren Zahlenkolumnen zuwandte; die anderen beiden aber blieben gespannt auf ihr hängen. Das unruhig blinzelnde Augenpaar am anderen Ende der Leitung und besonders die Röte des zu diesen Augen gehörenden Gesichts waren diesen Personen und besonders der attraktiven Dänin jedoch glücklicherweise verborgen, wie Lars sich erleichtert klarmachte.

„Ja, du erinnerst dich also?" Und wie es ihm so oft erging, wenn die Einzelteile des zuvor in die Brüche gegangenen Selbstwertgefühls sich gerade wieder glücklich zusammengefügt hatten, wurde er ein wenig überschießend und fügte unschuldig hinzu:

„Was meinst du, wie süß du mich erst finden wirst, wenn du von mir genascht hast!?" Und wie so häufig merkte er erst hinterher, was er da gesagt hatte, und quittierte diese Erkenntnis mit einem weiteren exzessiven Erröten, von welchem er annahm, dass es sich durch die Telefonleitung hindurch zu seiner Gesprächspartnerin fortpflanzen und ihn gnadenlos bloßstellen würde.

Eine kurze, qualvolle Pause entstand, unterbrochen nur von einigen nicht weiter schildernswerten *Ähs* und *Hmhs* und Stotterern seitens des Psychologen. Ike indes hatte ihre kardialen Sys- und Diastolen wieder unter Kontrolle gebracht und schmunzelte innerlich über diesen kleinen Fauxpas ihres Gesprächspartners. Allerdings musste er für diese kleine Unverschämtheit ein wenig bestraft werden. Also ließ sie ihn zappeln – und schwieg.

Lars fühlte auch tatsächlich die Verantwortung für die Fortsetzung dieses Gesprächs – oder besser gesagt: für dessen eigentlichen Beginn – und überlegte fieberhaft, wie er wieder Herr der Lage werden konnte. Um Zeit zu gewinnen, eröffnete er erst einmal mit einem:

„Äh –!"

Der Anfang war gemacht. Jetzt konnte er sein Anliegen vorbringen:

„Woll'n wir mal zusammen was machen?"

„Kann es ssein, dass du hast an Nassjen gedacht?" Die Strafe war noch nicht verbüßt, also ließ sie ihn noch etwas schmoren.

Wieder schoss ihm das Blut ins Gesicht. Aber schließlich war er ein Kerl, und der ließ sich doch nicht von einem kleinen Mädchen verunsichern! Also brachte er auf sehr erwachsene, fast geschäftsmäßige Art hervor:

„Kennst du den Jazzclub in der Mühlenstraße?"

„Ja."

„So um halb acht?"

„Ig glaub ssjon, das geht."

Etwa vierzig Minuten später fuhr sie in einem klapprigen Golf, dem letzten Dienstfahrzeug, das sich auftreiben ließ, Richtung Thandorf. Zuvor hatte sie den Polizeidirektor Dr. Reitner persönlich kennen gelernt. Nachdem dieser kleine, kugelige Mann sie in sein großzügig dimensioniertes Büro gebeten hatte, war er zur Begrüßung aufgestanden, hatte sich vor ihr aufgebaut und war wie ein erregter Hahn so sehr auf und ab gewippt, dass Ike Jensen Angst haben musste, er könne sich so weit aufschaukeln, dass er abheben und durchs offene Fenster in den diesigen Morgenhimmel hinaufschießen würde. Er hatte ihr erklärt, dass es in der letzten Nacht einen Anschlag auf einen persönlichen Freund von ihm gegeben hatte. Er selbst sei von dem Opfer ersucht worden, sich um den Vorfall zu kümmern. Daraufhin habe er zugesagt, eine junge Kollegin vorbeizuschicken, die sich durch ausgezeichnete Referenzen ausweise. Herrn Hauptkommissar Sloboda habe er bereits mitgeteilt, dass er die Kollegin wegen eines Sonderauftrags von allen anderen Aufgaben freigestellt habe.

Abgesehen davon, dass der alte Wagen auf dem Kopfsteinpflaster von Utecht auseinanderzufallen drohte, verlief die Fahrt nach Thandorf ohne Komplikationen. Ike Jensen fand das Dorf und das Haus dieses Professors auf Anhieb. Sie stellte den Wagen auf dem Kiesplatz vor dem Café Kreuzstich ab. Einer Intuition folgend, betrat sie zunächst das Lokal. Sie stellte sich vor, zeigte dabei ihren Dienstausweis und fragte die Serviererin nach dem Professor aus. Plötzlich ertönten durch das rückwärtige geöffnete Fenster des Cafés zwei Männerstimmen, von denen die eine sehr erregt klang. Die andere schwang zwischen ruhiger Überlegenheit und Amüsiertheit hin und her.

„Hören Sie nur", wies die Bedienung sie auf den Streit hin,

„der Ältere, das ist der Professor, den anderen kenne ich nicht, der ist nicht von hier. Das Geschimpfe geht schon seit einigen Minuten so."

Die Polizistin spähte durch das Fenster. Die beiden Männer standen vor dem Eingang des Hauses direkt hinter dem Café. Der jüngere schien sich immer mehr zu echauffieren, und jetzt wurde er ziemlich laut:

„Sie wissen genau, was ich meine! Tun Sie nur nicht so! Sie meinen wohl, Sie könnten sich alles erlauben, nur weil Sie ihr Doktorvater sind!"

Der Professor hatte sich während dieser Tirade lässig an die Seitenwand der Tür gelehnt und lächelte überheblich, was den anderen offensichtlich noch mehr provozierte:

„Ich warne Sie!"

„Spielen Sie sich nur nicht so auf! Manche Frauen sind eben für die Erotik des Geistes empfänglich, und Ihre Freundin wollte es auch, das hat sie mir ganz deutlich zu verstehen gegeben, auch wenn Sie Ihnen etwas anderes gesagt hat!"

„Mach' das bloß nich' noch mal, du, du – du geiler Bock", schrie der junge Mann dem Professor mit schwellender Halsschlagader ins Gesicht, „dann wirst du was erleben – dann, dann – dann bring' ich dich um!"

Als der junge Mann daraufhin mit purpurrotem, wutverzerrtem Gesicht und vor Zorn vibrierenden Bewegungen davonstürmte, drehte sich die Kommissarin schnell um, rannte aus dem Lokal und schnitt dem Mann den Weg ab. Kurz hinter dem Zugang zum Café trat sie ihm entschlossen entgegen:

„Polissei! Bleiben Ssie stehen!" Dabei zückte sie ihre Marke und sagte ihren Namen. „Was war da eben los? Warum haben Ssie gedroht, den Professor ssu morden?"

Bernd Ewert war so überrascht, dass er gehorsam stehen blieb. Er schnappte nach Luft, konnte sich aber nur schwer wieder unter Kontrolle kriegen. Ike Jensen hatte damit gerechnet, dass er fliehen würde, aber der Mann schien diese unvermutete Aufforderung der Polizistin als willkommene Gelegenheit anzusehen, noch mehr Dampf abzulassen:

„Dieses Schwein, erst ködert er meine Freundin, ihre Diss bei ihm zu schreiben, und dann betatscht er sie und zwingt sie, ihm gefällig zu sein! Sie wissen? *Gefällig*, hat er gesagt. Is' doch klar, was das heißt, oder nich'? Und tut so, als sei das eine Ehre für sie, mit ihm, Sie wissen schon. Und jetzt hat sie dem anderen Prof abgesagt, und der war wohl etwas angefressen deswegen – sie muss ja wissen, was sie tut und so weiter!"

Es sprudelte förmlich aus dem Mann heraus. Ike Jensen notierte noch die Personalien des jungen Mannes, erfragte auch den Namen seiner Freundin und forderte ihn auf, sich zu ihrer Verfügung zu halten, falls sie noch weitere Fragen an ihn habe. Nachdenklich schaute sie, nachdem der Mann noch immer wutschnaubend davongestapft war, in ihr Notizbuch: Bernd

Ewert und Vanessa von Ruhleben, Am Carlebachpark 3, Hochschulstadtteil, Telefon 1384771. Ein merkwürdiges Gefühl sagte ihr, dass sie demnächst noch einmal mit diesen Personen zu tun haben würde.

„Was wollte der Mann von Ihnen?“, wandte die Polizistin sich wenig später an Professor Tille, der sie ziemlich unverhohlen und mit offensichtlicher Befriedigung von oben bis unten musterte. Ike Jensen spürte das bekannte Kribbeln zwischen den Schulterblättern, das sich über ihren Nacken bis zur Kopfhaut fortpflanzte und ihr jenes Schrumpfkopfgefühl gab, welches sich reflexartig einstellte, wenn sie einem anderen gegenüber instinktive Abneigung verspürte. Für einen kurzen Moment verengten sich ihre Augen.

„Ach, wissen Sie“, wiegelte der ab, „das ist der Freund einer meiner Doktorandinnen, dessen Phantasie mit ihm durchzugehen scheint. Er hat mir irgendwelche Annäherungsversuche an seine Holde angedichtet. Leider ist diese Dame fachlich nicht so kompetent, wie sie sein sollte, und nun versucht sie wohl auf diese Weise, mein Urteilsvermögen zu unterlaufen. Sie glauben ja gar nicht, was sich junge Frauen heutzutage alles einfallen lassèn, um ihren Professoren zu imponieren! Beziehungsweise, im Falle des Misserfolges: um ihn unter Druck zu setzen. Sie werden verstehen, dass ich mich auf derartige Manipulationsversuche nicht einlassen kann – ich muss nach rein wissenschaftlichen Kriterien entscheiden!“

„Ja, Bernd Ewert, ig hatte eben die Gelegenheit und lernen ihn kennen“, sagte sie mehr zu sich selbst. „Hat er Ssie ssjon mal bedroht? Und haben Ssie ihn ssjon früher einmal hier gesehen?“

„Nein, weder noch“, antwortete Professor Tille und unterstrich die Tonlosigkeit seiner Worte mit einer Leere seines Blickes, die wohl ausdrücken sollte, dass er jeden Kontakt mit einem derart unbedeutenden Menschen sicherlich für eine Zumutung gehalten hätte.

„Halten Ssie es für möglig, dass Bernd Ewert für den Ansslag von gestern könnte verantwortlig gewesen ssein?“

„Wissen Sie, narzisstische Persönlichkeiten versteigen sich allzu leicht zu derartigen Exzessen, wenn ihr überhöhtes Selbstwertgefühl in Gefahr ist, in sich zusammenzubrechen. Deshalb wertet dieser unbedeutende Mann sich ja auch mit einer zugegebenermaßen höchst attraktiven Partnerin auf. Sobald diese sich einem anderen Mann zuwendet – und instinktiv spürt dieser Mensch, dass sein Liebesobjekt von einem Mann wie mir fasziniert ist – reinszeniert er sein früheres ödipales Verlusterleben der Mutter und entwickelt den unbewussten Wunsch, den Rivalen aus dem Weg zu räumen. Dabei geht es nicht um wirkliche, erwachsene Liebe, sondern nur um besitzergreifende Eigenliebe. – Also ja, es ist schon möglich, dass er für den gestrigen Anschlag verantwortlich ist.“

„Können Ssie ssig vorstellen, wer Ihnen ssonst noch ssjaden will?“, wollte Ike Jensen wissen.

„Nein.“ Die Antwort des Professors kam ein wenig zu prompt. „Das heißt – es gibt hier im Dorf noch einen Alkoholiker, der im Allgemeinen sehr aggressiv ist, der die Umwälzungen der Wende nicht verkraftet hat, vermute ich.“

„Wären Ssie sso freundlig und ssagen mir ssein Name?“

„Erich Bukowski.“

Ike Jensen notierte den Namen, ohne zu erkennen zu geben, dass sie ihn bereits gehört hatte. Sie ließ sich erklären, wo sie den Mann finden konnte.

„Und trauen Ssie ihm den Ansslag ssu?“

„Ja, das könnte sein.“

Die Polizistin schaute den Mann prüfend an:

„Warum ssollte er das tun?“

„Wissen Sie, dieser Mann hasst alle Westdeutschen, weil er uns im Zuge seiner alkoholischen Wahngebilde für sein Scheitern verantwortlich macht.“

„Könnte es ssein, dass Bukowski hat perssönlige Gründe?“, fasste die Kommissarin nach.

„Nicht wirklich, aber sehen Sie“, und bei den folgenden Worten nahm Christian Tilles Gesicht einen angewiderten Ausdruck an, „es ist stets die stärkste Eiche, an der das Schwein sich reibt! – Und schauen Sie hier!“ Der Alte zeigte auf seinen Jaguar. „Dieser Kratzer geht vermutlich auch auf Herrn Bukowskis Schuldenkonto!“

Mittlerweile waren die beiden zur Längsseite des Hauses gegangen und standen nun vor dem zerschlagenen Fenster. Auf dem Beet direkt vor dem Fenster befand sich eine massive, angerostete Eisenstange von etwa einem Meter Länge.

„Haben Ssie alles sso liegen lassen?“, erkundigte sich die Kommissarin und blickte durch das Fenster in das Zimmer. Die Scherben befanden sich tatsächlich innerhalb des Raumes.

Der alte Mann bejahte ihre Frage.

„Ich lag auf meinem Bett, als es passierte“, beschrieb der Professor den Hergang der Tat. Mir ging es gesundheitlich nicht besonders gut, weil ich – äh –“

Tille druckste mit einem verborgenen Seitenblick auf die Polizistin ein wenig herum, was Ike Jensen wie erhofft veranlasste nachzufragen:

„Ja?“

„Weil ich –“ Der Professor zögerte und sprach dann langsam und mit gepresster Stimme weiter: „Also: Ich erhielt unmittelbar vorher eine anonyme Drohung, und wegen der Aufregung erlitt ich einen Herzanfall ...“

„Was war das für eine Drohung?“

Professor Tille vergewisserte sich mit Hilfe eines flüchtigen Blickes, dass seine kleine Inszenierung bei seinem Gegenüber den gewünschten Eindruck eines verängstigten alten Mannes hinterlassen hatte und setzte dann hinzu:

„Es war ein Anruf. Die Stimme habe ich nicht erkannt. Sie klang so – ich würde sagen: verzerrt. Er sagte nur: *Wir werden uns bald wiedersehen!* Ich kann Ihnen nicht sagen, was der Betreffende damit meinte, aber mir lief es kalt den Rücken hinunter!“

Die Kommissarin richtete noch einige Fragen an den Mann, die dieser eine Nuance zu zögerlich beantwortete.

Ike Jensen wusste, dass er ihr etwas verheimlichte.

19 Uhr 06: Lars war mehr als zwanzig Minuten zu früh. Man kann ja nie wissen, vielleicht war sie schon da! Er zog es vor, als erster am Ort der Begegnung einzutreffen. So konnte er sich in Ruhe einstimmen, einen geeigneten Platz aussuchen. Den ganzen Tag über hatte er immer wieder nervös auf die Uhr geschaut, deren Zeiger sich heute in Zeitlupe zu bewegen schienen. Unwillkürlich glitten seine Gedanken in Betrachtungen über den allgegenwärtigen Zusammenhang von Zeit und Unwohlsein ab: Je unangenehmer die Situation, desto langsamer vergeht die Zeit. Wie war das noch gleich? Er versuchte, sich an seinen Physikunterricht zu erinnern: Zeit ist gleich Arbeit durch Leistung – oder so ähnlich. Das kann doch nur heißen: Je mehr oder schwerer oder unangenehmer die Arbeit, desto größer ist die Zeit, also desto länger kommt sie einem vor. Und je größer die Leistung, also wenn man sich etwas Schönes leistet oder wenn es einem einfach nur gut geht, desto weniger Zeit hat man oder desto schneller scheint sie einem zu vergehen. Daraus folgt das Gesetz der universalen Negativität: Es ist immer genau so, wie man es gerade nicht gebrauchen kann.

Nach der Arbeit war er schnell nach Hause gedüst, hatte sich geduscht, zu seinen engen Outlaws ein quer gestreiftes Sweatshirt herausgesucht, mit dessen Hilfe er etwas mehr Brustumfang vorzutäuschen gedachte. Er könnte ein bisschen breiter sein! Die sich ihm aufdrängende Erinnerung an seinen früheren Spitznamen *Pusteblümchen* schob er energisch beiseite und mit dieser sein Trichterbrustgefühl. Unwillkürlich streckte er seinen Brustkorb heraus und atmete tief ein.

Der Jazzclub in der Mühlenstraße war bereits recht gut besucht, bot aber noch einige freie Tische. Lars wählte einen Platz, von dem aus er die Eingangstür gut sehen konnte. In gespannter Vorfreude ließ er seinen Blick durch den Raum irren. Das Herz klopfte ihm im Hals, und leider hatte er unter seinen Achseln bereits recht ansehnliche, Leben fördernde Feuchtbiotope produziert, über die eine Überdosis Deospray in olfaktorischer Hinsicht noch einigermaßen die Oberhand behielt. Lars orderte ein kleines Pils, an dessen Stelle eine verschwitzte, desorientiert wirkende Serviererin ihm mit den Worten

Hier, dein Alsterwasser! ein trübes, schaumlos entspanntes Weißbier kredenzte, was Lars zu der wenig durchdachten Bemerkung veranlasste, sie solle sich doch baldmöglichst mal an ihren Urologen wenden. Da sich glücklicherweise inzwischen eine Stimme vom Nebentisch mit der Frage einmischte, wo das vor einer halben Stunde bestellte Weißbier denn bleibe, blockierte die Weißbierfrage den einzigen Zugang zu ihrer Großhirnrinde und zwang die Sache mit dem Urologen in eine Warteschleife, die sich höchstwahrscheinlich erst spät nachts in einem Traumbild Zugang zum Bewusstsein verschaffen würde. Obwohl der sinnentleerte Blick der jungen Frau ihm signalisierte, dass sein Einwurf nicht auf dem Spielfeld der Vernunfterkenntnis gelandet war, tat Lars, was er meistens in solch unheilvollen Fällen spontaner geistiger Ejakulationen tat: Er errötete. Er errötete, schwitzte, spürte seinen aufgeregten Herzschlag, der sich mitt-lerweile vom Hals bis zum hinteren Rachenraum vorgearbeitet hatte, und blickte nervös zur Tür. Dort hatte eine junge, strahlend schöne, aufrechte, selbstbewusste Frau nichts Besseres zu tun, als just in diesem unpassenden Moment einzutreten und sogleich auf ihn zuzuschweben, diesen großen, hageren Mann, der da in einem Zustand peinlichen psychischen Derangements verzweifelt in ihre Richtung starrte.

Immerhin vollbrachte Lars eine einigermaßen akzeptable Begrüßung, indem er sich erhob und ihr, wenn auch etwas steif, die Hand reichte. Mit einer nicht so recht in eine derartige Lokalität passenden Grandezza bot er ihr einen Stuhl dar. Verbal untermalte er diesen Akt mit einem einfachen:

„Hi!“

„Hi, ssjöner Mann!“, antwortete Ike, schritt auf ihn zu, schlang ihre Arme um seinen Hals, zog seinen Kopf zu sich herab und drückte ihm einen Begrüßungskuss auf die unrasierte Wange.

Lars registrierte und genoss den Geruch ihrer Haare, der an Apfel in vertrocknetem Herbstlaub erinnerte. Nach außen aber gab er sich so, als sei er daran gewöhnt, dass ihn alle naslang die tollsten Frauen küssten, und verfiel in einen nüchternen Ton:

„Darf ich dir etwas bestellen?“

Ike schaute ihn belustigt an:

„Gern! Ein Eimer Bier und ein halber Sswein! Ig hab' ein Löwenhunger!“

„Bärenhunger!“

„Du auch?“

„Nein, es heißt *Bärenhunger!*“, erklärte Lars.

Während Lars die Karte durchstöberte, merkte er, dass Ike ihn intensiv betrachtete.

„Du bist ssjügtern!“, stichelte sie mit spöttisch gespitzten Lippen. „Ig finde das ssehr ssüß. Und du kannst sso ssjön werden rot!“

Lars spürte, wie ihm der Kragen eines eng sitzenden Phantomhemdes den Hals zuschnürte und das heiße Blut, welches sich unter seiner Gesichtshaut angesammelt hatte, am Abfließen hinderte. Er ärgerte sich, obwohl er sich vorgenommen hatte, der weltmännische, erfolggewöhnte und jede Situation beherrschende, coole Typ seiner Tagträume zu sein. Nein, er würde sich nicht ärgern! *Umwandeln von Ärger in positive Aufregung und diese für seine Ziele nutzen!*, ging ihm der Ausspruch seines alten Lehrtherapeuten durch den Kopf. Ja, aufgeregt war er. Jetzt ging es nur noch darum, aus dieser gefangenen Energie einen mutigen Vorstoß zu machen. Und er machte einen:

„Ja, das stimmt, bei mir sammelt sich das ganze Blut immer im Gesicht. Und wie ist es bei dir, Ike? Wenn du mich mit deinem blassen Gesicht so gierig anschaust, nehme ich an, dass bei dir gerade andere Körperteile gut durchblutet sind, oder?"

Lars bemühte sich, Ikes Blick standzuhalten, während diese trocken schluckte. Da hatte er einen wunden Punkt getroffen! Gut, sie war ihn ja auch ziemlich forsch angegangen. Sie mochte ihn eben. Aber sie musste sich eingestehen, dass sie sich aus lauter Angst, ein Mann könnte ihr zu nah kommen, wie immer in die Angriffsstrategie geflüchtet hatte. Sie wollte ihn einschüchtern, ihn unterwerfen, wie sie es mit Männern zu tun pflegte, und wenn sie es dann geschafft haben würde, verlöre sie das Interesse an ihm, weil sie ihn langweilig fände. Eine gute Taktik, um zu verhindern, dass sie sich auf jemanden einließ. Sex war ein gutes Werkzeug, um Bindungen zu vermeiden – auch über längere Zeit mit demselben Kerl! Mit Sex konnte sie sich Überlegenheit verschaffen und gleichzeitig sichere Distanz wahren. Sie blickte ihr Gegenüber kurz an und merkte, wie Tränen in ihr aufstiegen: Im Innern war sie immer einsam und unglücklich geblieben, auch wenn ihr Leben von außen betrachtet aufregend und abwechslungsreich aussah. Sie sehnte sich nach etwas ganz anderem! Das ging aber niemanden etwas an.

Lars merkte sofort, dass sich etwas verändert hatte. Er nahm ein Glitzern in ihren Augen wahr:

„Entschuldige, Ike, ich wollte dich nicht verletzen", äußerte er besorgt und beugte sich ein wenig zu ihr vor.

Das war noch schlimmer für Ike; sie konnte viel besser damit umgehen, wenn sich Männer ihr gegenüber chauvinistisch verhielten. Das konnte sie nämlich besser! Aber bitte bloß keine Einfühlung! Nicht mitten in die Seele, bitte schön! Nur nicht auftauen! Das fing an, weh zu tun! Und schon gar nicht mit einem solchen Blick! Der war schlimmer als die Mündung einer 9 Millimeter Sig Sauer! Und dann diese in Ziehharmonika-Falten gelegte Dackelstirn! Wusste der Kerl überhaupt, wie gefährlich er war?! Was war nur los mit ihr? Warum musste sie sich ausgerechnet in einen Psycho verlieben?!

„Quatsch nich'!", sagte sie schroffer als geplant.
„Ich dachte nur –"
„Alles klar! Nigts passiert!", parierte sie seinen nächsten Versuch, sie in ihre eigenen düsteren Seelenlandschaften zu locken, woraufhin Lars sie erbarmungslos zärtlich fixierte und erwiderte:
„Wer hat dir nur so wehgetan?"

Als Ike Jensen etwa fünf Stunden später in ihrem Bett lag, spürte sie, wie ihr Zwerchfell sich plötzlich zusammenzog, sich nach oben wölbte, sich dann wieder krampfartig entlud, um dann unkontrolliert im Oberbauch auf und ab zu hüpfen. Dabei gab ihre Kehle gedämpfte, merkwürdig jaulende Laute von sich.
Sie bemerkte einen salzigen Geschmack im Mund.

Die Nacht, 1./2. November

Die Frau fühlte nichts mehr. Ihr Körper war nicht mehr vorhanden. Über ihr röchelte es. Mal entfernte sich das Geräusch mit einem flüsternden Klang, mal brauste es wieder aus der Ferne heran und fraß sich in ihr Gehör. Dann wurde es rhythmisch und erzeugte ein tröstendes Wippen in ihrem Körper, das nicht nach außen drang, sondern in einem wiederkehrenden Muster von Innervierungen verschiedener Muskelgruppen bestand.
Noch einmal zwang sie ihren Geist zurück in die kalte Realität der Scheune und fühlte für einen Moment die Ungeheuerlichkeit ihrer Lage. Sie hörte das schwere Atmen des alten Mannes über ihr. Vor vielen Jahren hatte sie ihn geliebt. Sie hätte alles für ihn getan.
Sie hatte alles für ihn getan!
Sie hatte ihn nie gefragt. Sie hatte es nicht wissen wollen!
Ihre kurze, schale Affäre, die ihr wie ein Almosen vorgekommen war! Oder wie Schweigegeld?
„Hast du es getan?"
Das Stöhnen wurde unruhiger.
„Ich will es jetzt wissen!"
„Was?" Noch angesichts des Todes gelang es dem Mann, herablassend zu klingen.
„Die Krankenschwester? – Hast du sie umgebracht?"
„Lass mich!"
„Ich hab den Jungen begutachtet. Ihren Sohn. Der auf dich eingeschlagen hat. Und Mörder! *geschrien hat!"*
Der Mann keuchte. Es klang genervt.
„Ich hab damals eine Schockreaktion mit paranoider Psychose diagnostiziert! – Und dich damit entlastet!"
„Hör auf! – Ich hab' doch nur ... ich wollte ..." Der Mann war noch einmal laut geworden. Mit dieser Anstrengung hatte er seine letzte Kraft verbraucht und flüsterte jetzt mit klägli-

cher Stimme: „... dass es ... wie ... Selbstmord ...“

„Und um mich bei Laune zu halten“, kreischte die Frau hysterisch, „hast du mich ein paarmal gebumst, oder wie?!“

Der Alte sagte nun nichts mehr.

Oktober

12 Als Dr. Annerose Tannert ihren Therapieraum betrat, spürte sie ihr Herz hart und schnell in ihrer Brust hämmern. Hätte sie ein wenig innegehalten, würde sie festgestellt haben, dass der Mann, der da drinnen auf seine erste Therapiestunde wartete, ihr Angst machte. Aber diese Angst war irrational: Er war ein ruhiger, vernünftiger und gebildeter Mann! Deshalb ließ sie ihre inneren Signale unbeachtet verklingen.

Vielleicht hatte sie zu viel Kaffee getrunken? Zudem hatte sie einen langen Tag vor der Brust. Ja: vor der Brust! Das ist es! Sie hatte viel vor der Brust, und ihr Herz in ihrer Brust setzte sich gegen den äußeren Druck zur Wehr. Es protestierte. Sie mutete sich zu viel zu. Die ganzen Sitzungen heute! Und am Abend dann die Konferenz der LPV, der Lübecker Psychotherapeuten-Vereinigung, auf der es sicherlich wieder zu diesen nervenaufreibenden Querelen zwischen psychologischen und ärztlichen Therapeuten kommen würde. Die Psychologen fühlten sich immer gegenüber ihren ärztlichen Kollegen benachteiligt und jammerten und meckerten über alles. Einige waren auch offen aggressiv. Besonders dieser Belá Tomasz! Der hatte sie während der letzten Sitzung in seiner überheblich-lässigen Art offen angegriffen und bloßgestellt. Wie der sich immer auf seinen Sitz lümmelte! Nur weil sie sich in der Woche davor geweigert hatte, einen seiner Patienten krankzuschreiben! Es war doch nicht ihre Schuld, wenn dieser Kollege nach zwei Jahren verhaltenstherapeutischer Behandlung den tieferen Grundkonflikt seines Patienten noch nicht erkannt hatte! Dafür hatte sie kaum 15 Minuten gebraucht! Und sie kann doch keinen Patienten krankschreiben, der seine psychische Störung so ausagiert und seine Behandler damit manipuliert!

Ja, Herz, du hast schon Recht, dich zu wehren!

Sie atmete noch einmal tief ein. Dann betrat sie das Zimmer. Hellmuth Michelsen erhob sich und begrüßte die Therapeutin freundlich.

„Nehmen Sie doch bitte wieder Platz!“, forderte diese ihn auf und ließ sich in ihrem Sessel nieder. *Siehste,* wies sie sich innerlich zurecht, *er ist doch nun wirklich harmlos. Ganz freundlich schaut er mich an ... da ist nichts Verhangenes oder gar Hinterhältiges in seinem Blick.*

„Herr ... Michelsen“, – sie brauchte einen Moment, um sich seinen Namen in Erinnerung zu rufen, „Herr Michelsen, was führt Sie zu mir?“

Einige Sekunden betrachtete dieser mit ausdruckslosem Blick sein Gegenüber, dann schien er sich zu besinnen und begann:

„Frau Dr. Tannert, zu allererst möchte ich mich bei Ihnen bedanken, dass Sie mir so schnell einen Termin geben konnten. Ich weiß, dass im Allgemeinen längere Wartezeiten bestehen. Und entschuldigen Sie bitte mein aufdringliches Verhalten von letzter Woche. Ich hatte Ihnen ja bereits mitgeteilt, dass ich Ihre Artikel gelesen habe, und bei dieser Lektüre habe ich sofort gedacht, dass ich mich nur zu Ihnen in Therapie begeben möchte…“

Versucht, mich mit Anerkennung zu manipulieren, notierte die Ärztin, wobei sie gleichzeitig bemerkte, wie gierig sie dieses Lob in sich aufsog. Wie bedürftig sie doch war!

„… weil ich nämlich sehr an Schuldgefühlen leide. Dabei gibt es keinen konkreten Anlass. Nicht, dass ich etwas Schlimmes getan hätte …“

„Wie machen sich denn Ihre Schuldgefühle bemerkbar?“, unterbrach ihn die Ärztin.

„Nun, ich grüble ständig – ich denke immer darüber nach, wie ich es verhindern kann, dass ich … ich will sagen: Nicht, dass ich wirklich glaube, zu so etwas fähig zu sein, aber … ich hab‘ doch große Angst, dass ich es doch … also, dass irgendeine dunkle innere Kraft mich veranlasst …“

„Wozu veranlasst?“, hakte Dr. Tannert nach.

Michelsen schwieg kurz, wobei er zu überlegen schien. Dann ruckelte er in seinem Sitz hin und her, als wäre ihm unbehaglich zumute.

„Diese … Vorstellungen … Bilder, die einfach so in mir auftauchen … schreckliche Bilder …“

Aus irgendeinem Grund nahm Annerose Tannert wieder ihren Herzschlag wahr. Sie wandte ihre Aufmerksamkeit aber sofort wieder auf ihren Patienten. Sie war hellwach:

„Ja?“

„Es fällt mir sehr schwer, darüber zu reden – ich schäme mich dafür. Auch wenn ich annehme, dass Sie Verständnis haben – schließlich haben Sie, wie ich finde, sehr einfühlsam in Ihren Arbeiten darüber geschrieben …“

Die Therapeutin nickte ihm ermunternd zu:

„Natürlich – Sie können mir alles mitteilen, was Sie belastet!“

„Es ist so …“

Michelsen zögerte, aber Dr. Tannert empfand, dass er es nun gleich würde zur Sprache bringen können. Ihr Herz klopfte aufgeregt. Als Zeichen, dass sie ihm bereitwillig zuhörte, schob sie die Augenbrauen in die Höhe. Sie hatte oft die Erfahrung gemacht, dass diese mimische Geste auf ihre Patienten ermutigend wirkte, und probte und verfeinerte diese mitunter zu Hause vor ihrem Spiegel.

„Also!“ Michelsen nahm eine entschlossene Haltung ein. „Also, es kommen … solche Bilder und Vorstellungen … in meinen Kopf, ganz von allein … dass ich … dass ich … jemandem etwas … Schlimmes antue.“

Jetzt war es heraus, und der Mann entspannte sich ein wenig.

„Etwas Schlimmes antun? – *Was* antun? Was zum Beispiel?“

Michelsen schlug seinen Blick zu Boden.

„Beschreiben Sie mir doch mal eine Ihrer Phantasien!“

„Es kann praktisch alles sein ... ich sehe eine Gabel und stelle mir vor, dass ich sie jemandem, der gerade zufällig anwesend ist, in die Eingeweide stoße.“

„Machen Sie bitte weiter!“

„Und ... mit der Gabel ... die ganze Bauchdecke ... also ... richtig brutal zerfetze ...“

Annerose Tannert registrierte, wie ihr das Blut aus dem Gesicht wich, was Michelsen nicht wahrnahm, weil er weiter zu Boden schaute. Sie holte tief, aber unhörbar Luft, rieb sich kurz mit den Händen das Gesicht und presste die Fingerspitzen auf die Innenseiten der Augenbrauen. Ihr Herz pochte heftig in der Leistengegend.

„... und die Organe einzeln rausreiße ... oder ich sehe einen Ziegelstein ... und stelle mir vor, die Schädeldecke eines anderen ... zu zertrümmern ... oder schlimm ist es auch im Bahnhof, zum Beispiel U-Bahn, da bleibe ich immer möglichst weit von der Kante entfernt stehen, aus Angst, ich könnte jemanden ... vor den Zug stoßen.“

Wenn die Ärztin nicht so sehr mit sich selbst beschäftigt gewesen wäre, hätte sie bemerkt, dass Michelsen, nachdem er seine Beschreibungen beendet hatte, den Kopf hob und ihr eine Zehntelsekunde lang forschend in die Augen blickte.

Schizoide Persönlichkeitsstörung? Zwangsstörung? Perversion?, ratterte es in ihrem Kopf, während die Therapeutin bemüht war, möglichst unbeeindruckt zu wirken. Weitere Schilderungen wollte sie jetzt nicht über sich ergehen lassen, und so fragte sie teils hilflos, teils auf gut Glück:

„Fühlen Sie Wut auf Ihren Vater?“

„An den kann ich mich kaum erinnern, der hat meine Mutter und mich verlassen, als ich zwei war.“

„Und auf Ihre Mutter?“

„Die ist schon lange tot: Ich war noch ziemlich jung, als sie starb.“

„Sie hat Sie einfach im Stich gelassen?“ Auf diesem Parkett fühlte Annerose Tannert sich deutlich wohler.

„Ja, vor Jahren war ich auch wütend auf sie. Aber das ist vorbei.“

„Und wie ist es heute, wenn Sie wütend sind? – Oder sind Sie nie wütend?“

„Ich hab mich eben abgefunden ... das heißt, es gibt noch einen Onkel, an den ich manchmal denke und Wut empfinde.“

„Was ist mit diesem Onkel?“, bohrte die Therapeutin nach.

Michelsen verfiel in ein vielsagendes Schweigen. Nach einiger Zeit meinte er dann:

„Ach, das ist auch lange her ...“

Dr. Tannert dachte sofort an sexuellen Missbrauch. Dann hätte der Patient auch Grund für seine unkontrollierbaren Gewaltphantasien und es gälte dann, diese auf diesen Onkel zu fokussieren. Allerdings hatte der Patient sicherlich den Großteil der traumatischen Erfahrungen verdrängt und reagierte seine unbewussten Todeswünsche gegen seinen Onkel – und wahrscheinlich auch gegen seinen Vater – mittels dieser blutrünstigen Imaginationen ab. Oder vielleicht lagen dem auch unbewusste infantil-sexuelle Wünsche gegenüber der Mutter zugrunde, und die Gewaltphantasien resultierten aus Eifersucht auf den Onkel als Stellvertreter des nicht anwesenden Vaters. Mit diesen Überlegungen hatte die Ärztin wieder das Ruder in die Hand genommen und fühlte sich sogleich wieder wohler.

Dass sich ganz tief in ihr eine düstere Erinnerung zu regen begann, nahm sie kaum wahr. Bevor aber der beunruhigende Schatten der Vergangenheit vollends in ihr Bewusstsein treten konnte, gelang es ihr, die Tür zu diesem bedrohlichen Raum in ihrer Seele, aus dem der Schatten drang, sofort wieder zuzuschlagen.

Zur gleichen Zeit saß Johann Kuipers in seinem Passat Kombi und grübelte. Seine Recherchen in Hildesheim hatten ergeben, dass Steinfath nach Lübeck umgezogen ist. Er dachte nach: Steinfath wurde 1960 geboren. Als er 16 Jahre war, Selbstmord der Mutter. Das heißt, wenn es denn wirklich Selbstmord war! In dem Zeitungsartikel aus dem Archiv der Lübecker Nachrichten war die Rede davon gewesen, dass die Frau depressiv gewesen sei. In dem Polizeibericht über die Befragungen der Nachbarn, Freunde und Bekannten war von Depression keine Rede; vielmehr soll es sich um eine lebensfrohe Frau gehandelt haben. Alle, die sie gekannt hatten, hatten sich über die Einschätzung, dass sie psychisch krank gewesen sein sollte, sehr verwundert gezeigt. Ein Anfangsverdacht gegen einen Oberarzt hatte nicht bestätigt werden können, weil er zur vermutlichen Todeszeit nachweislich an einer Dienstbesprechung teilgenommen hatte. Der Sohn, also Robert Steinfath, der auf den Oberarzt eingeschlagen und *Mörder, Mörder!* geschrien hatte, wurde dem Bericht zufolge in die Kinder- und Jugendpsychiatrie eingeliefert.

Kuipers rechnete kurz nach: Dieses Jahr sind genau 30 Jahre seit dem Tod der Frau vergangen. Ob es Zufall ist, dass Steinfath gerade jetzt nach Lübeck gezogen ist? Seiner *Bratkartoffel*-Liebe Ilse Petersen hatte er erklärt, dass er für einige Monate in seine Heimatstadt zurückkehren wollte, um eine Auszeit zu nehmen. Er wollte, wie er sich ausgedrückt hatte, in Klausur gehen, um wieder zu sich selbst zu finden. Das hatte Frau Petersen ihm, Johann Kuipers, in knappen Worten mitgeteilt. Dass sie selbst nicht wisse, wo Robert sich genau aufhalte, und seine Adresse und Telefonnummer habe sie deshalb auch nicht. Sie vertraue ihm und sei sicher, dass er in einigen Monaten wieder vor ihrer Tür stehen werde. Das Einzige, was sie ihm noch an Informationen hatte geben können, waren Fabrikat und polizeiliches Kennzeichen seines Autos: ein alter weinroter Peugeot 207 mit dem Kennzeichen HI – HM 13.

Der Journalist saß noch eine Weile unbewegt in seinem Auto. Dann klappte er sein Handy auf und tippte eine Nummer ein. Nach kurzem Klingeln wurde abgenommen. Kuipers gab seinem Gesprächspartner Instruktionen, beantwortete einige Fragen und schaltete dann sein Telefon aus.

Er wusste nun, was er zu tun hatte.

Melanie Rauchfleisch räumte gerade das Wartezimmer auf. Sie rückte die Stühle zurecht, schüttelte die Sofakissen aus, strich die Tischdecke gerade und goss noch schnell die Pflanzen, als die schrille Stimme ihrer Chefin von oben aus dem Therapiezimmer ertönte:

„Melanie, wie kommst du eigentlich dazu, den neuen Patienten ohne mein Wissen im Therapieraum warten zu lassen?“

„Wie bitte?“

„Herrn Michelsen. Er sagte, dass du ihn letzte Woche reingelassen hast.“

„Das stimmt nicht! Ich habe niemanden reingelassen!“

Melanie Rauchfleisch hatte Tränen in den Augen. Sie fühlte sich zu Unrecht beschuldigt.

13 Erster Kriminalhauptkommissar Hans Sloboda und Kriminalkommissarin Ike Jensen traten aus dem schmucklosen Einfamilienhaus am Ende der schlammigen Straße, die kurz vor dem Elbe-Lübeck-Kanal einfach aufhörte. Hier in Niederbüssau, einem außerhalb der Hansestadt liegenden Ortsteil von Lübeck, entstand eine neue Siedlung. Die Wirtschaft kam in Fahrt, wovon die Besserverdienenden sichtbar profitierten. Die Arbeitslosenzahlen waren noch nicht zurückgegangen, sie waren im Gegenteil auch in den letzten Monaten weiter angestiegen, so dass Lübeck mit einer Arbeitslosenquote von 15 % noch immer zu den Problemregionen Schleswig-Holsteins gehörte. Noch sperrten sich die Stadtväter dagegen, ihren Bestand an Sozialwohnungen, wie gerade in Dresden geschehen, zu verhökern, um den Schuldenberg auf einfache Weise, aber wieder einmal zu Lasten der Hartz-IV-Empfänger, abzubauen.

Udo und Charlotte Karoß hatten hier schon vor einigen Jahren ihr Häuschen gebaut und in weiser Voraussicht das Grundstück am Ende der Straße direkt am Kanal gewählt, um dem zu erwartenden Baubetrieb auf den vor dem ihren befindlichen Grundstücken möglichst zu entgehen. Ein weiterer Vorteil war, dass Udo Karoß die Baustoffe und die Maschinen des kleinen Baubetriebes, den er mit seinem Bruder Klaas unterhielt, einige Jahre lang kostenlos auf dem Gelände deponieren konnte. Wenngleich dies auch nicht ganz legal war, erhob niemand dagegen Einwände, und zwar einfach deshalb nicht, weil die wenigsten erpicht darauf waren, die matschige Straße bis zum Ende durchzufahren. Den Eheleuten Karoß konnte dies nur recht sein.

Es gab noch einen Vorteil: Es hatten sich unter den Nachbarn noch keine persönlichen Bekanntschaften herausgebildet. Die einen waren gerade erst eingezogen und waren damit beschäftigt, sich einzurichten; die anderen befanden sich mitten in der Bauphase und hatten mit Plänen, Firmen, Finanzierungen und Eigenleistungen alle Hände voll zu tun. Die Leute hatten also keine Zeit zu tratschen.

Und deshalb stellten sie auch keine unnötigen Fragen.

Die beiden Kommissare stapften gerade zu Slobodas altem Borgward. Sie hatten Frau Karoß unangemeldet aufgesucht.

„Nur einige formale Fragen noch zu dem Tod Ihres Schwagers“, hatte Sloboda ihr Erscheinen begründet.

Charlotte Karoß, etwa eins fünfundsechzig groß und mit einer für ihre 45 Jahre beneidenswert sportlichen und schlanken Figur ausgestattet, hatte angesichts dieses zerstreut und weichlich wirkenden Polizisten und seiner wortkargen Begleiterin nach und nach ihre anfängliche Skepsis fallen lassen und war immer umgänglicher geworden. Ihr Gesicht hatte einige blutige Stellen aufgewiesen, an denen sie eingangs nervös gekratzt hatte. Höflich hatte der Kommissar stets ihre Erlaubnis erfragt, wenn er etwas in die Hand hatte nehmen wollen. Nebenbei hatte er sich auch die Familienfotos zeigen lassen, die ihren Mann und seinen jetzt tödlich verunglückten Schwager als Jugendliche abbildeten. Zum Glück hatte er nichts bemerkt, hatte keine unangenehmen Fragen gestellt. Und diese hartnäckige Frage nach der Frau des Ertrunkenen! Sie hatte ihm doch bereits bei der ersten Vernehmung mitgeteilt, dass Klaas unverheiratet gewesen war. Na ja, wie dieser Kommissar mit seinen strähnigen, dünnen blonden Haaren unschlüssig und gebeugt von Raum zu Raum schlich und irgendwie gar nicht zu wissen schien, was er wollte! Und die Frau, wahrscheinlich seine Praktikantin, trottete immer hinter ihm her. Sie könnte beiden einen Kaffee anbieten, ihnen damit demonstrieren, dass sie nichts zu verbergen hatte.

„Mögen Sie vielleicht einen Kaffee? Oder ein Glas Saft?“, hatte sie gefragt. Beide hatten freundlich abgelehnt.

Einmal hatte sie sich verplappert. Mit einem schnellen, kontrollierenden Blick ihrerseits hatte sie sich versichert, dass der Kommissar keinerlei Reaktion auf ihren Fehler gezeigt hatte. Und dann, schon im Hinausgehen, hatte er nochmals so merkwürdig gefragt, wieso ihr Schwager Klaas denn, wo er doch gar nicht verheiratet gewesen sei, einen Ehering getragen habe und ob sie sich erklären könne, warum er ihn bei seinem Unfall nicht getragen habe. Wie unaufmerksam dieser Polizist doch war! Sie hatte es ihm doch mehrmals deutlich erklärt, dass er nicht verheiratet gewesen war! Wieso sollte er denn einen Ehering getragen haben?

Die beiden Polizisten waren am Auto, das Sloboda hinter einem Bauwagen verdeckt abgestellt hatte, angekommen. Sie stiegen ein. Sloboda blieb regungslos hinter dem Steuer sitzen und machte keine Anstalten loszufahren.

„Was ist los?“, wollte Ike Jensen wissen.

„Was haben Sie bemerkt?“, fragte Sloboda zurück.

„Die Frau war am Anfang etwas nervös, fand ig, aber dann wurde ssie etwas entspannter.“

„Sie hätte lieber angespannt bleiben sollen …“

„Ja, ig hab' gesehen, dass ssie unruhig wurde, als Ssie die Fotos von ihren Mann und ihren Sswager angessjaut haben.“

„Dazu hatte sie auch allen Grund – wie ich vermutet habe: eineiige Zwillinge.“

Slobodas Gesicht wurde härter, und dann fuhr er fort:

„Sie hat einen Fehler gemacht. Einmal hat sie sich nämlich verhaspelt. Haben Sie das bemerkt? Sie hat auf meine Frage, ob ihr Mann zu Hause sei, gesagt, dass Udo noch auf der Arbeit ist. Aber bevor sie den Namen ihres Mannes aussprach, hatte sie so etwas wie, ich will mal sagen, so etwas wie einen Knacklaut in der Kehle – als habe sie eigentlich ein *K* aussprechen wollen – *K* wie *Klaas*. Ich hätte gar nichts bemerkt, wenn sie nicht für einen Sekundenbruchteil so erschreckt reagiert hätte. Verstehen Sie? Klaas! Der Tote! Der angebliche Tote! Dann hat sie sich schnell verbessert und blitzschnell zu mir geguckt, ob ich auch nichts bemerkt habe.“

Ikes Respekt vor ihrem Vorgesetzten wuchs.

„Wie Ssie ssjon haben vermutet? Dass ssie hat mit ihren Sswager ssusammen ihren eigene Mann gemordet? Und der gibt ssig nun als ihr Ehemann aus?“, fasste sie zusammen.

Der Kommissar nickte. Von diesem Menschen konnte sie viel lernen. Sie freute sich darauf, noch möglichst lange mit ihm zusammenzuarbeiten. Sie konnte nicht ahnen, dass sie kurze Zeit später allerdings nur wenig Grund zur Freude haben würde. Und dass sie ihren Chef von einer ganz anderen Seite kennen lernen würde.

„Dieser blasse Abdruck eines Ringes am rechten Ringfinger des Toten wird vor Gericht nicht als Beweis für den Mord ausreichen“, überlegte der Beamte, „nicht einmal für den Rollentausch … Eine DNA-Analyse scheidet bei eineiigen Zwillingen ja wohl auch aus. Wir brauchen Beweise … oder zumindest Indizien.“

Er drehte seinen Kopf zu seiner Begleiterin. Dann gab er seine Anweisungen:

„Sie warten hier in meinem Auto, Kollegin, und beobachten das Haus. Ich möchte wissen, was Frau Karoß jetzt tun wird. Falls sie weggeht, folgen Sie ihr ... Ich komme schon irgendwie nach Hause."

Sloboda händigte ihr seinen Autoschlüssel aus, angelte umständlich sein Mobiltelefon aus seiner Jackentasche und wählte eine Nummer:

„Holst du mich ab, Ührchen?", hauchte er vertraulich ins Handy. Dann beschrieb er, wo er sich gerade befand.

„Und wer ist Ührchen?", erkundigte sich Ike Jensen, mutiger werdend.

„Mein Freund und Lebensgefährte Uri Senninger", gab der Kriminalhauptkommissar mit einem Augenzwinkern zurück.

Nachdem Sloboda gegangen war, hatte sich Ike Jensen auf die Fahrerseite hinübergezwängt. Es war Mittag. Etwas über eine Stunde hockte sie nun hier auf Beobachtungsposten. Nichts geschah. Sie dachte über Slobodas Worte nach: Sie bräuchten Beweise, Indizien ... Und sie saß hier, völlig untätig und nutzlos. Ihre Gedanken schweiften ab. Was könnte sie jetzt tun? Statt nur zu warten?

Die ganze Zeit über hatte Charlotte Karoß überlegt, wieso der Typ ihr so bekannt vorgekommen war, ja, sie hatte sogar das Gefühl, dass er ihr richtig vertraut erschienen war: Diese schlaffe Körperhaltung, diese Unkonzentriertheit, er wirkte irgendwie richtig vertrottelt! Wie der durch die Wohnung schlich, ganz geistesabwesend. Gleichzeitig war er freundlich, wirkte sogar schüchtern, wie ... wie ..., fast wie ...? Vielleicht war das alles nur Show? Theater? Sie hatte das Gefühl, es läge ihr auf der Zunge. Oder seine Masche? Wie ... na! ... wie wer noch mal? Und dann fiel es ihr plötzlich ein – und dieser Gedanke durchfuhr sie wie ein Blitz, der ihr den Atem nahm: Wie der Held aus einer der TV-Krimiserien, der auch so dümmlich daherkam und schließlich immer alle Fälle löste: wie *Columbo* ...

Mit einem Schlag war sie von einer vibrierenden Panik erfasst. Sie musste nachdenken! Ruhig bleiben! Wo ist Klaas? Sie durfte keine Fehler mehr machen! Schnell Klaas von diesem Polizisten berichten! Damit er vorsichtig ist! Wo ist er noch mal? Ach ja, bei den Maschinen, ganz in der Nähe, er wollte etwas reparieren.

Hektisch schlüpfte sie in ihre Stiefel und lief aus dem Haus.

Ike Jensen wurde aus ihren Gedanken gerissen, als plötzlich die Tür des Hauses aufflog und die Frau herausschoss.

Verfolgung aufnehmen, herauskriegen, was sie vorhat!

Die Kommissarin legte schon ihre Finger um den Zündschlüssel, um den alten Borgward zu starten, als sie bemerkte, dass die Haustür nicht ins Schloss gefallen war. Eine Chance! Es war nicht in Ordnung, klar, aber es war wie eine Aufforderung, eine Fügung des Schicksals. Wohin lief die Frau? Anscheinend wollte sie nicht zum Auto, also irgendetwas in der Nähe, *dann habe ich nicht viel Zeit – ich muss vorsichtig sein, vielleicht kann ich hinterher noch herauskriegen, was sie gemacht hat.*

Die Frau war auf ein großes Gelände hinter dem Haus gerannt, das mit Stapeln und Haufen von Baustoffen vollgestellt war, und auch größere und kleinere Maschinen standen herum. Der Platz sah eher aus wie ein Schrottplatz als wie ein Baustofflager, so chaotisch sah alles aus. Nun konnte sie die Frau nicht mehr sehen.

Also schnell …

Ike Jensen ging entschlossen auf das Haus zu, wobei sie aus den Augenwinkeln prüfte, ob jemand sie beobachtete. Es sah nicht so aus. Sloboda würde sauer sein – aber nur wenn sie keinen Erfolg hätte! Wonach sollte sie suchen? Sicherheitshalber zog sie, um keine Spuren zu hinterlassen, die verschmutzten Schuhe aus. Eilig inspizierte sie die Wohnung. Aktenordner im Büro, ein verschlossener Rollcontainer, nein, wenn man etwas zu verbergen hat, durchforstet man alles, was in einen direkten Zusammenhang mit der Tat gebracht werden konnte, geschäftliche Unterlagen, Konten, Buchführung, auch persönliche Briefe, Liebesbriefe vielleicht, Tatwaffen oder -werkzeuge. Na, so etwas könnte man besser in der Baustoff-Müllhalde hinter dem Haus verschwinden lassen. Nein, irgendetwas, woran keiner dachte, etwas ganz Zufälliges, Alltägliches. Ike Jensen stellte sich in die Mitte des Büroraumes, schloss die Augen. So machte sie es immer: sich ganz leer machen. *Alles loslassen, alles wird egal.* Allerdings eilt es! Trotzdem, sie lässt sich jetzt Zeit, das wird schon gehen, nichts sehen, nichts hören, riechen, alle Sinne werden für einen Moment abgeschaltet, alle Gefühle treten in den Hintergrund, auch die Angst. Sie entleert ihren Geist, wie sie es im hinduistischen Pranayoga im nordindischen Rishikesh gelernt hat, loslassen, sich fallen lassen, an nichts haften …

Nach einer Weile taucht sie ganz langsam aus ihrer Versenkung auf, öffnet langsam und absichtslos ihre Augen, lässt ihren Körper tun, was er tun will, ohne ihn zu dirigieren, sie lässt ihn sich bewegen, sie folgt seinen Schritten, langsam und leer, folgt dem eigenen Blick, den Händen, wie eine unbeteiligte Beobachterin, sieht, wie die Hände aus einem Regal etwas herausziehen, einen Ordner. Noch schaut sie nicht klar, die Inhalte der Schriftstücke, die sie durchblättert, sind verschwommen, ziehen durch ihr Gehirn, eines nach dem anderen, das alles registriert, filtert, aber ohne dass Bedeutungen ins Bewusstsein dringen. So geht es mit einigen Ordnern und einem Stapel auf dem Schreibtisch und noch einem Stapel, und auf einmal hält sie einen Zettel in der Hand, dessen Inhalt sich allmählich aus dem geistigen Nebel herauslöst und ans Bewusstsein klopft, ein Begriff zuerst, dann der nächste … *Rechnung … Sehr geehrter … Dr. Mühlhaus* … diese Worte treten zögernd in ihr Bewusstsein ein … *Fraktur Oberarm rechts … Richten des Bruches … Gipsverband* … und ganz schleichend, Steinchen für Steinchen setzt sich ein Bedeutungsmosaik in ihrem Kopf zusammen: Sie hält die Rechnung für eine privatärztliche Behandlung einer Oberarmfraktur in den Händen, mit dem Datum des 14. März dieses Jahres, adressiert an Udo Karoß.

Ja und?

Wenn der angeblich tote Schwager an die Stelle des Ehemannes getreten ist, versuchte Ike Jensen sich klarzuwerden, und der Ehemann, also Udo, vor einigen Monaten einen Armbruch erlitten hat … und wenn wir nach Indizien dafür suchen, dass Udo nicht Klaas ist, also dass, ergänzte sie innerlich, *also dass Klaas nicht Udo ist … dann muss nachgefragt werden, ob bei der Obduktion ein Bruch des rechten Oberarmes festgestellt worden ist beziehungsweise, ob der angebliche Udo Karoß Spuren eines verheilten Bruches vorweisen und sich damit als der echte Ehemann ausweisen kann …*

Plötzlich wurde die Polizistin ganz aufgeregt. Möglicherweise hatte sie ein äußerst wichtiges Beweisstück in den Händen! Es konnte zwar nicht den Mordverdacht erhärten, aber den Tausch der Identitäten. Vielleicht steckte ein Versicherungsbetrug dahinter? Gibt es eine Lebensversicherung auf das Leben von Klaas? Das muss alles geklärt werden. Sloboda würde ihr die Eigenmächtigkeit sicherlich verzeihen! Sie faltete das Papier zusammen und steckte es in die Gesäßtasche ihrer Jeans.

Gerade als sie sich umdrehen wollte, spürte sie oberhalb der Stelle, an der sich soeben die erhellende Erkenntnis vollzogen hatte, einen dumpfen Schmerz, begleitet von einem grellen Blitz. Die Erleuchtung verließ ihr Bewusstsein und wich schlagartiger Dunkelheit.

Donnerstag, 26. Oktober

14 Sergej Prokofjews Oper *Die Liebe zu den drei Orangen* schallte durch den grünen Kombi, der über die engen Straßen Nordwestmecklenburgs schaukelte. Er schaukelte deshalb, weil der massige Mann auf dem Fahrersitz das Werk mit weit ausholenden Armbewegungen dirigierte und das Fahrzeug so in Schwingung versetzte, dass man den Eindruck haben konnte, es bewege sich hüpfend fort. Hinzu kam, dass er das Steuer nur dann ergriff, wenn der Wagen auf den unbefestigten Seitenstreifen zu geraten drohte, was zusätzliche, mitunter gefährlich anmutende Schlenker des Wagens hervorrief. Johann Kuipers war gut gelaunt. Opernmusik hatte immer diese Wirkung auf ihn: Sie fuhr förmlich in ihn hinein, erfasste jedes Organ, jede Körperzelle und setzte jede Muskelfaser seines Leibes in rhythmische Bewegung. *Die drei Orangen* war eine seiner Lieblingsopern und hatte ihn heute besonders in ihren Bann geschlagen. Irgendwoher wusste er, dass er heute Erfolg haben würde, nachdem er die letzten beiden Tage ohne Ergebnis wieder hatte nach Hause fahren müssen. Aber auch dies hatte ihm nichts ausgemacht. Er hatte es genossen, in seinem Passat zu sitzen, Musik zu hören, seinen Proviant zu verzehren und sich ab und zu die Beine zu vertreten. Er hatte die dörfliche Ruhe genossen und freute sich auch heute wieder auf einen entspannten Tag.

Klaus hatte ihn unverzüglich nach seiner Anfrage mit der gewünschten Information versorgt. Deshalb war er sicher, dass Robert Steinfath früher oder später hier auftauchen würde. Das konnte kein Zufall sein: genau dreißig Jahre nach der Tat, das heißt, wenn es denn ein Mord gewesen ist. Er würde kommen! Alles wies darauf hin: die Umstände, seine Schlussfolgerungen und nicht zuletzt die Tatsache, dass heute diese märchenhafte Oper auf *NDR Kultur* gebracht wurde.

Er ließ sein Auto auf den Beobachtungsposten rollen, fixierte die Handbremse und stellte den Motor ab. Dann brachte er die Rücklehne in eine schräge Position, ruckelte in seinem Sitz hin und her, packte seine Verpflegung aus und stellte sich auf eine längere Wartezeit ein.

Der Fremde stellte sein Fahrzeug in der lang gezogenen Kurve direkt an der Hauptstraße ab. Bevor er ausstieg, blätterte er seine Notizen durch, prägte sich den Namen des Mannes, den er nun aufsuchen wollte, ein und blieb einige Minuten konzentriert sitzen. Dann spähte er suchend zu einem flachen Gebäude neben einem größeren Anwesen hinüber. Es sah aus wie eine Garage, aber offensichtlich wohnte dort jemand. Das musste die Wohnung des Gesuchten sein! Schnell rief er sich noch einmal die Geschichte ins Gedächtnis, welche diesen Mann mit der Person seines eigentlichen Interesses verband: wie nämlich Professor Tille den Vorbesitzer seines Hauses, Erich Bukowski, um sein Hab und Gut betrogen hatte. Wahrscheinlich war es derselbe heruntergekommene Typ, dachte der Fremde, den er vor kurzem um das Haus des Professors hatte herumstreunen sehen. Er hatte nicht gerade so ausgesehen, als sei er dem Alten besonders wohl gesonnen.

Das würde sehr gut in seine Pläne passen! Hoffentlich war Bukowski nicht schon zu besoffen für ein Gespräch!

Der unscheinbare Fremde schritt schnurstracks auf das kleine Gebäude zu, lugte konzentriert durch die beschlagenen Scheiben des einzigen Fensters und sah den Mann ausgestreckt auf seiner Matratze liegen. Dann ging er zur Tür und klopfte. Keine Reaktion. Er klopfte lauter. Kurz darauf war von drinnen ein Klirren und danach ein heftiges Fluchen zu hören. Dann wurde die Tür aufgestoßen:

„Was willste hier?“

„Sind Sie Herr Bukowski?“, gab der Fremde freundlich zurück.

„Ja – und?“, blaffte Bukowski und war im Begriff, die Tür zuzuschlagen.

Keine langen Vorreden, ermahnte sich der Fremde selbst, *komm gleich zur Sache!* Laut fragte er:

„Sie sind auf Professor Tille nicht besonders gut zu sprechen?“

Die Tür erstarrte in ihrer Bewegung.

„Will wer wissen?“ Bukowskis Frage klang barsch und wehte dem Fremden einen intensiven Wodkahauch in die Nase, weil plötzlich erwachendes Interesse Bukowski veranlasste, dem Mann direkt ins Gesicht zu schauen. Ohne eine Antwort zu erwarten, trat er einen Schritt zurück und ließ den Fremden herein.

Der muffige Geruch des feuchten Gemäuers wurde von dem aufdringlichen Gestank der Verwahrlosung und den beißenden Ausdünstungen des verschütteten Alkohols neben der Schlafstatt fast vollständig überdeckt. Heftiger Ekel erfasste den Fremden, so dass er versuchte, nur noch flach und durch den halb geöffneten Mund zu atmen. Er versuchte, sich nichts anmerken zu lassen. Länger als beabsichtigt blieb sein Blick auf einer Stelle auf dem Fußboden hängen, ehe er die orangefarbene, schleimige Masse als Erbrochenes identifizierte. Ruckartig riss er seine Augen von diesem Anblick weg. Er fühlte eine Welle von Übelkeit in sich aufsteigen. Dieses Chaos, diesen Gestank und diesen widerlichen Anblick empfand er als Rücksichtslosigkeit, ja, als tätlichen Angriff. Er selbst brauchte überschaubare Ordnung um sich herum. Und Sauberkeit, Hygiene, am liebsten Sterilität! Alles andere machte ihn nervös – und wütend! Wenngleich er über lange Jahre hinweg Beherrschung erlernt hatte, kostete diese ihn übermenschliche Anstrengung. Jetzt aber fühlte er sich am Rande dessen, was er ertragen konnte.

Der Fremde konzentrierte sich auf seinen Atem. Bleib ruhig! Nicht jetzt! Spar dich auf für dein eigentliches Ziel! Bald ist es so weit! Hab Geduld! Setz die Maske wieder auf! Das Antlitz der Freundlichkeit! Die Fassade des Unscheinbaren! *Rache,* besänftigte er sich selbst, *will in die Länge gezogen und kühl genossen werden …*

Dann wandte er sich wieder dem Bewohner dieser Behausung zu.

„Wir beide“, sagte er in freundlichem Ton, „sind Opfer des Professors. Wir beide wurden von ihm betrogen. Um unser Leben betrogen. Ich weiß, was Professor Tille Ihnen angetan hat.“

Und dann fügte er hinzu, und was er jetzt sagte, klang immer noch freundlich, aber es hatte sich eine Spur entschlossener Kälte in den Ausdruck des unheimlichen Fremden gemischt:

„Sie werden Ihre Rache bekommen. Ich weiß, dass Sie darauf brennen! Ich werde Ihnen beizeiten mitteilen, wo und wie!“

Dann drehte sich der Fremde um und entfernte sich.

Erich Bukowski war auf einmal ganz nüchtern.

Als der klapprige rote Kleinwagen an der Hauptstraße anhielt, wusste Johann Kuipers sofort, dass er es war. Zunächst passierte gar nichts. Kuipers wartete. Der Mann, der nach einigen Minuten aus dem Auto stieg, passte zu den Beschreibungen, die er in Hildesheim von den Kollegen und von seiner Freundin erhalten hatte. Jetzt ging er zielstrebig, ohne sich auch nur einmal orientierend umzublicken, auf ein kleines Gebäude zu. Was wollte er dort? Warum ging er nicht zu der Kate des Professors? Stimmten seine Vermutungen nicht? Doch, er war sich sicher. Es konnte kein Zufall sein. Steinfath suchte eine Person in unmittelbarer Nähe Tilles auf. Er war es! Kuipers stieg aus und näherte sich dem Fahrzeug des Mannes. Es stimmte! Peugeot 207, Farbe weinrot, und im Näherkommen erkannte er auch das Kennzeichen: HI – HM 13. Kuipers klopfte sich innerlich auf die Schultern. Sein Riecher hatte ihn nicht im Stich gelassen!

Beruhigt und gut gelaunt kehrte er zu seinem Wagen zurück. Jetzt musste er nur noch abwarten und ihm vorsichtig folgen. Steinfath würde nicht damit rechnen, beschattet zu werden. Wenn er Glück hatte, würde er erfahren, wo der Mann wohnte. Mehr würde er für heute nicht mehr tun. Alles andere konnte später erledigt werden. Heute würde er einen gemütlichen Abend mit Birgit verbringen. Vielleicht einfach nur fernsehen, einen Krimi oder eine Liebesschnulze, egal, Hauptsache, etwas zum Entspannen. Ach ja, sein Sohn Timo wollte heute das erste Mal zum Kendo-Training. Mal hören, was er zu erzählen hat! Und war Sonja nicht heute mit ihrem neuen Freund aus? Sie war erst 14 und hatte schon ihren zweiten Freund – zu seiner Zeit war das alles nicht so schnell gegangen! Wie lange er selbst gebraucht hatte, bis er sich getraut hatte, seine erste Liebe anzusprechen – das heißt, genau genommen hatte *sie* ihn angesprochen, er hatte nur gnädig *ja* gesagt …

Steinfath riss ihn aus seinen Träumereien. Zügig schritt der Mann auf seinen Wagen zu und stieg ein. Von Tille schien er nichts zu wollen. Vielleicht hatte er schon früher alles Wichtige erfahren. Kuipers setzte sich aufrecht in seinen Sitz, stellte das Radio leiser. Mittlerweile war ein Nocturne von Frédéric Chopin zu hören. Auch gut. Er musste sich konzentrieren und durfte sich nicht ablenken lassen. *Bernstein* wurde er von vielen, die ihn kannten, genannt, oder einfach *Bernie*, weil er immer dirigieren musste. Jetzt durfte er nicht dirigieren. Er musste sich zusammenreißen. Er startete seinen Passat. Langsam ließ er sich auf die Straße rollen und folgte dem Kleinwagen in sicherem Abstand. Er mochte den Mann. Ihm gefielen Leute, die sich voraussagbar verhielten und ihm Erfolgserlebnisse bescherten. Und er mochte ihn auch, weil er als zurückhaltender, freundlicher Mensch beschrieben worden war, was auch durchaus dem ersten persönlichen Eindruck entsprach.

Er sollte bald Gelegenheit haben, Robert Steinfath persönlich kennen zu lernen. Und vor allem: genauer!

15 Als Klaas, alias Udo Karoß, die junge Frau an seinem Schreibtisch stehen und sich ein Schriftstück in die Hosentasche stecken sah, wusste er instinktiv, dass sie etwas übersehen hatten. Ebenso instinktiv handelte er. In solchen Fällen suchte er nicht lange nach irgendeinem Werkzeug, sondern er verließ sich auf seine großen, fleischigen Pranken. Eiskalt und mit angehaltenem Atem näherte er sich seinem Opfer von hinten. Ohne auszuholen, schmetterte er seine handballgroße Faust auf den Schädel der Frau, die nicht einmal mehr dazu kam, sich vollständig umzudrehen. Augenblicklich sank sie zu Boden.

Für Klaas Karoß gab es nur Handeln. Nicht etwa, dass er dumm oder einfältig gewesen wäre. Es war nur eben so, dass er stets *einen* Gedanken hatte, und dieser eine Gedanke war identisch mit seinem Tun: Er dachte, was er tat, und er tat, was er dachte. Es gab keine zwei Möglichkeiten. Es gab keine Fragen. Zweifel waren ihm fremd. Alles war immer ganz klar. Deshalb musste er auch nicht überlegen. Deshalb konnte man ebenso gut sofort tun, was getan werden musste. Und deshalb konnte er auch Charlotte, die erstarrt im Türrahmen stand, genaue Instruktionen geben, was sie jetzt zu tun hatte:

„Carlo, lass Wasser in die Wanne laufen. Die Frau will baden."

Mit festen Handgriffen drehte Karoß der bewusstlosen Frau die Arme auf den Rücken, schlang ein herumliegendes Elektrokabel um ihre Handgelenke und verknotete es so fest, dass die Hände der Kommissarin sich im Nu blau färbten. Aus dem Bad kam ein blechernes Plätschern, das irgendwie hämisch klang. Die junge Frau hat geschnüffelt. Sie hat einen Zettel eingesteckt. Ohne sich das Blatt näher anzuschauen, war dem Mann klar, dass es ihn verraten konnte. Sonst hätte sie ihn nicht an sich genommen. Der Zettel musste vernichtet werden.

Und zwar zusammen mit der Frau.

„Hol den Volvo und fahr ihn rückwärts hinter das Haus!", befahl der bullige Mann seiner Schwägerin. Aufregung oder Unsicherheit waren dem Mann nicht anzumerken. Nur seine mächtigen Kiefer, die direkt in die breiten Schultern überzugehen schienen, mahlten. „Wenn ich hier mit ihr fertig bin, kommt sie auf die neue Baustelle. Ins Fundament."

Die Frau am Boden regte sich. Sie stöhnte leise.

Mit der Rechten griff Karoß in ihren Gürtel, während seine Linke den Kragen packte. Ohne Anstrengung hob er die Frau hoch und trug sie zum Bad hinüber. Er ging völlig gerade, als hätte er nur eine Holzlatte in den Händen. Als wäre es lediglich eine handwerkliche Routinearbeit. Unsanft warf er sie mit dem Oberkörper auf den Wannenrand. Von dem Aufprall schien die Kommissarin wach zu werden. Ihr Körper zuckte zusammen, und ihr Stöhnen wurde lauter. Über ihr stehend, stieß Klaas Karoß der Frau seine Linke ins Genick und presste es schraubstockartig zusammen. Dann drückte er ihren Kopf unter Wasser. Unwillkürlich zählte er die Sekunden.

Schleichend kehrte ihr Bewusstsein zurück.

Dieser harte Griff ins Genick rührte an eine vergrabene Erinnerung. Dass sie nicht atmen konnte, kam ihr auch irgendwie vertraut vor. Sie überlegte angestrengt: Da war doch …? Ein Schrei kam ihr in die Kehle. Warum konnte sie nicht schreien? Irgendetwas vor Mund und Nase … keine Luft kriegen … wenn sie sich wehrte, wurde der Griff noch fester … Panik! Sie durfte nicht gegen ihn ankämpfen … der Kerl hinter ihr! Sie musste stillhalten …

… ihren Körper verlassen, nicht mehr fühlen, ganz weit weg sein …

… es würde bald aufhören! Sie fühlte ein Brennen zwischen den Schultern … wie vor langer Zeit einmal …

… in einem früheren Leben …

… es stieg nach oben in den Kopf … der zog sich zusammen wie ein … wurde ganz klein und wollte explodieren … unterhalb des Halses empfand sie nichts, das war schon tot … *aber gleich ist es vorbei, nur stillhalten … wie damals, was war da geschehen? Ganz bekannt – aber … etwas … passte nicht! Das Kalte … Nasse … im Gesicht … der Kopf brannte, und trotzdem war es kalt … nass … Wasser …*

Unter Wasser! Ihr Kopf unter Wasser! Sie kriegte keine Luft mehr! Die Lungen wollten platzen! Schlagartig kehrte das Gefühl in ihren Körper zurück. *Raus! Hoch!* Jemand hielt sie! Was war …? Der Schlag! Ihr Körper bäumte sich auf. Die eiserne Klaue spannte sich noch fester. Sie konnte nichts mehr tun …

… leer werden … nichts tun … der hinduistische Guruji in Rishikesh … wie hieß er? … Ramana Narayan … ja … er musste gar nicht atmen … sie brauchte auch keine Luft … nur loslassen, nicht dagegen ankämpfen … *es ist wie es ist* … das Bild in ihr wird klarer: Sie über den Rand einer Badewanne gepresst, ein sehr kräftiger Mann hinter ihr, der sie herunterdrückt … er steht über ihr, nach vorn gebeugt …

„Gleich ist es so weit! Sie ist ganz schlaff, ich glaub, sie ist schon … gleich ist sie … tot … Moment noch! – Ist das Auto da?“ Der Koloss schnaufte ein wenig und drehte seinen Kopf nach hinten. In der Tür stand Charlotte.

Ihr Bewusstsein ist ganz klar. Sie nimmt deutlich wahr, dass der Griff sich lockert.

Noch etwas warten …

Klaas Karoß hatte das Gefühl, dass es nun ausreichte. Sicherheitshalber presste er den Kopf der Frau noch einmal auf den Wannenboden. Er spürte keinen Widerstand mehr.

… Abwarten …

Ein leichtes Zittern ging durch ihren Körper, flüchtig wie ein Augenblinzeln, ein letztes Nachgeben der Muskeln. Die Frau wehrte sich nicht mehr, und das Wasser hatte sich geglättet. Der Mann meinte, das Entweichen des Lebens zu spüren; in Wirklichkeit aber sammelte es sich in einem Punkt.

Jetzt!

Blitzartig spannte Ike ihren Körper an. Während ihr Kopf aus dem Wasser schnellte und sie gierig nach Luft schnappte, ließ sie ihren Leib herumfahren. Gleichzeitig stieß sie ihre Schenkel mit aller Kraft nach oben. Sie traf den Mann zwischen den Beinen. Karoß schrie auf und krümmte sich wie ein zerquetschter Wurm. Ike stellte sich auf ihre Füße. Ihr Knie zuckte empor und krachte auf den Wangenknochen des Mannes. Er taumelte zurück und fiel zu Boden. Mit schreckgeweiteten Augen sah Charlotte Karoß dem Geschehen zu, unfähig sich zu rühren. Klaas lag genau vor der Badezimmertür. Er bewegte sich und stemmte sich hoch. Die Haut seiner linken Gesichtshälfte war aufgeplatzt. Ike konnte nicht an ihm vorbei. Wie eine tollwütige Bestie stierte er die Polizistin an. Speichel troff aus seinem schmerzverzerrten Mund. Die Frau fest im Blick, kam er langsam und stöhnend auf sie zu. Jetzt hatte Ike ihren Trumpf ausgespielt. Auch wenn sie sich zu wehren wusste, war ihr dieses Monster körperlich überlegen. Es gab keinen Ausweg. Er war verletzt. Er war wütend. Er würde sie zerschmettern. Ihre einzige Chance – sie musste ruhig bleiben. Der Mann war erregt. Sie hatte gelernt, sich im Griff zu haben. Darin war sie ihm überlegen. Aber nützte ihr das etwas? – Aus den Augenwinkeln schaute sie sich um. Irgendein Gegenstand, den sie benutzen konnte! Die Nagelfeile? Keinen Zentimeter würde sie in das feste Fleisch eindringen. Die Schere? Ihre Hände waren auf den Rücken gebunden, so dass sie nicht ausholen und zustoßen konnte.

Aber dort … vielleicht …?

Ganz langsam wich die Kommissarin in die Ecke zwischen Wanne und Klo zurück, während Karoß näher kam. Sie musste etwas in die Knie gehen, was sie als versehentliches Stolpern zu tarnen versuchte. Vorsichtig betastete sie den Gegenstand auf dem Wannenrand. Sie durfte ihn nicht hinunterstoßen! Sie nahm ihn zwischen ihre gefesselten Hände und drückte die Verschlusskappe kräftig zusammen.

Karoß schien die Situation zu genießen. Sie konnte nicht weg. Jetzt stolperte sie vor Angst. Er blieb kurz stehen und weidete sich an ihrer Panik. Einmal hatte sie ihn überrascht – das würde ihm nicht noch einmal passieren! Er spürte Erregung. Zuvor war es ihm nur wie eine notwendige, lästige Arbeit vorgekommen. Jetzt merkte er, wie eine sadistische Lust sich seiner bemächtigte und den Schmerz in seinem Unterleib verdrängte. Er malte sich aus, was er gleich mit ihr tun würde ...

Ike hatte den Gegenstand fest zwischen ihre Hände eingespannt. Wegen des gebogenen Halses der Flasche musste sie daran denken, sie etwas schräg von ihrem Rücken abstehen zu lassen. Sie hatte nur einen Versuch!

Karoß kam näher. Die Frau hatte offensichtlich aufgegeben. Sie rührte sich nicht mehr. Gleich würde er sie erreichen können. Er würde sie niederschlagen und sich so auf sie hocken, dass er, während er sie erwürgte, in ihre Augen sehen konnte.

Und vielleicht würde er sie ...

Blitzschnell beugte sich Ike nach vorn, wobei sie mit aller Kraft auf die geöffnete Plastikflasche hinter ihrem Rücken drückte. Ein dicker Strahl des WC-Reinigers spritzte dem Mann ins Gesicht.

Karoß zuckte vor Schreck zusammen. Ein beißender Schmerz stach in seine Augen und ließ ihn wie ein Tier aufschreien. Panisch presste er seine Handballen in die Augenhöhlen, aber der Druck seiner Hände konnte gegen die sich in die Augäpfel hineinfressende Säure nichts ausrichten. Brüllend und in blinder Wut schlug der Mann um sich. Er würde sie zerquetschen!

Dann hörte er nur noch ein splitterndes Geräusch. Einen Augenblick später hatte er das Gefühl, dass sein Nasenbein explodierte. Dann wurde alles schwarz.

Die Polizistin hatte den Moment abgewartet, in dem Klaas Karoß seine Deckung öffnete. Kompromisslos und ohne zu zögern stieß sie ihm ihren Absatz ins Gesicht. Das knackende Geräusch fuhr ihr in den Magen. Sofort nachdem der Mann wie ein Stier zusammengebrochen war, schaute sie sich nach der Frau um. Charlotte Karoß war verschwunden. Ike wusste nicht, wie viel Zeit sie hatte, bevor der Mann zu Bewusstsein kam. Also hieß es schnell handeln. Sie musste sich ziemlich verrenken, um mit den gebundenen Händen die Gürteltasche an der rechten Hosenseite öffnen zu können. Schließlich gelang es ihr. Sie nahm das Mobiltelefon in beide Hände orientierte sich tastend auf dem Bedienfeld des Gerätes und gab eine Nummer ein.

Als Hauptkommissar Hans Sloboda den Ort des Kampfes betrat, bot sich ihm folgendes Bild: Auf dem Boden lag leise wimmernd ein bulliger Mann, von dem er annahm, dass es sich um Klaas Karoß handelte. Über ihm hockte, das Gesicht auf seine Füße gerichtet, seine junge Kollegin. Ihre Füße hatte sie beidseitig des mächtigen Rumpfes auf den Boden gesetzt, jederzeit, so schien es, zum Sprung bereit. Sie saß auf dem gewaltigen Brustkorb des Mannes. In ihren blau angelaufenen Händen, die hinter ihrem Rücken gefesselt waren, hielt sie ein großes, spitzes Fleischermesser, welches sie ungefähr auf die Stelle drückte, an der andere Menschen ihre Kehle haben. Die Haut des Mannes war eingeritzt, und Blut sickerte langsam aus der Stelle. Das Gesicht des Mannes sah verheerend aus: Aus den roten, zugeschwollenen Augenlidern trat eine gelbliche Flüssigkeit. Die linke Gesichtshälfte, ebenfalls angeschwollen, schimmerte in allen Blautönen, und die Nase, aus der Blut rieselte, sah vollkommen verunstaltet aus. Seine Kollegin hatte diesen Mann übel zugerichtet. Sie selbst aber bot, wenngleich sie kaum äußere Verletzungen aufwies, einen noch jämmerlicheren Anblick: Jede Faser ihres Leibes schien zum Zerreißen gespannt. Augen und Kiefermuskeln traten in verzweifelter Entschlossenheit aus dem Gesicht, während ihr lautlos Tränen aus den Augen rannen. Der Hauptkommissar hatte keinen Zweifel, dass Ike Jensen sich, falls der Mann eine unbedachte Bewegung gemacht hätte, mit ihrem ganzen Gewicht auf das Messer in ihren sicherlich gefühllosen Händen gestützt und dieses in die Kehle des Mannes hineingetrieben hätte.

Bei dem Anruf hatte sich die Kommissarin sehr gefasst und knapp ausgedrückt. Aber an ihrer brechenden Stimme hatte Sloboda erkannt, dass sie unter Schock stand. Während er sich mit wenigen Blicken und forschenden Handgriffen ein Bild über den Zustand des Mannes machte, sprach er besänftigend auf die junge Frau ein und forderte sie auf, von ihm herabzusteigen. Obwohl er sich sicher war, dass von dem Täter kein Angriff zu erwarten war, zog er seine Sig Sauer aus dem Halfter und hielt sie auf den am Boden Liegenden gerichtet. Dann nahm er die schockierte Frau in seine Linke. Ike Jensen schluchzte einmal auf, dann wand sie sich aus seinem Arm und legte sich erschöpft auf die Couch im Wohnzimmer.

Etwa zehn Minuten später traf der erste Streifenwagen ein, kurz darauf ein Krankenwagen. Nach weiteren zwölf Minuten erschien die Spurensicherung vor Ort und nahm die Durchsuchung und die Beweissicherung auf.

Sloboda ging ins Wohnzimmer und setzte sich auf einen Sessel. Ike Jensen hatte sich augenscheinlich wieder gefasst und überreichte ihrem Chef wortlos die Arztrechnung, die sie eingesteckt hatte. Der warf einen oberflächlichen Blick darauf und legte sie sogleich vor sich auf den Tisch. Dann schaute er die Kommissarin eindringlich an:

„Sie werden sich jetzt ein wenig ausruhen." Seine Stimme war leise, fast belegt und klang gerade deshalb bedrohlich. „Um 19 Uhr werden Sie dann in meinem Büro erscheinen."

Einige Stunden später verließ Ike Jensen das Büro ihres Vorgesetzten. Ihr Chef war nicht laut geworden. Und nicht ausfallend.

Aber dennoch: Wenn sie eine der heutigen Situationen – den Kampf mit Klaas Karoß oder die 10-minütige Begegnung mit dem Hauptkommissar – noch einmal durchmachen müsste – sie hätte den Kampf vorgezogen.

16 Hauptkommissar Hans Sloboda fühlte sich ausgebrannt. Die neue Kollegin hatte ihn heute ziemlich auf Trab gehalten. Dieser Anblick! Wie sie auf dem Kerl hockte! Alle Fasern ihres Leibes kurz vor dem Zerreißen! Diese blindwütige Entschlossenheit! Das Messer in ihren blauen Fäusten, die vor zorniger Kraft weißen Fingerknöchel! Und ihre heraustretenden Augen! Ein Bild, das er so schnell nicht vergessen würde. Er müsste sie an einer sehr kurzen Leine halten, das war klar. Übermotivation schadet. Und ist gefährlich! Er hoffte, dass er ihr soeben unmissverständlich ihre Grenzen aufgezeigt hatte. Vielleicht war er zu scharf gewesen? Er kannte das: Gerade wenn er selbst das Gefühl hatte, ruhig und gefasst zu sein, erfuhr er später, dass sein Gegenüber schockiert gewesen war. Manche brachen, wie er mitunter verwundert feststellte, zusammen, Untergebene wie Verdächtige. Es kam selten vor, dass er schrie. Manchmal passierte ihm das, meist in Streits mit Ührchen, seinem Freund, wenn er sich besonders hilflos fühlte. Allerdings schien er keine besondere Wirkung damit zu erzielen, im Gegenteil: Uri grinste ihn dann an, machte sich über ihn lustig oder ließ ihn, wenn er von seinem Adrenalin nicht herunterkam, einfach stehen und ging. Er fühlte sich dann wie ein Feuerwerkskörper oder genauer: wie eine Wunderkerze, die schnell ihr Pulver abbrannte und verglühte, als wäre nichts passiert. Es gab aber auch diesen anderen Zustand, den er kannte. Er konnte ihn nicht abrufen, aber er wusste, dass er gefürchtet war, wenn er sich einstellte. Als Erstes merkte er immer, dass sich seine Kehle leicht zusammenzog. Seine Stimme klang belegt und leise. Dennoch oder gerade deshalb spürte er eine riesige, zielgerichtete Kraft in sich. Er war kein Sprengkörper, dessen Lunte man zischen hören konnte, um sich noch rechtzeitig in Sicherheit zu bringen. Er war eher wie eine dieser riesigen, weiß glühenden Stahlbrammen. Er hatte so etwas einmal in Duisburg in der Walzstraße eines Hochofens gesehen: wie ein gewaltiger Quader brutzelnden Stahls sich über die Rollen des Transportbandes bewegte, harmlos, fast einladend aussehend, aber bereit, alles zu vernichten, was sich ihm in den Weg stellte.

Das Klingeln seines Telefons riss ihn aus seinen Gedanken. Während er abnahm, schaute er instinktiv auf seine Uhr: schon längst Feierabend!

„Hauptkommissar Sloboda“, meldete er sich entschuldigend, weil ihm in diesem Moment einfiel, dass er das gemeinsame Abendessen mit Ührchen versäumt hatte. Man konnte wirklich die Uhr nach ihm stellen: Genau sieben Minuten nach jedem seiner vielen Versäumnisse meldete Uri sich, um ihn, Sloboda, in indifferentem Ton auf sein Vergessen hinzuweisen.

„Entschuldige bitte vielmals", antwortete Sloboda seinem Freund, „ich schaffe es nicht."

„Du kannst es auch nicht mehr schaffen, mein Lieber, dazu ist es bereits zu spät", lautete die kurze Replik. Wie immer schien Uri Senninger es zu genießen, wenn er seinem Partner in gespielter Entrüstung einen seiner vielen Fehler vorhalten konnte. Hans fühlte sich nach diesen Episoden in seiner Schuld, was für Uri den unschätzbaren Vorteil mit sich brachte, dass Hans daraufhin immer besonders nett und zuvorkommend zu ihm war, sozusagen, um seinen Schuldenberg abzutragen. Tatsächlich aber, und das hatte Sloboda offenbar noch immer nicht erkannt, hatte Uri ihm längst verziehen. Besser gesagt, er haderte von vornherein nicht mit anderen Leuten, wenn diese seine Erwartungen nicht erfüllten. Und noch besser gesagt: Er hatte von vornherein kaum Erwartungen an seine Mitmenschen und schon gar nicht an seinen Partner, weil er nämlich wusste: Erwartungen zu haben, ist der sicherste Weg, sich selbst zu frustrieren. Wenn er sich also mit Hans verabredete, richtete er die Situation stets so ein, dass er nicht in dieses unsägliche innere Wartegefühl geriet. Stattdessen machte er irgendetwas, was ihm gefiel, und so konnte er es sich auch allein gut gehen lassen: Er empfand sich nicht als Wartenden; denn er spürte immer genau, wie leicht Warten in Erwarten übergehen konnte und wie schnell sich dann Ärger einstellte. Wenn dann sein Lebensgefährte tatsächlich erschien, konnte er sich doppelt freuen. Und wenn nicht, ja, dann spielte er sein kleines Spiel mit ihm, an welchem er sich ebenso erfreute. Das schlechte Gewissen seines Freundes, dachte Uri oft bei sich selbst, ist ausbaufähig: Man musste es nur ein wenig füttern, dann fraß einem der andere bald aus der Hand, und man konnte alles von ihm haben. So bekam er, dezent und ganz ohne jede Auseinandersetzung, bei fast allem, was ihm wichtig war, seinen Willen durchgesetzt. Und das Beste war, dass Hans ihm dafür auch noch dankbar war, weil es nämlich seine Schuldgefühle reduzierte. Den Urlaub verbrachten sie auf diese Weise fast immer in der Schweiz, und das, obwohl sich Hans von Bergen beengt fühlte. Bei der Wohnungseinrichtung hatte Uri ebenfalls seinen Geschmack durchsetzen können, was nach übereinstimmender Meinung der Freunde ein großes Glück war, weil Hans' diesbezüglicher Geschmack von allen als Naturkatastrophe empfunden wurde.

„Ich habe gar nicht bemerkt, wie die Zeit vergangen ist, tut mir leid." Er berichtete ihm knapp von den Aufregungen der letzten Stunden.

„Du scheinst ja einen Narren an deiner neuen Kommissarin gefressen zu haben … Nicht, dass du mir die Ufer wechselst!?"

Hans Sloboda lächelte vergnügt. Das Frotzeln seines Partners wertete er als Zeichen der Vergebung. Aber Uri ließ sich seinen Trumpf nicht so einfach wegstechen:

„Ach, übrigens ...“, die kleine Pause sollte die Wirkung des Kommenden unterstreichen: „Darf ich denn nun mit deiner Mitwirkung bei unserem kleinen ...“, das letzte Wort zog er bedeutungsvoll in die Länge, „Familientreffen rechnen? – Ich weiß ja, dass du so etwas nicht sonderlich magst, aber ...“

Ein *Ja* expressis verbis war nicht mehr vonnöten. Uris Gesprächsregie war wieder einmal meisterlich gewesen – und von Erfolg gekrönt. Beide wussten das. Sloboda seufzte. Er liebte diesen Mann.

„Also bis später, vergiss mich nicht!“ Sloboda legte den Hörer auf und starrte aus dem siebten Stock in den mittlerweile dunklen Abendhimmel. Der Horizont war unverstellt, weil es keine höheren Gebäude in Lübeck gab. Er betrachtete versunken die berühmte Silhouette der sieben Türme der Altstadtkirchen, die sich gegen eine schwarzbleierne Wolkenwand abhob. Für einen Oktoberabend war es erstaunlich warm. Eine unbewegte Schwüle legte sich dem Mann drückend um seinen Brustkorb und erzeugte die ungewisse Ahnung einer heraufziehenden Katastrophe. Tief ein- und ausatmend, versuchte er, dieses Gefühl zu verscheuchen.

Er musste den Oberstaatsanwalt anrufen. Es war besser, wenn er es direkt von ihm erfuhr. Ein gutes kollegiales Verhältnis sollte man nicht unnötig belasten.

„Hallo, Herr Boie“, sprach er mit einem Hauch von Unterwürfigkeit in den Hörer, nachdem dieser sich gemeldet hatte, „wir haben da heute einen – äh – Fehler gemacht, und deshalb bräuchte ich einmal Ihre Hilfe.“ Sloboda wusste genau, wie er ihn zur Kooperation bewegen konnte. Trotz einer leicht narzisstischen Jovialität mochte Sloboda ihn ganz gern, und warum sollte man den Menschen nicht geben, wonach sie dürsten?

„Na, das werden wir schon wieder hinkriegen, Sloboda. Was ha'm Sie denn so alles angestellt?“ Der warme, volle Bariton des Staatsanwalts zeigte Sloboda, dass er auf dem richtigen Weg war.

„Eindringen in das Haus eines Verdächtigen, Sie wissen: der Fall Karoß. Meine neue Kommissarin hat sich Zugang verschafft, ohne Durchsuchungsbefehl ...“

„Sie haben Ihre Schäfchen wohl nicht so ganz im Griff!“ Boies Erwiderung sollte zurechtweisend klingen, war aber bereits von einer Spur Gönnerhaftigkeit durchdrungen. Sloboda nutzte diese Gelegenheit:

„Ja, da haben Sie schon Recht, es war meine Schuld. Ich habe sie das Haus allein observieren lassen und hätte wissen müssen, dass sich für sie eine Verführungssituation ergeben könnte, der sie nicht widerstehen kann.“

„Hm ...“

„Sie hat sich in Gefahr gebracht …“

„Ist denn was passiert?“

„Letzten Endes nicht – sie hat den Verdächtigen gestellt und sogar Beweise gefunden.“

„Was für Beweise?“, wollte der Staatsanwalt wissen.

„Einen Beweis dafür, dass nicht der Schwager ertrunken ist, sondern der Ehemann, Udo Karoß. Und dass der Schwager der Frau nun ihren Ehemann spielt. Wie Sie schon vermutet hatten …“

„Was hatte ich vermutet?“, hakte Joachim Boie nach.

„Na, Sie hatten angedeutet, dass es sich vielleicht doch nicht um Selbsttötung, sondern um Mord handeln könnte …?“ Sloboda wusste, dass diese kleine Neuinterpretation eines früheren Gesprächs über diesen Fall von seinem Gesprächspartner gern hingenommen werden würde.

„Also gut …“

Sloboda hatte das Gefühl, dass er Boie nunmehr in ausreichendem Maße seiner Bedeutsamkeit versichert hatte. Er durfte es nicht übertreiben; denn wie es eigentümlich für viele im Grunde ihres Wesens selbstunsichere Menschen ist, hieß es aufzupassen, dass die Bestätigung nicht ins Gegenteil umkippte, sofern die dahinter liegende Absicht sich dem Betreffenden enthüllte. Nun hatte er ihn genügend eingeseift, jetzt ging es ans Rasieren:

„Könnten Sie den Durchsuchungsbefehl vielleicht nachträglich …?“

Joachim Boie ließ den Kommissar ein wenig zappeln; Sloboda sollte spüren, dass er streng und konsequent sein konnte:

„Das war eine unentschuldbare Kompetenzüberschreitung, für die Sie, Herr Sloboda, die Verantwortung tragen!“

„Ja.“

Andererseits war der Oberstaatsanwalt eine integre, überaus respektable Person, die es nicht nötig hatte, ihre Muskeln spielen zu lassen. Eingedenk der eigenen Kompetenz konnte man es sich leisten, großzügig zu sein:

„Nun, ich denke, angesichts der von Ihnen beschriebenen Situation würde ich sagen: Gefahr im Verzug. So könnten wir ausnahmsweise das Eindringen Ihrer Kollegin rechtfertigen, was denken Sie?“

Hans Sloboda pflichtete ihm bei und bedankte sich. Dann war das Gespräch beendet.

Er fühlte sich ein wenig schmutzig.

Was soll's?, dachte er bei sich und spannte seinen Körper an. Er hatte noch einiges zu tun. Er dachte nach. Was hatten sie in der Hand? Für den Mordversuch an der Polizistin kann man Klaas Karoß drankriegen. Dafür gab es genügend Spuren am Tatort, die mit Jensens Blessuren und Schilderung übereinstimmten. Den Identitätswechsel würde man auch beweisen können. Seine beiden Ermittler Hustedt und Gross hatte er bereits auf die

Ärzte von Udo und Klaas Karoß angesetzt. Es wird vermutlich ein Leichtes sein, zu belegen, dass der angebliche Ehemann keinerlei Spuren eines Armbruchs aufweist und ebenso wenig an dem angeborenen Herzfehler leidet, mit dem sich der wahre Ehemann, Udo, bekanntermaßen herumgeplagt hatte. Sloboda freute sich bereits darauf, diesen überheblichen Professor Soller anzuweisen, die Leiche erneut zu untersuchen. Er war sicher, dass dieser bei dem Ertrunkenen ein Loch in der Herzscheidewand sowie die Oberarmfraktur wird diagnostizieren und kleinmütig eingestehen müssen. Das ist reine Formsache. Und das Tatmotiv? Um die finanzielle Situation des von den Zwillingsbrüdern gemeinsam geführten Betriebes stand es schlecht. Es würde ihn nicht wundern, wenn sich demnächst eine ansehnliche Lebensversicherungssumme über die Familie Karoß ergießen würde. Wegen des Herzfehlers hatte die Versicherung vermutlich Udo einen Vertrag verweigert, mit Klaas aber einen abgeschlossen. Und Klaas ist offensichtlich seinem Bruder mit der Herbeiführung des Versicherungsfalles zuvorgekommen.

Sloboda fertigte den morgigen Einsatzplan an. Ike Jensen würde er von diesem Fall abziehen und den Kollegen zuteilen, die für einen anderen Mordfall zuständig waren, der Lübeck seit einigen Monaten immer wieder in Atem hielt: die *Leiche ohne Kopf*. Drei Männer hatten ihren Kumpel auf bestialische Weise umgebracht und ihm anschließend, um dessen Identität zu verwischen, Kopf und Hände abgeschlagen. Die abgetrennten Körperteile hatte man später in Müllsäcken in einem Kleingartengelände gefunden. Die mutmaßlichen Täter widersprachen und beschuldigten sich gegenseitig. Ike Jensen sollte morgen an den Verhören teilnehmen, die sein Hauptkommissar Manfred Deutschmann leitete.

Zwei Morde kurz nacheinander in Lübeck! Das hatte es lange nicht mehr gegeben. Er schaute wieder aus dem Fenster. Der dunkle, schwere Himmel draußen und diese angespannte Unruhe in seinem Inneren ließen in ihm die Ahnung aufsteigen, dass noch mehr auf sie zukommen sollte.

Mürrisch schloss sie die Wohnungstür auf. Sie fühlte sich hundeelend, wie ausgespien. Wie eine Blähung eines überaus launischen Tages, eines Tages, der sie nur loswerden wollte. Ein dumpfer Schmerz zog den Rücken hinunter, wo er auf ein widerwärtiges Gefühl von Leere stieß, eine Leere, die sie zusehends auszufüllen drohte. Kurz blieb sie innerlich an diesem scheinbaren Widerspruch hängen: eine Leere, die ein Völlegefühl erzeugte! Diese Leere hatte nichts von Leichtigkeit und Freiheit, wie es sie die Mönche gelehrt hatten; sie brachte vielmehr Schwere mit sich, niederdrückende, schwelende Schwere, bohrende und fragende Last, die an ihr hing und alles in ihr zusammenpresste. Fragen nach dem *Wozu?* schossen durch sie hindurch und hinterließen taube Spuren.

Wofür mache ich das? Für wen? Wohin gehöre ich? Ist nicht alles egal?

Kraftlos ließ sie sich auf ihre Couch fallen. Sie schaffte es nicht einmal, ihre Beine, die in einem inkommoden Winkel von ihrem Leib abstanden, nachzuziehen. Derart gekrümmt blieb sie eine ganze Weile sitzen. Ihre Hände fühlten sich immer noch taub an, wie tiefgefroren, aber in der letzten Stunde war ein leichtes Kribbeln hinzugekommen, welches allmählich anschwoll und eine motorische Unruhe durch ihren ganzen Körper schickte, die sich mit der Erschöpfung zu streiten begann. Immer noch registrierte sie den Druck ihrer gierigen Lungen, die sich vollsaugen wollten, es aber nicht konnten, nicht durften und die ihre Augen aus den Höhlungen zu pressen drohten. Auch die Augen taten weh. Es war, als hätten sie dem Überdruck nicht standhalten können, als seien sie erschlafft, so dass sie nur noch ein verschwommenes Bild erzeugen konnten. Die Geräusche der Welt ertönten wie durch einen schweren Theatervorhang, hinter dem Wirklichkeit nur noch als Spiel erschien, weit weg, irreal. Dafür klangen die inneren Laute umso aufdringlicher: das Herzklopfen und das tumbe Rauschen des Schädels, das schrille Vibrieren der Nervenbahnen, das Gurgeln der Atmung.

Sie durfte nicht weiter in sich hineinhören und sich dem inneren Geschehen aussetzen! Es machte sie verrückt! Sie musste etwas tun, sich ablenken! Sie stemmte sich ein wenig hoch, schaute sich um, ratlos zunächst. Aber tief in ihr regte sich ein verschämter, kleiner Gedanke, ein Gefühl, eine Frage, und arbeitete sich an die Oberfläche empor. Eine neue Frage war das, eine, die sie sich nicht zu stellen gewohnt war. Bislang war es stets nur darum gegangen, was sie aushalten konnte, was gerade noch zu ertragen war. Und jetzt kam, verschüchtert und ungelenk, eine Frage in ihr auf, ein Wunsch, etwas Neues: Was ihr jetzt gut tun würde, fragte sie sich nämlich, unbemerkt von ihrem Stolz, von ihrem strengen inneren Zensor. Eigentlich war es nicht nur eine Frage, stellte sie gleich darauf fest, sondern eine Frage, die ihre Antwort gleich mit sich brachte, die Antwort nämlich, dass ihr nun die Gegenwart eines anderen Menschen gut tun würde, eines bestimmten Menschen.

Die Nähe von Lars …

Weil mit ihren körperlichen und psychischen Kräften auch ihre Abwehrbereitschaft nachgelassen hatte, erschrak sie nur wenig über ihr Ansinnen. Wie selbstverständlich, als machte sie seit Jahren nichts anderes, als ihrem eigenen Wohl zu dienen, erhob sie sich, ging zum Telefon und wählte die Telefonnummer, die sie als einzige gespeichert hatte.

Lars Müller-Hänisch meldete sich sofort, als hätte er Bereitschaftsdienst und genau auf diesen Anruf gewartet. Ohne Zögern – und auch ohne jedes Stottern und Erröten – sagte er sein Kommen zu. Ike Jensen beschrieb ihm den Weg zu dem

Hochhaus im Hudekamp und wies ihn an, sich kurz vor seiner Ankunft nochmals per Handy zu melden. Sie würde ihn dann an der Haustür abholen, zum einen, weil Flure und Wohnungen unübersichtlich und verwirrend angeordnet waren, zum anderen, weil abendliche Besucher gerne mal in kleinere Zusammenrottungen zukunftsloser Jugendlicher gerieten und gewisse Wegezölle zu entrichten hatten.

Unten an der Haustür drückte Ike sich dankbar an Lars, der sie schützend in seine Arme nahm. Sofort strömten wieder Wärme und Kraft durch ihren Leib, und die Körperzellen schienen sich sogleich mit Lebenssinn anzufüllen. Wie einfach es doch war: Man hatte jemanden gern und zeigte es ihm vorbehaltlos. Während sie in den dritten Stock hochfuhren, sprachen sie nicht. Ike genoss es, nicht allein zu sein, besonders nicht nach diesem Tag. Sie genoss es, Wärme zu spüren, Halt zu empfinden, sich ohne jeden Anflug von Anstrengung, von Verstellen und Coolsein-Müssen dem Augenblick hingeben zu können. Sie betraten ihre Wohnung, welche den Charme des Einzugs noch nicht ganz verloren hatte. Einige Glühbirnen hingen nackt von den Decken, einige Kisten stapelten sich in den Ecken, Regale waren noch leer und aufnahmebereit. Der Geruch eines frischen Anstrichs hing in der Luft und vermischte sich mit der penetranten Ausdünstung eines neuen Teppichs. In der Mitte des kleinen Wohnraumes standen sie nun, sie hatte ihren Kopf an seine Brust gelehnt. Zärtlich fuhr Lars mit der Hand durch ihr Haar, streichelte sie tröstend, weil er wusste, dass ihr etwas widerfahren war, etwas Schlimmes. Lars wusste es, ohne es von ihr hören zu müssen.

Je länger aber dieser Moment andauerte, je mehr Ruhe und Trost sie in der Berührung empfand, je mehr die Sehnsucht in ihr anschwoll, je mehr der schwere Eisblock in ihr auftaute, je mehr sie sich hingab und dies alles geschehen ließ, desto mehr trat auch dieses andere, dieses dunkle Gefühl aus dem Hintergrund hervor, wo es vielleicht geschlummert hatte, wohin es sich vielleicht erschöpft zurückgezogen hatte. Allmählich gewann es die Herrschaft über Ike zurück, spülte Bedenken und Misstrauen an die Gestade ihres Bewusstseins, schwoll an, brandete Wellen von Angst an ihr Herz, das wieder erkaltete, sich schützte und sich zusammenzog und sich mit einer starken Hülle umgab, so wie die Poren der Haut sich verschließen, sobald ein kalter Hauch auf sie trifft. Lars registrierte, wie Ikes Geschmeidigkeit nachließ und eine Steifigkeit und Sperrigkeit sich einstellte. Ike wand sich ein wenig in seiner Umarmung, atmete etwas schwer, als könnte sie die Enge der Körper und die Durchdringung der Seelen nicht ertragen. Lars verspürte wieder seine fast schon vertraute Unsicherheit. Und wie so oft, wenn Ike die drängende Sehnsucht nach dem anderen in sich fühlte, nach seiner Wärme, und gleichzeitig das, wonach sie sich so dringend sehnte, unerträglich fand und es von sich stoßen wollte, wenn sie diesen selbstzerstörerischen Kampf in sich ausfocht, stellte sich nach und nach dieses wohl bekannte innere Programm ein, welches sie, wenn auch nur zum Schein, aus dem Dilemma befreite: Ihr Körper forderte Nähe, wollte sich in sexueller Begierde austoben und auflösen, während ihre Seele sich einfach von ihr ablöste und im Nirgendwo verschwand …

Ihr Gegenüber bemerkte die Veränderung sofort, konnte aber nicht mit ihr Schritt halten, wie sich sogleich zeigen sollte: Ike vergrub plötzlich mit einem Kichern ihre Nase in seiner Achselhöhle, schnüffelte ein wenig übertrieben an dieser Stelle, zog die Nase wieder heraus, rümpfte sie scherzhaft und meinte dann in gespielter Strenge:

„Ig denke, du ssolltest dussjen, du riegst nach Ssweiß …“ Dabei lachte sie ihm auffordernd ins Gesicht.

Bevor Lars reagieren konnte, machte sie sich auch schon daran, ihn auszuziehen und in Richtung Badezimmer zu bugsieren. Ehe er sich versah, stand er nackt unter der Dusche, während sein Körper reflexhaft alles ausführte, was man beim Duschen so zu tun hat. Sein Bewusstsein hinkte einige Meter hinterher. Nur wenige Augenblicke danach schob sich der Duschvorhang zur Seite, und Ike schmiegte sich an ihn, ebenfalls nackt. Lars sah seinen gestrigen Tagtraum an sich vorüberziehen, dieses Mal aber viel unwirklicher und ferner, als er ihn sich beim Einschlafen intensiv ausgemalt hatte. Unpersönlich, wie im Kino. Ike war wie verwandelt, sie neckte ihn, zog ihn auf, weil er, wie sie meinte, so *ssjügtern* wäre, und fing an, ihn an den Stellen zu stimulieren, deren taktile Reizung normalerweise die ausladendsten Folgen hatte. In der Sauna oder am Nacktbadestrand durfte er nicht einmal daran denken, sich auch nur vorzustellen, seine Gedanken in eine gewisse Richtung zu lenken, wenn er nicht als lebender Wegweiser enden und vor Scham im Erdboden versinken wollte. Er durfte auch keine Worte denken wie *hart* oder *lang* oder *dick* oder gar *steif*, nicht einmal Begriffe, die entsprechende Assoziationen, Reime oder Wortspiele zuließen oder diese Ausdrücke in sich enthielten wie zum Beispiel *Streifen, Dickmilch, Schlange* oder *Scharte*. In derartigen Situationen achtete er vielmehr peinlich genau darauf, an gar nichts zu denken oder, weil das schwierig zu sein pflegt, sich möglichst bildhaft Regenwürmer auszumalen, was eine zuverlässig abregende und entspannende Wirkung auf ihn hatte.

Nun allerdings passierte gar nichts, und das, obwohl er angestrengt jeden Gedanken an Regenwürmer zu verscheuchen suchte. Denn auch wenn ihm dies alles viel zu schnell ging und er noch gar nicht dazu bereit war, mit Ike zu schlafen – man könnte sagen, dass dem männlichen Zentralorgan eine gewisse emotionale Kompetenz zu eigen ist, die seinen Besitzer vor vorschnellen, ungenügend vorbereiteten Sexualkontakten bewahrt, indem es einfach seinen Dienst nicht aufnimmt – auch wenn Lars sich also durch Ikes Initiative wie von einer Dampfwalze überrollt fühlte, gewann in diesem Moment ein anderes neuronales Programm die Oberhand: Wenn *Er* nämlich stimuliert wird, dann muss *Er* auch reagieren. Wenn nicht, ist es eine Katastrophe, die geeignet ist, eine vollständige Auflösung des männlichen Egos einzuleiten.

Also versuchte Lars, die Regenwürmer, die sich wie rasend vermehrten, aus seinen Synapsen zu verscheuchen. Wenn man aber auf keinen Fall an Regenwürmer denken möchte, besteht plötzlich die ganze Welt nur noch aus diesen kalten, schlaffen, schwabbeligen, kraftlosen, ekligen, schleimigen, blöden Kriechtieren.

Zweiter Anlauf: Er befahl ihnen, Männchen zu machen, er steckte ihnen Strohhalme hinten (ja, *wo* eigentlich?!) hinein, um sie aufzublasen, er ließ sie gegeneinander kämpfen, damit sie in wütendem Imponiergehabe ihre Eicheln – äh: Köpfe beziehungsweise Vorderteile emporreckten und sich drohend aufblähten ... Aber Regenwürmer sind Regenwürmer und keine erigierten Soldaten, allenfalls kann man sie aufrollen oder plattquetschen oder zerstückeln ...

Nichts ging.

Ike schaute ihn ein wenig belustigt an und begann, als sie seine Zerknirschung registrierte, ihn aufzumuntern. Es fiel ihr leichter, mit dem Versagen des anderen umzugehen als mit dem eigenen. Deshalb verspürte sie auch keine Enttäuschung und keinen Ärger auf Lars. Gleichzeitig merkte sie aber auch, dass es gut so war.

Nachdem sich Lars, der an ein immer wieder ins Straucheln geratendes Selbstwertgefühl gewöhnt war, innerlich wieder einigermaßen zusammengefügt hatte, setzten sich beide auf die Couch.

Und Ike erzählte ihm die ganze Nacht lang von den Ereignissen des vergangenen Tages. Lars tat das, was er am besten konnte: Er hörte zu.

17 Die letzten Sitzungen waren gut gelaufen. Hellmuth Michelsen hatte sich als kooperativ erwiesen. Ihre Deutungen seiner Gewaltphantasien und seiner Träume, von denen er in rührender Offenheit berichtete, waren bei ihm offenbar auf fruchtbaren Boden gefallen. Dr. Annerose Tannerts anfänglicher Verdacht, es könne sich um eine schwere schizoide oder dissoziale Persönlichkeitsstörung oder gar eine Psychose handeln, trat immer mehr in den Hintergrund. Wahrscheinlich lag hier eine Zwangsstörung vor, die zwar bizarre Symptome hervorbrachte, aber als nicht allzu virulent einzuschätzen war. Die den Patienten bedrängenden zwanghaften Gewaltphantasien mussten wohl als konflikthafte Angst vor unbewussten aggressiven Impulsen gewertet werden. Wahrscheinlich hatte er auch allen Grund zu heftigen Gefühlen von Wut und Hass: der frühe Tod der Mutter, deren vermutlichen Selbstmord er ihr nicht verzeihen konnte. Weil er sich aber die Wut auf die Mutter, die ihn verlassen hatte, nicht eingestehen konnte, suchte sich sein Unbewusstes harmlosere Ventile, zumal der Wut auf die Mutter wahrscheinlich auch verborgene sexuelle Wünsche beigemengt waren, die natürlich erst recht verboten waren. Sein Unbewusstes hatte also gute Arbeit geleistet, um einerseits die ursprünglichen, tabuisierten Triebkräfte zu verschleiern, andererseits mit Hilfe der Gewaltphantasien eine gewisse Trieb-abfuhr zu erlauben, wenngleich diese ihm Gewissensqualen bereiteten. *So etwa wird es in ihm aussehen*, dachte die Ärztin, also galt es nur, eine Identifikation mit den eigentlichen Trieben herzustellen, um dem Patienten auf diese Weise zu ermöglichen, auf die Symptomatik zu verzichten. Dass der Analysand dabei Widerstände aufgebaut hatte, dass er beispielsweise bei dem Thema *Tod der Mutter* immer abblockte und wie verstockt schwieg, und wenn sie auf diesen ominösen Onkel zu sprechen kam, zuerst regungslos dasaß, um dann nach einigen Minuten abrupt das Thema zu wechseln, machte der Psychotherapeutin keine Sorgen. Das war Ausdruck des ganz normalen Analysenwiderstandes, und das war schließlich ihr Job, letzten Endes schlauer als der innere Zensor zu sein.

Was Dr. Tannert sich jedoch nicht erklären konnte, war, dass ihr unheimlich zumute war in der Gegenwart dieses Mannes. Dieses ungreifbare Heraufziehen eines vergangenen Schattens, einer vagen Bedrohung, einer zunehmenden Beklemmung und Verzagtheit. Dafür gab es keinerlei Ursachen: Michelsen war freundlich, zuvorkommend, im Unterschied zu vielen anderen Patienten zurückhaltend, wenn es um ihre Privatsphäre ging. Den übergriffigen Beginn der Behandlung hatte sie ihm bereits verziehen, und sie wertete ihn als Ausdruck seiner Not: Er hatte eben einen Therapieplatz ergattern wollen, und zwar bevorzugt bei ihr. Das war vielleicht nicht ganz in Ordnung gewesen, aber letztlich Ausdruck psychischer Gesundheit. Es lag wohl an ihr selbst: Vielleicht erinnerte er sie an jemanden, und ihr Unbewusstes wehrte sich dagegen, dessen Identität preiszugeben. Vielleicht an ihren Vater? Sie konnte sich das kaum vorstellen, weil das Wesen Michelsens doch sehr von dem ihres Vaters verschieden war. Aber vielleicht war dieser Gedanke auch nur eine Rationalisierung ihrerseits, um ihren eigenen Erinnerungsbildern nicht ins hässliche Antlitz schauen zu müssen? So war es wahrscheinlich: *Es wird sich um eine Gegenübertragung handeln, und ich sollte unbedingt meinen Lehranalytiker und Supervisor aufsuchen, überlegte sie sich, vielleicht bringt Peter von Boethius mich auf die richtige Spur zurück.*

Während sie Michelsen betrachtete, der vor ihr auf der

Couch lag und frei über seinen Traum der letzten Nacht assoziierte, fiel ihr die eigene Szene wieder ein, die sie in letzter Zeit nächtens heimsuchte: der Traum von dieser schwarzen Puppe, die wuchs und wuchs, sich in einen großen Mann verwandelte, der aber nichts tat, nur einfach dasaß, sie anblickte, vorwurfsvoll, eindringlich, so als wollte er sie an eine Schuld erinnern, die sie noch abzutragen hatte. Wenn ihr nur einfiele, was das war! Manchmal war diese Erinnerung kurz davor, sich zu einem vollständigen Bild auszuformen, Sinn zu ergeben, dann aber verwischte sie sich sogleich wieder und fiel in sich zusammen. Warum hatte sie diese Träume? Warum hatten sie angefangen, nachdem Michelsen das erste Mal in ihrer Praxis erschienen war? Nein, sie hatte diesen Traum schon vorher gehabt, sie erinnerte sich: In der Nacht zuvor, da kannte sie den Patienten ja noch gar nicht, da hatte sie im Traum diesen großen schwarzen Puppenmann in ihrem Café gesehen. Also konnte der Traum nichts mit ihm zu tun haben!

Oder doch?

Sie schweifte ab. Sie zwang sich, sich auf ihre Arbeit zu konzentrieren. Michelsen hatte ein Recht darauf, dass sie bei der Sache blieb. Er konnte nichts für ihre Gefühle und Träume. Jetzt sprach Michelsen wieder über diese blutrünstigen Vorstellungsbilder. Auch seine Träume waren voll von ihnen. Er beschrieb eine Szene, in der er Katzen die Bäuche aufschnitt und zusah, wie ihre Gedärme herausquollen. Er legte sich mitten hinein in die Innereien der Katzen, von vielen Katzen, Hunderten von Katzen, die er alle aufschlitzte. Er suhlte sich darin, wärmte sich; er schilderte, wie erregend er es im Traum fand. *Der arme Mann,* schoss es der Ärztin durch den Kopf, *wie er sich quält mit diesem schrecklichen inneren Gruselfilm!*

Michelsen hatte inzwischen die Augen geöffnet. Er starrte zur Decke. Dr. Tannert sah für einen Sekundenbruchteil, wie seine Augen aufblitzten und ein flüchtiges, grausames Lächeln um seine Mundwinkel spielte. Sie registrierte seine Lüsternheit unterschwellig. Jedoch gelang es ihrer Wahrnehmung nicht, die Pforte zum Bewusstsein zu durchschreiten und zu einer Erkenntnis zu reifen …

Hellmuth Michelsen war mit sich zufrieden. Zweierlei hatte er bei seiner Therapeutin erreichen wollen: Erstens, dass sie sich sicher mit ihm fühlte und ihm vertraute. Dass sie das Gefühl hatte, die Sache im Griff zu haben. Darauf gründete sein Plan. Und zweitens wollte er eine tiefe, ungreifbare Angst in ihr erzeugen, eine Angst, die sie zwang weiterzumachen. Und eine Angst, an der er sich schon jetzt weiden konnte.

Wie es schien, war ihm beides gelungen.

Es war schon dunkel. Die ältere Dame zögerte noch, ob sie an die Tür klopfen sollte. Genau wie der Mann, den sie jetzt aufsuchen wollte, fühlte sie sich als Opfer. Sie waren beide Opfer, waren beide auf denselben Mann hereingefallen. Seinetwegen hatte sie damals kurz nach der Heirat auf ihre eigene Karriere als Solistin an der Lübecker Oper verzichtet. Sie hatte seine Töchter großgezogen, psychisch kranke Mädchen, die ihr alles abverlangt hatten. Er aber hatte ihren Einsatz damit vergolten, dass er sie unzählige Male betrogen hatte, er hatte sie in aller Öffentlichkeit gedemütigt und bloßgestellt. Sie hasste ihn. Sie wollte weg von ihm, ihr verkorkstes Leben mit diesem Mann hinter sich lassen und ihre letzten Jahre einigermaßen würdig über die Bühne bringen. Sie wusste aber auch, dass er ihr das Leben gründlich vergällen würde, nicht weil er daran litte, sie zu verlieren, sondern weil es seine Eitelkeit maßlos verletzte, wenn sie ihn verließe. Seine Winkeladvokaten würden es schaffen, ihr alles zu nehmen. Sie würde um jeden Euro betteln müssen. Er würde sie spüren lassen, wie sehr sie ihn brauchte.

Sie wollte ihre Würde nicht vollends verlieren!

Mit diesem Vorsatz trat sie zur Tür des Mannes, dem sie ein Geschäft vorschlagen wollte, und schaute sich nervös um. Als sie bemerkte, dass die Dunkelheit sie vor den Blicken anderer verbarg, klopfte sie an.

Der Mann erkannte sie und ließ sie eintreten. Die Frau redete eine ganze Weile auf ihn ein. Der Mann hörte aufmerksam zu. Ab und zu nickte er.

Nach etwa zwanzig Minuten sagte sie schließlich: „Wenn alles klappt, kriegen Sie von mir noch mal dasselbe“, und händigte ihm fünftausend Euro aus. Dann verschwand die Frau.

Der Mann hatte nicht eine Sekunde an Schnaps gedacht.

Die Nacht, 1./2. November

Das Auf- und Abschwellen des Stöhnens vermischte sich mit dem Heulen des Sturmes, der um die Scheune fegte.

Die Frau weinte leise.

Sie hatte einen Mörder geschützt!

Hatte ihn geliebt!

Eigentlich hatte sie es immer geahnt.

Sie würde ihn töten.

Für einen kurzen Augenblick blitzte ein Gefühl der Genugtuung in ihr auf.

Freitag, 27. Oktober

18 Es war einer dieser trüben Herbsttage. Die drückende Atmosphäre des gestrigen Tages war dem typischen schleswig-holsteinischen Landregen gewichen, der monoton aus einem gleichförmig grauen Himmel auf alles herabrieselte. Es war, als würde sich die Morgendämmerung nicht entschließen können, dem neuen Tag zu weichen. Das diffuse Licht verdeckte alles Bunte und Lebendige wie hinter einer schmutzigen Milchglasscheibe. Ab und zu ertönte das Martinshorn eines Krankenwagens, der die Universitätsklinik ansteuerte, und zerschnitt aufdringlich die nichtssagende Stille.

Bernd Ewert starrte lustlos aus dem Fenster des mondänen Apartments. Noch mehr als das Wetter nervte ihn der Zustand seiner Freundin, die schon seit Tagen ihren Hintern nicht mehr aus dem Bett gehievt hatte. Sie konnte sich zu nichts aufraffen, war ohne jeden Antrieb, heulte grundlos und aß nicht mehr. Ihre Doktorarbeit hatte sie nicht mehr angerührt, und ihre Wohnung sah verheerend aus. Sie räumte nichts weg, spülte nicht, kümmerte sich nicht um ihre Pflanzen, die sie normalerweise so umhätschelte. Frustrierend war auch, dass mit ihr nichts mehr anzufangen war: Sie machte jeden seiner Annäherungsversuche zunichte, nicht indem sie ihn aktiv von sich wegstieß, nein, schlimmer noch, indem sie nämlich überhaupt nicht reagierte. Sie ließ jede Berührung passiv über sich ergehen. Es törnte ihn ziemlich ab, wenn er ihr an die Wäsche ging und sich bei ihr nichts regte. Der muffige Geruch ungeputzter Zähne sowie die ungewaschenen Haare, deren Locken wie ausgeleiert aussahen, bewirkten das ihrige und erstickten zunehmend jeden erotischen Trieb seinerseits.

Bernd Ewert war gefrustet. Er machte sich Sorgen und fühlte sich machtlos. Alles hatte mit ihrem Termin bei diesem Professor begonnen, der sie so bedrängt hatte. Wer weiß, was da noch alles passiert ist! Der Typ hatte so merkwürdige Andeutungen gemacht. Und Vanessa sprach einfach nicht darüber. Was war nur mit ihr geschehen? Bernd Ewert war eifersüchtig. Und er fühlte einen wilden Hass in sich aufsteigen. Wenn er ihn jetzt vor die Fäuste kriegte – er wüsste nicht, ob er seinen Jähzorn zügeln könnte. Er wusste, dass er vorsichtig sein musste: Sein aufbrausendes Temperament hatte anderen schon blutige Lippen, ausgeschlagene Zähne und Nasenbeinbrüche eingebracht – und ihm diverse Anzeigen wegen Körperverletzungen, die glücklicherweise bisher glimpflich ausgegangen waren, weil stets Aussage gegen Aussage gestanden hatte und weil er einmal einen Zeugen so eingeschüchtert hatte, dass dieser seine Aussage zurückgenommen hatte. Als ehemaliger Dachdecker war er einen rüden Umgangston gewohnt, der ihm jetzt in seinem Job als Architekt und Bauleiter manchmal zugute kam. Er wusste jedoch, dass er aufpassen musste. Er musste sich zurücknehmen. Aber dieser Kerl war verantwortlich für Vanessas Zustand! Er war ein dreckiges Schwein! Und er war auch ein gefährlicher Nebenbuhler! Ein möglicher Rivale! Man konnte es nie wissen: Vielleicht ließ Vanessa ihn nicht ran, weil sie in Wirklichkeit …? Trotzdem durfte er seiner Wut nicht erlauben, blindlings und ohne Rücksicht auf die eigene Zukunft zuzuschlagen. Er musste seinen Zorn bremsen!

Oder?! – *Oder* er musste es sorgfältig planen – und er durfte keine Spuren hinterlassen!

Klaus Bodo liebte es, durch die engen Gassen und Gänge der Lübecker Altstadt zu trotten. Einblicke in düstere, verwinkelte Höfe hinter akkuraten Fassaden, Einsichten in die dreckige Realität menschlicher Existenz hinter blendendem Schein erregten ihn; Bilder von strähnigen Haaren, popelnden Fingern, von sich abtakelnden Weibern boten sich ihm dar; Laute von zänkischem, durch zahllose Zigaretten zerkratztem Alt und von gepresstem, feige antwortendem Bariton drangen an sein Ohr; er schmeckte den strengen Schweiß der Bewohner, den uneingestandene Lebensängste und zähes Leugnen der Armseligkeit, angestrengte Großspurigkeit und rattenhafte Enge durch ihre Poren presste. Hier fühlte sich Bodo heimisch, hier war er Erster unter Gleichen, privilegiert, weil er nach Belieben kommen und wieder gehen konnte. Hierhin lenkte er seinen Schritt. Den Umweg nahm er in Kauf. Er brach von seiner Wohnung über einer Suchtberatungsstelle in dem Gässchen *Hinter der Burg* früher auf, als er musste. Über Schröders Gang und Altefähre gelangte der Privatdetektiv in den Engelswisch, und von dort aus schlurfte er links die Engelsgrube hoch. Mit seinem hochgeschlagenen Mantelkragen und dem tief ins Gesicht gezogenen Hut wirkte Klaus Bodo wie ein Klischee seiner eigenen Zunft. Die schmalen Häuser schienen in dem ungemütlichen Nieselregen und dem auffrischenden Abendwind noch enger aufeinander zuzurücken, und die schwarzen Giebel neigten sich drohend vornüber. Unwillkürlich zog Bodo die Schultern hoch und vergrub sein Kinn tiefer ins Revers seines Mantels. Er bog in den Bäcker-Gang ein. An dem Heim für Alkoholiker vorbei gelangte er in den Lüngreens Gang, ließ sich von diesem auf die Fischergrube führen und gönnte sich noch einen Abstecher in den Grünen Gang, wo er achtgeben musste, dass er sich nicht den Kopf an dem niedrigen Durchgang stieß. Er blickte auf seine Uhr. Automatisch beschleunigte sich sein Schritt. Über die Kupferschmiedestraße traf er auf die Beckergrube, wo er sich, als sei er soeben wieder in eine feindselig glitzernde Gegenwart ausgespuckt worden, blinzelnd und tief Luft holend vor dem Theatergebäude wiederfand. Erst jetzt besann er sich seines heutigen Auftrages.

Klaus Bodo hasste es, in die Oper zu gehen. Heute war es wieder einmal so weit. Heute wurde *Werther* oder so ähnlich gegeben, wahrscheinlich wieder so ein modernes Zeug, in dem man keine Melodie erkennen konnte, in dem die Personen minutenlang davon sangen, dass sie im Begriff waren zu sterben, dass sie nun das Zeitliche segnen würden, dass es jetzt vorbei war mit ihnen, dass es zu Ende ging, und dann brauchten sie ewig, sanken um, standen wieder auf, strauchelten, stemmten sich wieder hoch, und irgendwann, wenn eigentlich niemand mehr damit rechnete, lagen sie dann doch ausgestreckt auf dem Bühnenboden. Und meistens war dann auch noch ihr Tod völlig umsonst, weil die Geliebte ihn dann doch nicht betrogen hatte oder das tödliche Gift, das sie genommen hatte, doch nicht tödlich gewesen war, sondern nur einen Scheintod hervorgerufen hatte, einen zeitlich begrenzten Stunden- oder Minutentod. Und die ganze Zeit wurde gesungen, und dann hob der Held doch noch einmal den Kopf, um seine letzte Arie an den Mann zu bringen, weil der Komponist es so gewollt hatte und damit sich die Geliebte umso mehr grämen musste und erkannte, dass sie ihm nun in den Tod folgen sollte, und dafür auch wieder so lange brauchte, während Klaus Bodo die ganze Zeit nur damit beschäftigt war, seine übermäßig langen Beine anzuwinkeln, zu verdrehen, zu spreizen und zu verknoten, weil er sie in den engen Sitzreihen des Lübecker Theaters einfach nicht unterzubringen wusste und sie ihm schon wehzutun begannen, als er festgestellt hatte, dass sein Sitz wieder nicht am Rand platziert war, sondern genau in der Mitte, wo die Sessel besonders dicht gedrängt standen.

Aber Johann Kuipers bestand darauf, sich hier mit ihm zu treffen. Und als Privatdetektiv konnte man sich seine Auftraggeber nicht aussuchen und musste deren Marotten ertragen. Bodo hatte ihm ein Dossier zusammengestellt, welches er ihm heute übergeben würde und das detaillierte Informationen über einen Robert Steinfath enthielt. Es war ein schwieriges Unterfangen gewesen, die Fakten zu sammeln, weil viele der früheren Nachbarn, Lehrer und Mitschüler sich einfach nicht an ihn erinnern konnten. Dennoch hatte er einiges rausgekriegt, und das wollte er sich heute gut bezahlen lassen. Die Geschichte mit dem Tod seiner Mutter kannte Kuipers bereits, den entsprechenden Zeitungsartikel und Polizeibericht hatte er ihm bei der Beauftragung ja vorgelegt. Über die Rolle eines gewissen Oberarztes Dr. Christian Tille hatte er auch nichts Genaueres herausfinden können. Aber was Kuipers sicherlich interessieren würde, war, dass Roberts Mutter und Tille ein Verhältnis miteinander gehabt haben sollen. Robert war nach dem Tod der Mutter wegen einer paranoiden Psychose monatelang in der Kinder- und Jugendpsychiatrie gewesen. Vorher und hinterher muss der Junge ziemlich unauffällig gewesen sein, kaum einer konnte ihn genauer charakterisieren. Es gab aber einige Vorfälle in seiner Jugend, mit denen sein Name in Zusammenhang gebracht worden war, was ihm aber nie bewiesen werden konnte. Über einige Monate hinweg hatte es nämlich in einigen Dörfern um Lübeck herum, unter anderem in Krummesse, Fälle grausamer Tierquälereien gegeben, meist Katzen, die aufgeschlitzt, aufgespießt oder bei lebendigem Leibe verbrannt worden waren. Robert war mit einigen der Jungen, die erwischt worden waren, befreundet gewesen, er war auch in Tatortnähe gesehen worden, aber irgendwie hatte er immer eine plausible Erklärung vorbringen und sich aus der Schusslinie der ermittelnden Beamten herauswinden können. Die meisten, die Robert gekannt hatten, hatten ihn als verschlossen, ruhig und unscheinbar beschrieben, bis auf eine ehemalige Nachbarin, die ihn als Teufel bezeichnet hatte. Im Anschluss an den Psychiatrieaufenthalt war Robert vom Jugendamt der Hansestadt Lübeck in das Heim *Wakenitzhof* verfrachtet worden, dessen Pädagogen ihn laut Aktenlage als unkompliziert und leicht steuerbar eingeschätzt hatten. Mit etwa achtzehn Jahren, im Sommer 1978, war er wegen einer Ausbildung nach Frankfurt gegangen. Eine Druckerlehre hatte er nach wenigen Monaten abgebrochen. Anschließend hatte er die Fachhochschulreife erworben und Psychagogik studiert. Gelebt hatte Steinfath in einer Art linke Kommune. Hinweise auf Beziehungen zu Frauen gab es nicht. Er war in den Jahren '79 und '80 mehrmals bei Agitationen der Außerparlamentarischen Opposition, genannt APO, als gewaltbereiter Demonstrant aufgefallen und als Mitglied des MSB Spartakus bei der Polizei aktenkundig geworden. Der letzte Akteneintrag vom 7.4.84 endete mit dem Vermerk: *in die DDR übergesiedelt*. Damit verlor sich seine Spur.

Ob Kuipers etwas damit anfangen konnte? Egal, Hauptsache, er zahlte.

Johann Kuipers hatte bereits Platz genommen, wahrscheinlich, um sich nichts von Jules Massenets Meisterwerk und der Theateratmosphäre entgehen zu lassen. Klaus Bodo hingegen hatte es so lange wie möglich hinausgezögert, sich in diese Menschenmenge hineinzumanövrieren. Kuipers bestand darauf, dass Bodo zumindest eine Halbzeit durchhielt, *damit es nicht auffällt*, wie er sein Ansinnen begründet hatte. *Er ist der Kunde,* dachte Bodo, *und der Kunde ist der Chef. Zumindest so lange, wie ich noch auf jeden Job angewiesen bin.*

Bodo nahm seinen Platz ein, und wie immer taten sie so, als seien sie einander fremd, begrüßten sich förmlich und versanken dann jeder in die eigene Gedankenwelt: Kuipers in Vorfreude auf die Genüsse, die ihn nun erwarteten, Bodo legte sich einen Plan zurecht, wo er heute auf die Piste gehen und sich ein Hasilein schießen konnte. Der braune Umschlag steckte griffbereit in seiner Jackentasche, und er hoffte darauf, einen sehr viel lukrativeren Umschlag dafür eintauschen zu können.

Als nach einer ewig langen Arie ein spontaner Beifallssturm losbrach, blickte Johann Kuipers seinen Nachbarn kurz aus den Augenwinkeln an und nickte ihm auffordernd zu. Bodo zog den Umschlag aus seinem Jackett und hielt ihn neben seinem rechten Bein eine Weile fest. Dort nahm ihn Kuipers' Linke wie zufällig in Empfang.

„Wie viel?", raunte dieser ihm seitlich zu.

Bodo rechnete: Zusammengenommen hatte er vier Arbeitstage auf die Recherchen verwendet, das machte bei einem Tagessalär von einem Hunni vierhundert Euronen.

„Fünf", gab er zurück.

„Was?"

„Fünf Tage, fünf Hunnis“, forderte Bodo tonlos, „ist viel Interessantes dabei!“

Der Journalist zog, unter der Deckung durch den Opernführer, die Unterlagen aus dem Umschlag und blätterte sie durch. Die wunderbare Musik stimmte ihn versöhnlich und großzügig:

„Geht klar“, stöhnte er und überreichte einen kleineren weißen Umschlag, nachdem er noch zwei Fünfziger dazugepackt hatte. *Muss ja Weisberger für gradestehen!*, ging ihm nur durch den Kopf. Damit war diese Transaktion für ihn erledigt, und er gab sich den Klängen des Orchesters und der kunstvollen Stimmen hin, ohne auch nur noch einen weiteren Gedanken an seinen Nebenmann zu verschwenden.

19 Seit über zwanzig Minuten stand sie nun schon vor der Tür. Von Boethius war noch nicht da, wie meistens kam er zu spät. Wahrscheinlich hatte er sich bei seinem Rooibostee, den er um elf Uhr im Museumscafé in der St.-Annen-Straße einzunehmen pflegte, verträumt. Annerose Tannert hatte ihren Regenschirm aufgespannt und schlug den Kragen ihres Mantels hoch. Sie fror. Sie fror, weil es in den letzten Tagen kühler geworden war und dieser ungemütliche, ewige Nieselregen eingesetzt hatte. Und sie fror, weil sie aufgeregt war. Sie war gespannt, was ihre Sitzung bei Peter von Boethius, ihrem Lehranalytiker und Supervisor, an den Tag bringen würde. Sie stand vor einer dieser alten, etwas kleineren Villen aus rotem Backstein in der Herderstraße, in der von Boethius allein lebte und auch praktizierte. Der verwilderte Vorgarten wirkte ungastlich und schien dem Besucher den Zutritt zu dem geduckten, von der Straße abgewandten Haus verwehren zu wollen. Dr. Tannerts Gedanken schweiften kurz zu der gestrigen Sitzung der Lübecker Psychotherapeuten-Vereinigung ab. Eine Welle von Ärger durchflutete sie, als sie an den zweiten Vorsitzenden, Belá Tomasz, dachte, der ihr als amtierender Versammlungsleiterin einige Male in die Parade gefahren war. Dieser unverschämte, provozierende Klotz! Als sie in ihrer Eröffnungsansprache an den 150. Geburtstag Sigmund Freuds erinnert hatte, der, wie sie meinte, nicht genügend gewürdigt worden war, hatte dieser Typ sie rüde unterbrochen mit der Frage: „Wer um alles in der Welt ist denn Freud?? Der Typ ist doch megatot!“ Genau dieser Belá Tomasz hatte auf der bisher einzigen Lübecker Veranstaltung zu Ehren dieses Genius, nämlich auf einer Hommage in St. Petri im Mai dieses Jahres, den Begründer der Psychoanalyse gnadenlos durch den Kakao gezogen, und noch dazu auf völlig inkompetente Weise, wie sie fand. Ärgerlich zog sie ihre Erinnerungen von diesem unangenehmen Zeitgenossen ab. Nach Abschluss der Sitzung hatte sie von Boethius angesprochen und um einen Termin gebeten. Sie hatte ihm kurz angedeutet, worum es ging. Von Boethius hatte ziemlich missbilligend dreingeschaut, hatte ihr jedoch, vielleicht wegen ihres desolaten Erscheinungsbildes, gleich für den nächsten Tag eine Sitzung angeboten.

Jetzt stand sie hier und wartete. Das war typisch für ihn. Trotzdem verspürte sie keinerlei Ärger auf ihren Lehrmeister – er war eben so, immer in Gedanken, immer abwesend, nicht so ganz von dieser Welt. Irgendwie jenseitig, ja, dieser Ausdruck passte: jenseitig! *Und immer schief,* dachte sie, während sie ihn die Herderstraße heraufradeln sah. Peter von Boethius sah wirklich schief aus, obwohl dies möglicherweise eher ein Eindruck war, den er vermittelte, als eine physische Tatsache. Die rechte Schulter hatte von Boethius ein wenig abgesenkt, während er mit der Linken das Fahrrad lenkte. Der rechte Arm hing gerade und anscheinend kraftlos herab. Auch sah es so aus, als wäre sein Oberkörper ein wenig verdreht, die rechte Schulter etwas zurückgenommen. Annerose Tannert konnte sich auch des Eindrucks nicht erwehren, dass das linke Pedal eine Spur weiter vorn angebracht war, weil nämlich die ganze linke Seite der anderen Körperhälfte immer ein Stückchen voraus zu sein schien. Als wäre die rechte Seite in der Vergangenheit hängen geblieben! Oder als schleifte von Boethius irgendeine Last hinter sich her. Bei genauerem Hinsehen fiel der Psychotherapeutin auf, dass der rechte Arm zwar schlaff herunterhing, die Hand aber merkwürdige, ruckartige Bewegungen zu vollführen schien: so wie man die ausgestreckten Hände einer aufgereihten Schar von Freunden, Spielkameraden oder Fans abklatscht, nur dass es im Falle des Peter von Boethius keine Hände waren, die ihm am Straßenrand Stehende erwartungsvoll darboten, sondern Hände, die verzweifelt oder gierig aus dem Erdboden emporwuchsen und nach ihm griffen: Hände seiner entlassenen Patienten vielleicht ...

Einige Minuten darauf saßen sie sich gegenüber. Von Boethius hockte wie immer auf einem Holzstuhl, der nicht sehr bequem aussah, wieder oder immer noch schief, in der linken Hüfte eingeknickt und die rechte Seite ein wenig abgewandt. Vielleicht war das seine Verbindung zum Off, zu einem unsichtbaren Regisseur, der ihm stetig aus dem Hintergrund seine Regieanweisungen zuflüsterte, vielleicht auch zu seinem eigenen oder zu einem kollektiven Unbewussten, zu den archetypischen und mythologischen Urbildern der Menschheit, aus denen er seine Eingebungen bezog.

Nachdem Tannert ihm den bisherigen Therapieablauf mit dem Patienten Herrn M. – Namen wurden hier nicht genannt – geschildert und ihre Empfindungen und Befürchtungen beschrieben hatte, geschah erst einmal gar nichts: Von Boethius schwieg. Er schwieg und sah sein Gegenüber prüfend und streng an. Nach einer Weile meinte er spitz:

„Sie brauchen noch mal fünfzig Stunden Eigenanalyse, denke ich!“ Dann fügte er spöttisch hinzu: „Oder wollen Sie vielleicht einen weiteren Artikel über Schuldgefühle veröffentlichen? Sie glauben ja, dass Ihnen das weiterhilft!"

„Wie kommen Sie denn da...?"

„Sie haben", unterbrach von Boethius sie schroff, „ja immer noch nicht ihre Vaterbeziehung fertig durchgearbeitet! Das ist ja immer noch das alte Thema! Als hätten wir nicht Stunden über Stunden damit zugebracht! Schuld, Überich, Ihre latenten inzestuösen, erotischen Wünsche, ihre verborgene Aggressivität! Aber Sie waren ja der Meinung, es würde schon reichen!" Der schiefe alte Analytiker erhob sich von seinem Stuhl und ging zum Fenster. Er drehte ihr den Rücken zu, während er auf die Rückseite der Häuser an der Edvard-Munch-Straße blickte. Nach einer Pause brummelte er mehr zu sich selbst:

„Vielleicht habe ich auch etwas übersehen bei Ihnen ...?"

„Nein, ich glaube ... vielleicht könnten wir ...?"

„Seien Sie bitte einen Moment still ..." Von Boethius verharrte unschlüssig und schien eine ehemalige Patientin aus dem Untergrund zu streicheln.

Vielleicht tätschelt er jetzt gerade mich, schoss es ihr durch den Kopf, und sie musste unwillkürlich lächeln. *Eine frühere Patientin, die sich nach langer Zeit wieder meldet* ... In diesem Moment wurde ihr klar, dass diese merkwürdige, jenseitige Handbewegung nur eine Manifestation eines nagenden Selbstzweifels sein konnte: Er wollte so seine alten Patienten besänftigen, deren nörgelnde Geister vertreiben, damit sie ihm keine Vorwürfe ob seiner Behandlung machten ...!

„In etwa einem halben Jahr habe ich wieder einen freien Platz." Von Boethius schien sich nun zu einem Entschluss durchgerungen zu haben. „Dann werden wir Ihre Lehranalyse fortsetzen."

„Und mein Patient?"

„Mit Ihrem Patienten ist alles in Ordnung", resümierte er barsch, „aber mit Ihnen nicht ..."

Damit war die Supervisionssitzung beendet. Frau Dr. Annerose Tannert war nicht viel schlauer als vorher.

„Aaah Skit!"

Gisela Hansens Kopf fuhr erschreckt herum, als Ike Jensen den Hörer auf die Gabel knallte.

„Was ist denn mit dir?", fragte die Schreibkraft des Betrugskommissariats mit aufgerissenen Augen.

„Sloboda – ig ssoll ssofort kommen rüber ssu ihm!"

„Ärger?"

„Ja, wegen die Gessjigte mit Karoß."

„Ich dachte, das wäre in Ordnung? Hatte Boie das nicht abgesegnet?", fragte Gisela beunruhigt.

„Ja, wohl, aber Ssloboda ssagt, der ist nun im Urlaub. Und nun ist eine Frau Geller bei ihm – „

„Die Staatsanwältin? Uta Geller?"

„Ja, glaub' wohl ..."

„Diese Krähe? – O je! Arme Ike!“ Die Sekretärin legte ihre Stirn mitfühlend in Dackelfalten.

„O.k., dann will ig nun rübergehen. Bitte ssei sso gut und mach Kaffee für hinterher, ja?“

„Klar, natürlich. Komm gleich zurück und erzähl, wie's war!“

Kurz darauf stand die Ermittlerin in Slobodas Büro in dem Polizeihochhaus an der Possehlstraße. Die stellvertretende Behördenleiterin der Staatsanwaltschaft, Dr. Uta Geller, blickte sie giftig an. Der Erste Kriminalhauptkommissar hatte sich abgewandt und schaute genervt aus dem Fenster.

„Dienstwaffe und Marke! Geben Sie her!“ Die Stimme der kleinen, aber sehr kämpferisch wirkenden Frau kippte in eine krächzende Kopfstimme. „Sie sind vorerst vom Dienst suspendiert! Und Ihr unprofessionelles Verhalten, das sage ich Ihnen, wird ein disziplinarisches Nachspiel haben!“

Entgeistert und wortlos schnallte Ike Jensen das Holster ab und ließ es auf Slobodas Schreibtisch sinken. Genau in dem Moment, als sie ihre Dienstmarke mit gebremstem Schwung auf die Platte warf, sprang plötzlich die Bürotür geräuschvoll auf, und ein rotgesichtiger, wutgeladener Polizeidirektor stand unvermittelt mitten im Raum.

„Was soll das, Uta?“ Reitners Augen blitzten zur Staatsanwältin hinüber. „Ich entscheide hier über Suspendierungen! Du überschreitest deine Kompetenz!“ Erregt wippte er auf und ab.

Uta Geller blitzte kurz zurück, dann fand sie schnell ihre Fassung wieder:

„Such dir aus, Manfred: *Entweder* sofortige formlose Suspendierung *oder* ich leite ein Disziplinarverfahren ein, das dann aber *formvollendet!* Und noch was, Manfred, wenn du deine Leute besser im Griff hättest, müsste ich nicht derart unangenehme Maßnahmen ergreifen.“

Der Angesprochene wollte etwas entgegnen, hielt sich aber zurück. Seine Halsarterien waren noch immer bedrohlich angeschwollen, und das Wippen konnte er nur mühsam unter Kontrolle kriegen. Er blieb einige Sekunden unentschlossen stehen, dann wandte er sich abrupt an die Kommissarin:

„Kommen Sie anschließend noch einmal in mein Büro!“

Daraufhin verließ er den Raum, wobei er fast mit der Staatsanwältin zusammenstieß, die ihm mit einem triumphierenden Lächeln gönnerhaft Vortritt gewährte. Ihr Sieg wurde nur dadurch ein wenig getrübt, dass sie im Hinausgehen noch mitkriegte, wie Sloboda seiner Untergebenen zuraunte:

„Ich kümmere mich schon drum. Und nun vergessen Sie Dr. Reitner nicht!“

Der Polizeidirektor hieß die Kommissarin eintreten. Er stand, noch immer sichtbar adrenalindurchflutet, an seinen Schreibtisch gelehnt und machte einige brummelnde Bemerkungen über die Staatsanwältin, was offenbar weniger als Beitrag zur Kommunikation gemeint war, als vielmehr der Abfuhr überschüssiger Energie diente. Dann erkundigte er sich:

„Was hat denn eigentlich diese Geschichte mit meinem Freund Christian Tille ergeben?"

Ike Jensen berichtete ihm von ihren Befragungen Tilles und der Begegnung mit dem Freund einer seiner Doktorandinnen, den sie in äußerster Rage auf den Professor erlebt habe. Namen und Adresse habe sie notiert. Ferner habe sie herausgefunden, dass ein gewisser Erich Bukowski Anlass habe, den Professor zu hassen. Diesen Mann, offenbar Alkoholiker, habe sie ebenfalls verhört. Sie vermute, dass er für den Anschlag verantwortlich sei. Allerdings sei nur eine Fensterscheibe zu Bruch gegangen, und das Auto des Professors sei zerkratzt worden. Eine Tätlichkeit gegen Tille selbst sei in keiner Weise erfolgt. Auch mit Hannah Tille, der Ehefrau, habe sie ausführlich gesprochen. Diese wohne gegenwärtig bei ihrer Freundin, ebenfalls in Thandorf, weil sie vorhabe, sich endlich von ihrem Mann zu trennen. Frau Tille habe sich sehr negativ über ihn geäußert. Professor Tille habe dann noch von einem anonymen Anrufer gesprochen, der ihn bedroht habe. Er habe die Stimme nicht erkennen können, weil sie verzerrt gewesen sei. Auf die Frage, wer das gewesen sein könne, habe er keine Antwort gewusst. Tille habe sich übrigens wenig kooperativ gezeigt, er habe so zögerlich und nichtssagend geantwortet, und sie habe das Gefühl, dass er etwas verberge. Er habe auch ausdrücklich den Wunsch geäußert, die Angelegenheit mit der Scheibe und mit dem Auto nicht zur Anzeige zu bringen. Sie glaube, er wolle beschützt werden, ohne aber zu erklären, worum es eigentlich gehe.

„Wie schätzen Sie denn diesen Freund von der Doktorandin ein?", wollte Reitner wissen.

„Bernd Ewert? – Er ssjeint ssehr impulsiv, aber ig glaube, er ist harmlos, eine Hund mit viele Milchssähne, wie wir ssagen in Dänemark."

„Gut", überlegte Dr. Reitner. Dann, nach einer kurzen Pause, fuhr er fort: „Ich möchte, dass Sie sich weiter um die Sache kümmern. Jetzt haben Sie ja Zeit, fahren Sie öfters mal hin und behalten Sie das Haus im Auge."

„Aber … ig bin doch grade –"

„Trotzdem … ich habe keine anderen Leute frei, und außerdem ist Thandorf ja gar nicht unsere Zuständigkeit, wie Sie wissen, das ist schon Mecklenburg, also geht das gar nicht offiziell. Aber ich bin … ich stehe … sagen wir mal: in seiner Schuld. Es wäre peinlich, wenn wir etwas übersehen und dann doch was passiert."

Ike Jensen schaute den kleinen Mann erwartungsvoll an: „Und wenn die Staatsanwältin davon …"

„… weiß ich natürlich von gar nichts!", ergänzte dieser ihren Satz. „Hauptkommissar Sloboda ist übrigens eingeweiht, ansonsten passen Sie eben auf!“ Er machte einige auffordernde Schritte in Richtung Tür. „Und, noch was: Wenn was ist, melden Sie sich direkt bei mir. Unternehmen Sie nichts auf eigene Faust! Ich will keine neuen Heldentaten von Ihnen, klar?“

„Klar!“, stimmte die junge Frau zu und verschwand.

Samstag, 28. Oktober

20 Seit einigen Wochen konnte man ganz gut auf dem Gelände des alten Stadthauses parken, das vor einiger Zeit abgerissen worden war. Die meisten Lübecker hatten diesen Ort noch gar nicht als Abstellplatz mitten im Herzen der Altstadt entdeckt. Wenn man den Wagen mit dem Heck zum Marktplatz ausrichtete, musste man sich auch nicht mit dem Für und Wider des neuen Kaufhausbaus am hinteren Marktplatzrand auseinandersetzen. Dieser Bau mit seinen halbtütenförmigen Dachschwüngen und den merkwürdigen schmutzig-gelben Lamellen an den Fassaden, deren Funktion die Lübecker zu vielerlei Spekulationen antrieb, schien in jedem, der ihn mehr als flüchtig betrachtete, einen quälenden inneren Disput zu verursachen, der meist in einem Gefühl der Resignation endete.

Der Mann, der in dem klapprig aussehenden Wagen kauerte, war jedenfalls froh, dass dieses Gebäude sich nicht in sein Sehfeld drängte. Das Gebäude in den Schüsselbuden jedoch konnte er von hier aus gut beobachten. Er würde es sofort bemerken, wenn Robert Steinfath das Haus verließe.

Johann Kuipers war mürrisch. Er hatte nicht einmal seine teure Musikanlage eingeschaltet, deren High-End-Qualität mit dem schäbigen Zustand des grünen Passat kontrastierte. Gestern hatte er noch in fröhlicher Stimmung seine Observation begonnen. Aber den ganzen Tag über hatte sich nichts ereignet, und Kuipers hatte Stunden über Stunden unbewegt in seinem Wagen gesessen. Und er hatte gefroren wie ein Marktweib und darüber geflucht, dass sich die Nachrichten über den plötzlichen Temperatursturz noch nicht bis in die Gyri seines Großhirns fortgepflanzt hatten und dass er demzufolge noch mit spätsommerlich leichter Garderobe seinen Dienst angetreten hatte. Ein dünnflüssiger Schnupfen und kratzendes Halsweh erinnerten ihn an seinen Fauxpas. Heute hatte er immerhin vorgesorgt: Er zog das Revers seines Mantels enger um sich und goss sich aus einer Thermoskanne dampfenden Kaffee in seinen Becher.

Mittlerweile war es schon fast acht Uhr am Abend, und die Straßenlaternen hatten Mühe, sich gegen die Dunkelheit und den lichtschluckenden Dauerregen durchzusetzen. Kuipers hatte mindestens anderthalb Liter Kaffee intus und spürte ein zunehmendes Vibrieren in seinem Körper. Vielleicht stammte dieses hochfrequente Flattern auch aus einer aufgeregten Vorahnung. Etwas würde heute passieren, das fühlte er. Als er vorgestern Nacht Robert Steinfath bis hierher verfolgt hatte, hatte er feststellen können, dass dieser in der Dachgeschoss-Wohnung lebte; denn kurz nach Eintritt in das Haus war dort das Licht angegangen. Auf dem Klingelschild, das wahrscheinlich zu dieser Wohnung gehörte, hatte er den Namen H. Michelsen gelesen. Zunächst hatte Kuipers nicht daran gedacht, dass es sich hierbei um Steinfaths Pseudonym handeln könne. Warum hätte jemand, der möglichst nicht auffallen wollte, seine Wohnungsklingel beschriften sollen? Andererseits haben Menschen ihre Eigenarten, die sie auch in Ausnahmesituationen nicht so leicht ablegen können, und Steinfath war ihm als außerordentlich korrekt beschrieben worden. Und dann war ihm noch etwas eingefallen: sein Autokennzeichen! Sicherheitshalber hatte Kuipers nochmals in seinen Unterlagen nachgeschaut: Es stimmte! Wenn man sich Namen ausdenkt, verknüpft man in der Regel seine Fantasie mit vertrauten Ankern. HI – HM 13, so war das Nummerschild – HM wie H. Michelsen.

Die rot gestrichene Haustür bewegte sich. Robert Steinfath alias H. Michelsen trat heraus und bog zielstrebig nach links in die Fischstraße ein. Kuipers schreckte aus seinen Gedanken hoch, sprang aus dem Wagen und lief schnell bis zu der Ecke, um die der Mann gerade verschwunden war. Dort zwang Kuipers sich, seinen Schritt zu verlangsamen. Die Hände in den Taschen, die Schultern hochgezogen und die Mütze tief ins Gesicht geschoben, schritt er zügig, aber nicht eilig die Fischstraße hinunter wie jemand, den es in die nächste Kneipe zieht. Zunächst konnte er den Mann nicht erblicken, aber dann fuhr ein roter Kleinwagen an ihm vorüber, ein alter Peugeot 207. Er war es, gut! Jetzt hatte er freie Bahn!

Nur wenige Minuten später stand er vor der Wohnungstür des Fremden. Die Haustür war kein Problem gewesen: Nach kurzer Wartezeit kam ein Bewohner heraus, den Kuipers ebenso freundlich wie selbstverständlich grüßte, um schnell ins Treppenhaus zu gelangen. Kuipers hörte seinen harten Herzschlag in den Ohren. Kribbelnde Aufgeregtheit ließ ihn hellwach sein. Wann hatte er sein letztes Abenteuer bestanden? Es war ewig her! Die letzten Jahre in der Redaktion der Lübecker Nachrichten hatten ihn immer mehr an den Schreibtisch gefesselt. Kaum hatte er noch Gelegenheit zu Recherchen gehabt, nur selten war er noch vor Ort gewesen, wenn etwas geschehen war! Der Ressortchef Michael Weisberger traute ihm nichts mehr zu, hatte jüngeren, dynamischeren Kollegen die interessanten Aufgaben zugeteilt. Unter Zeitdruck hatte er Artikel redigieren müssen, Kontakte vermitteln, Besprechungen vorbereiten, das Archiv durchstöbern, Protokolle tippen, und alles, was er getan hatte, war seinem Chef nicht gut genug oder nicht schnell genug oder zu lang oder zu kurz. Diesem Stress hatte Kuipers nicht mehr standgehalten. Er hatte sich ausgebrannt gefühlt, und ein leichter Herzinfarkt hatte ihn gerettet, ihn aus dieser sinnlosen Tretmühle herauskatapultiert: Er hatte eine Kur gemacht, über sein Leben nachgedacht, mit Leuten gesprochen, die er kaum gekannt hatte. Er hatte fremden Menschen zugehört. Und er hatte Entscheidungen getroffen. Einer seiner Entschlüsse war gewesen, dass er sich nicht mehr von anderen Leuten hetzen lassen wollte, und schon gar nicht mittels sinnloser Tätigkeiten. Er hatte seinem Chef kurzerhand erklärt, dass er fortan selbst bestimmen wolle, was er tun werde und wie viel Zeit er dafür aufwende. Weisberger hatte perplex dagestanden, aber nichts dazu gesagt. Seitdem gab es zwischen ihnen eine Art unausgesprochenes Agreement, das letzten Endes, wie auch der Ressortleiter bald erkannt hatte, für beide Seiten vorteilhaft war. Kuipers tauchte zwar mitunter tagelang nicht an seinem Arbeitsplatz auf, aber wenn er dann unvermutet wieder ins Büro seines Vorgesetzten trat, hatte er stets eine interessante Story dabei. Seine letzte Enthüllung hatte den Leiter der Lübecker Entsorgungsbetriebe den Kopf gekostet, weil Kuipers nachweisen konnte, dass mehrere Mitarbeiter über Wochen für sachfremde und private Belange eingesetzt worden waren.

Für Steinfaths Wohnungstür genügte eine Scheckkarte. Der Journalist steckte, fast ein wenig enttäuscht, seinen kleinen Zauberdietrich wieder ein. Durch einen winzigen Flur, von dem rechts das WC abging, trat er in die Essküche. Die Wohnung wirkte düster und bedrückend. Kuipers sah sich unschlüssig um. Was suchte er eigentlich? Irgendwelche Pläne, Aufzeichnungen, Hinweise auf das, was Steinfath-Michelsen vorhatte. Er schritt auf den grauen Esstisch zu, der ihm gegenüber am Fenster stand. Hier lag nichts herum. Nichts Auffälliges. Der Journalist öffnete Schubladen und Türen des alten Küchenbüfetts. Nichts. Er ging in den hinteren Raum, offensichtlich das Schlafzimmer. Auf der altersschwachen Kommode lag eine Zeitschrift, in den Schubladen fand sich nur Wäsche. Sonst nichts. Der Katalog eines Baumarktes schien auch nicht verdächtig. Nachdenklich zupfte er sich am Kinn und drehte sich dabei langsam mehrmals um die eigene Achse. Hier gab es keinerlei Verstecke, nichts Verborgenes. Unter dem Bett, unter der Kommode: nichts. Wo würde er etwas Wichtiges deponieren? Durch die weiße, offen stehende Tür schweifte sein Blick wieder ins vordere Zimmer. Der Esstisch vielleicht? Einer Ahnung folgend, wandte er sich wieder dem ersten Raum zu, setzte sich an den Küchentisch und ließ seine Hände unter die Tischplatte fahren. Die Zarge war weit zurückgesetzt, so dass sie aus der stehenden Position vorhin nicht wahrnehmbar gewesen war. Er tastete. Eine Schublade. Kuipers zog sie auf. Schon als er das Heft in den Händen fühlte, wusste er, dass er gefunden hatte, was er suchte. Er legte es vor sich auf die Platte und schlug es auf. Neugierig und mit nervösen Händen blätterte er es durch. In einer kleinen, aufrechten Handschrift waren hier Beobachtungen protokolliert, Zeiten vermerkt, Orte beschrieben. Namen standen hier: Annerose Tannert, Christian Tille, Erich Bukowski. Einkaufslisten tauchten auf: Haken, Schrauben, Leisten mit genauen Maßen, eine Bohrmaschine, Bohrer, Kabeltrommel, Kabelbinder stark, Stahlseil, Durchmesser sieben Millimeter, Manschetten. Kuipers legte eine Seite nach der anderen um. Dann kamen nur noch leere Seiten. Er wusste nicht, was diese Notizen bedeuten sollten, aber die Namen und die genauen Aufzeichnungen über die Gewohnheiten und Tagesabläufe dieser Leute! Das war mehr als beunruhigend. Oder besser gesagt: befriedigend! Seine Nase hatte ihn nicht getäuscht. Der Kerl plante etwas. Der Name des Professors, das passte! Aber wer war diese Tannert? Offenbar eine Psychotherapeutin – aber welche Rolle spielte diese Frau? Er würde es herausfinden! Schnell zog Kuipers sein Notizbuch aus der Tasche und schrieb alle Daten, die ihm wichtig erschienen, auf. Er klappte das Heft zu. Gerade wollte er es in die Schublade zurücklegen, als ihm auffiel, dass die Kanten der Blätter in der Mitte des Heftes – im Unterschied zu den Seiten davor und dahinter – etwas gewellt waren, so als seien sie häufiger durchgeblättert worden. Er schlug die Kladde in der Mitte auf. Sein Blick fiel auf einige Zeichnungen und Beschreibungen. Nur langsam ließ sein Bewusstsein die Bedeutung dessen zu, was er dort sah. Und dann stockte ihm der Atem.

Robert Steinfath hatte alles in seinem Wagen verstaut. Heute würde er seine Vorbereitungen treffen. Einen kleinen Augenblick schaute er auf die Kiste, die sich auf dem Rücksitz befand. Er ging noch einmal alles durch. Vergessen hatte er nichts. Er hatte gedacht, dass er aufgeregter sein würde. Aber es fühlte sich richtig und selbstverständlich an. Zufrieden startete er den Motor. Die Kälte und der Regen, auch das passte in seinen Plan. Es sollte sogar noch stürmisch werden – umso besser! Er steuerte das Auto die Fischstraße hinauf, bog dann in die Schüsselbuden ein. Gelassen wartete er die Rotphase an der Holstenstraße ab. Er hatte es nicht eilig. Über die Schmiedestraße und den Pferdemarkt gelangte er in die Kapitelstraße, an deren Ende er dann in die Mühlenstraße einschwenkte. Er hatte sich vorgenommen, ganz gemütlich zu fahren. Er überquerte den Mühlentorteller und nahm dann die Ratzeburger Allee Richtung südlicher Stadtgrenze. Als er an dem großen Baumarkt vorbeikam, in dem er die meisten Utensilien besorgt hatte, dachte er wieder an seine Kiste. Und dann schoss es ihm plötzlich durch den Kopf: Er hatte das Wichtigste vergessen – seine Pläne mit den genauen Maßangaben. Eine Welle von Ärger schoss durch seinen Körper und ließ seine Gesichtshaut brennen. Dann beruhigte er sich. Er hatte ja genügend Zeit! Wenn er später ankäme, wäre es vielleicht sogar noch sicherer. Oder könnte er es vielleicht auch ohne die Skizze? Er hatte doch alles im Kopf!

An der Ampel hinter dem Wirth-Center wendete er seinen Peugeot.

Johann Kuipers benötigte einige Sekunden, bis er wieder Luft holen konnte. Fassungslos stierte er auf die Skizze. Er konnte einfach nicht glauben, was er dort sah. Ein teuflischer Plan, den nur ein kranker Geist entworfen haben konnte! Rache! Eine wahrhaft grausame Rache! Und nun wusste er auch, welche Rolle die Therapeutin spielte! Vielleicht war Steinfath gerade auf dem Weg zum geplanten Tatort …? Hektisch übertrug Kuipers die wichtigsten Daten in sein Notizbuch. Seine Hand zitterte. Die Buchstaben und Zahlen, die er produzierte, waren kaum lesbar. Sie tanzten vor seinen Augen. Kuipers musste sich zwingen, durch den nur leicht geöffneten Mund langsam auszuatmen – die Lippenbremse, wie er damals in der Kur gelernt hatte. Trotzdem stieg Panik in ihm auf. Er musste sich anstrengen, um alles Wichtige zu Papier zu bringen. Oder sollte er die Kladde einfach mitgehen lassen? Nein, dann wäre der Täter gewarnt! Schweißperlen traten auf Kuipers' Stirn. Sollte er die Polizei gleich anrufen? Er konnte kaum einen klaren Gedanken fassen. Nur schnell, noch die Daten von dieser letzten Seite übertragen! Allmählich hatte er das Gefühl, durchzudrehen. Konzentrieren! Nicht ablenken lassen! Jetzt glaubte er schon, ein Knacken hinter sich gehört zu haben. Seine Nerven spielten ihm einen Streich! Der Mann war weggefahren. Also ruhig, ganz ruhig bleiben, ausatmen und nur noch diese eine …

Das zischende Geräusch des Luftholens spürte er dicht an seinem rechten Ohr. Dann fühlte er, wie ihm ein ausgewachsener Laternenpfahl an die rechte Halsseite knallte. Noch während ihm schwarz vor Augen wurde, dachte er befriedigt, dass er sich doch nicht verhört hatte …

Das Erste, was ihm, von weit weg allmählich näher kommend, wieder ins Bewusstsein kroch, war ebenfalls ein Geräusch. Wie ein fauchendes, japsendes Atemgeräusch hörte es sich an. Das Zweite, was er bemerkte, war, dass er selbst dieses jämmerliche Geräusch erzeugte. Und das Dritte war die Panik, die ihn durchzuckte, als ihm klar wurde, dass er keine Luft mehr bekam. Seine Nase war dicht. Seine Zunge wurde von irgendetwas in den Rachenraum gedrückt, ein Stoffklumpen oder etwas Ähnliches. Er würgte. *Bloß nicht erbrechen!*, schoss es ihm durch den Kopf. Seine Kiefer wurden anscheinend durch einen straff gebundenen Knebel auseinandergehalten. Er konnte nicht schreien, auch nicht schlucken. Todesangst ließ seine Augen aus dem Kopf treten, und er spürte, wie er in die Hose pisste. Merkwürdigerweise entspannte ihn das für einen Augenblick, jedenfalls lange genug, um sich daran zu erinnern, dass er auch durch den Mund Luft kriegen konnte. Kräftig sog er Luft ein. Es ging. Nicht gut, aber es ging. Dann konzentrierte er sich darauf, den Atem wieder aus sich herauszupressen. Dann wieder einziehen – ausstoßen – ein – aus. Er musste nur ruhig bleiben! Wie er es gelernt hatte. Wenn die naive, junge Gruppentherapeutin aus der Kur wüsste, dass sie ihm gerade das Leben rettete! Er hätte fast lachen können. Jetzt musste er versuchen, Hände und Beine frei zu bekommen. Vage fühlte er, dass sein Körper nach hinten überdehnt war, und sofort bemerkte er auch einen scharfen Schmerz in den Lendenwirbeln. Erst mal musste er sich strecken.

Als er genau dies versuchte, spielten sich zwei Dinge gleichzeitig in seinem Inneren ab: Erstens schoss ihm durch den Kopf, wie ungeheuer diabolisch der Racheplan des Mannes ausgearbeitet war. Zweitens spürte er, wie sich eine Schlinge fest um seinen Hals zog.

Papageienschaukel.

Er hatte nie glauben wollen, dass sie funktioniert.

Jetzt wusste er es.

Der Kegel der Stirnlampe tauchte ein scharf abgegrenztes Kreisrund des Bodens in weißes Licht. Der Mann legte die Holzleiste auf den nackten Betonboden. Dann erhob er sich, entfernte sich einige Schritte von der Mitte des großen Raumes, der in Dunkelheit gehüllt war, und richtete den Lichtstrahl nach oben. Die Leiste musste unter dem mächtigen Eichenbalken angebracht werden. Der Mann wechselte die Perspektive, betrachtete die Anordnung kritisch, verrückte das Holzstück ein wenig, kippte den Kopf auf die Seite, kniff ein Auge zu. Er war zufrieden. So würde es funktionieren. Nachdem er alle Werkzeuge bereitgelegt hatte, lief er zum Tor, öffnete es und spähte hinaus. Wie er erwartet hatte, war niemand zu sehen. Wind und Regen hatten zugenommen, das war gut. Es würde ihn keiner hören können. Der Mann verschloss das schwere Tor. Dann machte er sich an die Arbeit. Als er fertig war, kontrollierte er den festen Sitz der Holzleiste auf dem Scheunenboden. Dann brachte er noch einen stabilen Haken an. Den Stuhl und einige andere Utensilien versteckte er in einer der dunklen Kammern an der Längsseite der Scheune.

Nur noch wenige Tage!

„Hans, ich hab' jetzt die Unterlagen von Dr. Mühlhaus. Wie ihr vermutet habt. – Willst du sie dir gleich mal anschauen?"

Sven Hustedt und Ilka Gross gehörten seit vielen Jahren zu Slobodas engsten Mitarbeitern und genossen als Einzige im Polizeihochhaus das Privileg, mit ihm in einer fast freundschaftlichen Beziehung zu stehen.

„Ja, bitte. – Womit ist Ilka gerade beschäftigt?"

„Sie klappert noch mal alle Nachbarn von Karoß ab", gab Hustedt zur Antwort. „Aber da weiß ja keiner was, die sind alle nur mit sich selbst beschäftigt. Die meisten konnten nicht mal mit dem Namen was anfangen."

„Und die Obduktion? Hat Professor Soller etwas herausgefunden?"

„Na, der hat sich vielleicht gewunden. Das hätte dir gefallen, sag ich dir. Wie du sagtest, war was mit dem Herz nicht in Ordnung, ein Ventrikelseptumdefekt, wie er sich ausdrückte. Loch in der Herzscheidewand. Und den verheilten Armbruch musste er auch eingestehen."

„Und deshalb", überlegte Sloboda mehr für sich selbst, „hat die Versicherungsgesellschaft den Lebensversicherungsantrag von Udo, also des Ehemannes, auch abgelehnt."

Etwas lauter fügte er hinzu und schob seinem Kollegen die Akte zu:

„Guck mal, Sven, aus den Unterlagen geht hervor, dass zunächst Udos Antrag abgelehnt wurde und dass dann sein Bruder Klaas einen Vertrag über zweihunderttausend Euro abgeschlossen hat. Begünstigter im Versicherungsfall sein Bruder, also Udo."

„Und deshalb haben sie so getan, als wäre Klaas der Ertrunkene?", führte Hustedt die Überlegung fort.

„Ja, und Klaas ist in die Haut seines Bruders geschlüpft, um die Versicherungssumme zu kassieren", ergänzte der Hauptkommissar. „Als eineiige Zwillinge sahen sie sich ja ähnlich genug. Allerdings ist Klaas Karoß doch erheblich massiger als sein toter Bruder."

„Na ja, da, wo die wohnen, kennt sie ja kaum jemand ..."

„So, lass uns jetzt die Befunde des Hausarztes Dr. Mühlhaus durchgehen. Mal sehen ..."

Sven Hustedt breitete die Befundkopien vor seinem Chef aus und erläuterte:

„Hier, Oberarmfraktur rechts – Bericht von der Ambulanz der Uniklinik – und da ein Befund vom Kardiologen, aus dem die Herzerkrankung hervorgeht."

„Hast du eigentlich überprüft, ob Klaas Karoß vielleicht auch herzkrank ist? Vielleicht ist das ein genetischer Defekt?"

Hustedt schob ihm einen weiteren Zettel hin:

„Klar. Guck mal!"

„Ist also untersucht worden. Kardiologisch ohne Befund. Gut. Frage nach Fraktur ebenfalls verneint."

Nach einer kleinen Weile fügte Sloboda hinzu:

„Du kannst jetzt ins Wochenende gehen. Es ist ja schon spät genug! Und übrigens: Danke."

„Gerne. Und du? Was treibst du noch hier?"

„Ich werde noch auf Ilka und ihre Ermittlungsergebnisse warten. Ja, und dann ... Wir können Karoß ja bisher nur den Mordversuch an Kollegin Jensen beweisen."

„Und den Versicherungsbetrug doch auch, oder?"

„Den auch. Aber nicht den Mord an Udo Karoß. Wir wissen

nicht, wer es getan hat und wie es gemacht wurde. – Ich werde also beide noch einmal gründlich vernehmen, ihn und seine vorgebliche Ehefrau. Ich habe viel Zeit heute, Ührchen ist für einige Tage in die Schweiz zu seiner Familie gefahren. Also habe ich sogar sehr viel Zeit. Und Charlotte Karoß zeigt bereits deutliche Zeichen von mentaler Desorganisation. Eine Frage der Geduld, möchte ich behaupten …"

„Na dann viel Glück, Hans!"

Robert Steinfath war zufrieden mit dem heutigen Tag. Alles war wie geplant verlaufen. Fast alles. Er hatte allerdings zuhause noch dieses kleine Problem. Das gut verschnürte Problem. Ein massiges und schweres, aber eigentlich kein allzu großes Problem. Schon auf der Rückfahrt hatte er abgewogen: Ihn töten? Das würde das Problem noch nicht vollständig lösen: Er müsste ihn fortschaffen. Und einfacher wäre es sicherlich, wenn sein Problem noch auf eigenen Beinen seine Wohnung verließe. Er schätzte ihn auf gut hundert Kilo. Nicht, dass er das nicht schaffen könnte, aber er wollte seine Kräfte aufsparen. Und auch seine Erregung. Aufsparen für den Moment, den er seit langem fieberhaft erwartete.

Als er seine Wohnung betrat, wusste er bereits, was zu tun war.

Es roch nach Angst. Der Eindringling hatte sich wohl nicht unter Kontrolle gehabt. Umso leichter würde es sein, ihn zur Kooperation zu überreden. Steinfath hörte die mühsam unterdrückte Panik in den zischelnden, gepressten Atemgeräuschen des Mannes. Sein Gesicht schimmerte bläulich.

„Sie werden tun, was ich sage", befahl er ihm knapp. Seine Stimme klang schärfer als beabsichtigt, doch er konnte – und wollte! – das geifernde Raubtier in seiner Brust noch nicht freilassen. Noch nicht! Jahrelang hatte es in ihm geschlummert, aber mit dem Herannahen jenes Datums war es immer fordernder geworden. Er hatte es sich geschworen: nach dreißig Jahren! Auf den Tag nach dreißig Jahren!

Steinfath löste den Knebel. Würgend spuckte der Mann das Stoffknäuel aus und sog gierig die Luft in sich ein. Eine tiefe Röte schoss ihm ins Gesicht. Während er die Fußfesseln und den Strang, der von dort zum Hals führte, durchschnitt, raunte er ihm drohend zu:

„Sie werden jetzt für einige Tage umziehen. Dort ist es nicht sehr komfortabel, aber ich werde Ihnen nichts antun. Es sei denn …"

Bei diesen Worten zog er die Schlinge um Johann Kuipers' Hals fest zu, wobei er ihm gleichzeitig die Spitze des Dolches unsanft an die Halsschlagader drückte.

„… meinen Plan werden Sie nicht gefährden. – So, jetzt auf die Beine!"

Robert Steinfath durchsuchte die Taschen des Fremden.

„Wir fahren mit Ihrem Auto“, ordnete er an und hielt ihm seine Wagenschlüssel vor das Gesicht. „Sie fahren!“

Auf den Schüsselbuden war niemand zu sehen. Vom Marktplatz her ertönte Gegröle von einigen angetrunkenen Halbstarken, die damit beschäftigt waren, ihren vom Alkohol aufgedunsenen Egos nachzulaufen. Am nächsten Morgen würden diese sich anfühlen wie verschrumpelte Luftballons. Die Cafés am Marktplatz waren längst geschlossen, und auch in der näheren Umgebung befand sich keine Kneipe, die noch verspätete Zecher schluckte und wieder ausspie. Den beiden Männern, die eng umschlungen zu dem modderigen Parkplatz eilten, schlug ein unangenehmer Wind den kalten Regen in die Gesichter.

Steinfath ließ den Journalisten rechts einsteigen und auf den Fahrersitz durchrutschen. Ohne den Halsknebel loszulassen, zwängte er sich neben ihn. Seine rechte Hand umfasste den Griff des Dolches fester. Johann Kuipers zweifelte nicht eine Sekunde lang, dass er zustoßen würde.

„Wohin?“

„Links – dann nach rechts in die Holstenstraße!“, befahl Steinfath.

Anschließend bog der grüne Passat nach rechts in die Untertrave. Nach einigen hundert Metern ging es dann nach links über die Marienbrücke, dahinter nach rechts über äußerst grobes Kopfsteinpflaster und Gleise und dann über eine weitere, sehr schmale Brücke, die so aussah, als sei sie eigentlich nur für den Schienenverkehr bestimmt, ins alte Hafengebiet.

Sonntag, 29. Oktober

21 Ike Jensen lief unruhig in ihrer Wohnung auf und ab. Vor zwei Tagen war sie vom Dienst suspendiert worden, und ätzende Selbstzweifel knabberten an den Rändern ihres Selbstbewusstseins. Wie sie sich selbst kannte, würden sie es bald bis in zentrale Bereiche geschafft haben und wieder die alten, bohrenden Fragen aufwerfen. Die anfänglichen Fragen betrafen nur ihre berufliche Kompetenz, ihr Verhalten bei der Ermittlung und ihre Neigung, sich mittels ihrer ach so großartigen Intuition immer wieder über die Richtlinien der Polizeiarbeit hinwegzusetzen. Ja, das hatte Rainer Cornils, der stellvertretende Leiter der Flensburger Mordkommission, schon ganz richtig erkannt, als er ihr ruhig und freundlich empfohlen hatte, sich für einige Jahre nach Lübeck unter die Fittiche von Hauptkommissar Hans Sloboda zu begeben, der dafür bekannt war, dass er jungen, aufgeregten Hühnern das Flattern abgewöhnte. So hatte er das nicht begründet; Cornils hatte das viel netter ausgedrückt. Aber ob er es wirklich ernst gemeint hatte, dass sie sich nach einigen Jahren gerne wieder in sein Kommissariat bewerben dürfe? Oder hatte er sie nur loswerden wollen? Sie könnte es ihm nicht einmal verübeln, nach ihrem desaströsen Auftritt auf dem Presseball im Deutschen Haus. Vor Hunderten von geladenen Honoratioren hatte sie den Bürgermeister der Falschaussage bezichtigt, und das noch zu Unrecht! Dabei hatte ihr die Flensburger Mentalität gut gefallen, die Nähe zu ihrer Heimat, die Durchmischung der Bevölkerung mit dänischem Erbgut und Brauchtum, die Verbindung von kleinstädtischer Tradition einerseits und weltoffenem Selbstverständnis auf der anderen Seite.

Und hier in Lübeck? Was machte sie hier eigentlich? Diese eingebildeten, hanseatischen, exklusiven Sollers und Reitners und Gellers und Tilles, dieser Stolz, diese herablassende Gnädigkeit, und dann noch dieser Hundepolizist, wie hieß der gleich? Ralf, Stegemann oder so ähnlich, nein: Stegmann, der sie so demonstrativ ignorierte, wenn sie sich auf dem Flur begegneten! Und diese blökende Ziege von Staatsanwältin, die sie zum Nichtstun verdonnert hatte! Suspendierung! Ihretwegen saß sie nun seit zwei Tagen herum und fing an zu denken! Gut, sie durfte diesen Professor beschützen, sie hatte ihn noch einmal befragt, ebenso seine Frau, auch diesen hasserfüllten Alkoholiker und ein paar andere Leute in Thandorf. Alles nur unnütze Beschäftigungstherapie! Aber immer noch besser als Untätigkeit und dummes Hin- und Hergelaufe in ihrer Wohnung, wie Rilkes Panther hinter seinen Gitterstäben, nein, eher wie Fietes Henne nach der Eiablage. So wie sie es jetzt wieder tat, seit heute Morgen! Und dieses Grübeln! Als sie Deutsch gelernt hatte, hatte sie sich immer über dieses komische Wort gewundert: grübeln! Das klingt so, als würde man auf dem Grund einer tiefen Grube schnüffeln, völlig sinnlos mit der Nase immer über die Erde schieben! Eine Grube, die man sich selbst zuvor gegraben hatte. Statt nach oben zu gucken und einen Ausweg zu suchen, heftete man seinen Blick schön weiter auf den Boden und suchte diesen ab, obwohl man das schon tausendmal gemacht hat! Als ob es da jemals etwas Neues zu entdecken gäbe!

Ob sie es sich mit Sloboda verdorben hatte? Das wäre wieder einmal typisch für sie! Da war mal einer freundlich zu ihr und außerdem kompetent, und sie spuckte auf die Hand, die er ihr hinhielt! Sie war wohl gänzlich ungeeignet für diesen Beruf. Was sollte das alles? Für wen machte sie das? Für die Gerechtigkeit? Für die Sicherheit der Bürger? War es Einsatzfreude, Risikobereitschaft und Edelmut? Oder war sie nur darauf aus, es diesen Kerlen mal zu zeigen, es ihnen kollektiv heimzuzahlen? Nein, bloß jetzt nicht wieder daran denken! Diese alte Geschichte drängte mit Macht aus den verborgenen Winkeln ihrer psychischen Katakomben!

Jetzt nicht an diese panikerfüllten Nächte, diese schweren Schritte denken, nicht an das Knarren der Dielen vor dem Kinderzimmer! Schluss! Hör auf! Mach bloß den Deckel dieser Erinnerungskiste wieder zu, Ike!

Draußen ist es stürmisch, der Wind fegt über die Dächer und schleudert wütende Sturzbäche gegen die Fensterscheiben! Die Welt ist ganz real, niemand ist da, der ihr etwas antun kann, und heute kann sie sich wehren. Dem Arschloch, diesem Fleischkloß hat sie es gezeigt! Eine Stimme in ihr hatte sie gelockt, ihm das Messer in die Kehle zu stoßen. Sie hätte sein ungläubiges Gurgeln hören wollen, das letzte Zischeln seines Atems, ihren Blick mit Genugtuung in seine fassungslosen, angstgeweiteten Augen gebohrt. Nur allzu gern hätte sie ihrem Hass erlaubt, das Gewicht zu verlagern, einfach nur aus dem Gleichgewicht zu geraten, so dass das Messer in sein feistes Fleisch gedrungen wäre und einem Überdruck von dreckiger Schuld und giftigem Blut einen Weg in die Freiheit gebahnt hätte. Stellvertretend für alle Täter! Aber ... schon wieder gingen ihre Gedanken in diese Richtung! Nein! Nicht wieder diese schattenhaften Bilder und unwirklichen Gefühle! Sie war hier! In ihrer Wohnung im dritten Stock! In Lübeck, Hudekamp, sie war Kommissarin, es gab auch nette Menschen hier! Gisela zum Beispiel, die alte Frau über ihr auch! Und Sloboda, und Sven Hustedt und Ilka Gross, die waren o.k., und auch Hauptkommissar Deutschmann, na ja, der ging so, etwas eigenartig und distanziert, aber in seiner kurz angebundenen Art respektvoll. Aber warum hatte sie keinen Partner? Oder jedenfalls einen festen Freund? Und Kinder!? Weil sie noch nicht den Richtigen getroffen hatte? Den gab's sowieso nicht! Sie war kein kleines, naives Mädchen mehr! Den Mann fürs Leben? Lächerlich! – Lächerlich? *Oder hast du nur ...?*

Und dann fiel ihr wieder mal Lars Müller-Hänisch ein, und wieder mal schwoll der Muskel in ihrer Brust mächtig an, erfüllte ihren Leib mit einem schmerzhaft ziehenden Feuer, so dass ihr die Luft wegblieb. Und dann fing es in ihr auch noch an, auf und ab zu hüpfen.

Doch das machte ihr nur noch mehr Angst.

Dass er mit seinen Vermutungen Recht gehabt hatte, tröstete ihn gar nicht. Johann Kuipers atmete schwer. Sein Mund war zwar frei, so dass er Luft bekam, aber seine Erkältung machte ihm zu schaffen. Da seine Hände mit einem dicken Kabelbinder an einem in halber Höhe waagerecht über die Rückwand des Raumes verlaufenden Eisenrohr fixiert waren, konnte er sich nicht schnäuzen. Infolgedessen verschmierte ein unangenehm riechendes, verkrustetes Nasensekret sein Gesicht. Mehr Sorgen machte ihm jedoch der stechende Schmerz in den Bronchien, der durch die zugige Kälte der vergangenen Nacht an Intensität zugenommen hatte und das Luftholen beschwerlich machte. Kuipers hatte einige Meter Bewegungsfreiheit, weil er die Schlaufe seiner Fessel über das Rohr schieben konnte, und zwar bis zur nächsten Wandhalterung des Eisenrohres. An diese Stelle hatte Steinfath ihm zur Verrichtung seiner Notdurft einen alten Zinkeimer gestellt. Zentimeterweise schaffte es Kuipers, mit Hilfe seiner auf den Rücken gefesselten Hände die Hose herunterzupfriemeln und anschließend wieder hochzuruckeln. Das war aber auch schon alles an möglicher Körperhygiene, so dass sich sein eigener Gestank mit dem modrigen Geruch dieses Ortes vermischte.

Er befand sich in einem nach altem Öl und Werkzeug riechenden Raum von höchstens fünfzehn Quadratmetern. Da das Rohr, an welches er gefesselt war, etwa fünfzig Zentimeter oberhalb des Bodens verlief, konnte er nicht aufrecht stehen. Das hätte allerdings die Raumhöhe von höchstens ein Meter achtzig sowieso verhindert. Kuipers erinnerte sich, gestern von Steinfath eine Treppe hinabgeführt worden zu sein. Deshalb nahm er an, dass sein Verlies im Untergeschoss liegen musste. An der tiefsten Stelle des Zuganges hatte er sich bücken müssen, um nicht mit dem Kopf an die Decke zu stoßen, und anschließend war es wieder einige Stufen hinauf gegangen.

Vielleicht war das einmal ein geheimer Lagerraum für Schmuggelware gewesen, überlegte Kuipers.

Durch den Gang drang ein schwacher Lichtschein, Fenster oder andere Öffnungen nach draußen schien es nicht zu geben. Kuipers' Augen hatten sich an diese diffuse Dunkelheit gewöhnt. Es lagen einige alte Werkzeuge auf dem Boden. An der gegenüberliegenden Wand war ein verrostetes Eisenregal angebracht, auf dem alte Büchsen und Gefäße herumlagen. Ein öliger Besen lehnte in einer Ecke. Das war alles – nichts, was ihm irgendwie nützen würde, nichts, was er überhaupt hätte erreichen können. Die Mauern strahlten eine feuchte Kälte aus, die in seine Knochen kroch und ein dumpfes Ziehen in allen Gelenken verursachte. So weit er gestern Nacht hatte erkennen können, musste dieses Kellerloch sich in einem der alten Fabrikgebäude am nordwestlichen Ufer des Wallhafens befinden. Diese Gebäude waren seit Jahren verlassen. Wegen ganz offensichtlicher Einsturzgefahr trieben sich nicht einmal spielende Kinder oder kiffende Jugendliche hier herum.

Von dem Getöse des Sturmes und dem Prasseln des Regens war hier drinnen nichts zu hören. Also musste der Raum tief im Innern des Bauwerkes sein. Als Kuipers gestern nach Steinfaths Verschwinden laut um Hilfe gerufen hatte, waren seine Schreie von den dicken Mauern verschluckt und dumpf in seine Ohren zurückgeworfen worden. Nach draußen gedrungen war bestimmt nichts. Also hatte er es aufgegeben und versuchte es gar nicht erst weiter.

Plötzlich vernahm Kuipers ein fernes, hell klirrendes Scheppern, wie von einer rollenden Blechbüchse. Dann waren matte Schritte hörbar, die auch im Näherkommen kaum lauter wurden. Eine schemenhafte Gestalt trat aus dem Dunkel des Zuganges. Für einen Sekundenbruchteil dachte Kuipers an Rettung, doch die Umrisse der etwas gedrungenen, kräftigen Gestalt waren ihm bereits vertraut.

„Es tut mir leid, wenn ich Sie gestern etwas hart angefasst habe“, tönte die belegte Stimme Robert Steinfaths zu ihm herüber. „Ich habe Ihnen“, und während er dies sagte, legte er einige Pakete vor ihm auf den Boden, „etwas zu essen und zu trinken mitgebracht.“

Kuipers wollte etwas sagen, doch plötzliche Angst schnürte ihm die Kehle zu.

„Sie müssen noch drei Tage hier aushalten, damit Sie meinen Plan nicht gefährden.“

Steinfaths Stimme klang irgendwie milde, und was dieser sagte, erschien dem Gefangenen auch nicht besonders bedrohlich. Trotzdem, oder vielleicht gerade deshalb, schoss eine Welle von Panik durch Kuipers' Leib und ließ ihn innerlich vibrieren. Kalter Schweiß perlte von seiner Stirn, während sich ein tonnenschweres Gewicht auf seine Brust legte. Angestrengt sog Kuipers Luft in seine gepressten Bronchien. Wollte er ihn nur beruhigen, damit er nicht durchdrehte? Würde er ihn töten? Schließlich wusste Kuipers von den Racheplänen. Und Kuipers wusste, dass Steinfath wusste, dass er es wusste! Er könnte ihn doch nicht einfach laufen lassen!

„Was haben Sie mit mir vor?“, hörte Kuipers seine eigene erstickte Stimme fragen. „Ich weiß doch ... alles ...“

Steinfath richtete seinen stechenden Blick auf Kuipers:

„Ich werde meinen Plan ausführen!“, sagte er mit einer plötzlichen Schärfe, um dann wieder leiser fortzufahren: „Was hinterher passiert, ist mir egal ...“

Seine Stimme klang fast resigniert.

Etwa zur gleichen Zeit saßen zwei ältere Damen an einem betagten Küchentisch. Den Kuchen und den Kaffee hatten beide noch nicht angerührt. Die eine Frau, zweiundsiebzig Jahre alt, hager und von auffallend gerader Haltung, redete auf die andere ein. Die zweite Frau saß übereck und hatte ihren Kopf in einer Mischung aus kindlichem Trotz und erwachsenem Schuldgefühl gesenkt. Ihre Augen waren gerötet. Sie hatte geweint. Gerade eben hatte sie ihrer Freundin erstmals in dieser Offenheit von den Demütigungen berichtet, unter denen sie ihr ganzes Eheleben über zu leiden hatte. Bisher hatte Scham sie davon abgehalten, jemandem Einblick in die Tiefen ihrer Empfindungen zu gewähren; aber jetzt war es nur so aus ihr herausgesprudelt. Mit ihren Schilderungen und den aufziehenden und beschämenden Erinnerungen war immer mehr Wut in ihr heraufgezogen, bis sie ihrer Freundin schließlich den Besuch bei Erich Bukowski beichtete.

„Natürlich kann ich dich verstehen, Hannah!“ Die Stimme der Frau klang eindringlich und befehlend. „Aber das kannst du doch nicht machen! Du kannst diesem Menschen doch nicht Geld dafür geben, dass er deinen Mann ... dass er ihn ...“

Renate war wirklich erschüttert. Sie war fassungslos. Sie

vermochte gar nicht auszusprechen, was sie soeben gehört hatte. Das hatte sie ihrer Freundin, die seit einiger Zeit bei ihr wohnte, nicht zugetraut.

„Na ja“, beruhigte sie sich etwas, „wahrscheinlich schüttet dieser heruntergekommene Alkoholiker jetzt gerade auf deine Kosten einen ganzen Spirituosenhandel hinunter …“

Hannah Tille schluchzte.

„Ist ja schon gut, komm mal her!“, versuchte Renate sie zu trösten und legte ihren Arm um die Schultern der in sich zusammengesunkenen Freundin. „Nein, er ist ja auch überhaupt nicht in der Lage dazu. Bei den Alkoholmengen. Es wird so sein, wie ich schon sagte: Er sitzt zu Hause und trinkt. Wahrscheinlich werden wir ihn gleich wieder über die Hauptstraße torkeln sehen. – Aber vielleicht solltest du trotzdem, sicherheitshalber, zu ihm gehen und ihm sagen, dass du dich getäuscht hast.“

„Er hat das bestimmt schon vergessen“, stammelte die Frau des Professors, „sonst hätte er das ja schon gemacht …“

„Vor zwei Stunden hab' ich deinen Mann jedenfalls noch quicklebendig mit seinem tollen Jaguar vom Hof fahren sehen!“ Aufmunternd schaute Renate ihre Freundin an. „Oder – vielleicht war er da schon tot, und er weiß es nur noch nicht …?“

Hannah Tille schniefte ein wenig, wobei ein kleines Lächeln über ihr Gesicht huschte.

Ebenfalls an diesem Sonntagnachmittag, knapp hundert Meter von den beiden Frauen entfernt, hockte ein Mann auf der Kante seines Bettes. Seine Hände zitterten. Er schwitzte fürchterlich. In seinem Inneren herrschte Aufruhr: Vom Würgen und Kotzen krampfte sich sein Magen schmerzhaft zusammen, sein Gedärm brannte, als hätte er Glasscherben geschluckt. Die Schleimhaut seines Mundes war ausgetrocknet und rissig. Seine Zunge war dick geschwollen und blutete. Am Kopf hatte er eine klaffende Wunde. Als er vorhin das Bewusstsein verloren hatte, musste er wohl steif wie ein Brett hingeschlagen sein, überlegte Erich Bukowski, während er sich mit der unruhigen Hand tastend über den Schädel fuhr. Seit zwei Tagen hatte er keinen Alkohol mehr getrunken. Entzug. Epileptischer Krampfanfall. In der Nacht waren Scharen von Ungeziefer über seinen Körper gekrabbelt und hatten wie verrückt gekratzt, gejuckt und gebissen. Vor Entsetzen hatte er sich in die Zimmerecke gekauert, unfähig, sich zu bewegen. Dann wieder war er wütend auf das Getier losgegangen, hatte sich im Wahn seine Haut aufgekratzt, die jetzt brannte wie rohes Fleisch. Er kannte das: Halluzinationen. Das hatte er während seiner Entgiftung vor einigen Jahren bereits erlebt. Die Ärzte hatten nichts unternommen, um den quälenden Entzug erträglicher zu machen. Also konnte er es genauso gut ohne medizinische Hilfe durchstehen. Er würde das schaffen. Denn diesmal hatte er ein Ziel …

Seine Hände strichen zärtlich über die Geldscheine, die ausgebreitet neben ihm auf dem Bett lagen. In einigen Tagen würde es ihm besser gehen.

Dann würde er sich die zweite Hälfte des Geldes verdienen!

Montag, 30. Oktober

22 Als Jutta Siebenkorn am frühen Montagmorgen aus der Tür ihres Hauses an der Obertrave trat, wusste sie, dass Arbeit auf sie zukam. Sie rieb sich noch einmal die Augen und blickte stöhnend die Stadttrave hinunter, den Teil des Flusses, welcher die Altstadtinsel von der ihr gegenüberliegenden Wallhalbinsel trennte. Ein scharfer Südwestwind jagte tief hängende Wolkenfelder in Richtung Holstentor, das sich nur schemenhaft aus der Dämmerung herauslöste. Noch einmal schaute sie auf die Oberfläche des Flusses.

Mist!, dachte sie, *bitte nicht schon wieder!*

Der seit einigen Tagen zunehmende Sturm hatte das Wasser aus der Trave in die Ostsee gedrückt, so dass der Wasserspiegel rapide gesunken war. Jeder, der wie sie direkt an der Trave wohnte, konnte sich an allen fünf Fingern abzählen, was in den nächsten Tagen auf ihn zukam. Wenn nur der Wind sich nicht abrupt drehte! Die Frau in dem dicken Norwegerpulli wandte sich nach rechts, schaute kurz auf die Uhr. Sie zögerte. Dann drückte sie entschlossen auf die Klingel des Nachbarhauses.

„Tschulligung, Heirulf, aber guck mal raus! Ich fürchte, es ist mal wieder so weit!“, empfing sie den verschlafenen Mann, der nach einigem Gepolter in der Haustür erschienen war. Ihr Nachbar blinzelte sie an und brummelte:

„Is’n los?“ Nachdem er sich einmal kräftig durchgestreckt hatte, fügte er unwirsch hinzu: „Scheiß Wetter ...!“ Dann erst erblickte er den Fluss, und schlagartig war er hellwach:

„Ach, du verdammte Riesenscheiße!“ Seine Stimme überschlug sich. Wenn die Nachbarn jetzt noch nicht wach waren, dann wurden sie es bei dem, was er jetzt rief: „Das gibt ja ein verdammtes Scheiß-Riesenhochwasser! Wenn das erst mal alles zurückschwappt, dann gute Nacht, sag’ ich!“

Jäh heftete er seinen Blick, der soeben noch ziemlich irre umhergewandert war, auf seine Nachbarin. Besonnen und plötzlich abgekühlt fasste er die Lage zusammen und gab seine Anweisungen:

„O.k., dann ist es also mal wieder so weit. Wir trommeln jetzt alle Nachbarn zusammen und stellen einen Krisenplan auf: Wer kann heute Vormittag? Wer kann sich frei nehmen, wer muss dringend zur Arbeit? Der erste Trupp überprüft, ob alle Spundbretter für die Eingänge in Ordnung sind. Und fängt dann schon mal mit den Sandsäcken an. Jutta, du weckst die Leute links von euch, ich gehe nach rechts. In zwanzig Minuten in unserer Diele!“

„Vielleicht passiert ja gar nichts?“, warf die Angesprochene schüchtern ein.

„Schön wär’s, aber das Ziehen in meinen Eiern sagt mir, dass sogar ziemlich viel passieren wird! – Wir haben vielleicht einen, vielleicht zwei Tage Zeit.“

„Übermorgen haben wir übrigens Vollmond.“

„Verdammt! Auch das noch!“

Von Thandorf und von irgendeinem Professor hatte er in den letzten Tagen schon einmal gehört.

Man konnte Manfred Deutschmann vieles vorwerfen: seine Zerstreutheit, seine Wortkargheit, eine gewisse Nachlässigkeit in seinem Äußeren, seine eigenbrötlerische Art. Aber eines funktionierte bei ihm äußerst verlässlich: Wenn es bei ihm klingelte, war er wach. Und wenn er erst mal wach war, dann war er hundertprozentig wach. Dann feuerten die Synapsen in seinem Hirn, Nervensignale wurden über Bahnen geschickt, die sonst brachlagen, ganze kortikale Areale wurden zu neuem Leben erweckt, weit entfernte Neuronen gingen innige Verbindungen ein. Hauptkommissar Deutschmann kratzte sich hinterm Ohr, um auch noch die letzten Nervenzellen zu reizen und aus ihrem Schlummer hervorzulocken.

Jetzt hatte es geklingelt!

Als die fahrig wirkende Frau, die offensichtlich ihrer Morgentoilette noch nicht nachgekommen war, plötzlich vor ihm auf dem Flur des Kommissariats gestanden und etwas von einem vermissten Ehemann gekreischt hatte, hatte er der Versuchung widerstanden, sie abzuwimmeln. Wenn jemand erst seit ein oder zwei Tagen vermisst wurde, war es üblich, dem kein besonderes Gewicht beizumessen. Ehefrauen von Gatten, die des Morgens nicht in ihrem Bett vorgefunden worden waren, pflegte man einige süffisante Andeutungen mit auf den Heimweg zu geben und sie aufzufordern, sich frühestens morgen erneut zu melden. In den allermeisten Fällen erwies es sich, dass die Verschwundenen so plötzlich zu Hause wieder auftauchten, wie sie untergetaucht waren, und zwar entweder stark nach Alkohol riechend und mit eingebeultem Gesicht oder aber nicht nach Alkohol, sondern nach Parfum riechend und mit ausgebeulter Hose. Beides hatte in der Regel Krisen zur Folge, für deren Lösung die Polizei nicht zuständig war.

„*Keupers* sagten Sie?“, vergewisserte sich der Kriminalbeamte.

„Kuipers, Johann Kuipers, mit *ui*, aber man spricht das wie *Keupers* aus. Er kommt vom Niederrhein, in der Nähe von Kleve, das ist schon der holländische Einfluss, seine Mutter ist aus –“

„Frau Kuipers!“ Deutschmann unterbrach den Redefluss der aufgeregten Frau energisch. „Eins nach dem anderen, bitte! – Wann haben Sie Ihren Mann das letzte Mal gesehen?“

Birgit Kuipers ließ stöhnend ein wenig von dem Überdruck

in ihren Lungen ab. Nervös fuhr sie sich durch die Haare, die zerzaust von ihrem Kopf abstanden.

„Gestern Morgen war das, nein, warten Sie, was haben wir heute? Montag? Nein, das war am Samstag. Timo und Sonja wollten nämlich zusammen zu ihrer Oma, die ist jetzt im Ostseehof, das ist ein ganz gutes Alten –"

„Bitte! Frau Kuipers!" Deutschmann musste sich zusammenreißen, um nicht aus der Haut zu fahren.

„Samstag zum Frühstück also, entschuldigen Sie, ich bin völlig fertig. Wissen Sie, wenn man … also, ich hab' ein ganz dummes Gefühl, weil –"

Bleib ruhig, Manfred. Deutschmann schickte diese Selbstinstruktion mehrmals durch sein Großhirn und hoffte, damit seine immer agiler werdende Amygdala zu besänftigen und die aufsteigende Gereiztheit in den Griff zu bekommen. In entschiedenem Tonfall fasste er nach:

„Um wie viel Uhr?"

„Halb sieben."

„Samstag um halb sieben also?"

„Ja."

„Was hatte er vor? Was hat er Ihnen gesagt?"

„Wie ich vorhin schon sagte: Er hatte was von *Recherche* gesagt, und ich kann mich daran erinnern, dass er die Tage vorher einen Professor beobachtet hat. Dille oder Delle oder Tille. Vielleicht auch Tilling. Irgendwie so. Wissen Sie, sein Chef, Weisberger heißt der, gibt ihm immer nur –"

„Bitte! Frau Kuipers!" Deutschmann schlug energisch mit der Faust auf seinen Schreibtisch.

„Ja, und er war irgendwo in einem kleinen Ort, wie hieß der noch mal? In der Zone, ich meine, in der früheren DDR … Er hatte gesagt, dass er bei Rothenhusen über die Wakenitz musste, genau, da waren wir ja mal zusammen, da gibt es ein tolles Café, Café Kreuzstich, ich weiß nicht, warum es so heißt. Thandorf! Jetzt fällt es mir wieder ein: Thandorf hieß das Dorf, und da wollte er diesen Professor Soundso observieren …"

Deutschmann ließ sie noch etwas weiter reden, um vielleicht noch weitere verwertbare Informationen zu bekommen. Als die etwa fünfzigjährige Frau über die Quittentorten des dortigen Cafés zu philosophieren begann, bremste er sie erneut:

„War Ihr Mann in der letzten Zeit irgendwie anders?"

„Anders? Wie meinen Sie das?"

„Wirkte er bedrückt? Oder zum Beispiel aufgeregt? Vielleicht ängstlich?"

„Nein, er war wie immer. Ich meine, er war schon irgendwie sehr, wie soll ich sagen? Sehr aufgekratzt. Er war an irgendwas dran. Vor einiger Zeit war er mal in Salzgitter, nein, Hildesheim, ich verwechsle das immer. Hildesheim. Und da wollte er jemanden aufsuchen, einen Zeugen, von einem früheren Mord oder Selbstmord."

„Der Fall mit dem Ertrunkenen?“, wollte der Polizist wissen.

„Nein, irgendwas von ganz früher – sein Chef hat ihn daran gesetzt, alte Geschichten auszugraben. Die irgendwie ungeklärt waren oder sonst wie zweifelhaft. Das heißt, Hannes, also Johann, hat sich das wohl eher selbst ausgesucht. Vorher musste er immer den Ausputzer spielen. Sein Chef und er mochten, ich meine, sie mögen sich nicht besonders. Und nach seiner Kur hat Hannes da auf den Tisch gehauen und hat gesagt: ‚Ich mach’ das nicht mehr mit!‘ Und hat sich sozusagen selbst seine Aufträge gesucht.“

„Und der Chef hat ihn dann machen lassen?“

„Er hat das immer nur abgenickt. Ich glaube, er war froh, meinen Mann auf diese Weise loszuwerden.“

„Hat Ihr Mann Feinde? Oder Neider?“

„Mit den anderen Kollegen hat er sich ganz gut verstanden. Und ansonsten ist er ja auch ganz umgänglich. Die meisten, die mit ihm zu tun haben, mögen ihn ganz gerne. Also Feinde, die hat er, glaub’ ich, nicht.“

„Wollte er denn auch am Samstag nach Thandorf?“, erkundigte sich Deutschmann.

„Moment mal, wie war das gleich? Er hatte doch irgendwas gesagt. Ich war nur mit den Kindern beschäftigt, weil die ja zur Oma wollten ...“

Der Kommissar holte tief Luft.

„... Nein, jetzt fällt mir das wieder ein. Er hatte gemeint, jetzt hätte er den Kerl gefunden. Er wüsste auch, was der vorhätte. Er machte so Andeutungen. Irgendwie unheimlich. Ich weiß noch, dass ich das plötzlich irgendwie beunruhigend fand. Aber dann war irgendwas mit – ach ja, die Kinder hatten sich plötzlich in den Haaren, Timo macht seit neuestem nämlich Kendo, wissen Sie? Und Sonja hat ihn deswegen mal wieder ... und deshalb hab’ ich nicht weiter nachgefragt.“

„Wollte er wieder nach Thandorf?“

„Nein, wohl nicht. Er meinte noch, irgendwo in der Stadt. Er müsse sich nur ein, zwei Tage auf die Lauer legen. Ach ja, er hat gesagt: ‚Dann kann ich mich ja da und da hinstellen‘, wo, weiß ich jetzt nicht genau, aber er sagte: ‚Dann muss ich nicht immer auf dieses klotzige, neue Kaufhaus gucken.“

Deutschmann lachte kurz auf:

„Also am Markt, denke ich!“

„Ja, am Markt, das stimmt, auf den Platz, wo früher das alte Stadthaus stand“, präzisierte die Frau, die im Laufe der letzten Minuten etwas ruhiger geworden war.

„Gut, Frau Kuipers, das soll erst mal reichen. Sie gehen jetzt bitte zu meinem Kollegen dort nebenan und geben alles zu Protokoll, Namen, Adresse, Telefon und so weiter. Wir kümmern uns um die Angelegenheit.“

Nachdem Manfred Deutschmann die Frau bei seinem Kollegen abgegeben und diesen kurz in Kenntnis gesetzt hatte, saß er noch einige Minuten still und in seine Gedanken versunken an seinem Schreibtisch und schaute aus dem Fenster im siebten Stock des Polizeihochhauses auf den düsteren, aufgewühlten Himmel.

In seinem Hirn arbeitete es. Eine Unzahl von Nervenzellen war in Aktion. Verbindungen waren hergestellt. Das Ergebnis dieser Aktivitäten suchte nach einem Durchlass in das Großhirn. Diese bereitliegende Schlussfolgerung forschte nach Zugängen ins Bewusstsein. Eine Assoziation rüttelte an Türen, klopfte hier an und dort an, forderte an Kreuzungen, Brücken und Übergängen Einlass in den Cortex, probierte Umwege, ruhte kurz aus, um es dann noch einmal mit frischer Kraft zu versuchen. Aber immer kam ein anderer Bewusstseinsinhalt in die Quere, eine Ablenkung, etwas Aktuelles, was noch schnell zu erledigen war.

Und in dem Moment, in dem ihn Ilka aus seinen Überlegungen riss und ihn aufforderte, zur Konferenz in Sachen Karoß ins Besprechungszimmer zu kommen, bäumte sich dieser vorbewusste Inhalt noch einmal auf, um dann in einem Gewitter anderer neuronaler Geschehnisse unterzugehen und allmählich zu verblassen.

Zurück blieb nur ein Gefühl, irgendetwas Wichtiges auf keinen Fall vergessen zu dürfen.

23 Erster Hauptkommissar Hans Sloboda und die Oberkommissare Sven Hustedt und Ilka Gross sowie eine Schreibkraft und ein Praktikant, dem man seine zwanzig Jahre nicht ansah, warteten bereits, als Hauptkommissar Manfred Deutschmann den Konferenzraum betrat. In dem Raum herrschte, vielleicht ausgelöst vom dunklen, drohenden Himmel und einem Südweststurm, der jedem direkt in die Knochen zu fahren schien, eine gespannte Atmosphäre. Außer Sloboda, der bereits konzentriert an dem großen ovalen Konferenztisch saß und die Sitzung vorbereitete, standen alle einzeln an einem der vier hermetisch dichten Fenster und blickten mit einer Mischung aus ängstlicher Erregung und dumpfer Bedrücktheit von oben auf die Stadt Lübeck, die sich unter ihnen ausbreitete. Die nass glänzenden Dächer, die ausgefransten Bäume und die stumpfen Grünflächen machten den Anschein, als duckten sie sich unter der Heftigkeit des Herbstwetters. Einzig die aufgewühlten Kanäle schienen die Macht des Sturmes noch anspornen zu wollen. Die wenigen Autos, die auf der Possehlstraße zu sehen waren, schoben sich vorsichtig durch das Unwetter und ließen breitflächige Wasserkaskaden auf die Bürgersteige und auf parkende Fahrzeuge krachen. Schon zum zweiten Male innerhalb weniger Minuten spiegelte sich der blaue Widerschein von Feuerwehr-Einsatzwagen in den Fensterscheiben. Am Kreisverkehr des Berliner Platzes trafen diese sich mit einigen Notarztwagen, die offensichtlich aus Richtung des Krankenhauses

Süd kamen, und hetzten zusammen die Geniner Straße hinauf. Obwohl durch die dicken Fensterscheiben aus Sicherheitsglas kaum ein Laut drang, fühlte es sich so an, als habe man das schrille Kreischen der Martinshörner im Ohr.

„Sloboda", rief Deutschmann in diese unwirkliche Szenerie hinein, „eben war eine Frau Kui–"

„Später, Deutschmann, später." Sloboda schaute von seinen Papieren auf und massierte sich die Schläfen. Seine aschblonden Haarsträhnen hingen ihm ohne jede Spannkraft in die Stirn und sein unrasiertes Kinn zog sich heute Morgen besonders unentschlossen hinter den Oberkiefer zurück. Die Augenränder stachen rot aus den bräunlich schimmernden Augenhöhlen hervor. Umso eindringlicher nahmen seine eisblauen, wachen Augen die Anwesenden ins Visier.

„Ich habe heute Nacht Klaas und Charlotte Karoß noch einmal vernommen. Die Frau hat sich dermaßen in Widersprüche verwickelt, dass sie am Ende alles gestanden hat."

Die Anwesenden nickten ihm erleichtert zu, ohne dass jedoch die atmosphärische Schwere wich. Sloboda fuhr fort:

„Klaas Karoß schwankt zwischen Schweigen und dem Versuch, der Frau den Mord in die Schuhe zu schieben. Er ist zwar nicht der Hellste, aber ungeheuer überzeugt von sich selbst. Erst als ich ihm zu verstehen gab, dass die Polizei zwar wisse, dass Udo Karoß ermordet wurde, aber dass der Mörder ein ausnehmend intelligenter Mensch gewesen sein muss, hat er angebissen. Ich merkte, wie interessiert er mich anschaute, als ich von der Genialität des Mörders sprach. Ich habe mich als ratlos dargestellt. Ich beschrieb ihm, dass der Täter nicht eine einzige Spur an seinem Opfer hinterlassen habe und dass die Polizei vor einem Rätsel stehe. Das sei in der Kriminalgeschichte einmalig und werde sicherlich in die Annalen der Kriminologie eingehen."

„Na, das war aber dick aufgetragen!", lachte Ilka Gross, und die anderen fielen dankbar in ein verhaltenes Gelächter ein.

„Das war übrigens gar nicht mal gelogen: Weder bei der Obduktion noch in den Laboruntersuchungen sind ja bekanntermaßen Spuren von Kampfhandlungen, Hautreste des Mörders, blaue Flecken oder sonstiges analysetaugliches Material gefunden worden! Und bis zur Befragung des Verdächtigen hatte ich auch keine Ahnung, wie er es gemacht haben könnte. Ich spürte, wie Karoß immer aufgeregter wurde. Wie er darauf brannte, es mitteilen, seine Intelligenz endlich einmal darstellen zu dürfen."

„Mach's nicht so spannend, Hans!", wurde er von Sven Hustedt unterbrochen. Manfred Deutschmann schaute wie unbeteiligt auf seinen Schreibplatz, während dem Praktikant der Mund ein wenig offen stand. Die Sekretärin protokollierte Slobodas Schilderung lustlos in ihren Laptop hinein.

„Und dann platzte er förmlich damit heraus." Sloboda setzte seinen Bericht, den er zu genießen schien, unbeirrt fort.

„Das sei doch ganz einfach, sagte Karoß, man müsse doch nur ein wenig nachdenken und seine grauen Zellen arbeiten lassen, dass könne doch, weiß Gott, nicht so schwer sein, und ich solle mich doch nicht so blöd anstellen. Ich goss noch etwas Öl ins Feuer, indem ich ihn ziemlich dümmlich anschaute und ihn verlegen um Rat fragte, ob ich vielleicht irgendetwas übersehen haben könnte. Karoß wurde immer ungehaltener und meinte dann – „hören Sie mal zu, ich spiele Ihnen mal die Stelle von dem Vernehmungsband vor!“

Der Hauptkommissar rückte das mittelalterliche Kassettengerät auf dem Tisch zurecht und drückte auf die Wiedergabetaste. Eine laute, kehlige Stimme war zu hören:

Also gut, nur damit Sie mal was lernen, damit Sie einmal sehen, was für ein kleiner Idiot Sie sind und diese alte Fotze von Kommissarin. Es war doch ganz einfach: Wir haben meinen Bruder ordentlich abgefüllt und sind dann mit ihm an der Kaimauer hinter den Mediadocks spazieren gegangen. Ich hab' da vorher eine lange Stange, die da als Rettungsstange rumsteht, ein bisschen umgebaut, 'ne Metallöse an die Spitze gemacht, ein Karabinerhaken, wenn Sie wissen, was das ist. Und dann hab' ich den Haken wie zum Spaß hinten an seinen Gürtel geschraubt. Ich und Carlo, also Charli, haben ihn dann ein bisschen geärgert von wegen: Du hast aber einen langen Steifen, aber leider hinten! Und Gassi gehen und so, und dann haben wir ihn einfach ins Wasser geschubst. Und als der im Wasser rumpaddelt, kriegt er voll die Panik und schreit rum und macht die ganz dicke Lippe von wegen er schmeißt mich aus dem Geschäft raus und so. Und dann hab' ich einfach die Stange genommen und ihn runtergedrückt. Na, und wissen Sie, sein Herz … Er hat jedenfalls nicht lange gezappelt. Dann bin ich runter, hab' den Karabiner abgefummelt, und dann wieder raus, die Stange wieder ordentlich, wie es sich gehört, in den Ständer gestellt, den Haken ab und schnell nach Hause. – Ihr seid ja wirklich voll blöd! Wie leicht man euch verarschen kann!

„Na, und dann“, ergriff Sloboda wieder das Wort und stellte das Gerät ab, „hat er mich angeschaut, als sei er gerade aus einem Haremstraum herausgerissen worden, guckte auf mich, dann auf das Tonband, dann schien er einen Augenblick lang zu überlegen, ob er mich angreifen und das Band zerstören sollte.“

Der Hauptkommissar machte eine kleine Pause.

„Ja, und?“, drängte Hustedt.

„Nichts. Dann sank er einfach in sich zusammen. Er meinte nur noch einmal halbherzig: *Die Carlo war's!* Seitdem sagt er nichts mehr. Schweigt nur noch.“

„Na, da gibt's ja auch nichts mehr hinzuzufügen“, ergänzte Ilka Gross trocken.

Die Anspannung hatte sich etwas gelegt, es kam Bewegung in die Zuhörenden. Papiere raschelten, leise Gespräche erfüllten den Raum, hier und da war ein verhaltenes Aufatmen zu hören. Kaffee wurde geordert, *mit Milch, ohne alles, ja bitte, mit Süßstoff, du weißt: die Figur!* Löffel klingelten an Becherrändern, vorsichtiges Schlürfen. Im Plauderton erkundigte sich Kommissarin Gross nach der Neuen, ob die noch suspendiert sei und wann sie denn nun wieder zum Dienst komme. Sloboda setzte diejenigen, die es noch nicht mitbekommen hatten, in Kenntnis von dem Auftritt der Oberstaatsanwältin Geller, *Entschuldigung: Oberstaatsanwältin Doktor habil. Geller natürlich*. Boie müsse jetzt aus seinem Urlaub zurück sein, und er, Sloboda, werde das regeln, aber das habe noch Zeit. Ein kleiner Zug an der Kandare könne der kompetenten, aber etwas stürmischen Kollegin nur gut tun. Und außerdem habe sie zurzeit einen *Geheimauftrag* vom Direktor persönlich, worüber natürlich nicht geredet werden dürfe.

Als Sloboda geendet hatte, brachte Deutschmann nochmals die Zeugin Kuipers zur Sprache. Doch sein Chef wollte davon nichts wissen, er wollte nur noch nach Hause und drei oder vier Stunden schlafen, nach dieser durchgemachten Nacht. Der Fall Karoß stehe unmittelbar vor seinem Abschluss, meinte er noch. Jetzt müssten seine Leute die noch ausstehenden Routinearbeiten erledigen.

Drei Tage später würde Deutschmann sich nicht mehr genau erinnern können, warum er den Auftritt der Zeugin nicht weiterverfolgt hatte: Hatte er dies einfach vergessen, obwohl doch seine hereditären Hirnareale in Aufruhr waren? Oder fühlte er sich auf kränkende Weise ignoriert und hatte sich wieder in sein Eigenbrötlertum zurückgezogen? Wahrscheinlicher aber war: Er traute wieder einmal seinen eigenen Instinkten nicht recht über den Weg, aus Angst, er würde sich für einen unnützen Polizeieinsatz zu verantworten haben, für dessen Aufwand man dann wieder einmal seine *Paranoia* verantwortlich machen würde.

Hätte er sich jedoch soeben besser durchgesetzt oder hätte er seine Meldung ordnungsgemäß an die entsprechende Stelle weitergeleitet, würde die neue dänische Kommissarin in der Nacht vom Mittwoch auf Donnerstag nicht nur aufgrund eines vagen und undurchsichtigen Auftrags seitens des Polizeidirektors ihre Observation durchführen. Sie würde dann einen offiziellen Ermittlungsauftrag erhalten haben. Ordnungsgemäß würde sie dann von einem zweiten Kollegen begleitet werden. Und sie würde dann im entscheidenden Moment nicht vor der Alternative stehen, ob sie das Gebäude inspizieren sollte, aus dem der Mann gerade herausgekommen sein würde, oder ob sie lieber den Verdächtigen verfolgen sollte. Sie würde nicht das Leben des einen Mannes für das des anderen geopfert haben.

Und: Der Polizeidirektor würde am frühen Donnerstagmorgen keinen Grund haben, wie ein wild gewordener Flummy auf und ab zu hüpfen.

24 Der nächste Tag verlief ziemlich ruhig.

Sloboda schlief mal wieder gründlich aus, während seine Mitarbeiter die Routine des Falles Karoß erledigten: letzte Zeugen vernehmen, Berichte schreiben, die Indizien und Beweismittel zusammenstellen, abschließende Besprechungen mit Labor und Spurensicherung abhalten. Ilka Gross hatte beim Losen verloren und musste die bissige Arroganz Professor Sollers, des Leiters der Rechtsmedizin, über sich ergehen lassen, der sein Versäumnis bei der Obduktion der ganzen Welt anlastete, nur nicht sich selbst. Deutschmann zog sich in sein Büro zurück, tüftelte schmollend vor sich hin, indem er versuchte, ein Persönlichkeitsprofil der Täter zu entwerfen, wobei ihm immer wieder die Frage nach dem Sinn des Lebens durch sein Hirn geisterte.

Hans Sloboda erschien so gegen elf in seinem Büro. Er wusste nicht recht etwas mit sich anzufangen, wie es ihm so oft nach der Lösung eines Falles erging. Mehr aus Pflichtgefühl denn aus eigenem Antrieb überwand er sich, Oberstaatsanwalt Boie anzurufen, ihm Bericht zu erstatten und dabei um die Aufhebung der Suspendierung Ike Jensens zu ersuchen. Boie versprach, sich darum zu kümmern, aber dies sei ja jetzt, meinte er, da der Fall erledigt sei, nicht so furchtbar eilig, da er schließlich gerade aus dem Urlaub und so weiter. In Wirklichkeit hatte er Angst vor seiner ehrgeizigen Kollegin Uta Geller, die ihm zwar unterstellt, aber dennoch gewohnt war, auch ihrem Chef Weisungen zu erteilen, denen man sich nicht so leicht entziehen konnte. Die Suspendierung eigenmächtig – was durchaus seiner Position entsprochen hätte! – außer Kraft zu setzen, wäre zwar der angenehmere Weg gewesen, zumal in seiner gegenwärtigen Verfassung einer leichten Urlaubs-End-Depression, hätte ihm aber einen scharfen Tadel seiner Untergebenen eingebracht. Also blätterte er in seinem Terminkalender einige Tage vor, trug dort das Stichwort *Suspend. I. J.* ein, fügte noch ein Ausrufezeichen hinzu – und klappte das Buch zufrieden wieder zu.

Zur gleichen Zeit standen einige Anwohner der Obertrave vor ihren Häusern zusammen und blickten sinnierend auf den Kanal. Es regnete gerade nicht, der Sturm hatte sich etwas gelegt, hatte aber, wie angekündigt, auf Nordost gedreht. Der Wasserspiegel der Trave befand sich auf Normalhöhe. Eine Frau bückte sich und las einen Wert an der Markierungsstange ab. Besorgt verkündete sie den Umstehenden, dass das Wasser erneut angestiegen sei und der Anstieg sich beschleunigt habe. Die Mienen der Leute waren finster, ebenso wie das schwer herabhängende, düstere Gewölk über ihren Köpfen.

Genauso, wie Heirulf vorausgesagt hatte!

Gegen Mittag trafen sich Ike Jensen und Lars Müller-Hänisch in dem großem Café am Klingenberg. Die Kommissarin hatte sich die halbe Nacht mit ihrer sinnlosen Observation des Professors um die Ohren geschlagen. Sie hatte in dem zugigen alten Dienst-Golf gekauert und gefroren. Aber immer noch besser, als grübelnd in den eigenen vier Wänden zu hocken. Jetzt freute sie sich, mit Lars zusammen zu sein. Aber da ihre Freude größer war, als ihr lieb war, verhielt sie sich ihm gegenüber abweisend und gemein. Dass dieser Typ sie auch noch mit verliebten Augen ansah und seine Gefühle mit einer entwaffnenden Naivität offenbarte, schnürte ihr die Kehle zu. Von diesem Würgegriff konnte Ike sich nur frei machen, indem sie ironische Kommentare mit schriller Stimme durch ihren Hals fegen ließ. Sie spielte jenes Rühr-mich-nicht-an-Spiel, von dem sie wusste, dass Lars es durchschaute, was sie nur noch biestiger machte.

In Wirklichkeit aber durchschaute Lars es ganz und gar nicht. Ja, es stimmte: Er hatte sich verknallt – in diese Zicke! Aber mehr noch als dieses Verliebtsein drückten seine Augen Verlegenheit und Hilflosigkeit aus. Warum tat er sich das an? Wieso ließ er sich das gefallen? Er könnte sie doch einfach an den Haaren packen und in seine Höhle zerren!

Aber bei Psychos ist nichts einfach. Das wusste er. Da waren viele Seelenschichten zu durchdringen. Da war die scheinbar harmlose Oberfläche, die Freundlichkeit, das Zugewandtsein, was nichts anderes war als die perfekte Tarnung von Unsicherheit und tiefer Menschenangst. *Die Anthropophobie der Sozialagenten* hatte er mal irgendwo gelesen. Dahinter die ganze Helferkacke, die angebliche Bedürfnisfreiheit, das erzwungene Interesse am Anderen, der Altruismus. Manchmal hasste er das. Durch diese Schichten blitzte aber von Zeit zu Zeit Überheblichkeit auf: die Überzeugung, großartig zu sein, besser und reifer als die armen Würstchen, die einem ihre Seelenabgründe vor die Füße warfen. In die er dann, dankbar zum Schein, hinabtauchen *durfte*. Kloaken, die er schönfärbte, Misthaufen, die er beiseiteschaufelte, um darunter Schätze zu entdecken. Nur – da gab es meistens keine Schätze! Da gab es Allzumenschliches: Gier, Geilheit, Angst, Wut …

Aber jenseits all dieser Schichten – und davon ahnte Lars noch nichts – da gab es etwas, was ihn trieb. Da lauerte der lebenshungrige Jäger, bereit, seine Waffe auf das Wild zu richten, in Deckung bleibend, bis es sich friedvoll äsend ihm genähert hätte: Er wollte dieses Weib! Er wollte es zur Strecke bringen! Und stolz wollte er seine Trophäe nach Hause tragen!

Während Lars und Ike sich umtänzelten wie Boxer nach dem Gongschlag, um die Achillesferse des anderen bloßzulegen, lag Hannah Tille auf der Wohnzimmercouch ihrer Freundin und schickte immer wieder die nicht zu beantwortende

Frage durch ihren Kopf, warum sie es so lange bei ihrem Mann ausgehalten hatte. Sie wusste es nicht. Richtig wäre gewesen, sich nach dem ersten halben Jahr, nach seinem ersten Seitensprung und seiner großspurigen *Entschuldigung*, von ihm zu trennen. Wider besseres Wissen hatte sie diesen Schritt von Mal zu Mal hinausgezögert. Diese trügerische Hoffnung! Wie sie sich von illusionären Wunschbildern einer verzaubernden Idylle hatte blenden lassen! Das Festklammern an bourgeoisen Idealen – Familie, Haus, Ansehen: *werte Frau Professor* hier, *geschätzte Frau Professor* da! – hatte ihren Selbstbetrug genährt und jede reale Einschätzung ihrer Lebenssituation überwuchert. Ihr Leben lag in Scherben. Alles war sinnlos geworden! – Gut, sie hatte ihrer Freundin versprochen, *die Sache* mit Erich Bukowski rückgängig zu machen! Bis zu Renates Rückkehr aus Wismar, wo diese ihren Sohn besuchte, wollte sie das erledigt haben. Es war verrückt von ihr gewesen, diesen Auftrag zu erteilen – und natürlich kriminell!

Aber wozu das Ganze? Ihre Trägheit und ein lähmender Lebensüberdruss drückten sie schwer auf ihr Lager.

Oder war es noch etwas anderes?

Derweil hatte Erich Bukowski es tatsächlich geschafft, weitere zwei Tage ohne Alkohol hinter sich zu bringen. Das Ärgste war ausgestanden. Seine Hände zitterten noch, er schwitzte wie eine eisgekühlte Flasche Korn bei Zimmertemperatur, und sein Magen zog sich in stechenden Krämpfen zusammen. Aber das war nichts gegen die vergangenen Tage! Noch war ihm übel, aber er konnte wieder klar denken. *Nie wieder Alkohol!*, schwor er sich. Er führte ein großes Glas Leitungswasser an seinen Mund, wobei er einige Spritzer verschüttete. Aber der größte Teil fand sein Ziel. Gierig füllte er sein Glas nach und goss Unmengen von Flüssigkeit in sich hinein, die aber auf direktem Wege durch seine Poren wieder aus seinem Körper zu sickern schien. Noch fühlte er sich schwach. Aber in ein oder zwei Tagen würde er wieder bei Kräften sein.

Nachdenklich betrachtete Bernd Ewert seine wunderschöne Freundin. Sie gehörte ihm. Nur ihm! Durch sie fühlte er sich aufgewertet: Wie neidisch er von anderen Männern angeblickt wurde! Wie respektvoll ihn seine Freunde auf einmal behandelten! Nein, er würde sie sich nicht wegnehmen lassen! Seit einigen Tagen ging es ihr anscheinend besser: Vanessa von Ruhleben hatte endlich das Bett verlassen, war wieder aktiv, war sogar schon einmal zur Uni gegangen. Sie kümmerte sich um die Wohnung, machte sauber, wusch ab, räumte all den Plunder weg, der sich während ihrer Bettlägerigkeit angesammelt hatte. Was war das überhaupt? War sie krank gewesen? Vanessas Mutter hatte einmal angerufen und erzählt, dass sie früher schon an Depressionen gelitten habe. Wieso Depression?

Sie stellte sich doch nur an! Sie hatte sich nicht im Griff! Nur wegen dieser Sache mit ihrem Doktorvater! Was sollte das? Sie hatte doch ihn, ihren Freund, der sie beschützen konnte! Stattdessen hatte sie untätig rumgelegen und war nicht zu gebrauchen gewesen! Nichts hatte er mit ihr anfangen können, kein Sex, auch sonst nichts. Aber jetzt ging es ihr besser. Sie machte wieder alles mit. Nahm Kontakt zu Freunden auf, zu ihrer Mutter, mit der sie gestern stundenlang telefoniert hatte. Um alle kümmerte sie sich – nur nicht um ihn, der er die ganze Zeit bei ihr gewesen war und sie versorgt hatte. Ihn ließ sie links liegen. Redete kaum ein Wort mit ihm. Behandelte ihn wie … Luft? Nein, nicht wie Luft; denn Luft atmet man ja ein, vermischt sich mit ihr. Nein, sie tat so, als sei er gar nicht da. Desinteressiert war sie, völlig ohne jedes Gefühl. Frigide!

Und das alles seit dieser Geschichte mit diesem Professor. *Der ist schuld daran. Der hat irgendetwas kaputt gemacht!* Bernd Ewert spürte einen spitzen Zorn in sich aufsteigen. Und der suchte mit Macht nach einem Weg, sich zu entladen.

Johann Kuipers hatte jegliches Zeitgefühl verloren. Absolute Dunkelheit verwandelte sich quälend langsam in relative Dunkelheit, die dann wieder in totaler Schwärze versank. Den nackten, kalten Raum um sich herum nahm Kuipers nur noch wie in Trance wahr. Ebenso unwirklich erschien es ihm, als plötzlich sein Entführer aus dem Dunkel auftauchte und wortlos zu ihm trat. Der Mann hatte etwas mitgebracht. Eine Decke, die Decke aus seinem Passat. Ein intensiver Ölgeruch drang Kuipers in die Nase, als Steinfath ihm diese über die Schultern legte und vor dem Hals verknotete. Der Gefangene schaute ihn dankbar an. *Stockholm-Syndrom*, dachte er selbstkritisch. Sogleich bemerkte er, dass ihm etwas wärmer wurde. Allerdings kam mit der Wärme der Schmerz in den Bronchien, welchen die Taubheit seines Körpers in den Hintergrund gedrängt hatte, wieder mehr ins Bewusstsein. Kuipers hustete. Steinfath hatte sich inzwischen abgewandt, und Kuipers hatte kaum wahrgenommen, dass dieser leise zu sprechen begonnen hatte:

„… ist es endlich so weit. Sie müssen nur noch ein bis zwei Tage hier aushalten. Dann lasse ich Sie frei.“

Nach einer Pause redete er weiter, aber es schien, dass er mehr zu sich selbst als zu seinem Gefangenen sprach:

„… hat es getan. Morgen vor genau dreißig Jahren. – Ich war damals noch ein Junge. Gerade mal sechzehn. Ich hatte im Umkleideraum auf sie gewartet. Meine Mutter war dort Krankenschwester. Das machte ich immer so, wenn ich von der Schule kam und sie Schicht hatte. Ich muss eingeschlafen sein. Da hörte ich im Vorraum Stimmen, meine Mutter, ihre Stimme voller Panik, und dann seine, die Stimme von diesem Arzt, eindringlich, brutal. Dann hörte ich Kampf, Rumpeln. Es polterte und klirrte, und immer wieder meine Mutter, die *Lass mich!* und *Hör auf!* jammerte. Gepresst und undeutlich. Und ihr Keuchen hörte ich. Röcheln. Er hielt ihr den Mund zu. Sie hatte Angst. Und ich hatte auch Angst. Ich kannte die Stimme: dieser Arzt, der öfters bei uns gewesen ist, vor dem hatte ich Angst. Ich verkroch mich und zitterte. Hab' mir die Ohren zugehalten, mich unter einem Haufen Decken versteckt. Ich wollte das nicht hören ..."

Steinfath verstummte. Nach einer Weile setzte er hinzu, noch leiser als zuvor:

„Und als ich dann in den Raum kam, hing sie da."

Einige Minuten vergingen. Dann drehte sich Robert Steinfath plötzlich zu Kuipers um und stieß erregt aus:

„Morgen wird er dafür büßen! Er wird morgen sterben!"

Ohne ein weiteres Wort wandte sich der Mann um und ließ Kuipers in dem kalten Raum allein zurück. Während der Redakteur einen Hauch von Wärme in seinem Oberkörper empfand, gewahrte er, dass seine Füße noch kälter zu werden schienen.

Wahrscheinlich, weil ich meinen Körper wieder mehr wahrnehme, ging es ihm durch den Kopf.

Aber als er nach unten blickte, war ihm, als huschten flüchtige Reflexe durchs Halbdunkel. Sich kräuselnde Spiegelungen – wie ... wie ...

Wasser! Er stand bis zu den Knöcheln im *Wasser!*

Mittwoch, 1. November

25 Als zwar nicht streng, aber dennoch ernsthaft katholisch erzogenem Menschen war es Hellmuth Michelsen immer als Sakrileg vorgekommen, dass hier im Norden am Allerheiligen-Feiertag gearbeitet wurde. Regelmäßig war er mit seiner Mutter zum Gottesdienst in die katholische Herz-Jesu-Kirche an der Parade gegangen. Er liebte dieses Viertel: das gemütliche, familiäre Marienkrankenhaus, den Dom mit seinen mächtigen, von Jahr zu Jahr schiefer werdenden Zwillingstürmen, die wie unerschütterliche Hüter über diesen Stadtteil wachten, und besonders das neugotische Stadtschloss Rantzau, das sich ihm stolz und in frisch saniertem Gelb präsentierte. Die schmucklosen Gebäude der Domschule und der Oberschule zum Dom hingegen, die das beschauliche Quartier von der betriebsamen Mühlenstraße abschirmten, lösten gemischte Gefühle in ihm aus.

Zu den Mahlzeiten hatte man gebetet, aber nicht nur als frömmlerische Lippenbekenntnisse; vielmehr war dem Gespräch über und mit Gott eine gewisse Regelmäßigkeit zugekommen, die dem Alltag mit der Mutter eine religiöse Tiefe und auch Abgeschlossenheit nach außen verliehen hatte. Für den jungen Hellmuth hatte sich – mehr vermittelt durch den düsteren, mit bedrohlich bebender Stimme ausgestatteten Kaplan der Gemeinde als durch die sanfte Mutter – der katholische Gott als streng, unnachgiebig und allwissend dargestellt. So hatte der Junge in steter Furcht vor einem rachsüchtigen Gott seine Kindheit verlebt, bevor er mit beginnender Pubertät und infolge gewisser sich aufdrängender Neigungen begonnen hatte, einige dunkle Verliese seiner Seele vor den bohrenden Fragen des Kaplans und dem durchdringenden Blick Gottes verborgen zu halten. Andere Bereiche seines Inneren jedoch hatten sich durchaus von einer unerbittlichen und dogmatischen Moral einfärben lassen. Infolgedessen hatte er einen eigensinnigen und unbeugsamen Gerechtigkeitssinn hervorgebracht, der wenig Spielraum für die Sichtweisen anderer oder gar für die weltliche Rechtsprechung ließ. Wenn er mitunter des Nachts quälende Atemnotanfälle durchlitten hatte, die sich bald als allergische Reaktionen gegen Katzenhaar herausgestellt hatten, war es ihm als ungerecht erschienen, peinigende Spritzenbehandlungen über sich ergehen lassen zu müssen. Stattdessen war das Übel an der Wurzel zu packen und auszumerzen! Auch die wechselnden Liebschaften seiner Mutter hatte er keineswegs gutheißen können! Allerdings waren ihm bei der Verurteilung ihrer Ausschweifungen eher die Worte des Kaplans, Sünde und Schuld, in den Sinn gekommen als diejenigen tieferen Motive, welche wohl in Wirklichkeit seine Haltung bestimmten: die Angst vor der Bedrohung der symbiotischen Vertrautheit durch den jeweiligen Eindringling!

Heute, am Allerheiligentag, Mittwoch, den ersten November um kurz vor neun, war Hellmuth Michelsen auf dem Weg zu seiner letzten Psychotherapie-Sitzung.

Wenige Minuten später hatte er die rituelle Prozedur mit der Sprechstundenhilfe Melanie Rauchfleisch hinter sich gebracht, die ihn wie immer nach seinem Namen gefragt, diesen mit den Vormerkungen des Terminkalenders verglichen und ihm schließlich den Weg die Treppe hinauf ins Sprechzimmer gewiesen hatte. Nun saß er Dr. Tannert gegenüber, die ihn in gewohnt angespannter und unbeweglicher Körperhaltung begrüßte.

Er kam ohne Umschweife zur Sache:

„Frau Dr. Tannert, dank Ihrer kompetenten Hilfe geht es mir seit einiger Zeit ausgezeichnet. Die quälenden Vorstellungsbilder haben sich aufgelöst, ich schlafe wieder gut. Meine Schuldneurose ist nahezu verschwunden."

Die Therapeutin nickte ihm wohlwollend zu und atmete unmerklich auf.

„Und dann – auch diese Sache mit meinem Onkel. Ich habe Ihnen mal am Rande von ihm berichtet. Ich habe ihm mein Kommen bereits angekündigt, und für heute bin ich mit ihm verabredet, ein Treffen nach vielen Jahren, ein klärendes Gespräch. Ich glaube, nein, ich bin ganz sicher, dass dies gut verlaufen wird."

„Brauchen Sie vielleicht –?“, wandte sich die Ärztin in scheinbarer Sorge ihm zu.

„Nein, ich glaube, Sie haben mich jetzt so weit aufgebaut, dass ich es alleine hinkriege. Und wenn nicht – Sie sind ja nicht aus der Welt …“

Der Patient brachte ein gewinnendes Lächeln zustande, welches Annerose Tannert dankbar aufnahm.

Endlich mal wieder ein Erfolgserlebnis! Dieser wärmende Gedanke flutete wie eine wohlige Welle durch ihren Leib. *Von Boethius hatte mal wieder Recht behalten! Alle dunklen Ahnungen unbegründet – und dieser merkwürdige Traum von der schwarzen Puppe, von ihrem Vater, von ihrem schlechten Gewissen, all das hatte nichts mit dem Patienten zu tun!*

Die hagere Frau mit dem fransig geschnittenen, blonden Schopf nahm wahr, wie ein Muskel nach dem anderen in ihrem Körper nachgab, sich löste und entkrampfte. Unversehens fiel die Kinnlade entspannt ein wenig herab, glättete sich die tiefe Furche zwischen den Augenbrauen, die Schultern sanken tiefer und die Unterarme lagen auf einmal schwer und locker auf den Armlehnen ihres schweren, grünen Therapeutensessels.

Als sich die Ärztin von ihrem Patienten am Ende dieser Stunde verabschiedete, konnte sie nicht ahnen, dass sie sich schon bald wiedersehen würden.

Am Mittwoch gegen elf Uhr klingelte das Telefon.

„Weisberger hier“, meldete sich eine sonore Stimme, „Lokalredaktion der Lübecker Nachrichten. Ich möchte eine Vermisstenanzeige aufgeben.“

Hansi Steenbock, der Praktikant der Lübecker Mordkommission, nahm den Hörer in die Linke und rückte den Schmierzettel zurecht, um sich Notizen zu machen. Nachdem er sich ordnungsgemäß gemeldet hatte, erinnerte er sich an die fünf *W* und stellte, wie man es ihm beigebracht hatte, seine Fragen: *Wer* ruft an? *Wo* befindet sich der Anrufer? *Was* ist geschehen? *Wann* ist es passiert? *Wie* ist es passiert? Er war sich nicht ganz sicher, ob er auch das sechste *W*, nach das *Warum*? erfragen sollte. In seinem Eifer blockte er den Anrufer ab, anstatt ihn erst mal reden zu lassen, und machte so seinen ersten Fehler, weil in den spontanen Angaben, zumal wenn Aufregung im Spiel ist, oftmals wertvolle Informationen versteckt sind. Immerhin bekam er von dem Anrufer, der von der schroffen Gesprächsführung seitens dieses offensichtlich sehr jugendlichen Mitarbeiters durchaus beeindruckt war, die wichtigsten Informationen geliefert: Michael Weisberger war der Leiter der Lokalredaktion der örtlichen Tageszeitung und befand sich zurzeit in deren Räumlichkeiten. Sicherheitshalber notierte der Praktikant Adresse und Telefonnummer des Büros. Er erfuhr, dass man seit heute einen Kollegen namens Johann Kuipers vermisse, das heißt, genau genommen habe man ihn seit Mitte der letzten Woche nicht mehr gesehen, sich aber nichts dabei gedacht, weil dieser Kollege mit außerhäuslichen Recherchen beschäftigt gewesen sei. Für heute aber sei eine Lagebesprechung anberaumt gewesen, zu welcher der Kollege nicht erschienen sei. Er habe sich nicht abgemeldet, was angesichts seiner sonstigen Verlässlichkeit ungewöhnlich sei. Man habe andere Mitarbeiter, auch eventuelle Kontaktpersonen, angesprochen, aber niemand habe Mitteilung über seinen Aufenthaltsort machen können. Da Kuipers' Frau ständig besorgt, um nicht zu sagen *hysterisch*, in der Redaktion anrufe, wisse man, dass er sich auch nicht zu Hause befinde.

Steenbock fiel auf, dass der Anrufer entgegen seiner Beteuerungen eigentlich wenig besorgt geklungen hatte. Vielleicht war er ja sogar froh, dass sein Mitarbeiter verschwunden war? Jedenfalls hatte er dessen Namen irgendwie – wie sollte er das formulieren? – irgendwie gleichgültig, nein, sogar abfällig ausgesprochen. Gut, Spekulieren war, wie man ihm eindringlich gesagt hatte, nicht seine Aufgabe. Obwohl er es mit den anderen sicherlich darin aufnehmen konnte! Er würde ein guter Kommissar werden, das wusste er. Einer mit treffsicherer Intuition und kreativen Methoden! Er war in diesem Fall absolut sicher, dass diese Angelegenheit wichtig war. Vielleicht eine Entführung?! Bestimmt war dieser Redakteur einer Drogenbande auf die Schliche gekommen! Weisberger hatte bei der Frage nach dem Warum, die zu stellen er sich doch nicht hatte verkneifen können, irgendwie ausweichend reagiert und sehr vage geantwortet. Vielleicht sogar Drogenmafia! Lübeck mit seinem Hafen als Tor zum Osten! Zu Zeiten der DDR noch Randlage und tiefste Provinz, jetzt Dreh- und Angelpunkt für schwungvolle Handelsbeziehungen mit Russland! Partnerstädte im Baltikum! Unter der Deckung der offiziellen Beziehungen bildete sich immer eine Schattenkultur: Menschenhandel, Waffen, Drogen, angereichertes Uran in unscheinbaren Aktenkoffern … Er würde das jetzt an die große Glocke hängen, ganze Hundertschaften der Polizei nach diesem Mann suchen lassen. Vielleicht hing der mit drin?! Warum sollten ihn diese Leute denn sonst entführen?! Aber gut: Nicht seine Aufgabe, er würde sich nicht noch mal in die Nesseln setzen! Seine Zeit würde schon noch kommen …

Also faltete Hansi Steenbock das Papier zusammen, legte es sichtbar auf den Schreibtisch von Ilka Gross, die die Aufgabe übernommen hatte, ihn unter ihre Fittiche zu nehmen (und seine Flügel zu stutzen). Einen Moment noch blieb der Praktikant nachdenklich vor dem Arbeitsplatz seiner Mentorin stehen. Dann wandte er sich um und verließ den Raum. Er hatte jetzt einige Tage frei.

Wenn er sich ganz, ganz weit wegdachte, hörte er nicht dieses regelmäßige, spitze Tropfen in dieser erdrückenden Stille, roch er nicht diesen ölig-modrigen Gestank, spürte nicht die elend kalten Füße und Beine und nahm den stechenden Schmerz in der Brust nicht wahr. Und vor allem seine Angst, seine verdammte Angst zu sterben, seine Frau nicht mehr wiederzusehen … Birgit, die ihn jetzt sicherlich überall suchte, jeden fragte, jeden Ort, an dem er sich aufhalten könnte, ausfindig machte. Sie würde nicht lockerlassen, das wusste er. Nach ihrer Ehekrise waren sie sich wieder nahegekommen. Sie gäbe nicht auf, trotz aller Verzweiflung nicht, nicht, wenn sie müde wäre, nicht, wenn sie nicht mehr könnte und auch nicht, wenn ihr nichts mehr einfiele, wo er noch sein könnte. Sie waren einander wieder wichtig geworden, sie würde ihn nicht fallen lassen, sie würde weitermachen.

Sie würde ihn nicht finden. Hier nicht. Nirgends. Sie würde scheitern. Und Timo würde keinen Vater mehr haben, Timo, der einen so treu mit seinen großen Augen anblickte, dass einem das Herz einen Satz machte, und Sonja auch nicht, das schon so große Mädchen mit seiner aufrechten Haltung, körperlich wie mental, auf das er sich verlassen konnte.

Nie mehr wiedersehen …

Wenn er sich ganz weit wegdachte, konnte er sich vorstellen, mit den dreien auf der Wiese zu sein, auf der sie in den letzten Sommerferien gepicknickt hatten. Immer wieder fiel ihm dieser Ort ein. Wie still es dort war! Alle waren auf dieser Lichtung, und niemand hätte sich gewünscht, woanders zu sein. Die Sonne, der leichte Wind, die tumben Marienkäfer, die einem blindlings wie Kamikazepiloten in weite Hemdsärmel, freizügige Dekolletés und ungeschützte Körperöffnungen flogen.

Das letzte Mal …

Es war gar nicht so schwierig, sich die eisige Kälte für eine kurze Weile als Wärme vorzustellen, die einen durchströmt und einlullt, bis man sich ihr völlig ergibt, bis man sich aufgibt, sich fallen lässt.

Nur noch einmal zusammen sein …

Und dann schießt auf einmal der Schmerz wieder ein. Die Illusion hält nur kurze Zeit, die Traumwiese zerspringt wie die spitzen Sterne einer Wunderkerze, die sich plötzlich in kleine Eispfeile verwandeln und überall in den wunden Körper eindringen. Sie kriechen im Inneren weiter, bohren, zerstören, reißen Gewebe auf, schneiden Krater und tiefe Spalten in den Leib, in die Organe, besonders in die Lunge, wo sie sich sammeln und zu einem einzigen großen Pfeil werden, zu einem Speer mit einer Widerhakenspitze, die man nicht mehr herausziehen kann.

Traurigkeit, weil die anderen um ihn weinen werden.

Das Wasser geht ihm schon bis zu den Knien – bis zu den Knien steht er im nassen Grab. Krumm steht er da, in der Mitte abgeknickt, weil seine Hände an das Rohr gebunden sind, das in Kniekehlenhöhe durch den Raum läuft. Er kann sich nicht ganz aufrichten. Er kann sich hinknien, aber jetzt geht das nicht mehr, weil ihn die Kälte des Wassers umbringen würde.

Warum kommt Steinfath nicht ...?

Abend und Nacht, 1./2. November

26 In der letzten Zeit war der alte Mann viel allein gewesen. Er hatte viel Zeit, zu viel Zeit, Zeit, in der die Gedanken kamen. Er schaute auf die Uhr, deren Sekundenzeiger sich als einziger bewegte. Die Sekunden vergingen, eine wie die andere, und wollten sich doch nicht recht zu Minuten, geschweige denn zu Stunden zusammensetzen. Der blasse, kaum sichtbare Strich, der übers Ziffernblatt ruckte, zerhackte den Tageslauf in winzige, namenlose Stücke, die einzeln, Sekunde für Sekunde vom Leben abgetrennt, herabfielen und sich zu einem riesigen Berg von Sinnlosigkeit aufhäuften.

Dieser zarte, steife, blasse Krieger, der da in scheinbarer Harmlosigkeit über das Ziffernblatt wanderte, hatte ihn Zeit seines Lebens vor sich hergetrieben, entschlossen, ihn zu vernichten, sobald er sich seinem Takt entzöge. So waren viele seiner Handlungen auf den ersten Blick zwar von eigenen Motiven und Werthaltungen gespeist und auf hehre Ziele gerichtet erschienen; bei genauerem Hinsehen jedoch musste sich Christian Tille, angesehener Professor der Psychiatrie, eingestehen, dass er zum Sklaven und Gejagten eines seelenlosen Wissenschaftsbetriebes geworden war. Zeit war eine horizontale Aneinanderreihung von bedeutungslosen Momenten geworden, Maßeinheit für Leistung und Koordinatensystem sozialer Beziehungen. Zeit hatte ihre Tiefe verloren, in welche man eintauchen konnte und an deren Grund sich ihre Auflösung vollzog. Nur Zeit, die stehen bleibt oder in wilden Sprüngen sich überschlägt, gebiert Sinn und Zugehörigkeit! Nur diese tiefende Zeit ist überhaupt fühlbar, nur sie verbindet und verknüpft eines mit dem anderen, nur sie schafft Zusammenhang und Bedeutung.

Die messende, atemlose Zeit hingegen trennt und entwertet. Sie zerteilt alles in zunehmend kleinere Stücke, bis diese schließlich in sinnlose Atome zerfallen. Man reiht aneinander, sammelt, häuft an, bildet Guthaben und Privilegien, schafft ein Mehr des immer Selben. Auch die nächste Kurve noch will ich schaffen, die nächste Anhöhe überwinden: Erfolg pro Zeiteinheit! Angetriebensein, das nicht Atem holen lässt! Unstetigkeit, welche keine Fragen erlaubt!

Aber nun, da seine Frau ihn verlassen hatte, hatte Professor Christian Tille Zeit. Der Versuch, in ihrem Fortschreiten seine frühere Geliebte zu sehen, die immer wieder mit dem verheißenden Versprechen lockte, ihn hinter der nächsten Wegbiegung mit offenen Schenkeln zu empfangen – dieser Versuch scheiterte. Er scheiterte, weil jede vergehende Sekunde ihm nur eines offenbarte: dass nichts mehr kam ...

Stattdessen drängten sich ihm traurige Bilder auf, bedrückende Erinnerungen und alte Hoffnungen, die zerplatzt waren. Er dachte an Momente von Zweisamkeit mit Hannah, seiner Frau, wertvolle Augenblicke verschmelzender Einigkeit, vage Erinnerungsblumen, die hinter Trophäen rücksichtsloser Beutezüge verdorrt waren.

Wer aber stets nur vor seinen Empfindungen davongelaufen ist, der kann auch nicht der eigenen Trauer mutig entgegentreten. Er wird diese aus der Ferne erahnen und ihr ängstlich entfliehen, als wäre dieses Empfinden und nicht das Verlorene selbst die bedrohliche schwarze Wolke, die am Horizont heraufzieht. Der an glitzernden Augenblicken überaus reiche, an berührenden Erfahrungen und Beziehungen aber so arme Mann tat also genau das, was er immer schon getan hatte: Statt dem Unwetter ins Antlitz zu schauen und für den bestmöglichen Unterschlupf zu sorgen, drehte er sich einfach um und tat so, als wäre das Finstere, da es nun nicht mehr zu sehen war, auch nicht vorhanden. Er hielt sich an dem Gerüst seiner Gewohnheiten fest, die ihm das Metronom an seinem Handgelenk in endlosen Wiederholungen ins Gehirn gebrannt hatte, und erledigte am Ende dieses Tages all die Obliegenheiten, die seit jeher um kurz nach zehn Uhr seine Aufgabe waren.

Diesen Zustand nennt man Verzweiflung.

Und weil Christian Tille verzweifelt war, wird er im Grunde seines Wesens mit dem, was nun auf ihn zukommen sollte, vielleicht sogar einverstanden gewesen sein.

Der Professor trat aus der Haustür ins Dunkel hinaus. Eine mächtige Sturmbö riss ihm fast das schwere Eingangsportal aus der Hand, und sofort stieß ihm eine Regensalve ins Gesicht. Es machte ihm nichts aus, dass er sofort nass bis auf die Haut war. Dankbar dafür, dass Nässe und Kälte der Elemente das innere Beben überdeckten, machte er seinen Rundgang ums Haus, prüfte den sicheren Halt von Fenstern und Türen, rüttelte hier und befestigte dort, bückte sich, streckte sich, schaute sich um, horchte. Alles war in Ordnung.

Nun ging er, wie jeden Abend, die etwa fünfzig Meter zur Scheune, um auch dort nach dem Rechten zu sehen.

Der mittelgroße, kräftig gebaute Mann drückte sich an die Bretterwand. Er atmete flach und ruhig. Jede Aufregung war gewichen. Er dachte nicht darüber nach, ob er es schafften würde. Er hatte sein Vorhaben sorgfältig ausgearbeitet, und nun war er selbst Teil seines Planes geworden, ausführendes Organ eines größeren Geistes, der ihm eingab, was zu tun war. Er musste sich diesem nur hingeben, nur geschehen lassen, was zu geschehen hatte. Sturm und Regen hatten sich ihm verbündet; deshalb merkte er nicht, wie deren Gewalten an ihm zerrten. Er war Teil der Dunkelheit, Teil des Unwetters, er war zur Scheunenwand geworden, an welcher er lehnte, war selbst zur

Zeit geworden, die verstrich. Er spürte die Umgebung, alles um ihn herum war in ihm präsent. Er hatte alles vor Augen, ohne diese zu öffnen. Und weil er auch Teil der Geräusche geworden war, die ihn umfingen, wusste er, ohne ihn im eigentlichen Sinne gehört zu haben, dass der Mann, auf den er wartete, in diesem Moment auf ihn zukam.

Helga, die Barfrau von den *Drei Jungfrauen* in Lübeck-Moisling, war gerade, nach einem faden, lustlosen Abend mit zähen Gesprächen, aufgebrochen. Ike Jensen hatte in den letzten Wochen des Abends öfters an der Theke gehockt, um der Enge ihrer Wohnung zu entfliehen, und über Stunden an einem *Pisco Sour* gelutscht. Dabei war sie mit Helga ins Gespräch gekommen, und irgendwie war zwischen diesen sehr verschiedenen Frauen so etwas wie Freundschaft entstanden. Die große, mit zunehmendem Alter aus der Form geratene, dunkelhaarige Frau, die mit zwei Freundinnen, die allesamt aber auch gar nichts von *Jungfrauen* an sich hatten, diese Kneipe betrieb, verfügte über eine rauchige Baritonstimme, die Ike schon bei der ersten Begrüßung buchstäblich unter die Haut gefahren war, so dass sich die Härchen ihrer Unterarme mit einem Schlag wie eine Kohorte römischer Legionäre steif aufgerichtet hatten. Ohne nachzudenken war ihr ein *Wow! Du hast ja eine geile Sstimme!* herausgerutscht, womit eine Serie tiefgreifender Gespräche eingeleitet war. Helga war oft nach Feierabend, oder wenn nichts los war, bei ihr vorbeigekommen. Sie konnten über alles plaudern, über Kamasutra und Käsesorten genauso wie über Mode, Männer oder Meditation. Sie philosophierten bis in die Morgenstunden oder alberten einige Minuten herum und verabschiedeten sich dann früh voneinander.

Heute Abend wollte das Gespräch nicht fließen. Ike war unkonzentriert und reagierte gereizt und kurz angebunden; Helga wirkte bedrückt, kam aber mit der Sprache nicht so recht heraus. Schließlich erhob diese sich grummelnd, murmelte einen kurzen Abschiedsgruß und war weg.

Ike trippelte unruhig durch ihre Wohnung. Sie fühlte sich leer (oder zu voll? – Sie wusste es nicht). Ausgebrannt. Es tat ihr nicht gut, ohne Aufgabe zu sein. Das heißt: Eigentlich hatte sie einen Auftrag. Aber der war öde und sinnlos. Und sie hatte schon Stunden vor dem Haus des alten Knochen zugebracht. – Aber hier herumlungern? Vielleicht sollte sie, nur um sich von dieser Stimmung loszureißen, einfach losfahren? – Und dann waren da noch ein Gedanke und ein Gefühl, welche zwischen den Gehirnwindungen herumschwirrten und für ihre Unruhe verantwortlich waren: Lars …

Sie konnte ja das Langweilige – die Observation – mit dem Schmerzlichen – Nähe zu Lars – verbinden! Warum nicht?

Sie wählte die Telefonnummer, die sie entgegen ihrer sonstigen Gewohnheit und vor allem: trotz ihres eigentlich schlechten Zahlengedächtnisses seit dem ersten Moment auswendig wusste.

Ike erschrak, als Lars sofort abnahm. Er war einverstanden.

„Es wird nigts passieren dafür!“, begründete Ike ihren kleinen Regelverstoß still für sich und laut Lars gegenüber. „Das ist nur eine Arbeitsbessjattungsmaßnahme von Reitner –“

„Arbeitsbe*ssjaff*ungsmaßnahme!“, unterbrach Lars, sie scherzhaft imitierend.

Ike lachte. Sie hatte lange nicht mehr gelacht …

„Ig hole dig gleich ab.“

„In der St.-Annen-Straße Nummer –“

„Ig weiß!“

Jetzt hatte Ike sich verraten.

Steinfath spannte alle Muskeln seines trainierten Körpers an. Er war unsichtbar. Noch wenige Schritte. Mit steifen Bewegungen kam der Alte direkt auf ihn zu. Als wollte er selbst dazu beitragen, dass sich sein Schicksal erfüllte! Steinfath straffte das Rasterband in seiner Hand. Jetzt gleich! Er fühlte nichts, nicht einmal Hass. Er tat, was zu tun war. Ihm war, als blickte Tille ihm geradewegs ins Gesicht. Als forderte er ihn auf, es endlich zu tun. Aber der Alte sah nichts. Wollte vielleicht nichts sehen! Man nimmt nur wahr, was sich bewegt, und Steinfath regte sich nicht. Besser gesagt: Weil er nicht mehr er selbst war, sondern weil er die Wand war und der Strauch und der Sturm, bewegte er sich, wie diese sich bewegten. Er hob sich nicht von seiner Umgebung ab. Er gab den Sinnen des alten Mannes keinen Anlass, eine Grenze, eine Differenz oder einen Unterschied zu erkennen. Er war ein Chamäleon.

Wie die Zunge des Chamäleons schnellte die Schlinge vor und legte sich um den Hals des Professors. Gleichzeitig drückte Steinfath dem Alten ein Messer in die Nähe der Halsschlagader.

„Mitkommen!“, stieß er gepresst hervor.

„Robert …“ Tilles Stimme klang wissend und resigniert. Fast als passierte nun endlich, worauf er lange gewartet hatte.

Steinfath schnürte den dicken Kabelbinder fester um den faltigen Hals. Er zwängte zwei Finger unter die Schlinge und drehte diese etwas ein. Tille spürte die Enge, aber er konnte ungehindert atmen. Panik fühlte er merkwürdigerweise nicht. Dazu hatte schon zu lange die Ahnung von dem, was ihm jetzt widerfuhr, in ihm geschwelt, die Vorahnung, welche der Brief mit dem Datum *1.11.1976* kürzlich zur lodernden Gewissheit entfacht hatte.

Entschlossen zerrte der Mann den Alten durchs Scheunentor in den großen Innenraum. Irgendwo brannte eine verdeckte Lampe. In ihrem diffusen Schein tauchten einige Gegenstände etwa in der Mitte des Raumes auf. Von dem mächtigen Eichenbalken direkt oberhalb eines Holzstuhles hing ein

Stahlseil herab, das träge hin und her schwang und in einer Öse von vielleicht fünf Zentimetern Durchmesser endete. Die Lehne des Stuhles war von einem Kantholz, das schräg zu einem Widerlager auf dem Betonboden verlief, abgestützt. Eine Elle hinter der Stuhllehne stand ein stabiler, etwa achtzig auf achtzig Zentimeter großer, grob geschreinerter Tisch, und auf der anderen Seite des Tisches, gegenüber vom Stuhl, lag ein Holzklotz, der, wenn man ihn nicht gerade als Hilfsmittel für einen Mord benötigte, wohl als Hauklotz diente.

Mit einem Blick erfasste der Professor die Bedeutung dessen, wessen er dort gewahr wurde.

„Mach schnell, Robert!“, flüsterte er.

Steinfath antwortete nicht.

„Da rauf!“, kommandierte der seinem Opfer, „auf den Tisch!“

Dabei schob er den alten Mann auf den Holzklotz und von dort auf die Tischplatte. Ohne seinen Griff um die Schlinge zu lockern und das Messer vom Hals abzusetzen, folgte Steinfath ihm auf den Tisch und drückte den Alten bis an die Kante vor der Lehne des Stuhles.

„Stehen bleiben!“, zischelte er, steckte das Messer zwischen seine Zähne und fischte aus seiner Hosentasche ein weiteres Stück Kabelbinder, von gleicher Stärke wie das um den Hals des Alten, aber nur etwa zwanzig Zentimeter lang. Behände führte er ein Ende durch die Schlinge, streckte sich, um das herabhängende Stahlseil zu ergreifen, steckte das andere Ende durch dessen Öse und ließ das Zackenende des Bandes in die Schnalle am anderen Ende einrasten. Er zurrte es fest.

„Jetzt fassen Sie mit Ihrer einen Hand um die Schlinge am Hals!“, befahl Steinfath und schob den Professor noch weiter an die Kante des Tisches. Gleichzeitig ließ Steinfath die Schlinge los.

„Mit der anderen Hand jetzt das Stahlseil oberhalb des Kopfes ergreifen!“

Der Alte gehorchte.

„Und festhalten! – Damit Sie nicht das Gleichgewicht verlieren!“, erklärte Steinfath in fast wissenschaftlicher Weise. „Und drauf achten, dass Sie die Schlinge nicht weiter zuziehen! Die kriegen Sie nicht wieder auf!“

„Wieso ...? – Warum nicht ...? Was soll das?“ Professor Tille erstarrte.

„Sie werden gleich Gesellschaft bekommen!“

Dann drückte er den Mann weiter vor.

„Auf die Lehne stellen!“, befahl er.

Mechanisch folgte Tille den Anweisungen. Blitzschnell sprang Steinfath vom Tisch und zog diesen in eine Nebenkammer. Dann räumte er den Holzklotz weg.

Christian Tille stand auf der Lehne des Stuhles, die eine Hand zwischen Schlinge und Hals gepresst, mit der anderen das Stahlseil oberhalb seines Kopfes umklammernd. Er musste fest zupacken, um das Gleichgewicht nicht zu verlieren.

Auf einmal wollte er nicht mehr sterben!

Steinfath kam aus dem Nebenraum zurück und betrachtete sein Werk. Einen lüsternen Augenblick lang schien er zu überlegen, ob er das Kantholz, welches den Stuhl am Umkippen hinderte, nicht sofort wegtreten sollte.

Nein! Der Plan war erst zur Hälfte ausgeführt. Jetzt würde sich erweisen, ob er gute Vorarbeit geleistet hatte.

„Es fehlt noch jemand. Sie werden sie kennen."

Und nach einer kleinen Pause fügte er hinzu:

„Ach ja, ich werde Ihnen eine kleine Überlebenschance geben. Meiner Mutter haben Sie keine Chance gelassen damals! Vielleicht wird einer der Menschen, deren Leben Sie zerstört haben, Ihnen verzeihen und Sie retten ...?"

Steinfath ließ ein kurzes, hämisches Grinsen aufblitzen.

Plötzlich war Christian Tille allein. Sein Verstand arbeitete. Was hatte Robert vor? Wen wollte er holen? Würde er diese andere Person – eine Frau! – auch sterben lassen? Der Mann betrachtete seine Lage: das Seil, der Stuhl, die Stuhllehne, auf der er stand, die Stütze. Langsam begann er zu begreifen, was Robert wollte. Die Sitzfläche des Stuhles. Ein Gegengewicht! Auf einmal wusste er, wen er jetzt holen wollte. Teuflisch!

Er analysierte seine Situation. Welche Chance hatte er? Konnte er auf die Sitzfläche hinabsteigen? Er probierte es vorsichtig aus, indem er die Knie ein wenig beugte. Es ging nicht, das Seil war zu kurz! Wenn der Stuhl umkippte, würde er nicht fallen und sich das Genick brechen. Er würde langsam erdrosselt werden. Ein qualvoller Tod! Würde er sich einfach hängen lassen können? Wenn er mit beiden Händen um die Schlinge griffe? Damit die andere Person schnell den Tisch aus der Kammer holen könnte? Ein gut trainierter Mann könnte das überleben. Er aber – nein, er würde das nicht schaffen. Vielleicht ja, er wusste es nicht, aber er würde sich nicht dazu überwinden können, es auszuprobieren. Er fühlte sich zu alt und zu schwach dazu.

Dann hatte er plötzlich eine Idee: Die Frau müsste den Stuhl auf den Kopf stellen! Auf Lehne und vordere Kante der Sitzfläche legen! So lange würde er sich halten können! Die Stuhlbeine würden dann hochragen. Er müsste sich daraufstellen. – Nein, verwarf er diesen Gedanken: Wahrscheinlich nicht hoch genug, das Seil wäre zu kurz! Und die Beine zu schräg! Die würden brechen, zu viel Hebelkraft! Die Vitalität, die für einen kurzen Moment in Christian Tille zurückgekehrt zu sein schien, fiel wieder in sich zusammen.

Professor Christian Tille spielte mit dem Gedanken, Roberts Plan zu vereiteln: Er könnte einfach springen ...

Ike hatte Lars' Wohnung leicht gefunden. *Ein schmales Haus in der St.-Annen-Straße, auf der rechten Seite, wenn du von der Mühlenstraße kommst*, hatte er ihr beschrieben. Sie hatte erstaunt gefragt, ob er etwa alleine ein ganzes Haus bewohne, und er hatte dies bejaht und stolz hinzugefügt: *Ja, und zwar mit vier Etagen!*

Ikes Laune war deutlich gebessert. Lars hatte anscheinend hinter der Haustür gelauert; denn kaum dass sie ihren Finger vom Klingelknopf genommen hatte, wurde die Tür auch schon aufgerissen:

„Hallo“, sagte Lars, „wir können sofort los.“ Er war schon in voller Montur, bei der seine eigentlich schon völlig zerfetzten Turnschuhe nicht fehlen durften. Männer speichern oft den ersten Eindruck einer Sache über Jahre und bemerken ihren Verfall einfach nicht. Wahrscheinlich fand Lars seine Treter auch noch schön. *Wäre doch toll, wenn es Männern bei ihren Frauen auch so ginge,* dachte Ike und grinste ihn vielsagend an.

„Nein, sseig mir doch mal dein Haus!“ Ike drängte Lars in die winzige Diele zurück, in der sich nur dann zwei Leute gleichzeitig aufhalten konnten, wenn sie zuvor in ein intimes Verhältnis eingewilligt hatten. Links war ein Durchgang in eine Küche zu sehen, in welcher man offenbar bequem arbeiten konnte, ohne ständig von einer Ecke in die andere laufen zu müssen. Was man in dieser Küche auch gar nicht konnte! Man konnte nicht einmal gehen! Umdrehen war immerhin möglich, sofern man es mit Bedacht tat und hektische Bewegungen vermied. Wenn etwas auf den Boden fiele, müsste man zuerst die Küche verlassen, um sich bücken und es aufheben zu können. Auf der anderen Seite der Diele ging eine Treppe nach oben, deren Ausmaße von vornherein klarstellten, dass, welche Möbel dort oben auch zu finden sein mochten, diese alle an Ort und Stelle aus kleinsten Bauteilen mosaikartig zusammengesetzt worden sein mussten. In der ersten Etage angekommen, fand Ike sich in einem vielleicht dreieinhalb Quadratmeter großen Zimmerchen wieder, dessen Begrenzungen aus einer Mauerecke, zwei Treppenzugängen sowie einem Kurzgeländer über der sich ins Erdgeschoss hinabwindenden Stiege bestanden. In der Ecke lag eine Matratze, und zwei große Kissen lehnten an der Außenmauer, die bereits vom Ansehen her eine ungemütliche Kälte abzustrahlen schien. Ike konnte fast aufrecht stehen, wohingegen Lars' Hände infolge seiner Bückhaltung nahezu den Boden berührten. Die zweite Etage beherbergte einen Esstisch (aus zusammengezimmerten Latten), drei Klappstühle (wegen der Treppe!), ein Bausatzregal mit integrierter Schreibplatte und einen Papierkorb, dessen Stellplatz jedoch flexibel gehandhabt werden musste. Es herrschte hier, wie auch in den anderen Räumen, eine vorbildliche Ordnung. Dies war allerdings auch unabdingbar, weil bereits kleinere Gegenstände, wie zum Beispiel eine vorschriftswidrig abgelegte Streichholzschachtel, den Bewohner am Verlassen des

Hauses gehindert hätten. Von der zweiten Etage führte eine überraschenderweise klavierfähige Treppe geradewegs in das oberste Stockwerk, welches das Schlafzimmer darstellte. Auf dem Boden lag eine riesige Matratze, von der Ike sich nicht erklären konnte, wie diese hierher geschafft worden sein könnte. Ein Blick auf die vorspringende Gaube mit ihrem vorkragenden Balken, an dessen Ende eine Lastenrolle zu sehen war, lüpfte das Geheimnis.

„Ssjön hier“, meinte Ike, als sie ganz oben angekommen waren, und lächelte Lars warmherzig an.

Lars wusste nicht so recht, ob sie ihn jetzt auf den Arm nahm. Aber das war im Moment auch gar nicht wichtig; denn als er sich zu ihr umdrehte, lag sie bereits einladend auf seinem Bett.

Um 23 Uhr 10 läutete das Telefon.

Annerose Tannert schreckte aus dem Bett hoch und stieß reflexhaft einen Fluch gegen Jurek, ihren Freund, aus. Wie oft hatte sie ihm das gesagt: „Nicht mehr nach zehn Uhr anrufen!“ Sie brauchte ihren Schlaf!

„Was ist denn?“, keifte sie mit schriller Stimme in den Apparat. Dann verstummte sie und wurde weiß im Gesicht. Sie schämte sich ihres Gefühlsausbruchs.

„Herr Michelsen, entschuldigen Sie, ich dachte ... – Was ist denn passiert?“

Während sie zuhörte, ein paar Mal *hm* und *ja* sagte und einige Fragen stellte, wagte sie kaum zu atmen. Dann sagte sie noch: *ja, natürlich!*, etwas später: *ja, sofort, ich komme sofort!*, wobei sie sich einige Notizen machte, und schließlich wiederholte sie gedankenlos: *etwas Schreckliches geschehen* und: *nicht am Telefon besprechen, ja, verstehe*. Dann legte sie den Hörer auf, betrachtete die Wegbeschreibung auf dem Zettel. Das war gar nicht weit: von ihrem Haus in Groß Grönau einige Kilometer Richtung Ratzeburg, da links und über die Wakenitz, durch Utecht und dann nach Thandorf. Sie kannte die Gegend, zehn Minuten Autofahrt vielleicht. Ihr warmes Bett schaute auffordernd zu ihr herüber, ihr Blick wanderte sehnsüchtig zurück. Nein, sie musste jetzt für ihren Patienten da sein! Heute Morgen noch hatte sie ihn aus ihrer Therapie entlassen! Es war ihr Erfolg! Sie durfte nicht zulassen, dass ihre Behandlung am Ende doch noch scheiterte! *Schwere Selbstmordgefährdung*, diagnostizierte sie innerlich, aber immerhin hatte er angerufen! Das hieß, dass er Vertrauen zu ihr hatte! Er zählte auf sie, sie durfte ihn nicht enttäuschen! Also hatte sie doch gute Arbeit geleistet! Und dass die Geschichte mit seinem Onkel so schiefgelaufen war, hatte sie nicht voraussehen können!

Sie durfte jetzt nicht zögerlich sein, musste sofort aufbrechen. Die Katzen sind versorgt, Wegbeschreibung einstecken! Was noch? Autoschlüssel, Hausschlüssel, das ist dann alles!

Aufgeregt schlüpfte sie in ihre alten Holzlatschen und warf sich den Mantel über.

Dann verließ sie das Haus.

„Ssei sso gut und reich meine Ssachen rüber!"

Für einen kleinen Moment war Ike glücklich. Es machte auch nichts, dass sie nicht miteinander geschlafen hatten, sondern nur zärtlich gewesen waren. Vielleicht fühlte sie sich gerade deshalb so wohl.

„Und du meinst, dass ich einfach mit kann?", wollte Lars wissen.

„Klar – na ja, offissiell nigt, aber ig bin ja eigentlig ssuspenderet, und für den Rest wird nigts gessjehen."

Lars stemmte sich von der Matratze hoch und rieb sich die Augen.

„Wir holen uns noch 'nen ordentlichen Döner, in der Mühlenstraße beim Pascha", schlug er vor, „die ha'm noch offen."

Ike lief über die Matratze und schmiegte sich an ihn:

„Gute Idee – sonst würde ig dig sofort verspeisen."

Während Ike bei diesen Worten das Wasser im Mund zusammenlief, fühlte Lars einen angenehmen Schauer über seine Haut laufen. Sie küssten sich. Dann riss Ike sich los:

„Komm nun, ig werde ssonst gleich noch mal ssuspenderet!"

Dann gingen die beiden, nicht ohne immer wieder stehen zu bleiben, die Treppen hinunter, zogen sich, unten angekommen, Schuhe und Jacken an und verließen das Haus. Lars forderte Ike auf, in ihrem Wagen auf ihn zu warten, und eilte über die Mühlenstraße zur Dönerbude.

Als sie auf den Vordersitzen des Dienstgolfs ihr Nachtmahl verzehrt und sich von Fett, Zaziki und Salatresten befreit hatten, war eine gute halbe Stunde vergangen.

Obwohl Annerose Tannert sehr angespannt war, hatte sie das Haus sofort gefunden. Dort stand, wie verabredet, ihr Patient. Die Frau stieg aus dem Wagen und ging auf den Mann zu. Noch immer stürmte es, aber der Regen hatte nachgelassen. Die Lampe an der Ecke des Hauses tauchte die Szene in ein gespenstisches Licht.

Für einen Moment schoss es der Therapeutin durch den Kopf, dass er gar nicht wie ein Mensch in einer äußerst kritischen Situation aussah – irgendwie wirkte er gefasst – ruhig und überlegen. Aber dieser Gedanke blitzte nur ganz kurz durch ihr Bewusstsein, jedenfalls nicht lange genug, um ein Gefühl der Bedrohung zu erzeugen. Die Ahnung, dass etwas nicht stimmte, tauchte in ihr zwar auf, passte aber zu dieser ungewöhnlichen Situation, so dass sie deren wahre Botschaft missverstand. Am Telefon hatte er sehr aufgewühlt geklungen. Er hatte ihr gesagt, dass das Treffen mit dem Onkel eskaliert wäre. Dieser hätte ihn so sehr gekränkt und gereizt, dass er furchtbare Angst hätte, die Kontrolle über sich zu verlieren. Er wüsste nicht, wozu er dann fähig wäre. – Gut, dass er sie angerufen hatte! Er vertraute ihr, und wahrscheinlich hatte ihre Zusage zu kommen ihn bereits beruhigt. Oder hatte er vielleicht schon …?

In diesem Moment kam Michelsen auf sie zu und erfasste vorsichtig ihren Arm. Als er zu sprechen begann, schien es fast, als wollte er sie beruhigen:

„Vielen Dank, dass Sie hier sind! Es geht mir schon besser – kommen Sie bitte, hier entlang."

Auf ihren fragenden Gesichtsausdruck eingehend, fügte er nach einer kleinen Pause noch hinzu:

„Alles wieder in Ordnung. Kommen Sie bitte!"

Noch immer hielt er Annerose Tannert untergehakt und führte sie einen düsteren Weg hinter dem Haus entlang:

„Es sind ungefähr fünfzig Schritte, aber passen Sie auf, der Weg ist sehr schlecht und voller Pfützen!"

Plötzlich standen sie vor einem großen Gebäude, das unvermittelt aus dem Dunkel vor sie trat. Michelsen unterdrückte mühsam seine aufsteigende Erregung. Behutsam drängte er sie durch das Scheunentor. Hatte draußen noch ein diffuses Licht einige Schemen erkennen lassen, war es hier drinnen absolut finster. Die Frau konnte nichts erkennen. Da ihr Begleiter jedoch ohne zu zögern weiter voranschritt, überließ sie sich seiner Führung. Auf einmal vermeinte sie, ein Stöhnen zu hören. Wahrscheinlich zerrte der Sturm am Gebälk, welches, alt wie es war, zu ächzen begann. Nach etwa zwanzig Schritten blieb ihr Patient unvermittelt stehen, beugte sich ein wenig zu ihr und forderte sie auf:

„Hier – ein Stuhl, gleich hier, vor Ihnen, bitte nehmen Sie Platz. Ich helfe Ihnen."

Annerose Tannert folgte bedenkenlos seinen Anweisungen und ließ sich aufs Geratewohl, da ihre Augen noch immer nicht fündig geworden waren, langsam sinken. Tatsächlich, der Stuhl. Sie ließ sich auf ihren Platz fallen. Erschöpft von der Anspannung lehnte sie ihren Oberkörper nach hinten. Während sie spürte, dass irgendein Gegenstand, den sie überhaupt nicht einordnen konnte, ihren Rücken am Anlehnen hinderte, sprang Michelsen plötzlich zur Seite, stieß mit dem Fuß irgendetwas weg, was dann polternd zu Boden fiel, und schaltete Sekunden später, während sie selbst noch orientierungslos, und ohne den Sinn dessen, was da gerade geschah, aufnehmen zu können, hochstarrte, ein dämmriges Licht ein.

„Sie sollten jetzt auf gar keinen Fall aufstehen, Frau Dr. Tannert!", erklang plötzlich eine schneidende, eiskalte Stimme hinter ihr. „Sie würden ihn töten!"

Auch als sie sich umgesehen und zu dem Opfer emporgeschaut hatte, schien sie noch nicht zu begreifen.

„Christian …?“, fragte sie teilnahmslos, als würde sie nach vielen Jahren einen farblosen früheren Arbeitskollegen auf einer Party wiedertreffen. Sie konnte gerade noch verhindern, ein *Na, wie geht's denn so?* hinterherzuschicken.

Die Erkenntnis traf sie dann umso wuchtiger. Angstvoll riss sie ihre Augen auf. Sie wollte etwas sagen, sie wollte schreien, aber ihr Atem stockte.

„Frau Dr. Tannert“, begann Michelsen alias Steinfath den Vortrag, den er sich bereits tausendfach ausgemalt hatte, „vor genau dreißig Jahren haben Sie einen Jungen umgebracht – um sein Leben gebracht –“

Eine dunkle Erinnerung drängte sich in die Pforte zum Bewusstsein der Frau auf dem Stuhl, wollte diese aber noch nicht ganz durchschreiten.

„Einen Jungen, der gerade zuvor Zeuge des Mordes an seiner Mutter geworden war“, fuhr Michelsen fort. „Sie haben ihn mundtot gemacht, indem Sie ihn für verrückt erklärt haben. Sie haben ihm Medikamente verabreicht, die aus ihm einen tumben, willenlosen Kloß gemacht haben.“

Der Patient schien sich für einen Moment in diesen wehrlosen sechzehnjährigen Jungen zu verwandeln, und als sein ausdrucksloser Blick den ihren flüchtig streifte, sprengte die vorbewusste Ahnung plötzlich die Tür zum Bewusstsein der Ärztin aus den Angeln: Schlagartig lag ihr alles klar vor Augen. Ihr Gefühl diesem Patienten gegenüber! Ihre Unruhe! Sie hatte sich nicht getäuscht! Und ihre Alpträume von dieser Puppe, die zu einem schwarzen Mann anwuchs, ihre Schuldgefühle! Ihre Beklemmungen! – Von Boethius hatte sich getäuscht! Sie würde ihn …! Wenn sie ihn überhaupt jemals wiedersah …! Plötzlich griff eine heiße, eiserne Klaue nach ihrem Herz und nahm ihr die Luft. Panik breitete sich in ihr aus: Würde dieser Kerl sie beide töten? Ihr Herz raste, Schweiß rann ihren Rücken hinunter.

„Niemand glaubte mir“, drangen Michelsens Worte in ihr Bewusstsein, „als ich diesen Mann“, – und bei diesem abfällig ausgesprochenen Wort stieß er mit seinem Zeigefinger in die Luft über ihrem Kopf – „als Mörder meiner Mutter bezeichnete. Sie haben ihm geholfen! Sie haben einem feigen Mörder geholfen!“

Die Frau starrte angstvoll zu dem Mann hinter ihrem Rücken empor. *Christian hat sie doch umgebracht!*, schoss es durch ihren Kopf, und sie erinnerte sich an dieses flaue Gefühl, das lange Zeit wie die drückende Schwüle eines bevorstehenden Gewitters auf ihr gelastet hatte. Irgendwann hatte es sich aufgelöst, aber genauso wie das Unwetter, das sich nicht entladen hatte, hatte es niemals Erfrischung mit sich gebracht, niemals die erlösende Gewissheit, dass ihr ehemaliger Geliebter frei von Schuld war. Annerose Tannert sank resigniert auf ihrem Stuhl zusammen, während Michelsens monotoner Bericht weiter in sie eindrang:

„Sicherlich erinnern Sie sich nicht mehr an den Zeitungsartikel vom nächsten Tag, vom 2.11.1976. Ich lese Ihnen den mal vor:

Drama in der Psychiatrie – Frau erhängt in psychiatrischer Klinik aufgefunden. Gestern wurde am frühen Nachmittag eine 34-jährige Frau in der Gerätekammer einer psychiatrischen Station des Universitätsklinikums erhängt aufgefunden. Die Polizei geht von Selbstmord aus. Entgegen ersten Vermutungen handelt es sich aber nicht um eine Patientin dieser Klinik, sondern um eine dort tätige Krankenschwester.

Die Leiche wurde von ihrem 16-jährigen Sohn, der sie gerade von ihrer Arbeit abholen wollte, entdeckt. Der Junge erlitt einen Schock und beschuldigte den Oberarzt Dr. T., seine Mutter getötet zu haben. Dieser Vorwurf konnte jedoch entkräftet werden. Der Junge wird derzeit in der Jugendpsychiatrie stationär behandelt. Der beschuldigte Arzt und einige Kollegen zeigten sich erschüttert und gaben an, dass die Frau bereits einige Zeit depressiv gewesen sei, dass aber niemand mit einem Suizid habe rechnen können.“

Michelsen hatte den Artikel wie geistesabwesend vorgetragen. Nun schien wieder Leben in ihn zu kommen. Scharf bohrte er seinen Blick in Tilles Augen und erklärte mit schneidender Stimme:

„Wir beide wissen, dass es ganz anders war, Herr Professor! Während ich im Umkleideraum auf meine Mutter wartete, kamen Sie mit ihr in den angrenzenden Geräteraum. Oh, glauben Sie mir, Ihre erregte und wuterfüllte Stimme habe ich niemals vergessen können! Sie bedrängten meine Mutter, aber sie wollte nicht! Sie schimpften, Sie stießen Drohungen aus! – Ja, ich hatte Angst, ich verkroch mich unter den Decken. Ich wollte das nicht hören. Ihre Stimme machte mir Angst – und ich fand es widerlich, was Sie zu meiner Mutter sagten!“

Der alte Mann, dessen Gesicht rot und aufgequollen war, stöhnte vor Anstrengung, das Gleichgewicht zu halten. Der Mann zu seinen Füßen fuhr in seiner Anklage fort, wobei sein beiläufiger, fast trauriger Ton in merkwürdigem Kontrast zum ungeheuerlichen Inhalt seiner Schilderung stand:

„Ich hielt mir die Ohren zu, aber diese polternden Geräusche, das Keuchen, das schwere Atmen, all das konnte ich nicht ausblenden … Ich glaube – ich weiß es nicht mehr genau – aber ich glaube, ich habe das Bewusstsein verloren … Dann war es auf einmal still. Ich bin rausgegangen. Und da hing sie … Das Bild sehe ich jede Nacht vor mir, das werde ich nicht mehr los, Herr Tille.“

Steinfath wartete.

„Ich musste über sieben Monate in der Psychiatrie bleiben. Es war furchtbar. Die Mittel! Alles kriegt man ganz genau mit, man hört alles, man fühlt sich hundeelend, und man leidet Qualen! Aber man kann nichts machen, absolut nichts!

Man kann sich kaum bewegen, sich nicht äußern. Nicht mal am Kopf kratzen konnte ich mir, wenn sich eine Fliege draufgesetzt hatte!“

Steinfaths Augen verengten sich angesichts der Bilder, die in seinem Kopf aufstiegen, zu Schlitzen.

„Ich konnte nicht reden, nur lallen. In meinem Kopf waren die Sätze, die ich sagen wollte, völlig klar, aber sobald ich den Mund aufmachte, kam nur noch Wirrwarr aus mir heraus! Also konnte ich mich nicht zur Wehr setzen! Ich habe Sie angefleht, aber Sie wollten mich nicht gehen lassen. Wegen Suizidgefahr, sagten Sie! Aber in Wirklichkeit, Frau *Doktor* Tannert“, das Wort *Doktor* sprach er übertrieben gedehnt aus, „haben Sie ihn geschützt! Haben Ihren früheren Liebhaber vor der gerechten Strafe bewahrt! – Damals habe ich mir geschworen, dass wir drei uns einmal wieder begegnen werden! Aber ich habe Zeit gebraucht, 30 Jahre! Ich wollte alles vergessen, all das Schreckliche hinter mir lassen. Zuerst floh ich nach Frankfurt, dann flüchtete ich mich in hasserfüllte linke Parolen und schließlich in die DDR. Was immer ich tat, wo ich mich auch versteckte, immer kamen sie, die Bilder, immer nachts: die angstvollen Augen meiner Mutter, die aus ihrem Kopf quollen!“

Steinfath stockte. Er atmete heftig. Hasserfüllt starrte er auf seine Opfer.

„Und ihr verdrehter Kopf, die Zunge! Ihr blaues Gesicht! Nacht für Nacht! 30 Jahre lang!“

Er konnte nicht weitersprechen. Seine Kiefermuskeln verkrampften sich. Knirschend biss er die Zähne aufeinander.

„30 Jahre!“, schrie er. Dann fügte er, plötzlich leiser, fast resignierend, hinzu:

„Nichts half.“ Und nach einer Pause:

„Außer Drogen – Trips, Pilze, Barbiturate, alles was einen einfach nur wegmacht ... und dann brauchst du Geld – viel Geld ... und begehst Diebstähle ...“

Das Letzte hatte Steinfath mehr zu sich selbst gesprochen. Dann hob er wieder die Stimme und den Kopf:

„Und dann sitzt du eines Tages im Knast. Fragst dich, wieso du da gelandet bist. Fängst an nachzudenken. Und machst Pläne.“

Seine Stimme klang jetzt triumphierend:

„Seit 2002 bin ich wieder frei – und clean! Seit 2003 habe ich Arbeit, in Hildesheim. Seitdem denke ich nur noch an eins: Rache an euch! Und zwar genau am 30. Jahrestag des Mordes an meiner Mutter! Genau heute!“

Annerose Tannert wollte etwas sagen. Aber sie spürte, dass es nicht mehr nur die Angst war, die ihr die Kehle zuschnürte, sondern auch ein würgendes Schamgefühl. Hatte ihr Patient Recht? War sie Christian auf den Leim gegangen? Oder schlimmer: Ihr hatte doch immer diese beklemmende Ahnung auf der Brust gelegen! Sie hatte sich von ihm kaufen lassen. Und er, das war das Beschämendste an der Sache, er hatte sie mit Sex bezahlt! Ein paar Nummern, die er lustlos bei ihr ablieferte! Wie geil und blind sie ihm dafür ihr Schweigen überlassen hatte ... ihm ihr Gewissen verkauft hatte. Und sie, ja, das wurde ihr in diesem Moment bewusst, das passte ja und machte sie noch lächerlicher, ausgerechnet sie hatte sich in ihrer Doktorarbeit mit Schuld und Scham beschäftigt! Sie, die Expertin für ... Schuld und ... für ... Sühne ... *Schuld und Sühne.*

Mit Schuld hatte sie sich jahrelang auseinandergesetzt.

Jetzt war Sühne dran.

27 „Eine schöne Frau mit Döner – im Gesicht wird damit nicht schöner. – Doch leck ich den Fleck – mit einem Schleck einfach weg – das macht das Ganze obszöner!"

Wenn Lars gut drauf war, fing er an zu dichten, und zwar am liebsten Limericks.

Ike lachte und wischte sich das Gesicht. Sie hätte jetzt über alles gelacht.

„Na, mach doch!", scherzte sie zurück, während sie die lang gezogene Kurve nahm. Eine Sturmbö drückte den Wagen gefährlich nah an den Graben. Übermütig machte die Fahrerin einen Schlenker mehr als nötig und bekam das Fahrzeug wieder unter Kontrolle.

Lars beugte sich zu ihr hinüber und küsste sie auf die Wange.

Einige Minuten später ließ Ike das Auto auf den Stellplatz vor dem Café rollen und stellte den Motor ab.

„Hier ist es", erläuterte sie, „da, hinter dem Café, da wohnt der Mann. Ist alles dunkel. Wir können –"

Plötzlich stockte sie. Ein Schatten, der sich von der Seite des Hauses aus dem Dunkel löste und direkt auf sie zukam, ließ sie die Luft anhalten.

„Langsam runter!", kommandierte sie zischelnd und ließ sich hinuntergleiten. Lars folgte ihrem Beispiel. Das Haus lag friedlich da, aber die Polizistin spürte intuitiv, dass etwas nicht stimmte. Den Mann, der wenige Meter an ihrem Wagen vorbeiging, hatte sie noch nie gesehen. Auf ihrer Höhe schien er einen Moment innezuhalten, setzte dann aber seinen Weg fort. Ihr war, als hätte er gelächelt. Ein Schauer lief ihr über den Rücken. Sie sollte abwarten, bis der Mann fort war, und dann das Haus des Professors genau unter die Lupe nehmen. – Oder sollte sie dem Mann lieber folgen? Lars könnte doch hierbleiben und schauen, ob etwas passiert war ...! *Nein, das wäre nicht gut,* schoss es ihr durch den Kopf, *Lars ist ja offiziell gar nicht anwesend!* Wenn das rauskäme, könnte sie gleich ihre Sachen packen. Das Haus sieht irgendwie nicht verdächtig aus, wie es daliegt, so ruhig. Nein, sie würde den Mann verfolgen müssen. Sie müsste herauskriegen, wer er war, wo er wohnte, wohin er wollte. Sie roch es förmlich, dass er etwas im Schilde führte. Aber was?

„Ssiehst du ihn noch?“, flüsterte sie.

„Da – er geht über die Straße. Vielleicht zu seinem Auto. Willst du hinterher?“

„Ja.“

Ike wollte gerade den Wagen starten, als sie bemerkte, dass der Mann an den Autos, die sich auf der anderen Straßenseite in die Dunkelheit duckten, vorbeiging und auf eines der Gebäude zusteuerte.

„Der konnte vielleicht einfach nicht einschlafen und hat noch ‘nen kleinen Spaziergang gemacht“, mutmaßte der Psychologe und entspannte sich ein wenig.

„Nein.“

Ike war hellwach. Konzentriert. Ihre Gehirnzellen schlugen Alarm.

„Glaub’ mir, der hat was vor.“ Und nach kurzer Pause fügte sie leise und mehr für sich selbst hinzu: „Alles kribbelt in mir, besonders sswissjen den Ssjulterblättern ...“

Der gedrungene Mann wurde nach kurzer Wartezeit von jemandem eingelassen. Nach wenigen Minuten öffnete sich erneut die Tür. Der Beobachtete schritt zielstrebig auf einen der Wagen zu und stieg ein.

Ike wartete, ohne ihn aus den Augen zu lassen. Sie drehte den Zündschlüssel.

„Los!“, murmelte sie. Ihren Beifahrer schien sie vergessen zu haben. Sie hatte sich entschieden: Sie würde ihm folgen. Hier sah doch alles ganz still aus ...

Gleichzeitig, und das konnte die Kommissarin natürlich nicht wissen, hatte sie damit eine Entscheidung über Tod und Leben zweier Männer getroffen.

Ike folgte dem weinroten Peugeot in sicherem Abstand. Das Licht hatte sie ausgeschaltet gelassen. Der Fremde schien es nicht besonders eilig zu haben, so dass sie aufpassen musste, nicht zu dicht zu ihm aufzufahren. Die Polizistin und der Psychologe schwiegen. Anscheinend waren beide in ihre Gedanken vertieft. Während Ike düsteren Ahnungen nachhing, schaute Lars in die Leere der Dunkelheit und ließ sich von dieser davontragen.

Als sie die Wakenitzbrücke bei Rothenhusen hinter sich gelassen hatten und bei Groß Grönau in die Bundesstraße nach Lübeck eingebogen waren, begegneten ihnen vereinzelte Fahrzeuge. Schweigend knipste die Kommissarin das Abblendlicht an. Jetzt konnte sie dichter auf den Verfolgten auffahren, ohne dass es auffiel. In der Ratzeburger Allee steuerte sie ihr Auto an einer Ampel neben das rote Fahrzeug und schaute mit gespieltem Desinteresse zu dem Fremden hinüber. Dieser schien sie nicht zu bemerken. Obwohl sich sein Gesicht deutlich im Schein der Straßenlaternen darstellte, war sie sich einige Minuten später nicht sicher, ob sie es wiedererkennen würde. Es war irgendwie so ... unauffällig ... nichtssagend.

Als sie dem Wagen über die Hüxbrücke folgten und gerade in die Kanalstraße einfahren wollten, bemerkte Ike schaudernd, dass der Kanal extremes Hochwasser führte, das von einem heftigen Nordost in die Stadt hineingedrückt wurde. Die Oberfläche war ungewöhnlich aufgewühlt. An einigen Stellen leckten bereits große Wasserlachen über die Straße. Der Fremde jedoch fuhr unbeirrt weiter, als würde er von all dem nichts bemerken.

An der Untertrave, die fast vollständig unter Wasser stand, war keinerlei Verkehr. Nun fuhr auch der Fremde langsamer. Ike schaltete mehrmals die Fahrzeugbeleuchtung aus und wieder ein, um den Eindruck zu erwecken, dass ein Auto abzweigte, dann ein anderes auftauchte und wieder verschwand. Die Marienbrücke, über die der Mann vor ihnen jetzt fuhr, erhob sich etwas aus den Wassermassen. Gleich dahinter wurde die Straße aber sogleich wieder von den Fluten verschluckt.

„Was hat der denn vor?“

Lars reckte sich, als sei er soeben aus seinen Träumen erwacht, und starrte auf das Fahrzeug vor ihnen.

„Willst du dem etwa folgen?“

„Was ssonst?“, ließ Ike ihn unmissverständlich wissen. „Ig muss rauskriegen, was er will!“

„Aber pass auf, dass du nicht … ich meine, das hier –“, und dabei klopfte Lars prüfend an die klappernde Innenverkleidung des alten Dienstwagens „ist bestimmt nicht wasserdicht! Man kann hier überhaupt nicht erkennen, wo die Wallhalbinsel aufhört und wo der Kanal anfängt! Ich habe wenig Lust auf einen Tauchgang …“

„Ig denke, du kannst das sso gut?“ Zum ersten Mal seit vielen Minuten lächelte die junge Frau am Steuer.

„Ich kann was gut?“ Lars verstand nicht, was sie meinte.

„Tauchen! Du hast doch erssählt, dass du gerne tauchst!“

„Na ja, aber doch nicht so!“, beschwerte er sich: „Bei dieser Kälte … und ohne Anzug und Pressluft!“

Einige Minuten darauf fanden sich die beiden vor einem alten, baufälligen Fabrikgebäude wieder, nachdem der Mann in dem Wagen vor ihnen sie kreuz und quer über die nördliche Wallhalbinsel gelotst hatte.

„Wo blieb er ab?“ Ike blickte irritiert und hektisch um sich. „Wo ist das Auto?“, wiederholte sie etwas lauter. „Eben hab’ ig ihn doch noch gesehen!“

Der weinrote Peugeot und sein Fahrer waren verschwunden. Ike und Lars schauten sich ratlos an. Das unheimliche Fabrikgebäude, das so unvermittelt aus dem Dunkel vor ihnen aufgetaucht war, schien jeden Moment einstürzen zu wollen. Dort hinein konnte der Kerl nicht gegangen sein. Das wäre viel zu gefährlich. Ike seufzte. Ihr Fehler! Sie hatte sich zu sehr von dem hübschen Typ neben ihr ablenken lassen! Wütend schlug sie auf das Lenkrad. Sie ärgerte sich über sich. Wieder hatte sie etwas verbockt!

„Ssjeiße!"

„Lass uns fahren!", meinte Lars. „Ich wusste gar nicht, dass dieses gemütliche Städtchen einen so fiesen Ort zu bieten hat."

Ike setzte zurück. Auch sie war froh, von hier verschwinden zu können.

Wirklich nicht sehr gemütlich hier, dachte sie und steuerte ihr Fahrzeug durch die Fluten zurück auf feste Straßen.

Es stürmte. Inzwischen hatte es auch wieder zu regnen begonnen.

In wenigen Stunden würden sie genau diesen ungastlichen Ort wieder aufsuchen. Sie würden auch in dieses Fabrikgebäude einsteigen.

Und zu allem Überfluss würde Lars auch noch tauchen!

Nacht, 1./2. November

28 Erich Bukowski trat in die Nacht hinaus. Er zitterte. Dafür war jedoch nicht der sinkende Alkoholpegel verantwortlich. Seit einigen Tagen hatte er keinen Schnaps mehr angerührt, und heute Morgen war er zum ersten Mal seit vielen Jahren ohne Tremor aufgewacht. Seine Hände hatten nicht nervös nach der Flasche neben dem Bett getastet. Der Entzug war ausgestanden.

Erich Bukowski zitterte wegen der Nachricht des Fremden, der gerade unvermittelt an seiner Tür gestanden hatte.

„Gehen Sie in Tilles Scheune!", hatte dieser ihm nur aufgetragen. „Jetzt gleich! Das wird Ihnen gefallen!"

Erich Bukowski zitterte nicht vor Angst. Er zitterte auch nicht etwa, weil er aufgeregt gewesen wäre. Das Zittern erinnerte ihn vielmehr an das Gefühl freudiger Erwartung, das er manchmal als kleines Kind gehabt hatte. Wie vor dem Besuch der Oma, die er so geliebt hatte. Oder vielleicht sogar wie an den Tagen vor seinem Geburtstag oder der weihnachtlichen Bescherung.

Er bemerkte, dass sich ein breites Grinsen auf seinem Gesicht festgesetzt hatte. Eine konkrete Vorstellung, was ihm in dieser Scheune begegnen würde, hatte er eigentlich nicht, nur irgendwie das Gefühl, dass jetzt alles anders werden würde. Sich gegen Sturm und Regen stemmend, tastete er sich an Tilles Haus – seinem Haus! – vorbei. Wie oft war er hier, getrieben von brennenden Rachegefühlen, herumgestreunt und hatte sich blutrünstigen Mordphantasien hingegeben! Und war dann, verzweifelt und frustriert, nach Hause zurückgeschlichen und hatte seine rasende Wut im Schnaps ersäuft!

Vor dem mächtigen Scheunentor zögerte er einen Augenblick. Er fühlte sein Herz in der Brust hämmern. Seine Hand fuhr in die Hosentasche und kramte ein Feuerzeug hervor. So gewappnet, drückte er das schwere Portal auf. Er trat ein. Nichts als Schwärze. Der Wind riss ihm den Flügel aus der

Hand und ließ ihn hinter sich ins Schloss knallen. Die alten Bretterwände und das Blechdach schienen das Tosen des Sturmes und das Prasseln der Regentropfen tausendfach zu verstärken, so dass Bukowski unwillkürlich die Hände hochriss und an die Ohren presste. Er wartete. Dann fiel ihm das Feuerzeug ein. Er hielt es in die Höhe und entzündete es. Der Lichtschein blendete ihn. Mit vorgerecktem Kopf und angestrengt ins Dunkel stierend, machte er einige Schritte in das Gebäude hinein.

„Wer ist da? – Hilfe!"

Eine dünne Stimme drang durch das Poltern, Prasseln und Ächzen in sein Bewusstsein. Unwirklich. Er musste das Feuerzeug erneut anreißen und streckte seine Hand nach vorn. Noch konnte er nichts sehen. Wahrscheinlich hatte ihm seine Einbildung einen Streich gespielt.

„Schnell! Helfen Sie uns! Bitte!"

Diesen Ruf hatte er genau gehört. Zögernd ging er weiter, wobei die Flamme immer wieder erlosch und er kurz stehen bleiben musste, um sie von Neuem zu entzünden. Allmählich konnte er einige Umrisse ausmachen. Etwas bewegte sich vor ihm. Eine Frau – saß anscheinend – auf irgendetwas – eine ältere Frau – er kannte sie nicht. Jetzt schrie sie ihn an:

„Nun machen Sie doch! Kommen Sie endlich her! Helfen Sie uns!"

Uns? – Da ist noch etwas – hinter ihr – nein, über ihr! – auf ihren Schultern steht noch einer. Das ist doch – das ist – Tille …

Bukowski tat erst mal das, was Männer tun, wenn sie nicht wissen, was zu tun ist: Er würgte einen Speichelklumpen aus dem Rachen in die Mundhöhle und rotzte ihn auf den Boden.

Dann erkannte er die Situation. Machte das Feuerzeug nochmals an. Streckte die Hand nach vorn. Leuchtete ihr ins Gesicht. Hielt es hoch. Spuckte noch mal. Sah die Füße auf der Lehne. Schaute den Mann an. Den verhassten Mann. Den Körper. Seinen Kopf. Bemerkte die Schlinge um seinen Hals. Professor Tilles Kopf in einer Schlinge. Sah ihn sich genau an.

Genüsslich.

Die Frau konnte nicht – sie durfte nicht! – aufstehen.

Ganz langsam in der Zwerchfellgegend fing es an. Zuerst war es wie ein leichtes Ziehen, dann drückte es, schließlich grummelte, dann polterte und am Ende hüpfte es, das Zwerchfell, auf und ab, so als wollte es aus Bukowskis Leib hinausspringen, und füllte die Bronchien, die Kehle, die Speiseröhre, den Mund, einfach alles oberhalb des Bauchnabels mit einem Überdruck an Luft, die dann mit einem Schlag und explosionsartig aus seinem Körper entwich und als ein grausames, sich überschlagendes, gellendes, nicht enden wollendes, verrücktes Lachen den ganzen Raum erfüllte, sich mit dem Getöse des Unwetters vermischte und in jeden Winkel, in jede Ritze und Fuge drang, so als würden alle aufgestauten Energien der vergangenen Jahre sich in einem einzigen furchtbaren Moment entladen.

Die in fassungslosem Schreck erstarrten Augen der Frau und der apathische Blick des Professors schienen diesen Ausbruch nur noch anzuheizen.

Sie konnten nichts daran ändern, dass Bukowski, in konvulsiven Zuckungen schauderhafte Geräusche ausstoßend, zur Scheunentür zurückwich, diese öffnete und verschwand.

Das war nicht der Sturm! Renate Mrosska setzte sich im Bett auf und horchte. Es war ein rhythmisches Geräusch, das durch das Getöse des Unwetters in ihr Ohr drang. Jemand hämmerte gegen die Fensterläden der neben ihrem Schlafzimmer liegenden Küche. Benommen erhob sich die alte Frau aus dem Bett und schlurfte in den Nebenraum. Dort blieb sie einen Augenblick unschlüssig stehen. Vielleicht hatte sie sich verhört, dachte sie, als sie eine Stimme hörte:

„Reni! Reni! Mach auf!"

Das war Erich. Was sollte das um diese Zeit? Mitten in der Nacht!

Vielleicht ist etwas passiert, schoss es ihr durch den Kopf, und in ihrer typischen aufrechten Haltung schritt sie durch die Diele zur Eingangspforte. Kaum hatte sie die Tür geöffnet, stand Erich Bukowski klatschnass auch schon im Vorraum.

„Hannah Tille!", stieß er atemlos hervor. Es schien, als könnte er jeden Moment explodieren.

Jetzt ist er völlig übergeschnappt!, dachte die Frau.

„Du musst die Frau Professor holen! Sofort!"

„Jetzt? Aber sie ist –"

„Mach schon! Ich muss ihr dringend was sagen!"

Frau Mrosska verdrehte die Augen. Sie wollte Erich nicht reizen. Er konnte unberechenbar sein.

„Warte hier!", besänftigte sie ihn. „Ich hole sie."

„Beeil dich!"

„Ja, ja, ist ja schon gut, aber es dauert ein bisschen!"

Zehn Minuten später stand eine verschlafene Hannah Tille vor dem triefenden Mann, dessen aschblondes Haar ihm in nassen Strähnen ins Gesicht hing, und hatte Mühe, sich zu orientieren.

„Lass uns allein! Ich will allein mit ihr sprechen!" Bukowski blickte auffordernd zu Renate Mrosska, die sich wachsam an den Pfosten der Küchentür gelehnt hatte.

„Aber mach bloß kei–"

„Ist schon in Ordnung, Renate!", mischte Hanna sich ein, die in der Zwischenzeit ihre Orientierung wiedergefunden hatte. „Warte in der Stube!"

Bukowskis Augen glänzten. Er konnte kaum abwarten, bis die alte Dame sich zurückgezogen hatte, als es auch schon aus ihm herausplatzte:

„Ich hab's getan!“

„Wie?“ Hannah Tille verstand nicht. „Was getan?“

„Na, Sie wissen schon – was Sie gesagt haben! Ich habe es getan!“

Die mollige Frau verstand immer noch nicht.

„Ihren Mann ...“

Im gleichen langsamen Tempo, in dem eine schreckliche Ahnung in ihr Bewusstsein sickerte, wich das Blut tröpfchenweise aus ihrem Gesicht.

„Sie haben *was*??“, flüsterte sie mit belegter Stimme.

„Sie wollten doch, dass ich es für Sie mache ...“

Die Alte fasste sich an die Stirn und atmete tief durch. Ihr war schwindelig. Der Garderobenständer, das Deckenlicht und der Stuhl in der Dielenecke fingen an, sich zu bewegen. Schnell setzte sie sich hin, um den Stuhl daran zu hindern, seinen Platz mit der Lampe zu vertauschen.

„In der Scheune. Gehen Sie in die Scheune – da hängt er.“

„Wer hängt wo?“ Ihre Gedanken waren noch damit beschäftigt, die sich drehende kleine Welt um sich herum zu ordnen. Gerade versuchte sie sich klarzumachen, dass es die Lampe ist, die an der Decke hängt und nicht der Garderobenständer.

„Ihr Mann ... hängt.“ Bukowski erklärte geduldig wie ein Sonderschullehrer.

„... in der Scheune“, ergänzte Hannah Tille ausdruckslos.

„Genau.“

Eine heftige Welle von Übelkeit drückte der Frau von innen gegen das Zäpfchen.

„Fünftausend Euro ...“, erklärte der geduldige Sonderschullehrer.

„Fünftausend Euro“, wiederholte sie mechanisch.

„Oder zehn. Ich meine zehntausend. Euro. Zehntausend Euro.“

„Zehntausend Euro. Er hängt, sagen Sie? In der Scheune?“

„Ja. Zehntausend Euro.“ Bukowski überlegte kurz, ob er nicht noch mehr verlangen sollte. Er hatte das Gefühl, die alte Frau würde jetzt alles akzeptieren.

„Morgen. Ich komme morgen und hole das Geld.“

Damit war alles gesagt. Erich Bukowski ließ eine verwirrte Frau in der Diele zurück.

Dass er mit den Füßen im Wasser stand, störte Hellmuth Michelsen alias Robert Steinfath nicht. Gedankenverloren schlug er die Wagentür zu und betrachtete das alte Fabrikgebäude, das vor ihm aus dem Dunkel auftauchte. Was getan werden musste, war getan. Er fühlte sich nicht euphorisch, wie er es sich oft ausgemalt hatte, nicht einmal erleichtert. Er nahm eher so etwas wie Leere in sich wahr, vielleicht sogar eine Art

Trauer. Nicht etwa, dass er seine Tat betrauerte oder gar ein schlechtes Gewissen gehabt hätte. Vielmehr vermisste er die Spannung und jenes Angetriebensein der letzten Wochen.

Es war vorbei. Er hatte kein Ziel mehr.

Jetzt würde er nur noch den Journalisten aus seinem Kerker befreien. Er würde ihn laufen lassen. Was jetzt kam, war ihm egal. Der Sinn seines Lebens hatte sich soeben erfüllt.

Gleichgültig watete er durch das Wasser ins Fabrikgebäude hinein. Der Sturm hatte sich in den frühen Morgenstunden gelegt, und auch der Regen hatte nachgelassen, so dass er das Gurgeln und Plätschern seiner Schritte hören konnte. Er zog seine Taschenlampe hervor und schaltete sie an. Ihr Strahl wanderte suchend umher.

„Hier war es doch irgendwo …?“, murmelte er halblaut zu sich selbst. „Wo ist denn der Zugang?“

Nach und nach dämmerte es ihm: Der Zugang zu dem Verlies befand sich genau hier, wo er stand. Unter Wasser! Und der Kellerraum vermutlich ebenso. Der Typ war ertrunken. Steinfath fühlte kein Bedauern.

Es war ohne Belang.

Früher Morgen, 2. November

29 Das Bewusstsein der Frau hatte sich in einen winzigen Teil ihres Cortex zurückgezogen. Sie registrierte alles nur noch aus der Ferne: den eisig brausenden Sturm, die starrende Kälte ihres Körpers, den schmerzenden Rücken, das kraftlose Atmen des Mannes über ihr, welches nur noch gelegentlich von einem resignierten Stöhnen unterbrochen wurde. Flüchtige Bilder tauchten in ihr auf: das Rollo, das ihr Freund ihr heute angebracht hatte, sein Grinsen, die Wiese im Innenhof ihres Bungalows. Plötzlich mischten sich Gerüche hinein: Kaffeeduft, ein Gebäckstück, was war das noch gleich? Ja, Sanddorn, es roch nach Sanddorn, ein Sanddorn-Küchlein hatte sie in der Auslage ihres Lieblingscafés liegen sehen. Wasser lief in ihrem Mund zusammen.

Die Gruppe von Mädchen in dem Café – warum sind die nur so schrill geschminkt? Ein Mann sitzt in der Ecke und beobachtet sie vorwurfsvoll – ihr Vater, der wieder irgendwas will. Sie wird wieder nicht rechtzeitig bei ihm sein. Sein trauriger Blick, die leeren Augen, die so viel zu ihr sagen: dass sie nicht genug ist, nicht genügt, wieder einmal versagt hat, wieder nicht hat helfen können. Sie sieht ihr Bett zu Hause, in der Nische, es liegt jemand darin. Ist es Jurek, ihr Freund? Der immer fröhliche Jurek? Der unerträglich fröhliche Jurek? Nein, es ist nicht Jurek. Es ist eine Puppe, eine große Puppe. Sie hat ein weißes, maskenhaftes Zelluloid-Gesicht. Das schaut sie stumm und anklagend an. Sie streichelt der Puppe zärtlich über die Wangen. Da wo sie sie berührt, wird ihr Gesicht schwarz. Das ganze Gesicht ist schwarz. Die Puppe ist riesig, wie der Mann im Café! Das will sie nicht sehen! Sie will lieber weglaufen. Sie macht große Schritte, die sie nicht fortbringen. Sie läuft in einer zähen Masse, es ist ein klebriger Schleim, der sie festhält. Aber sie schafft es, sie muss sich nur anstrengen! *Du musst dich etwas mehr anstrengen!*, sagt ihr Vater zu ihr. *Du musst es wollen.* Sie strengt sich an. Sie will es. Sie kann sich befreien. Der zähe schwarze Schleim haftet an ihr, haftet wie Schuld, die wird man nie mehr los! Es war nicht gut genug! Es hat nicht gereicht! *Du hast mich enttäuscht*, sagt der Vater, der auf einmal wieder wie die Puppe aussieht. Aber sie ist doch dort weggekommen! *Ich hab das doch gemacht!*, protestiert sie. *Ja, aber leider, leider … Du musst dich eben noch mehr anstrengen!* Sie schaut sich um, vor ihr steht diese alte Schreibtischlampe mit dem karierten Stoffschirm, die ein diffuses Licht abgibt. Und da ist ja der alte, dunkelgrün lackierte Schaukelstuhl von ihrem Opa, das Klappbett ist auch da und der quietschende Kleiderschrank, dessen linke Tür schief ist. Es ist ihr Kinderzimmer. Draußen ist es schon dunkel, sie darf nicht ins Bett, sie ist aber müde und möchte schlafen! Einfach nur schlafen! Sie muss aber arbeiten, Schularbeiten machen, sie war wieder nicht gut genug in der letzten Arbeit, nur eine *Zwei!* Deshalb muss sie zuerst ihre Aufgaben fertig machen, die Rechenaufgaben, zwei Seiten Türme rechnen, das schaffe ich nie(!), ich kann nicht mehr(!), ich bin so müde(!), ich möchte ins Bett(!), warum ging das nicht(?) ach ja, die Rechentürme(!), gleich kommt Papa rein und der schimpft, wenn ich schon im Bett liege(!), ich muss zuerst die Arbeit fertig machen! … Was ist denn das(?), die Türme sind weg! Schöne Bilder sind im Heft(!), die habe ich selbst gemalt(!), die sind so schön, und ich bin so stolz(!), und wo ist Mama(?), ich zeige sie ihr(!), jetzt gleich! Ich sollte jetzt nicht aufstehen! Wie war das doch gleich? Warum sollte ich nicht aufstehen? Weil ich meine Schularbeiten noch nicht gemacht habe? Aber die sind doch fertig, sind gar nicht mehr da, da sind doch nur meine Bilder, also warum darf ich nicht aufstehen und zu Mama gehen? Ich will ihr doch nur zeigen, was ich gemacht habe? Trotzdem darf ich nicht aufstehen? Aber, es ist doch alles in Ordnung! Ich habe mich doch angestrengt! Ich bin doch fertig! Also, warum nicht? Ich stehe jetzt auf und laufe schnell in die Küche, da ist Mama, und Mama wird sich freuen. Und ich stehe jetzt auf, und was ist das für ein komisches Geräusch? Warum knackt das so? Es ist so ein komisches Schmatzgeräusch und ein erstickter Schrei …

Die Frau riss die Augen auf. Sie blieb starr vor Angst stehen. Sie war wach. Langsam drehte sie sich um. Schemenhaft baumelte in einer ersten Ahnung von Tageslicht ein großer Sack und wiegte sich friedlich in einem sanften Luftzug.

Es war kein großer Sack.

Es war ein Mann.

Christian …

Sein Körper hing leblos von dem dicken Balken der Scheune herab, der Kopf unnatürlich von seinem Hals abstehend. Die Augen waren aus ihren Höhlen herausgequollen. Stumm und mit panikerfülltem Blick schaute der Professor auf Annerose Tannert.

Du hast dich nicht genug angestrengt …

Es war das zweite Mal an diesem klaren jungen Tag, der nach langem, erbarmungslosem Unwetter scheinbar friedlich über das Dorf heraufzog, dass Bewohner dieses Ortes früh aus ihrer Nachtruhe gerissen wurden. Gerade wollte es sich Heiner Delfft auf der Liege des Pooldecks eines Ozeanriesen bequem machen, als der Regisseur seines Traumes plötzlich eine Schar schreiender Katzen von allen Seiten auf ihn zustürmen ließ. Sie fauchten, kreischten und sprangen auf die Liegefläche, so dass es ihm nicht möglich war, sich hinzulegen. Er versuchte sie zu verscheuchen. Dann waren es auf einmal Kinder, die mit Holzspielzeug auf seine Liege einzuschlagen begannen und dabei gellende tierische Laute ausstießen. Aus dem Nichts trat eine große fette Frau und verjagte die Gören, um dann ihrerseits die Liege mit einem großen Abbruchhammer zu zertrümmern. Dabei lachte sie lauthals, was sehr hässlich klang, drehte sich zu Heiner um und rief ihm zu, dass er jetzt aufstehen müsse.

„Heiner! Steh jetzt endlich auf!“ Seine Frau rüttelte ihn und zwickte ihn in den Arm. „Guck mal nach, was da unten los ist!“

Ihr Mann rieb sich verwirrt die Augen. Dann stemmte er sich aus dem Bett hoch, warf sich einen Morgenmantel über und stieg mürrisch die Treppe zum Erdgeschoss hinunter. Jetzt hörte er es auch: Jemand rüttelte an der Tür. Einige Salven eines bellenden Lachens, die von dort aus abgefeuert wurden, donnerten in seine Ohren.

„Wer ist da?“, fragte er vorsichtig durch die milchige Scheibe der Haustür. Die Antwort war ein abgehacktes Stöhnen. Mit einem beklemmenden Gefühl in der Brust öffnete Delfft die Tür.

Vor ihm stand eine zitternde Frau, die ihn mit leeren Augen anstarrte. Unter ihrem offenen Mantel trug sie einen Pyjama. Ihre nackten Füße steckten in schlammigen Holzlatschen. Ein schrilles, irres Lachen schlug ihm ins Gesicht.

„Ich hab’ ihn umgebracht!“, schrie sie. Dann kicherte sie. „Da in seiner Scheune!“ Ihr Kichern ging in ein hüstelndes Schluchzen über und löste sich in einem willenlosen Wimmern auf. „Er hängt da.“ Wieder dieses kreischende Gelächter.

Plötzlich hielt sie inne, presste die Hände an ihre Schläfen und lehnte sich mit aufgerissenen Augen zurück. Sie rutschte ganz langsam am Türpfosten hinunter, bis sie auf dem Boden saß und in sich zusammensackte. Dann verlor sie das Bewusstsein.

30 „Wo ist der Fotograf?“, brüllte Polizeidirektor Reitner. Er wippte mit hochrotem Kopf von den Hacken auf die Zehenspitzen und zurück. Ein greller Scheinwerfer tauchte die Szene in ein beißendes Licht. Der Schatten des baumelnden Leichnams huschte über die Rückwand der Scheune.

„Nein, noch nicht abnehmen! Zuerst soll der Fotograf herkommen!“, schrie Reitner. Hauptkommissar Hans Sloboda blieb ganz ruhig, während er dem Fotografen leise Anweisungen gab, sein Stativ wieder einzupacken. Die Fotos waren bereits im Kasten. Zwei Beamte aus der Polizeidienststelle Wismar waren gerade damit beschäftigt, den Toten abzuschneiden und auf den nackten Betonboden zu legen.

„Sie sind die Kollegin, die als Erste am Tatort war?“ Sloboda hockte sich zu der dunkelhaarigen Polizistin, die mit aschfahlem Gesicht an der Bretterwand der Scheune neben dem Eingang saß. „Kollegin ...?“

„Kerstin Billstaedt. Ich ...“ Sie massierte sich ihre Nasenwurzel. „Tut mir leid, mir geht's nicht so ... das ist der erste Tote ...“ Die junge Beamtin, deren beachtliche Leibesfülle einer Verbeamtung auf Lebenszeit sicherlich im Wege stehen würde, legte entschuldigend ihre Stirn in Falten. Während im Hintergrund Reitners Kommandos durch die Scheune hallten, half der Kommissar ihr behutsam auf die Beine.

„Wir gehen jetzt erstmal an die frische Luft, kommen Sie. – Geht's?“

„Danke, ja, es geht schon wieder.“ Die Frau atmete dankbar durch.

„Sie sind von der Polizeidienststelle Rehna?“

„Ja. – Ich erhielt um fünf Uhr achtunddreißig einen Anruf von einem Nachbarn des Toten.“ Ihre Stimme wurde etwas fester. „Heiner Delfft, wohnhaft in dem Haus auf der anderen Straßenseite, direkt gegenüber.“

„Er hat den Toten gefunden?“, fragte Sloboda nach.

„Ja.“

„Dann möchte ich jetzt mit Herrn Delfft sprechen“, stellte der Hauptkommissar fest.

Die Polizistin wies mit dem Finger zu den beiden Männern neben dem Krankenwagen: „Das ist der Mann, der uns angerufen hat.“

Manfred Deutschmann trat einen Schritt auf Sloboda zu und zog ihn zur Seite. „Wieso sind wir eigentlich hier?“, fragte er mit gedämpfter, aber hörbar genervter Stimme, „das ist doch gar nicht unsere Zuständigkeit!“

„Heißer Draht direkt aus Schwerin“, flüsterte Sloboda, „der Landespolizeidirektor von Mecklenburg hat heute früh bereits offiziell um Amtshilfe ersucht. Die haben keine Leute mehr – alle im Einsatz wegen des bevorstehenden Bush-Besuchs in Stralsund. Die werden von den amerikanischen Sicherheitsleuten durch die Gegend gescheucht und müssen Kanaldeckel verschweißen und Fenster zuschrauben."

„Ach ja, Cowboy Bush", murmelte Deutschmann mechanisch. „Und wieso ist Reitner hier? Der kennt doch die praktische Polizeiarbeit nur noch aus den Montagskrimis!"

„Persönlicher Intimus des Opfers –"

„Ach, hier steckt ihr und macht Pause!", wurden sie von der sich überschlagenden Stimme des Polizeichefs unterbrochen. „Während ich die ganze Arbeit mache!" Reitner war sichtlich wütend. „Was ist mit dieser … dieser dänischen Kollegin? Wo ist die?!"

„Sie ist nicht im Dienst", entgegnete Sloboda ruhig.

„Warum? Ach so, ja – das ist mir jetzt völlig egal! Sie soll *sofort* herkommen!" Das Wort *sofort* skandierte er mit penetrierenden Bewegungen des versteiften Zeigefingers.

Sloboda nickte stumm.

„Und das wird ein verdammtes Nachspiel haben!", bellte der Polizeichef wippend. „Sie sollte doch aufpassen! Hab' ich ihr doch deutlich aufgetragen!"

„Natürlich, Herr Kriminaldirektor, ich werde Frau Jensen sofort herbeirufen lassen." Sloboda wurde, je mehr sich sein Gegenüber echauffierte, umso sachlicher und hatte sich angewöhnt, in solchen Fällen seinen Vorgesetzten mit seinem formal korrekten Dienstgrad anzureden.

„Der Gerichtsmediziner ist eingetroffen", wurden sie von Ilka Gross unterbrochen.

„Ich komme gleich", gab Hans Sloboda kurz zurück, wurde aber von Reitner, inzwischen etwas besänftigt, korrigiert:

„Das übernehme ich selbst." Mit diesen Worten verschwand er im Innern der Scheune.

„Frau Billstaedt", nahm Sloboda den abgerissenen Faden wieder auf, „Sie nehmen sich einen Ihrer Kollegen aus Wismar und befragen die Frau des Zeugen, wie war gleich der Name? Äh, Frau Delfft. Nehmen Personalien und alle Daten auf und so weiter. Und Sie, Kollege Deutschmann", wandte er sich an seinen Nebenmann, der geistesabwesend auf einem trockenen Brotkanten kaute, „holen Ilka und machen mit ihr die Runde durch die umliegenden Häuser. Das Übliche. Sven soll unbedingt beim Gerichtsmediziner bleiben und darauf achten, dass Reitner nicht allzu viel durcheinanderbringt. Und ich, ich werde mich als Erstes um Heiner Delfft und diese Frau kümmern. – Weiß man schon, wer sie ist?"

Er schien keine Antwort auf seine Frage zu erwarten. Er drehte sich um, entfernte sich einige Schritte von dem Trubel und brummelte vor sich hin:

„So, und jetzt bist du erst mal dran, Ike Jensen …"

Er ließ es mehr als zehnmal klingeln. Gerade als er sein Handy zuklappen wollte, meldete sich eine verwaschene Stimme mit einem gekrächzten *Ja*. Es konnte aber auch ein *Hallo* oder *Hi* oder vielleicht ein Rülpser gewesen sein.

„Jensen!? Sie müssen sofort kommen! Nach Thandorf! Professor Tille ist tot. Ermordet.“

Eine ganze Weile regte sich auf der anderen Seite gar nichts. Dann hörte der Kommissar so etwas wie einen Schnarchlaut, dann ein Rascheln, und dann schien etwas zu Boden zu poltern.

„Ig bin ssofort da“, war schließlich eine leise, brüchige und zittrige Stimme zu hören.

Der Ermittler rieb sich den Nacken. Seine dünnen blonden Haare schimmerten fettig. Kurze helle Barthärchen bildeten in seinem Gesicht einzelne Stoppelfelder. Anscheinend war er direkt nach dem frühen Anruf in aller Eile vom Bett in seinen Borgward gesprungen. Vielleicht fehlte auch nur die ordnende Hand seines Lebensgefährten.

Er wischte sich die Haare aus dem Gesicht und steuerte auf den Krankenwagen zu.

„Kann ich ihr ein paar Fragen stellen?“, sprach er den Notarzt an, der an der Frau auf der Liege herumhantierte.

Ohne aufzusehen zischelte er:

„Bestimmt nicht. Seh‘n Sie doch. Die ist völlig fertig. Schockzustand, Nervenzusammenbruch, was weiß ich. Ich hab’ sie erst mal abgeschossen. Ich bringe sie jetzt in die Klinik.“

„Geben Sie bitte Station und Nummer des behandelnden Arztes durch!“

Wortlos nahm der Arzt die Karte entgegen, die der Polizeibeamte ihm hinhielt, und steckte sie achtlos ein.

„Vielen Dank für Ihre Hilfe!“, beschloss Sloboda das Gespräch in etwas überakzentuierter Weise. Das brachte ihm allerdings auch nur ein kurzes, mürrisches Gebrummel ein.

Allmählich dämmerte ein klarer, nahezu windstiller Morgen. Die aufgeblendeten Scheinwerfer der Einsatzfahrzeuge wirkten in dem diffusen Licht dieses werdenden Tages wie vor Entsetzen aufgerissene, starre Augen. Sloboda ging den schlammigen Weg an dem Haus entlang, das unmittelbar vor der Scheune lag. Dort schaute er sich nachdenklich um. Neben zwei Wagen mit dem Kennzeichen *NWM* für *Nordwestmecklenburg* war ein Auto mit Lübecker Kennzeichen abgestellt. Er blickte ins Wageninnere und probierte den Türgriff: nicht abgeschlossen. Er nahm das dicke Schlüsselbund, das jemand achtlos auf den Beifahrersitz geworfen hatte, prüfend in die Hand: kein Name, keine Adresse. Im Handschuhfach und in den Ablagen war auch nichts zu finden, was auf die Identität des Besitzers schließen ließ. Wie vermutet, förderte die Durchsuchung des Kofferraumes auch nichts zutage. Der Kriminalhauptkommissar tippte eine Nummer in sein Mobiltelefon, gab nach kurzer Wartezeit das Kennzeichen durch und beauftragte seinen Gesprächspartner, ihm schnellstmöglich die Personalien des Halters durchzugeben.

Auf dem Weg zurück zum Tatort teilte Sloboda dem wartenden Delfft kurz mit, dass er nach Hause gehen, sich aber zu ihrer Verfügung halten solle. Dann eilte er in die Scheune zurück und ließ sich vom Gerichtsmediziner, einem hageren, etwas zerzaust wirkenden Mann, in knappen Worten ins Vernehmen setzen:

„Durch Eigengewicht erdrosselt."

Der Arzt zeigte auf die blutgefüllten, hervorquellenden Augäpfel und die aus dem Mund herausgedrückte geschwollene Zunge.

„Bläuliche Gesichtsfarbe. Genick nicht gebrochen. Deutliche Strangulationsmarken am Hals, vital entstanden, also vor Eintritt des Todes. Einfache Schlinge, keine Zwischenkammblutungen, vermutlich nicht zuvor erwürgt. Kehlkopf lädiert. Hämatome an den Fingergelenken der rechten Hand. Würde sagen: Er hat seine Hand unter die Schlinge gepresst. – Linke Handfläche aufgerissen. Hat wohl versucht, sich am Seil festzuhalten. War aber ziemlich aussichtslos."

„Todeszeitpunkt?"

„Kann ich noch nicht genau sagen. – Fünf Uhr achtunddreißig Anruf bei der Polizei in Rehna, hab' ich gehört – ich würde meinen: Zu dem Zeitpunkt war der arme Mann gerade verzweifelt damit beschäftigt, seine irdische Hülle zu verlassen. Was ihm sichtbar schwer gefallen ist. Genickbruch wäre gnädiger gewesen."

„Als die Frau bei dem Nachbarn auftauchte, hat er noch gelebt?", folgerte der Kommissar entgeistert. „Dann hätte er gerettet werden können?!"

„Möglich. – Erdrosseln dauert."

Das Wasser war weiter gestiegen, wenn auch nicht mehr so schnell. Infolge eines ungewöhnlich heißen und lang anhaltenden Sommers war es für die Jahreszeit noch relativ warm.

Einzelne Bewegungen, die der gebückte, in der Hüfte bizarr abgeknickte Mann vollführte, kräuselten die Wasseroberfläche. Kleine Wellen rollten von seinem Körper weg, stießen sich an den Kellerwänden und fanden zu ihm zurück, wo sie plätschernd um sein Kinn spielten. Die Hände etwas über Kniehöhe hinter dem Körper an das dicke Heizungsrohr gefesselt, reckte Johann Kuipers sein Gesicht seitlich aus dem Wasser, um atmen zu können. Er verschluckte sich und hustete.

Den Schmerz in den Lendenwirbeln spürte er kaum noch. Zu schaffen machten ihm allerdings die Nackenmuskeln, die sich krampfartig zusammengeklumpt hatten und ihm die Kontrolle über die Kopfhaltung erschwerten. Sein Kopf sackte ihm weg, und er musste sich zwingen, ihn wieder emporzudrehen.

Manchmal meinte er, im Dunkel des Fabrikkellers einige Lichtschimmer wahrnehmen zu können. Allerdings spielte ihm sein Gehirn immer wieder Szenen ein, mal traumartig verfremdete, mal vertraute, die mit einem dieser Lichtreflexe begannen und sich ganz allmählich und von ihm nahezu unbemerkt über die Realität erhoben: Ein paar Mal wurde er gerettet, einige Male glaubte er, gestorben zu sein; aber jedes Mal schreckte er aus seinen Fantasiebildern hoch, wenn sein Verstand nicht mehr bereit war, das immer grotesker und absurder werdende Geschehen hinzunehmen.

Er wusste nicht mehr, wie lange er sich schon hier befand. War es eine Stunde? Waren es Tage? Wochen?

Zeit existierte nicht mehr. Und wenn Zeit nicht existiert, spielt es keine Rolle mehr, wann er gerettet würde. Nicht einmal, ob er gerettet würde.

Weil Zeit nicht mehr existierte, war es ihm schon egal geworden.

Lars hatte das Gefühl, dass sie ihn für dieses Drama verantwortlich machte. Am letzten Abend und in der Nacht waren sie sich so nahe gewesen, und jetzt wirkte Ike völlig distanziert und erkaltet. Nachdem ihr Chef angerufen hatte, war sie wortlos aus dem Bett gestiegen. Seine Frage, was denn los wäre, hatte sie knapp und widerwillig beantwortet und seinen Versuch eines Morgenkusses schroff abgewehrt.

Er hatte ihr einzureden versucht, dass sie doch nichts falsch gemacht hatte. Und er auch nicht. Dass man das doch nicht habe ahnen können.

Zicke!

Ike Jensen hingegen meinte, wieder einmal die Quittung dafür bekommen zu haben, dass sie einen Moment lang glücklich gewesen war. Sie und Glücklichsein, das passte nicht zusammen!

Um sieben Uhr elf verließen sie das Haus in der St.-Annen-Straße. Lars hatte Ike gebeten, ihn noch ein Stückchen mitzunehmen und an der Uni abzusetzen. Dort wollte er bis zu seinem Dienstbeginn um halb neun frühstücken gehen. Lars wusste zwar weder, wo man dort ein Frühstück bekommen konnte, noch ob von dort aus ein Bus zur JVA fuhr, noch wie er die Zeit bis zum Arbeitsbeginn totschlagen konnte.

Er hoffte einfach, etwas mehr gemeinsame Zeit herausschlagen und ihr einen liebevolleren Abschied entlocken zu können.

Einige Minuten später durchbrach das Klingeln des Mobiltelefons das bedrückende Schweigen:

„Sloboda noch mal. Kollege Deutschmann hat mir gerade berichtet, dass ein Redakteur von den Lübecker Nachrichten, ein Johann Kuipers, seit einigen Tagen verschwunden ist. Ich habe gerade Weisberger, seinen Chef, angerufen, der mir berichtet hat, dass Kuipers mit Recherchen zu ungeklärten Mordfällen beschäftigt war."

Ike Jensen verlangsamte die Fahrt.

„Kuipers Frau, mit der ich anschließend telefoniert habe, teilte mir mit, dass er in der letzten Zeit jemanden in Thandorf observiert habe.“

„Hm.“ Ike Jensen, jetzt wieder ganz Polizistin, überlegte.

„Sie hatten doch die – inoffizielle – Aufgabe“, fuhr Sloboda fort, „Professor Tilles Haus in Thandorf im Auge zu behalten.“

„Dr. Reitner, er hat –“

„Ja, ich weiß. – Ist Ihnen dort jemand aufgefallen?“

Inzwischen hatte die Polizistin ihren Wagen an den Straßenrand gelenkt und angehalten. Sie dachte nach:

„Gestern Nacht – oder heute Nacht, da tauchte jemand dort auf ...“

Sie zögerte.

„Was ist?“

„Ig glaube, ig weiß, wo der Mann ssein könnte ...“

Sloboda ließ ihr einen Moment Zeit. Dann schilderte die Kommissarin ihrem Vorgesetzten die Ereignisse der vergangenen Nacht. Der Bericht war knapp und präzise. Sie hatte das Gefühl, etwas gelernt zu haben. Und noch etwas hatte sie mittlerweile gelernt: Statt ihren Chef damit zu brüskieren, dass sie ihm mitteilte, was sie jetzt tun werde, fragte sie in angemessener Untergebenen-Manier:

„Ssoll ig jetzt ssu dieser Fabrik fahren und ssuchen dort nach ihm?“

Sloboda bejahte. Also wendete sie ihren Dienstgolf und fuhr mit überhöhter Geschwindigkeit zu der Stelle, an der sie des Nachts den Fremden aus den Augen verloren hatte.

Erst als sie vor dem alten verfallenen Fabrikgebäude auf der nördlichen Wallhalbinsel anhielt, fiel ihr der Beifahrer wieder ein:

„Was machst du denn noch hier?“

Dann bemerkte sie selbst, wie blöd ihre Frage war, und kommandierte:

„Aussteigen und ssuchen!“

Der kleine Mann, der ihnen öffnete, war uralt. Gebeugt stand er in der Tür und schaute von schräg unten zu Ilka Gross und Manfred Deutschmann hinauf. Die Wangen waren derart eingefallen, dass der Eindruck entstand, er würde auf ihnen lutschen und sie von innen einsaugen.

„Wi slöppt nich tosamen“, zischelte er grinsend, als er merkte, dass Deutschmann auf sein Gesicht starrte. Dabei präsentierte er seinen Besuchern zwei schiere, zahnlose Kauleisten.

„Wie bitte?“

„Och, de Milchbubi snakt wohl keen Platt!“ Und dann fuhr er in gepflegtem Hochdeutsch fort: „Ich habe gesagt: Wir schlafen nicht zusammen.“

„Wer?“ Der Hauptkommissar schaute ziemlich dümmlich aus der Wäsche.

„Mein Gebiss und ich: Wir schlafen getrennt." Das Grinsen des Alten wurde beängstigend breit. „Deshalb hast du mich doch so angestarrt! Wegen meiner schlanken Gesichtsform."

„Wir haben einige Fragen an Sie, Herr ...?", schaltete Ilka Gross sich ein und beugte sich schräg zur Seite, um den Namen an der Tür zu lesen.

„Nennt mich einfach Kalle. Ich heiß zwar eigentlich Bernd, aber die meisten nennen mich Fiete. Aber ihr könnt einfach Kalle sagen."

Der ist ja völlig durchgeknallt, dämmerte es ihr. Sie warf ihrem Kollegen einen vielsagenden Blick zu. Der nickte unmerklich. Deutschmann versuchte einen schnellen Abgang:

„Sie haben heute Nacht sicherlich nichts bemerkt?"

„Ach, Sie meinen, das ganze Remmidemmi heute Nacht?"

„Haben Sie davon etwas mitbekommen?", hakte Gross nach.

„Die haben dem alten geilen Bock wohl den Hahn abgedreht, was?" Der Greis bekam glänzende Augen.

„Erhängt. Professor Tille wurde erhängt", antwortete Deutschmann brav.

„Und? Wer war's? Seine Alte? Oder Erich, der Alk? Oder einer der Stecher von den Miezen, die der geile Kater antanzen lässt?" Das Grinsen des Alten war jetzt nicht nur breit, sondern auch schmierig.

„Was haben Sie heute Nacht gesehen?" Ilka Gross unternahm einen schüchternen Versuch, das Heft wieder in die Hand zu bekommen.

„Ich stelle hier die Fragen!"

„Wie bitte?!"

„Ihr wollt doch was von mir, oder?" Kalle alias Bernd alias Fiete richtete sich zu seiner vollen Größe von mittlerweile nur noch eins fünfundsechzig vor der Polizistin auf. „Also, wer war's?"

Das ging nun aber doch zu weit! Deutschmann trat einen Schritt vor und warf seine exekutive Autorität in die Waagschale, indem er seine Brust vorwölbte und seine sonorste Stimme einschaltete:

„Sie ziehen es scheinbar vor, aufs Präsidium mitzukommen!?"

„Anscheinend!"

„Was meinen –?"

„Es heißt *anscheinend*. Sagen Sie ihrem Bräutigam", und dabei wandte der Kauz sich an die Kommissarin, „dass es *anscheinend* und nicht *scheinbar* heißt: Sie ziehen es *anscheinend* vor und so weiter. Wenn er schon eine so große Autorität besitzt, soll er auch ordentlich Deutsch reden!"

„Jetzt reicht es!" Deutschmann blaffte ihn an und ordnete an, dass er sich etwas überziehen sollte. Er würde jetzt ins Präsidium gebracht werden. Der Alte freute sich sichtlich:

„Endlich mal was anderes, als nächtelang vor dem Küchenfenster zu hocken und zuzugucken, wie dieser Fremde und Erich Bukowski und der Professor und diese Frau und Hannah Tille alle nacheinander hier auftauchen und in die Scheune gehen. Und dann noch die zwei im Auto! Aber wenn ihr das nicht wissen wollt ..."

31 Von ganz weit weg, etwas gedämpft und überlagert vom leisen Gurgeln des Wassers, tröpfeln sphärische Klänge in seine Ohren. Ist es die sanft anschwellende Stimme der Sopranistin oder sind es die glockenhellen Töne der Piccolo-Flöte, die gerade durch das Dunkel dringen wie dünne, sich verästelnde Lichtfäden? Das Gespinst aus seidigem Schein und wärmenden Lauten verdichtet sich zu einem tragenden Netz, welches sich schützend um ihn legt.

Verlasse dein nasses Grab und gehe durch den Tunnel, an dessen Ende dich wärmendes Licht und wiegende Klänge erwarten ...

Die Frau und der Mann stiegen aus dem Wagen und hatten sofort nasse Füße. Das Wasser auf dem Vorwerker Hafengelände stand eine halbe Handbreit hoch. Im Unterschied zu ihrem ersten Besuch dieses ungastlichen Ortes konnte man hier und da die Kaimauer erkennen, die sich aus der Wasserfläche erhob und so den Verlauf des Hafenrandes kennzeichnete. Es stürmte und regnete nicht mehr. Der heraufziehende Tag versprach sogar klar zu werden.

„Hier haben wir ihn verloren", sinnierte die Kommissarin. „Wahrssjeinlig ist er dort reingegangen."

Sie zeigte auf das rote, etwa zehn Meter hohe Backsteingebäude, das scheinbar friedlich im ersten Dämmerlicht vor ihnen lag und ihnen sein großes Tor wie ein lauerndes, hungriges Maul darbot.

Es wirkte alles andere als einladend.

Vor dem Eingang der alten Fabrik standen zwei verrostete Schuttcontainer, als wären sie unerbittliche Wächter vor dem Tor einer verbotenen Welt. Wie die sagenumwobenen Felsen Skylla und Charybdis erhoben sie sich aus den Fluten, um jedes zwischen ihnen hindurchmanövrierende Schiff zu zerschmettern.

Zaghaft wateten Ike Jensen und Lars Müller-Hänisch zwischen den Behältern hindurch in den düsteren, weit aufgerissenen Schlund des Bauwerks hinein. Linker Hand ragte ein Stapel angelaufener Aluminiumprofile aus dem Wasser heraus. In der Mitte der großen Halle türmte sich Bauschutt. Eine einsame Europalette dümpelte unentschlossen vor der fleckigen Betonwand. Gegenüber verstreute ein riesiges, in Hunderte kleine Quadrate unterteiltes Fenster sein schwaches, grünliches Licht. Über die schwarze Decke, die sich etwa sieben

Meter über ihren Köpfen bedrohlich nach unten durchwölbte, krochen dunkle Rohre, die sich mit letzter Kraft gegen das Gewicht des Daches zu stemmen schienen.

Die beiden Eindringlinge zwängten sich durch den Alustapel und einen vorspringenden Abzug hindurch und fanden sich unter einem gemauerten Arkadengang wieder, der in einen Nebenraum führte. Einen Moment lang verharrten sie und horchten.

Stille.

Stille wie absolute Geräuschlosigkeit?

Nein: Stille wie Herzklopfen. Wie Adrenalin. Stille, die flüstert: *Geh nicht weiter!* Stille, die mahnt: *Dreh dich nicht um! Stille*, die sagt: *Du solltest nicht hier sein!*

Stille, die wie ein Wimmern in der Luft liegt.

Er wimmert. Keine zwanzig Meter von ihnen entfernt. Er kann atmen. Das Wasser steigt nicht weiter. Er streckt sein Gesicht seitlich aus dem nassen Grab heraus. Nur ab und zu verschluckt er sich. Er verschluckt sich, wenn sein Kopf herabsinkt. Weil er das Bewusstsein verliert. Die Kälte. Die Anstrengung. Er kommt wieder zu sich und hustet.

Eine Stimme flüstert ihm verführerisch zu: *... lass dich fallen ... komm in meinen Schoß ... ruh dich aus ...*

Ein Wimmern schwebte durch die Luft. Ein dünnes Stöhnen. Aus dem Nichts. Lars und Ike schauten sich an. Ratlos. Sahen sich um. Schon wieder. Es könnte ein Schrei sein durch dicke Mauern. Oder durch Wasser. Lars tastete sich weiter, den Blick suchend nach oben gerichtet. In alle Richtungen. Nach unten.

Unter seinen Füßen gab der Boden plötzlich etwas nach. Er bückte sich. Durch das trübe Wasser zeichnete sich ein dunkles Rechteck ab. Er winkte Ike herbei. Sie knieten sich hin. Ihre Hand fühlte etwas: ein Metallring. Ike bewegte ruckartig den Kopf, um Lars anzuweisen, dass er etwas zurücktreten sollte, und zog an dem Verschluss. Etwas bewegte sich. Das dunkle Rechteck ließ sich hochziehen. Das dunkle Rechteck war eine Falltür.

Gegen den Widerstand des stehenden Wassers wuchteten beide zusammen die schwere Tür in die Höhe und ließen sie zur Seite fallen. Eine Stufe wurde sichtbar.

Eine Treppe in die Unterwelt.

Es gibt noch eine andere Stimme: *... Atme ... höre nicht auf ... lebe ...*

Aber die andere Stimme wird schwächer.

Sie lauschten konzentriert. Das Geräusch kam von nirgendwo. Von überall. Es zog durch die Luft wie ein dünner Faden, der sich in viele feinere Fäden aufspliss, sich verästelte, bis er wie ein dichtes Netz eines lautlosen Schreis den Raum erfüllte.

Inzwischen hatte Ike festgestellt, dass unter der Luke eine Treppe in die Tiefe führte. Vorsichtig stieg sie die ersten Stufen hinab, so dass sie bis zu den Oberschenkeln im Wasser stand. Sie musste da hinunter! Irgendwo jenseits dieses unterirdischen Ganges war jemand und kämpfte um sein Leben. Der Redakteur? Stumm reichte sie Lars ihre Gürteltasche und tauchte den Kopf unter Wasser, um sich zu orientieren. Unvermittelt spürte sie einen Schraubstock im Nacken. Ihr war, als presste jemand ihren Kopf unter Wasser. Als drückte sie jemand in die Badewanne! Karoß! Eine Eisenmanschette legte sich um ihren Brustkorb. Ruckartig riss sie ihren Kopf aus dem Wasser und musste würgen. Ihr Herz raste.

Panik.

Wortlos fragend schaute sie ihren Begleiter an.

„O.k., ich versuch's." Lars war nicht sehr erfreut. In sein feuchtes Schicksal ergeben, gab er ihr die Tasche zurück sowie einige seiner eigenen Utensilien. Während er zögerlich die Stufen hinabglitt, die Arme auf der Wasseroberfläche ausbreitete, um sich auszubalancieren, und dann mit dem Kopf eintauchte, tippte Ike eine Nummer in ihr Handy. Nach dem Gespräch mit Sloboda stand sie eine halbe Minute regungslos da und starrte auf die Wasserfläche, die sich nun nicht mehr kräuselte.

Das Wasser war weniger kalt, als Lars befürchtet hatte. Trotzdem zitterte er. Er hatte Angst. Schemenhaft konnte er unter Wasser die Treppe erkennen, die etwa zwei Meter in die Tiefe führte. Er hob noch einmal den Kopf empor, atmete kräftig ein und glitt entschlossen kopfüber ins Ungewisse.

Er würde ihr zeigen, dass er cool war.

Am Fuß der Treppe ging diese in einen Gang über, der ins Ungewisse führte. Es war zu dunkel. Die Luft wurde knapp.

„Taschenlampe!" Lars japste nach Luft. „Hast du eine?"

„Klar." Ike rannte hinaus. Nach einer Minute war sie wieder da. „Hier! – Wie ssieht es aus?"

„Weiß noch nicht."

Wieder unten angekommen, tauchte Lars in den Gang hinein, der nach einigen Metern nach rechts abknickte. Unter der Decke zogen sich dicke, verrostete Rohre entlang. Einige der Halterungen hingen lose hinunter. Die Wände waren aus Ziegeln gemauert, die sich zum Teil aber schon aus ihrem Verbund herausgelöst hatten und auf den Boden gefallen waren. An einigen Stellen türmte sich Schutt, so dass manche Passagen sehr eng waren, zumal überall irgendwelche Drähte, Schlaufen und Schlingen von der Decke und den Wänden herabhingen. Er musste aufpassen!

Lars schwebte suchend durch diese schemenhafte, unwirkliche Welt. Vom Lichtkegel seiner Lampe animierte Schatten huschten mahnend an ihm vorüber. Die Stille drückte auf seine Ohren.

Nach kurzer Strecke führten einige Stufen hinauf. Jetzt musste Lars sich entscheiden. Schaffte er es? Gab es jenseits der Stufen einen Raum mit Atemluft? Würde er es überhaupt noch zurück schaffen?

Er hatte keine Wahl. Mit kräftigen Zügen schwamm er die Treppe hoch.

Die Treppe hochschwimmen! Hört sich blöd an …

Dort oben brach sich der Schein seiner Leuchte. *Wasserspiegel!*

Er dachte nicht nach. Er durchstieß die Wasseroberfläche. Gierig sog er seine Lunge voll.

Luft!

Er konnte atmen. Zwischen Wasser und Decke befand sich ein Zwischenraum. Man konnte atmen! Vielleicht konnte auch der andere atmen? Lars blickte sich um.

Dann sah er ihn.

Lars schwamm keuchend zu ihm. Der Mann war in sich zusammengesunken. Sein Kopf war grotesk verdreht, das Gesicht nach oben gerichtet. Aber unter Wasser! Wie lange schon? Lars versuchte, den Mann hochzuhieven. Irgendetwas hakte. Er stellte fest, dass er stehen konnte, ohne dass sein Kopf unter Wasser geriet. Er musste ihn sogar schräg halten, um nicht an die Decke zu stoßen. *Ein Meter achtzig Raumhöhe,* schätzte Lars. Irgendetwas hielt den Mann fest. Lars tauchte unter. Festgebunden! Lars zerrte an der Fessel. *Nichts!* Er tauchte auf, wühlte in seinen Taschen.

Ein richtiger Junge hat immer ein Taschenmesser dabei. Hatte sein Onkel gesagt, als er es ihm vor langer Zeit schenkte. Lars zog es aus der Hosentasche.

Mit zitternden Fingern klappte er die Säge heraus, tauchte wieder unter und schob die Klinge zwischen Handgelenk und Fessel. Ein stabiles Plastikband! Nur keine Zeit verlieren! Er rutschte ab. Der Mann blutete. *Gutes Zeichen*, schoss es Lars durch den Kopf. Verbissen arbeitete er weiter.

Geschafft!

Auftauchen! Einatmen! Er musste sich selbst Kommandos geben. Sich konzentrieren. Nachdem er wieder festen Stand unter seinen Füßen gefunden hatte, stemmte er den leblosen Körper in die Höhe. *Gesicht aus dem Wasser!*

Was jetzt?

„Hallo!“ Er sprach ihn an und tätschelte die Wangen des Mannes. *Bewusstlos!* Noch mal: „Hallo!“, und in die Wange zwicken. Dann legte er sein Ohr an das Gesicht des Mannes. Er spürte ein leises Atmen.

Er lebt …

Ich muss ihn wach kriegen!

Jetzt rief er: „Hallo! Aufwachen!“

Keine Reaktion.

Dann schrie er ihn laut an, ohne Hemmungen. Er schlug ihm seine Hand ins Gesicht.

Der Mann regte sich nicht.

Was mache ich jetzt? Wie kriege ich ihn raus?

Ich schaffe das nicht allein! Den ganzen Weg zurücktauchen? Mit ihm? Lars schaute sich um. Er brauchte Hilfe. *Vielleicht hatte Ike schon …?*

Ich muss zurück. Ich kann ihn nicht loslassen! Wie kann ich ihn …?

Er ließ den Strahl der Taschenlampe durch den Raum streifen. Die Rohre an der Decke! *Ihn irgendwie fixieren, so dass er nicht unter die Wasseroberfläche rutscht!* Er packte den Körper und schob ihn, die Leuchte zwischen den Zähnen, zur anderen Seite hinüber, unter ein dickes Rohr. Ein langes Kabel hing von der Decke herab. Lars zerrte daran. Es bewegte sich. Er zog weiter. Es gab nach. *Noch einen Ruck! So ist es gut.* Das eine Ende warf er über das Rohr. Mit letzter Kraft drückte er den Mann, so weit es ging, aus dem Wasser hoch und schlang beide Kabelenden von hinten unter den Achseln hindurch nach vorn über die Brust. *Ihn aufhängen!* Er zurrte den Knoten fest. Da das Wasser einen Teil des Gewichts trug, rutschte der Mann nicht so leicht durch die Schlaufe. Es musste gehen.

Nun schnell zurück!

Lars orientierte sich. Atmete tief ein. Tauchte unter. Jetzt kannte er den Weg. Wusste, dass er es schaffte. *Dort die Treppe. Da der Gang.* Seine Glieder schmerzten vor Kälte und vor Anstrengung. Wurden steif und ungelenk. *Jetzt die Treppe hinauf.*

Gleich …

Plötzlich ein scharfer Stich am Rücken. Etwas hatte seine Jacke aufgeschlitzt. Und seine Haut. Er versuchte sich loszureißen. Knapp unter dem rechten Schulterblatt explodierte der Schmerz. Er drehte Kopf und Lampe nach hinten. Ein fingerdicker Draht ragte aus der Decke. Und verschwand in seinem Körper.

Scheiße!, dachte er noch.

Dann wurde es schwarz um ihn herum.

Nachdem Polizeichef Reitner seine abschließenden Befehle unter das Fußvolk gebracht hatte, hatte er das Geschehen verlassen, weil ihn Termine auf höherer Ebene riefen. Die Techniker der Spurensicherung arbeiteten fieberhaft. Hauptkommissar Sloboda hatte als Nächstes nach der Frau des Toten gefahndet, die er nirgends ausfindig machen konnte. Anschließend hatte er Heiner Delfft zu Hause aufgesucht. Die Befragung hatte nichts Neues erbracht. Zusammen mit der Vernehmung seiner Ehefrau durch Kerstin Billstaedt und ihren Kollegen aus Wismar hatte sich folgendes Bild ergeben: Frau Delfft wurde um kurz nach fünf Uhr durch ungewohnte Geräusche geweckt, die sie als Poltern und irgendwie tierische Laute beschrieb, die sie aber keinem ihr bekannten Lebewesen zuordnen konnte. Sie spürte, dass da etwas nicht stimmte und weckte ihren Mann. Herr Delfft ging zur Haustür und fand dort eine hilflose, offenbar verwirrte Frau vor, die abwechselnd lachte, wimmerte und schrie. Die Frau wies auf die Scheune von Professor Tille und sagte sinngemäß, dass dort ein Mann hängt, den sie selbst umgebracht haben will. Herr Delfft rief dann seine Frau zu Hilfe und schleifte die Fremde mit ihr gemeinsam in die Diele, wo sie diese auf den Boden legten und die Atmung überprüften. Frau Delfft bestellte einen Notarztwagen und guckte dabei auf die Uhr. Da war es kurz nach halb sechs. Herr Delfft lief dann zur Scheune hinüber, wo er den aufgehängten Professor entdeckte. Er sah sofort, dass der Mann tot sein musste, rannte zurück und machte Meldung bei der Polizeiwache in Rehna.

Ilka Gross und Manfred Deutschmann waren mit einem kauzigen alten Mann nach Lübeck ins Präsidium gefahren, um ihn zu vernehmen.

Sven Hustedt hatte eine Freundin der Ehefrau des Toten, eine gewisse Renate Mrosska, befragt, die angegeben hatte, dass diese seit einigen Tagen bei ihr wohne, weil sie gerade dabei sei, sich von ihrem Mann zu trennen. Als Hustedt Frau Mrosska aufgefordert hatte, diese zu wecken, hatte sie festgestellt, dass sie verschwunden war.

Ike Jensen hatte sich über Handy bei Sloboda gemeldet und knapp die Situation geschildert. Er hatte die angeforderte Verstärkung organisiert und seiner Untergebenen aufgetragen, in ständiger telefonischer Verbindung mit dem anrückenden Trupp zu bleiben. Er wollte in regelmäßigen Abständen über die Ereignisse informiert werden. Er hatte entschieden, außer den Tauchern auch noch einen Hundeführer zu ordern.

Jetzt stand der Leiter der Mordkommission mit Sven Hustedt in der Scheune. Der Leichnam befand sich bereits in dem kalten Transportsarg.

„Nun passt mal schön auf! Ich erklär' euch beiden Nasen mal, was geschehen ist“, wandte sich Trude Koch, die Leiterin der Spurensicherung, in einem etwas schnodderigen Tonfall an die beiden Kommissare. Mit einer ausladenden Bewegung strich sie ihre halblangen, graumelierten Haare zurück. Trude Koch war ein Unikum. Sie hatte viele missgünstige Kollegen überlebt, hatte viele, die an ihrem Stuhl gesägt hatten, sägen lassen, bis ihnen die Arme abgefallen waren. Sie scheuchte ihre Untergebenen herum wie die Hühner, und ihren Vorgesetzten erwies sie nur den allernötigsten Respekt.

Sie war einfach gut.

„Stellt eure Lauscherchen mal auf Empfang!“, fuhr sie fort. Sie duzte jeden, ob er wollte oder nicht. „Mein Süßer, du stellst dich jetzt mal dorthin!“ Sie packte Sven Hustedt, den sie, wie sie ihn einmal ungeniert hatte wissen lassen, appetitlich fand, am Arm und platzierte ihn neben Sloboda unmittelbar unter den Balken, an dem der Professor gehangen hatte.

„So, Slobbi, jetzt werde ich dir mal einen teuflischen Mord rekonstruieren.“

In präzisen Worten erläuterte die Technikerin die Anordnung der Gegenstände: die auf den Fußboden gedübelte Leiste, um ein Wegrutschen des Stuhles zu verhindern; Spuren der Schuhe auf der Stuhllehne; Textilfasern einer anderen Person auf dem Stuhl; der Balken zur Abstützung des Stuhles mit dem Widerlager im Boden; der Haublock; der Tisch mit Fußspuren des Toten und einer weiteren Person, der in einer Nebenkammer gefunden wurde; Bohrmehl aus dem Eichenbalken auf dem Boden unterhalb des Erhängten; viele frische Fingerabdrücke von drei Personen und einige alte Abdrücke; einige für DNA-Testung verwertbare Materialien wie zum Beispiel etwas Blut, Haare; Speichelspuren auf dem Boden, die möglicherweise von einer vierten Person stammen.

Dann schilderte Trude Koch den möglichen Ablauf des Geschehens: wie der Mörder sein Opfer über den Spaltklotz auf den Tisch befördert, ihn von da aus auf die Lehne des Stuhles treten lässt, den er zuvor mit dem Holzbalken abgestützt hat, wie er selbst dann abspringt und den Tisch wegräumt, wie er die Frau unter einem Vorwand auffordert, auf dem Stuhl Platz zu nehmen, und dann schnell die Stütze weghaut.

„Wenn ihr also die Mordwaffe sucht“, setzte die Frau ihren Vortrag fort, wobei sie das Wort *Mordwaffe* vielsagend betonte, „würde ich sagen, die liegt zurzeit im Krankenhaus.“ Und nach einer Pause fügte sie sinnierend hinzu: „Eine Frau als Mordwaffe ...“

Sie blickte Sloboda forsch an und frotzelte:

„Der Fall ist eigentlich gelöst. Die Frau, die hier saß, die Mordwaffe sozusagen, habt ihr ja schon. Unsere Analysen werden das bestätigen. Es wird ja wohl nicht so schwer sein, rauszufinden, wie sie heißt. Ihr werdet den Mörder finden, wenn ihr nach einem Zusammenhang zwischen dem Toten und dieser Unbekannten sucht.“

Gute Idee ...

Hannah Tille lief über ein Feld in ein nahegelegenes Wäldchen. Sie setzte sich auf einen Baumstamm am Waldrand und guckte von dort aus in die Ferne. Sie wollte allein sein. Musste ihre Gefühle sortieren. Ihr Mann war tot. Getötet. In sich spürte sie Entsetzen. Trauer war kaum da. Aber Erleichterung. Sie war frei. Freude. Sie würde genug Geld haben. Angst. Schuldgefühl.

War sie die Auftraggeberin des Mordes?

Ihr brach der Schweiß aus.

Erich Bukowski war absolut gut drauf. Der alte Sack war endlich tot. Und er selbst hatte Geld. Er würde noch mehr Geld bekommen.

Er hatte gefeiert. Wer feiert, braucht Alkohol.

Erich Bukowski war wieder betrunken.

Als es an die Tür seiner Wohngarage klopfte und schließlich, weil er nicht öffnete, hämmerte, nahm er noch einen kräftigen Schluck. Als Wegzehrung. Dann raffte er sich auf und schlurfte zur Tür.

„Ach, die dicke *Abschnittsbevollmächtigte* aus Rehna!“ Man kannte sich. „Und der *Tschekist* aus dem Hauptquartier in Wismar, nehme ich an“, fügte er lallend hinzu und nahm ihren jungen Begleiter in Augenschein. Mit einer theatralischen Verbeugung forderte er die beiden auf einzutreten.

„Ich bin Kerstin Billstaedt von der Polizeistation Rehna, und das ist mein Kollege Florian Maier vom Kriminalkommissariat Wismar“, eröffnete sie förmlich. „Wir haben einige Fragen an Sie.“

„Sie sind wegen der toten Kapitalistensau hier, hä?“

„Woher wissen Sie das?“

„Man hat so seine Informationan-“ An diesem Wort kapitulierte Bukowski.

Gerade wollte Billstaedt ansetzen, die Befragung fortzusetzen, als sie von ihrem Kollegen angestoßen wurde:

„Was ist denn los, Floh?“, reagierte sie gereizt.

„Guck mal, da auf dem Bett!“, zischelte dieser und wies mit der Hand in das Halbdunkel des Raumes hinein.

Auf der Matratze und auch auf dem Fußboden um die Schlafstätte herum lagen Geldscheine. Ziemlich viele Geldscheine.

„Woher haben Sie das?“, fragte die Polizistin eindringlich, während sie einige Scheine aufhob und Bukowski unter die Nase hielt.

„Ach, das – äh – hab’ ich redlich verdient. Ich meine, mein Sparbuch … hab’ ich von meinem Sparbuch abgehoben …“

„Das sind ja einige Tausend Euro!“, stellte Florian Maier erstaunt fest. „Sie ha’m so viel Geld auf dem Sparbuch und hausen in so’ner Bruchbude?“

„Wir möchten Sie bitten, sich anzukleiden und uns zu dem Herrn Hauptkommissar nach draußen zu begleiten!“

„Aber mein Geld nehm’ Se nich’ mit, klar?“ Erich Bukowski war nicht wirklich in Sorge. Schließlich hatte er nichts Böses getan. Und außerdem fühlte er, wie der Alkohol angenehm warm durch seinen Körper floss. Was sollte ihm schon passieren?

„Makt ssnell! Nu man ssu!“, blaffte Kommissarin Jensen die Taucher an. Sie hatte Angst. Lars war schon ziemlich lange dort unten. Gleichzeitig gefiel es ihr überhaupt nicht, dass sie Angst um jemanden hatte.

Mit knappen Worten hatte sie den anderen geschildert, was geschehen war.

Die beiden Taucher legten sich mit geübten Handgriffen die Ausrüstung an. Gerade rollte der Notarztwagen heran. Zwei

Sanitäter stiegen aus, traten in das Gebäude und erfassten wortlos die Situation. Sie waren noch nicht an der Reihe. Ralf Stegmann, der Diensthundeführer, hatte sein Tier an der kurzen Leine und stand etwas ratlos herum. Er äugte zu Ike Jensen hinüber. Die erste Begegnung mit ihr hatte er in schlechter Erinnerung. Er ging auf sie zu und begrüßte sie kurz angebunden. Die Kommissarin guckte ihn fragend an. Dann dämmerte eine Erinnerung, und ihr Blick verdüsterte sich. Ein Kribbeln lief zwischen den Schultern zum Hinterkopf hoch.

Die Taucher stiegen in das Wasserloch ein und tasteten sich die Treppe hinunter. Wegen der vielen hervorstehenden und teilweise scharfen Gegenstände konnten sie sich nur langsam vorwärtsbewegen.

Dann ging alles ganz schnell. Sie sahen den großen, schlanken Mann, umgeben von einer Blutwolke, die aus seinem Körper trat, unterhalb der Decke hängen. Aufgespießt. Der eine Taucher packte ihn an den Schultern und zerrte an dem leblosen Körper. Der zweite gestikulierte: *Nicht rausziehen! Zu gefährlich!* Der erste verstand. *O.k..! Man weiß ja nicht, was man dabei kaputt macht!* Sein Kollege zog ein Werkzeug aus der Tasche, einen Seitenschneider. Er gab dem anderen ein Zeichen. Dann setzte er das Gerät vorsichtig an, während sein Partner den Körper festhielt. Er drückte zu, der rostige Armierungsdraht bewegte sich nicht. Die Männer blickten sich kurz an. *Schnell! Was jetzt?* In den Augen des Jüngeren stand Angst. *Ruhig bleiben!* Der Ältere sah ihn eine Sekunde lang an. *Wir schaffen das!* Er hielt ihm die Zange hin. *Festhalten!* Dabei zog er ein Kombiwerkzeug aus der Gürteltasche. Eine feine Stahlsäge klappte heraus. Auffordernder Blick zum anderen: *Den Mann gut festhalten!* Er arbeitete konzentriert und mit kraftvollen Bewegungen. Das Sägeblatt fraß sich in den dicken Draht hinein. *O.k., das reicht! Zange!* Er setzte das Werkzeug an, drückte mit aller Kraft. Die Hände schmerzten. Sein Gesicht verzerrte sich zu einer Fratze. Dann endlich – der Draht bewegte sich. Er gab nach. Löste sich … *Gut!* Sein Partner ergriff den leblosen Mann. Kurze Verständigung per Fingersprache zwischen den Männern. Dann schleppte einer den Verunglückten zurück, der andere tauchte weiter.

In dem Raum, in welchen der Gang mündete, hing ein zweiter, ebenfalls großer, aber deutlich massigerer Mann. Der Taucher arbeitete mechanisch. Es war leicht, den Mann aus der Kabelschlaufe, in der er hing, zu befreien. *Gute Arbeit*, dachte er. Ansonsten dachte er nicht nach. *Nicht darüber nachdenken, ob der Typ eine Chance hatte.*

Es sah nicht gut aus …

Als der schlaffe Körper von Lars Müller-Hänisch aus der Luke gezogen wurde, starrte Ike Jensen auf das verrostete Eisenteil, welches wie ein feindseliger Stachel aus seinem Rücken ragte. Tränen traten in ihre Augen. Sie erwischte sich dabei, wie sie ein inständiges *Bitte, bitte!* nach oben schickte. Zu irgendwem nach irgendwo. Sanitäter und Notarzt waren sofort zur Stelle und kümmerten sich um den Bewusstlosen. Vorsichtig klopften sie ihm auf den Rücken. Er hustete. Blut sickerte aus seinem Mund. Flatternd setzte die Atmung ein. Sauerstoffmaske. Kein besorgniserregender Blutverlust aus der Eintrittstelle des Eisendrahtes. Sie legten ihn vorsichtig in stabiler Seitenlage auf die Trage. Mit routinierter Ruhe horchte der Notarzt den Verletzten ab.

„Pneu! Wir machen eine Drainage", gab er sachlich von sich.

Ike guckte ihn fragend an.

„Pneumothorax. Luft zwischen Lunge und Rippenfell. Ich lege ein Röhrchen und pumpe die Luft ab, damit er nicht erstickt."

Während der Mediziner eine lokale Betäubung setzte und die Drainage vorbereitete, erschien der zweite Taucher in der Öffnung und zog einen weiteren Verletzten hinter sich her. Stegmann sprang sofort hinzu und half, diesen herauszuziehen.

Tatsächlich! Er war hier! Ikes Eingebung war richtig gewesen!

„Ist der andere Notarztwagen schon da?", rief Stegmann.

„Ja, hier sind wir." Zwei weitere Sanis kamen atemlos in die Halle gelaufen. „Tut uns leid", rief die Frau, „wir haben es nicht gleich gefunden – so viele kleine Wege!"

„Ssjon gut!" Ike Jensen wies mit dem Finger auf Johann Kuipers. „Da ist er. Ig glaube, er war ssjon ssiemlig lange im Wasser ..."

Zwanzig Minuten später war alles still. Die beiden Krankenwagen waren abgefahren, die Taucher hatten sich ihrer Tauchausrüstung entledigt und hatten sich ebenfalls verabschiedet. Ralf Stegmann war grußlos mit seinem Hund verschwunden.

Hier gab es nichts mehr zu tun.

Apathisch meldete Ike Jensen sich bei ihrem Vorgesetzten und beschrieb scheinbar teilnahmslos die Ereignisse.

Anschließend starrte sie ins Leere.

Lars!

Donnerstag, 2. November

32 „Kollege Bender, Sie fahren jetzt in die Universitätsklinik. Dort wurde heute früh eine Frau eingeliefert, eine verwirrte Frau aus Thandorf, die den Professor Tille umgebracht haben will. Erkundigen Sie sich, auf welcher Station sie liegt und wer sie ist. Klären Sie vorher noch ab, ob irgendwelche Vermisstenanzeigen vorliegen."

Sloboda machte eine kurze Pause, dann fügte er hinzu:

„Ach, und geben Sie mir umgehend Bescheid!"

Nachdem er den Polizisten aus dem Präsidium entsprechend instruiert hatte, klappte er sein Handy zu, reckte sich und rieb massierend über sein Gesicht. Er fühlte sich müde und schmutzig. Er blickte zum Café Kreuzstich hinüber, welches von der Straße gesehen direkt vor Tilles Haus lag. Ein Kaffee wäre jetzt gut! Das Café hatte schon früh geöffnet; wahrscheinlich hatte die Besitzerin sich das unerwartete Geschäft nicht entgehen lassen wollen. Die meisten seiner Kollegen hatten dort bereits eine kurze Stärkung zu sich genommen. In der wohligen Vorahnung, wie die angenehme Wärme des Getränks seinen Körper durchfluten und wie seine erschlafften Körperzellen das anregende Koffein gierig in sich aufsaugen würden, wollte er gerade die Tür zum Café öffnen, als er von der dicken Polizistin aus Rehna und ihrem Kollegen aufgehalten wurde.

„Herr Hauptkommissar", sprach ihn Kerstin Billstaedt eifrig an, „das ist Erich Bukowski. Er wohnt dort drüben." Dabei zeigte sie auf einen garagenähnlichen Anbau auf der anderen Straßenseite. „In dieser – äh – Bude neben dem Hauptgebäude."

Sloboda blickte den Mann naserümpfend an, als er dessen ausgeprägte und wild flatternde Fahne wahrnahm. Der Polizist aus Wismar ergänzte triumphierend:

„Ja, einige tausend Euro lagen in seinem Zimmer rum, auf dem Bett und auf dem Boden. Er konnte uns nicht erklären, woher er das viele Geld hat. Aber er schien sich zu freuen, dass Tille tot ist ..."

Sloboda seufzte. Also kein Kaffee.

Er wandte sich an den Betrunkenen: „Sie werden mich nach Lübeck begleiten!" Während er das sagte, dachte er kurz darüber nach, wie er es vermeiden konnte, ihn in seinem Borgward mitnehmen zu müssen.

„Ja, danke, Frau Billstaedt! Sie und Ihr Kollege befragen die weitere Nachbarschaft! Ach, und noch etwas!" Der Kommissar drehte sich im Weggehen zu ihr um. „Heute um vierzehn Uhr zweiundfünfzig findet eine Lagebesprechung im Präsidium in Lübeck statt. Sie sind aufgrund eines offiziellen Amtshilfeersuchens für die Dauer der Ermittlungen unserer Polizeidienststelle zugeordnet, und ich bitte Sie, pünktlich zur Konferenz zu erscheinen."

Eigentlich hatte er keinerlei Anlass, an der Loyalität und Gewissenhaftigkeit der Polizistin zu zweifeln. Aber im Geiste sah er sie in ihrer kleinen Dienststelle in Rehna sitzen und aufgrund mangelnder Aufgaben Kuchen in sich hineinstopfen, dass er es für besser hielt, mit ein wenig Strenge das Feuer ihres Eifers in Gang zu halten.

Anschließend dachte er, dass er doch ziemlich klischeehafte Vorurteile habe.

„Und Sie", befahl er dem Betrunkenen, „bringen mich jetzt in Ihre Wohnung!" Dabei fasste er ihn auffordernd an der Schulter und schob ihn so, wie man mit einer Zange etwas Ekliges erfassen und mit ausgestrecktem Arm von sich weghalten würde, vor sich her. Auf dem Weg zu dessen Behausung erwischte er noch kurz Ilka Gross und teilte auch ihr den Besprechungstermin mit: vierzehn Uhr zweiundfünfzig. Wenn er auf unbedingte Pünktlichkeit Wert legte, nannte er immer so krumme Uhrzeiten. Seine Kollegen wussten das. Wenn jemand es wagte, später zu kommen, sollte der einen triftigen Grund vorweisen können.

„Und sag allen anderen Bescheid! Ich werde mir jetzt gleich von diesem Herrn", dabei schaute er den so Benannten etwas indigniert an, „seine Wohnung zeigen lassen und dann mit ihm zur Vernehmung ins Präsidium fahren."

„In Ordnung, Hans!"

Dann gingen sie ihrer Wege.

Ihr Herz hämmerte vor Aufregung. Ike Jensen ging unruhig im Flur der Notaufnahme auf und ab. Die Ärzte hatten ihr noch nichts sagen können, was den Zustand von Lars und diesem Redakteur betraf. Warten! Nervös schaute sie auf die Uhr. Die Zeit kroch zäh an ihr hoch, so dass sie das Gefühl hatte, sich nur in Zeitlupe zu bewegen, während das Geschehen um sie herum in grotesker Geschwindigkeit abzulaufen schien. Ärzte und Pflegepersonal, einige blutig, andere in frisch geweißten und gestärkten Kitteln, schossen aus irgendwelchen Türen heraus, verschwanden hinter anderen, kamen wieder hervor, um gleich wieder von irgendeiner Tür verschluckt zu werden. Alle wussten, was sie zu tun hatten. Sie wusste es nicht: Was machte sie hier? Sie könnte doch nachher telefonisch erfragen, wie es den beiden ginge! Lars war doch nur ein ... nur ein ... wie sonst auch: ein kurzfristiger Lover. Den sie sowieso bald wieder ablegen würde. Ein Interimsbettgenosse. Ein Lückenfüller. Bei dem Wort musste sie grinsen: *Lückenfüller* – komisches Wort! Aber passend, wenn man es wörtlich nahm ... Mehr war Lars nicht! Auf einmal spürte sie Wut: Er sollte sich nichts einbilden, dieser Typ! Er mit seinem aufgesetzten Dackel-Stirnfalten-*Sei-lieb-zu-mir*-Blick! Sie würde eine Zeit lang ihre erotischen Spannungen an ihm abreagieren und dann: weg! Schluss und aus! Wie immer. Aber warum war sie wütend? Sie schnaufte. Sie wollte nicht wütend sein! Unmerklich ballte sie ihre Hände zu Fäusten. Sie würde jetzt gehen und die Geschichte ganz professionell betrachten.

Ike Jensen lief noch fast zwei Stunden auf und ab und wartete. Erst dann kam ein Arzt zu ihr, der sie mit ernstem Blick über den Zustand der beiden Verletzten ins Bild setzte.

Es war kurz vor zwölf. Immer noch Donnerstag. Gerade mal fünf Stunden war es her, dass Hans Sloboda am Tatort erschienen war, und doch hatte er das Gefühl, schon seit Tagen mit diesem Fall beschäftigt zu sein. Er rieb sich das unrasierte Kinn. Ührchen fehlte ihm. Der andere Fall, Charlotte und Klaas Karoß, war abgeschlossen, nur noch ein bisschen Schreibkram war zu erledigen. Und gleich ein neuer Mord! Der dritte in kurzer Folge! Mit der *Leiche ohne Kopf*, wie der Fall in der Öffentlichkeit genannt wurde, hatte er nur am Rande zu tun gehabt, da er im Urlaub gewesen war. Jedenfalls rutschte er auf diese Weise nicht in diese innere Leere, die er oft fühlte, wenn ein Fall aufgeklärt und mit einem Mal jeder Zeitdruck und Aufklärungsstress von ihm abgefallen war.

„Vernehmung von Erich Bukowski, geboren am –", er guckte sein Gegenüber fragend an, „geboren am siebzehnten März neunzehnhundertzweiundfünfzig. Heute ist Donnerstag, der zweite November, es ist jetzt zwölf Uhr drei. Sie sind darüber informiert, dass ich die Vernehmung aufzeichne. Alles was Sie jetzt äußern, kann vor Gericht gegen Sie verwendet werden."

Bukowskis Laune hatte sich nicht wesentlich verschlechtert. Er nickte.

„Klar!"

Der junge Polizeimeister, der vor kurzem seine dreijährige Ausbildung in Eutin beendet hatte, schaute den Hauptkommissar neugierig an. Er war der Kommission für die Zeit der Ermittlungen zugeteilt worden. Heute war seine erste Vernehmung bei einem Mordfall. Anscheinend fiel es ihm schwer, sich zurückzuhalten. Am liebsten hätte er die Befragung übernommen …

„Wo waren Sie in der letzten Nacht?"

„In meiner Bude. Wo sonst?" Bukowski feixte den jungen Polizisten an.

„Sie haben Ihre Gara–, Sie haben Ihr Zimmer die ganze Nacht nicht verlassen?"

„Nein, ich hatte schließlich zu tun, wie Sie sehen."

„Was hatten Sie zu tun?"

„Na ja, ich hatte mir eine gute alte Bekannte eingeladen. Die hab' ich einige Tage nicht mehr gesehen. Und die hab' ich mir zur Brust genommen." Wieder blickte der Mann den Polizeimeister in dem Bewusstsein an, diesem eine gute Vorstellung zu liefern. Dabei beschrieb er pantomimisch, wie er eine Schnapsflasche an den Hals setzte und deren üppige Formen streichelnd nachzeichnete. Er griente breit.

Sloboda blieb unbeeindruckt.

„Kurz nach Mitternacht sind Sie gesehen worden. Sie haben Ihre Wohnung verlassen. Dafür gibt es einen Zeugen", erklärte er gleichgültig, wobei er in seinem Notizblock blätterte.

„Ja, gut, einmal hab' ich wohl frische Luft geschnappt. Weiß nich' mehr so genau. Kann sein."

„Sie sind zur Scheune gegangen!", stellte der Ermittler nachdrücklich fest. Seine Dramaturgie, der Wechsel von dahinplätscherndem Spiel, eindringlichem Einkreisen und plötzlichem Beuteschlagen war meisterlich. Dafür war Hans Sloboda berühmt. Bukowski wusste davon nichts.

Jetzt fixierte er ihn mit stechendem Blick. Bukowski rutschte unbehaglich auf seinem Stuhl hin und her. Er versuchte einen letzten Ausfall:

„Ach ja, nachts geh' ich ja immer an Tilles Scheune pissen!"

Er schickte einen triumphierenden Seitenblick zu dem jungen Mann.

„Leider haben Sie auch die unangenehme Angewohnheit, auszuspucken. Und zwar *in* dem Gebäude!" Sloboda startete einen Versuchsballon. „Wir haben Spuren von Speichel auf dem Boden der Scheune gefunden, von frischem Speichel. Keine vier Meter von der Leiche entfernt."

Sloboda machte eine dramaturgische Pause. Retardierendes Moment. Der Zuschauer hält den Atem an.

Bukowski grinste nicht mehr. Plötzlich ernüchtert, schaute er zu dem Polizeimeister hinüber.

„Wir werden Sie gleich zum DNA-Test ins Labor schicken."

Der Kommissar ließ dies einen Moment wirken. Dann ergänzte er gelassen:

„Sie waren in der Scheune."

Sloboda forstete wieder seine Notizen durch. Gleichgültig fragte er:

„Bei welcher Bank haben Sie eigentlich Ihr Sparbuch?"

„Was?" Bukowski war verwirrt. „Welches Sparbuch?"

„Das möchte ich von Ihnen wissen!"

„Ich hab' doch gar keins! Was soll ich denn wohl sparen? Wovon!?"

„Ach, Sie haben gar kein Sparbuch ...?", resümierte Sloboda sachlich. „Und woher haben –"

Es klopfte, und gleichzeitig sprang die Tür auf.

„Ssjef!" Ike Jensen stand atemlos in der Tür. „Können Ssie kurz mal kommen?"

„Sslegtes Timing!" Ärgerlich imitierte der Kommissar ihre Aussprache, ohne dass er es selbst bemerkte. Dann fing er sich sofort wieder und erhob sich.

Auf dem Flur informierte die Polizeibeamtin ihren Vorgesetzten in aller Kürze darüber, dass sie noch keine näheren Informationen über den Zustand von Johann Kuipers und Lars Müller-Hänisch habe. Dann beugte sie sich konspirativ ein wenig zu ihm und fragte:

„Was ist denn jetzt mit meiner Ssuspendierung?"

„Sie sind wieder im Dienst. Ich habe das gestern Abend noch mit Oberstaatsanwalt Boie besprochen. Sie sind wieder im Boot."

„Auf dem Weg hierher ist mir nämlig noch etwas eingefallen." Ihre Stimme klang erleichtert. „Als ig den Professor hab observiert, hab ig gehört, wie ein Mann hat ihn heftig gessjimpft und bedroht. Er hat gesagt, er will ihn umbringen."

Sie blickte Sloboda erwartungsvoll an.

„Ig habe mir sseine Personalien aufgessrieben. Ssoll ig fahren ssu ihm und verhören ihn?"

„Tun Sie das! Jetzt gleich!", stimmte Sloboda zu. „Und noch etwas", ergänzte er in Anbetracht ihres ungestümen Temperaments. „Nehmen Sie Kollege Deutschmann mit!"

Sie wollte etwas erwidern, doch ihr Vorgesetzter kam ihr zuvor:

„Sie tun nichts, absolut nichts, was Deutschmann nicht absegnet! Sie haben keinen einzigen Fehler mehr frei! Und über Ihren letzten sprechen wir noch!"

Ike Jensen sauste davon, und Hans Sloboda betrat den Vernehmungsraum.

Zweite Runde. Die Runde, in der Bukowski zu Boden gehen würde. Da war sich Sloboda ganz sicher.

Der Hauptkommissar nahm den Faden wieder auf:

„Sie haben kein Sparbuch?"

Die Frage klang irgendwie bedrohlich, so dass Erich Bukowski sich wachsam aufrichtete. Sloboda nahm ihn scharf ins Visier:

„Jetzt sagen Sie mir augenblicklich, woher Sie die fünftausend Euro haben! Ihr Schwager, Heiner Delfft, teilte mir vorhin mit, dass Sie – einen Moment, ich zitiere ihn wörtlich–," Sloboda blätterte zum Schein in seinen Aufzeichnungen. „Da haben wir's, er sagte: ‚Ach, der Erich, an dem perlt jeder Cent ab wie Wassertropfen. Der hat nie und nimmer ein Sparbuch!'"

Sloboda ließ dem sichtlich in sich zusammengesunkenen Mann keine Zeit, in anhaltendes Schweigen zu verfallen. Unvermittelt sprang er auf, schlug mit der Faust auf den Tisch und bellte ihn an:

„Also, woher kommt das Geld?"

„Ich hab' … ich sollte ihn … die Frau Tille wollte, dass ich …"

„Was?", flüsterte der Beamte und bohrte seinen Blick in Bukowskis Augen.

„Also –", Erich Bukowski holte tief Luft. „Als ich ihn da sah, wie er da hing, ich meine, und die Frau davor, da dachte ich, Frau Tille wollte doch, dass ich es, na, dass ich ihn eben, weil sie ihn loswerden wollte, und da bin ich zu ihr hin, und sie hat mir doch schon die fünf Riesen, als Anzahlung, und hab' ihr einfach gesagt, dass ich es gemacht hab', dass ich ihn, na, Sie wissen, dass er eben da hängt und dass ich jetzt noch mal fünf Tussis haben wollte, und Sie sollte da mal hin und gucken."

Der Mann wirkte nun erleichtert.

„Gut."

Auch Sloboda schaute jetzt entspannt aus. Väterlich legte er seine Hand auf die Schultern seines Gegenübers und ermunterte ihn, fast so wie ein Vater seinen Sohn nach einer guten Leistung:

„Jetzt gehen wir zusammen in den Nebenraum und verfassen ein Protokoll."

„Ach, übrigens, da war so'n Typ bei mir, der hat sich für Tille interessiert. Den solltet ihr mal unter die Lupe nehmen!" Bukowski versuchte, sich aus der Schusslinie zu lavieren.

„Aha, der große Unbekannte!", meinte der Kommissar mit ironischem Unterton. – „Aber jetzt verfassen wir erst einmal das Protokoll!"

Dass Bukowski einen Mord hat geschehen lassen, obwohl es ein Leichtes für ihn gewesen wäre, ihn zu verhindern, und dass er dafür seine Strafe erhalten würde, damit konfrontierte Hans Sloboda ihn nicht. Er wollte ihn nicht verschrecken, bevor nicht das Protokoll erstellt und unterschrieben war.

Der junge Polizeimeister, der dieser Befragung als Zeuge beigewohnt hatte, war beeindruckt.

Manfred Deutschmann sagte kein Wort. Er starrte mit leerem Blick geradeaus. Fast gelang es ihm, seine hagere Gestalt vollständig in die von Rückenlehne und Autotür gebildete Lücke hineinzudrücken. Er erzeugte den Anschein, als könnte er die Fahrerin nicht besonders gut leiden, so sehr schien er bemüht, möglichst viel Distanz zwischen sich und die Kollegin zu bringen.

Er konnte sie nicht ausstehen.

Anfangs hatte sie ziellos drauflos geplappert. Er hasste das und ließ sie ins Leere laufen. Ike Jensen hingegen schien wie aufgezogen. Sie war wie eine Word-Datei, die man nicht schließen konnte. Also macht man ein Reset, oder, besser noch, man fährt den PC gleich ganz runter.

Deutschmann machte dies, indem er wortlos seinen sauerkrautartigen Vollbart kraulte.

Mittlerweile waren sie in dem neu gebauten Hochschulstadtteil angekommen. Ein Sammelsurium von verschiedenen Baustilen tat sich vor den Polizisten auf: Da stand ein mit akkuraten Riemchen verklinkerter braver Kleinstadt-Bungalow, der sich unter ein abgewalmtes Satteldach duckte, neben einem futuristischen Splitlevel-Gebäude, dessen alubewehrte gegenläufige Dachschrägen einander kriegerisch zu durchdringen schienen. Auf der anderen Straßenseite setzten ein minimalistischer, blendend weißer Wohnkubus und ein dänisches Energiesparhaus mit Stulpschalung und extensiver Dachbegrünung Kontrapunkte.

Über einige Straßen und aus zahlreichen Fenstern hingen Transparente mit Aufschriften wie: *Wohin mit unseren Kindern?* Oder: *Kindergarten und Schule für den Hochschulstadtteil!* Die Bewohner schienen auf den Bürgermeister Klaus Thüringer nicht gut zu sprechen zu sein: *Schickt Thüringer nach Sachsen!* Den Hintergrund dieses frommen Wunsches verstanden die beiden Polizisten allerdings nicht.

Deutschmann und Jensen hielten vor einem Mehrfamilienhaus, das seine farbliche Gestaltung offenbar dem Delirium eines exzentrischen Kunststudenten verdankte: Es waren alle denkbaren Farbtöne zwischen bakteriellem Stockschnupfen über postoperatives Kamillosanfußbad bis hin zu grünkohlinduzierter Diarrhoe vertreten.

Es könnte auch das engagierte Werk eines Medizinstudenten der Universität zu Lübeck gewesen sein.

Vor der Wohnungstür angekommen, wurden die beiden Ermittler Zeugen einer lautstarken Auseinandersetzung. Genau genommen, war nur das Geschrei eines Mannes zu hören. Ein dumpfes, klatschendes Geräusch ertönte, dann Weinen und Winseln einer Frau. Ike Jensen sah zu Deutschmann hinüber. Der nickte kurz. Dann klingelte er, hämmerte gegen die Eingangstür und rief:

„Machen Sie sofort auf! Polizei!“

Keine Reaktion.

Der Kommissar wiederholte sein Anliegen, diesmal wurden seine Aktionen deutlich lauter.

Von drinnen ertönte ein lautes Poltern, dann trat einen Moment Stille ein.

„Leckt mich doch!“

Dem Bewohner schienen derartige Situationen vertraut zu sein. Nach einer Weile und mehrmaligen Wiederholungen seitens der Polizisten wurde die Tür aufgerissen. Ein Mann, in derselben Verfassung wie bei ihrem ersten Zusammentreffen, außer dass er jetzt einen Pyjama trug, baute sich vor Jensen auf.

„Ich dachte, die Bullen?“ Er schien verwirrt. Dann huschte ein grimmiges Lächeln über sein Gesicht: „Ach, jetzt schickt die Frau Nachbarin schon Zivilbeamte!“

„Lassen Sie uns bitte rein!“ Deutschmanns Äußerung klang nicht wie eine Bitte. Man könnte sie fast als unhöflich bezeichnen, da er, wie um sein Begehr zu unterstreichen, die Hand an das Pistolenholster legte.

Ewert trat reflexartig zurück und ließ die beiden eintreten.

„Was haben Ssie der Frau getan?“, fuhr Ike Jensen ihn an.

„Nichts!“, erwiderte Ewert unschuldig.

„Und das Gepolter und das Geschrei?“, hakte Deutschmann nach.

„Das war nichts. Vanessa ist nur ihr Kosmetik-Ding runtergefallen, und da hat sie sich halt geärgert.“

„Wir wollen mit ihr sprechen! Wo ist sie?“

„Ich glaube, sie trägt gerade Make-up auf. Im Badezimmer.“

Manfred Deutschmann schob den Mann beiseite und blieb vor dem Bad stehen. Er klopfte und forderte Vanessa von Ruhleben auf herauszukommen. Sie erwiderte, dass sie noch einen Moment brauche. Nach einer Weile trat sie aus der Tür. Sie hatte eine dicke Schminkschicht aufgelegt, doch nicht genug, um die blaue Färbung und die beginnende Schwellung des linken Wangenknochens zu kaschieren. Durch das auf die Stirnpartie aufgetragene Make-up sickerte ein Tropfen dunklen Blutes. Die Kommissarin erkundigte sich danach, ob sie Hilfe wolle, was die Frau, offenbar in Angst, verneinte.

Währenddessen wollte Deutschmann wissen, wo Bernd Ewert sich in der vergangenen Nacht aufgehalten habe.

„Ich war hier."

Seine Antwort war ein bisschen zu schnell. Also fuhr der Ermittler fort:

„Herr Ewert, vor einigen Wochen haben Sie Herrn Professor Christian Tille bedroht. Sie haben gedroht, ihn umzubringen, und Sie waren ähnlich erregt, wie Sie es uns eben demonstriert haben."

Ike Jensen schaute ihren Kollegen erstaunt an. Sie hatte bisher noch nicht erlebt, dass er ganze Sätze bilden, geschweige denn Reden halten konnte. Ohne Pause redete Deutschmann weiter:

„Dafür gibt es Zeugen, unter anderem meine Kollegin, Kommissarin Jensen." Dabei nickte er mit einer seitlichen Kopfbewegung zu ihr hinüber. „Der Professor wurde im Laufe der Nacht getötet. Sie stehen unter Verdacht, ihn ermordet zu haben. Ferner werfen wir Ihnen schwere Körperverletzung vor. Vermutlich wird Ihre Nachbarin das in einer Zeugenaussage bestätigen können."

Er nagelte Bernd Ewert mit einem stechenden Blick an die Wand. Der Mann sah aus, als hätte man soeben die Luft aus ihm herausgelassen. Deutschmann kam zur Conclusio:

„Ich werde Sie also jetzt zur Vernehmung mit aufs Präsidium nehmen." Dann wandte er sich an die beiden Frauen: „Und Sie, Frau von Ruhleben, lassen sich von meiner Kollegin in die Ambulanz der Klinik Ost fahren."

Alteingesessene Lübecker nannten das Uniklinikum, zumal es ständig seine Bezeichnungen wechselte, immer noch *Klinik Ost*.

„Ich will", und das war als Auftrag an Ike Jensen gerichtet, „eine genaue ärztliche Begutachtung und Dokumentation ihrer Verletzungen."

Damit war alles gesagt, und mehr Worte machte Hauptkommissar Manfred Deutschmann nicht.

Etwa zur selben Zeit fiel dem ungleichen Duo Billstaedt – Maier, anlässlich seiner Runde durch die Häuser in der Umgebung des Tatortes, eine ältere, etwas mollige Dame auf, die unschlüssig um Scheune und Wohnhaus des Professors herumschlich. Diese gab sich als Hannah Tille, die Ehefrau des ermordeten Professors, zu erkennen. Die Polizisten ließen sich von ihr in das Haus des Toten führen und nahmen eine erste Durchsuchung vor. Weil die Frau einen gleichermaßen verwirrten wie erleichterten als auch schuldbewussten Eindruck machte, weil sie einige widersprüchliche, wenn nicht gar verdächtige Äußerungen von sich gab und vielleicht auch, weil Kerstin Billstaedt und Florian Maier nun schon seit Stunden auf den Beinen waren und Erstere Hunger hatte, beschlossen sie, ihre Aufgabe hiermit als erfüllt zu betrachten. Während Kollege Maier die Frau in das Polizeiauto setzte und bewachte, gönnte Billstaedt sich einen kleinen Imbiss im Café Kreuzstich, aus dem es verführerisch nach frischem Kaffee und selbst gemachtem Kuchen duftete.

Anschließend überführte die Polizistin die Ehefrau des Ermordeten nach Lübeck, während sich die Café-Betreiberin über einen weiteren Gast mit einem ausgeprägten Appetit freute.

Ebenfalls zu dieser Zeit fand im Polizeipräsidium die Befragung des Herrn Waldemar Stübchen, einundneunzig Jahre alt, wohnhaft in Thandorf, durch die Kriminaloberkommissare Gross und Hustedt statt. Herr Stübchen, der nach eigenen Angaben infolge einer engagierten Lehrerbiografie und sicherlich auch wegen seines belehrenden Auftretens von seinem Mitmenschen *Herr Oberstübchen* genannt wurde, wusste von einem ganzen Reigen von Personen zu berichten, die am späten Abend des ersten November und in der Nacht zum zweiten November die Bühne des Geschehens betreten hatten. Die Beamten mussten eine Reihe von grammatikalischen Belehrungen und Scherzen auf ihre Kosten über sich ergehen lassen und schauten einander nach Abschluss der Vernehmung seufzend in die Augen. Angesichts seines hohen Alters sahen sie sich genötigt, Stübchen nach Thandorf zurückzufahren.

Ilka Gross verlor das verstohlen durchgeführte Losverfahren.

33 Was getan werden musste, war getan.

Er hatte sich vorgestellt, ein Gefühl von Triumph zu empfinden, zumindest aber so etwas wie Erleichterung oder Entspannung. Oftmals hatte er es sich ausgemalt, wie er sich fühlen würde nach dem Ereignis, auf das er so lange hingelebt hatte. Er hatte sich selbst gesehen, wie er eine Flasche Sekt öffnete und ganz für sich allein genüsslich ein Gläschen trank. Anschließend würde er in nieselndem Novemberregen durch die Stadt schlendern, die Leute beobachten, die, ihre Mantelkragen hochgeschlagen, in gedrückter Stimmung durch die Straßen schlichen, während er die erfrischende, klärende Nässe auf der Kopfhaut spürte. Er würde eine heimliche, boshafte Genugtuung empfinden. Gerade die Tatsache, dass er dieses Geheimnis mit niemandem würde teilen können, erhöbe ihn über die Menschen. Das heimliche Bewusstsein, eine ungeheure Tat vollbracht zu haben, zeichnete ihn als einzigartig aus.

Manchmal hatte er sich gesehen, wie er durch ferne Länder reiste.

Irgendwann würde er seine Arbeit wieder aufnehmen. Für den Umgang mit psychisch kranken Menschen würde er sich gestärkt fühlen. Er würde die Nörgeleien der Kollegen, ihre kleinkarierte Missgunst, das egomane Auftreten mancher Ärzte leichter ertragen, quasi über all dem stehen, unberührt von Alltäglichkeiten.

Er wäre etwas Besonderes.

So hatte er sich das vorgestellt.

Er fühlte aber nur Leere. Leere, die ihn stumpf machte. Die alle Energie aus ihm heraussaugte. Leere, die ihn gleichgültig machte und ihn niederdrückte. Er fühlte nicht etwa Schuld oder Scham angesichts seiner Tat.

Er fühlte nichts.

Und er tat nichts. Er saß am Küchentisch seiner Dachwohnung und starrte vor sich hin. Er sah auf seine Hände, ohne sie wahrzunehmen. Ihn durchzogen weder Erinnerungen noch Hoffnungen, keine Wünsche und keine Sehnsüchte. Er freute sich auf nichts. Nicht einmal Angst gab es in ihm. Wenn er doch nur Angst oder Aufregung, vielleicht die Erwartungsangst vor einer Prüfung oder einer unangenehmen ärztlichen Untersuchung spürte, die ihn unruhig die Wohnung auf und ab gehen ließe! Er hatte keinen Hunger, wollte nichts trinken, musste infolgedessen nichts besorgen. Er nahm weder Harn- noch Stuhldrang wahr. Nur der Atem ging gleichmäßig, nicht leicht und nicht schwer, eher betäubend: bei vollem Bewusstsein betäubt!

Das Nichts ist scheußlicher als Angst und Schmerz!

So saß er also in seiner Wohnung am Küchentisch, ins Nichts starrend, und wartete auf den Moment, an dem es klingelte und sie ihn abholen würden.

Um vierzehn Uhr zweiundfünfzig hatten sich tatsächlich alle im Besprechungsraum des Kommissariats 1 in dem Polizeigebäude an der Possehlstraße eingefunden. Alle außer Ike Jensen, wie Sloboda leicht verschnupft registrierte.

Der Leiter der Mordkommission blätterte in seinen Papieren. Dann schaute er in die Runde. Außer den regulären Mitarbeitern dieser Abteilung waren anwesend Kerstin Billstaedt von der Polizeistation Rehna, Polizeimeister Bender, der sich um den abgestellten Wagen und um die Identität der Unbekannten gekümmert hatte, sowie Diensthundeführer Ralf Stegmann, der bei der Bergung der beiden Männer in dem Fabrikgebäude geholfen hatte.

Sloboda begann, die Ereignisse des Tages zusammenzufassen. Er berichtete von dem vorläufigen Befund des Gerichtsmediziners, demgemäß der Tod des Professors frühestens um vier Uhr des heutigen Tages durch Erdrosseln eingetreten war. Theoretisch könnte es sogar sein, führte er aus, dass der Professor noch bis kurz vor Eintreffen des Arztes gelebt habe. Der habe um sechs Uhr zwölf seinen Tod festgestellt.

Alle schauten sich entsetzt an.

„Er hat noch gelebt?!“

„Möglich ... Die Spurensicherung“, berichtete Sloboda nach kurzem Zögern, „zeichnet bisher ein recht eindeutiges Bild: Der Täter hat sein Opfer gezwungen, über den Hackklotz auf den Tisch und von da aus auf die Rückenlehne des Stuhles zu steigen. Diese hatte der Täter mit einem Kantholz abgestützt, welches oben, also an der Lehne ausgeklinkt war, damit es nicht abrutschen konnte. Auf den Betonboden waren zwei Holzleisten gedübelt, eine, um das Wegrutschen des Stuhles zu verhindern, die andere als Widerlager für das Kantholz. Als Tille auf der Lehne stand, muss der Täter ihm die Schlinge um den Hals gelegt haben. Die Schlinge bestand aus einem Plastik-Kabelbinder von etwa zwei Zentimeter Breite und fünf Millimeter Stärke, der durch ein an dem Holzbalken angebrachtes Stahlseil geführt wurde. Sie kennen wahrscheinlich alle diese Kabelbinder, meist in etwas zierlicherer Ausführung: Man führt das eine Ende durch eine Lasche am anderen Ende, und eine Zahnung erlaubt nur das Zuziehen, nicht aber das Öffnen des Binders.“

Sloboda machte eine Pause und beantwortete einige ungläubige Nachfragen. Dann fuhr er fort:

„Vermutlich besteht ein Zusammenhang zwischen der verwirrten Frau, die vor Delffts Tür zusammengebrochen ist, und dem Professor. Leider wissen wir noch nicht, wer sie ist. Sie steht unter schwerem Schock und ist in die Uniklinik gebracht worden. Ein Auto mit Lübecker Kennzeichen, welches herrenlos auf dem Kiesplatz vor dem Café stand, hat uns bisher auch noch nicht weitergebracht. Es gehört einem gewissen Jurek Sominka, wohnhaft Marliring 35. Er hat den Namen seiner geschiedenen Frau angenommen, die aber keinen Kontakt mehr zu ihm hat, wie sie sagt. Ein Nachbar von Herrn Sominka meinte, er sei nach Polen gefahren. Warum aber sein Wagen am Tatort steht, ist unklar. Vielleicht besteht eine Verbindung zu der Frau, wir prüfen das gerade. – Ach, Bender, haben Sie bereits etwas über Identität und Zustand der Frau erfahren?“

Der Angesprochene räusperte sich, richtete sich ein wenig auf und trug vor, dass die Personalien der Frau noch nicht bekannt seien. Sie befinde sich nach wie vor in einem schweren Schockzustand. Der Oberarzt habe zudem eine akute traumatische Belastungsreaktion diagnostiziert. Die Patientin werde mit hochdosierten Psychopharmaka ruhiggestellt und sei auf absehbare Zeit nicht vernehmungsfähig.

„Gut, wir wissen also nicht, wer diese Frau ist. Das müssen wir dringend rauskriegen.“ Sloboda trommelte mit dem Zeigefinger auf den Tisch. „Wenn sich im Laufe des Tages niemand meldet, der diese Frau vermisst, müssen wir die Zahnärzte abklappern.“

Einige stöhnten und äußerten sich dahingehend, dass sich sicherlich bald jemand melden werde. Der Hauptkommissar nahm den Faden wieder auf:

„Der Täter hat dann, vermuten wir, diese Unbekannte irgendwie dazu gekriegt, sich auf den Stuhl zu setzen. Auf jeden Fall *hat* sie dort gesessen, das zeigt ein Vergleich der Schuhabdrücke vor dem Stuhl mit denen vor Delffts Tür. Fasern, Haare und Hautreste auf dem Stuhl und in unmittelbarer Umgebung werden derzeit im Labor untersucht."

„Ja, und dann ist diese Frau", schaltete Ilka Gross sich ein, „irgendwann aufgestanden."

„Und durchgedreht!", ergänzte Sven Hustedt. „Vielleicht ist sie eingeschlafen und hat sich dann im Tran erhoben."

„Und der Stuhl kippte um, und der Professor hing in der Luft ...", folgerte Ilka.

„Das ist ja krank!", warf jemand ein, ein anderer: „Wahnsinnig! Und irgendwie auch genial!"

„Da hat der Täter zwei Leute verbandelt", überlegte die Sekretärin, von ihrem Laptop aufblickend.

„Verbandelt im wahrsten Sinne des Wortes!", unterbrach Gross. Die Sekretärin fuhr fort:

„Das sieht ja aus wie Rache, wie eine gemeinsame Bestrafung. Der Mörder bestraft den einen mit dem Tod durch Erhängen und die andere dadurch, dass sie ihn töten muss."

„Das klingt logisch, Frau Marquardt", überlegte Gross. Sloboda lehnte sich zurück. Jetzt lief die Diskussion, Ideen wurden geäußert, verworfen, zu Theorien verdichtet. Alle beteiligten sich, jeder durfte seine Eingebungen zum Besten geben. Am Ende wurde dann geordnet und der Plan für die weiteren Ermittlungen erstellt.

Kollege Hustedt meldete sich wieder zu Wort:

„Irgendetwas verbindet den Professor und diese Frau, das müssen wir rausfinden. Vielleicht hatten die mal was miteinander. Wir sollten seine Lovestory mal aufblättern. Ich bin fast sicher, da wird dann auch irgendwann der Täter und sein Motiv auftau..."

„Der Zeitungsartikel!" Aufgeregt platzte die dicke Polizistin aus Rehna dazwischen. „Floh, ich meine Herr Maier und ich haben uns doch kurz im Haus des Professors umgesehen. Ich meine, Frau Tille hatte nichts dagegen, ich meine, sie hat jedenfalls nichts gesagt, ich meine –"

Sie konnte nicht weiterreden, so aufgeregt war sie. Sie musste erst einmal Luft holen. Ihre Zuhörer warten ungeduldig ab. Dann setzte sie erneut an:

„Also, ich meine, ich wollte sagen, dass wir da in der Nachttischschublade einen alten Zeitungsartikel gefunden haben, ich meine, den hatte ich voll vergessen! Moment!" Sie kramte in ihrer Handtasche. „Wo ... ist ...? Ah, da, also, Überschrift: *Drama in der Psychiatrie – Frau erhängt in psychiatrischer Klinik aufgefunden. Und dann: Gestern wurde am frühen Nachmittag eine 34-jährige Frau in der Gerätekammer ...*"

Mit zittriger Stimme verlas Kerstin Billstaedt den Zeitungsbericht, wobei alle mit angehaltenem Atem zuhörten.

„Von wann ist der Artikel?“, wollte Sloboda wissen.
„Ah, er ist … vom 2.11.1976.“
„Lange her …“, meinte die Sekretärin nachdenklich.
„Und erst jetzt, nach 30 Jahren, die Rache?“, griff Hustedt ihren Zweifel auf. „Was meinst du, Chef?“
„Hmh“, machte Sloboda nur. Er wollte jetzt nichts Festlegendes sagen.
„Auf jeden Fall eine Spur!“ Ilka Gross war hellwach. „Wir sollten dem nachgehen: War Tille der genannte Oberarzt? Hatte er ein Verhältnis mit der Mutter des Jungen? Was ist aus diesem Sohn geworden? Spielte die Unbekannte da auch irgendeine Rolle? Und so weiter …“
„Bei beiden Taten handelt es sich um Erhängen!“, spekulierte Sven Hustedt. „Das könnte passen. Und der Stuhl …“ Jetzt zupfte er nachdenklich an seinem Ohrläppchen. „Der Stuhl, vielleicht hat der auch eine Bedeutung … der heilige Stuhl … Stuhlgang …“
Alles lachte. Deutschmann, der sich die ganze Zeit nicht zu Wort gemeldet hatte, verzog keine Miene.
„Elektrischer Stuhl“, sinnierte Hustedt unbeirrt weiter, „heißer Stuhl, vom Stuhl reißen, nein, das heißt *vom Hocker*“, korrigierte er sich selbst, „zwischen zwei Stühlen … nein, nur ein Stuhl, den Stuhl vor die Tür setzen, na ja …?“
„Gut!“ Sloboda setzte der Spekulation ein Ende. „Wer übernimmt das?“
Sven und Ilka blickten sich einvernehmlich an.
„Machen wir“, sagten sie unisono.
Anschließend erstattete Sloboda Bericht über die Vernehmungen von Erich Bukowski und Hannah Tille. Die Frau des Professors hatte er kurz vor Beginn der Konferenz zusammen mit Kerstin Billstaedt vernommen. Frau Tille habe den Tod ihres Mannes noch gar nicht vollständig registriert, sie sei weiterhin verwirrt, habe nur einige nebensächliche Angaben gemacht und ansonsten geschwiegen. Als er sie mit der Aussage von Bukowski über ihren Mordauftrag konfrontiert habe, sei sie vollends in sich zusammengesunken und apathisch geworden. Gegenwärtig werde sie von einem Psychiater untersucht. Gegen Abend würden beide, sie und Bukowski, wegen dringenden Tatverdachts dem Haftrichter vorgeführt und voraussichtlich in Untersuchungshaft genommen werden.

Als der junge Mann aus der Narkose erwachte und sich aufrichten wollte, schoss ein spitzer Schmerz durch seinen Brustkorb. Er brauchte einige Zeit, um sich zu orientieren. Der OP-Pfleger drückte ihn mit einer sanften Berührung an der Schulter auf sein Lager zurück. Dann schlief Lars Müller-Hänisch wieder ein.
Einige Stunden später erwachte er erneut. Jetzt befand er sich in einem Krankenzimmer. Er tastete mit seinen Fingern an der Bettkante entlang, nahm die Klingel in seine tauben

Finger und drückte auf den Knopf. Als die Schwester erschien, fragte er nur:

„Lebt er?“

„Ssjef!“

Es war nicht zu unterscheiden, was zuerst in den Konferenzraum flog: die mit einem lauten Knall aufspringende Tür oder der atemlos-überdrehte Ausruf Ike Jensens. Jedenfalls stand diese plötzlich im Raum, während alle sie anstarrten. Im selben Moment war ihr der Auftritt schon peinlich. Deutschmann schien soeben aus seinem Dämmerzustand erwacht zu sein und verdrehte die Augen.

„Bernd Ewert wartet im Vernehmungsraum“, erklärte sie. „Er hat ssie gesslagen. Wir kamen gerade an und hörten –“

Der Tag hatte sichtlich an den Nerven der jungen Frau gezerrt. Außerdem machte sie sich Sorgen um Lars, was sie sich allerdings nicht eingestanden hätte.

„Das hat mir Kollege Deutschmann bereits berichtet“, erwiderte Sloboda indigniert. „Dazu kommen wir später, und Ewert kann warten. Kommen Sie bitte herein und setzen Sie sich!“ Slobodas Augenbrauen zogen sich zusammen. Er mochte derartige Auftritte nicht. „Sie sind zu spät!“

Hauptkommissar Deutschmann schaltete sich erstmals ein:

„Ich habe sie mit Vanessa von Ruhleben zum Arzt geschickt, weil Ewert seine Freundin misshandelt hat.“ Er machte eine Pause und fügte dann gelangweilt hinzu: „Ich glaube aber nicht, dass er als Täter in Frage kommt. Der typische Choleriker, der könnte jemanden in blinder Wut erschlagen, mit einem Gegenstand, den er zufällig gerade in der Hand hat. Aber ein so ausgeklügelter Mordplan, ne, das traue ich ihm nicht zu. – Allerdings sollte er für seine Gewalttätigkeit zur Rechenschaft gezogen werden!“

„Gut“, ergriff Sloboda wieder das Wort, „wir werden ihn anschließend verhören. Jensen, Sie werden das mit mir zusammen machen!“ Er musste, dachte der Kommissar, während er sprach, seine Kollegin fester an die Kandare nehmen.

„Aber ig wollte, ig muss ...“, wandte Ike ein. Sie wollte zu Lars.

„Nein, Sie müssen nicht, das macht jemand anderes!“ Sloboda zog bereits fester. Er schaute sie finster an. „Wir haben eine Menge Fragen an Sie!“

„Stimmt!“, ertönte die unterschwellig aggressive Stimme Ralf Stegmanns. „Ich habe nämlich eine Frage an dich. Und zwar, wie kann es sein, dass du diesen Typen, einen Nichtpolizisten, mit zu einem Einsatz bringst?“

Es war nicht wirklich eine Frage, sondern eine willkommene Gelegenheit, sich für die frühere Schmach, die er ihr verdankte, zu revanchieren. Die Erinnerung daran, wie sie ihm vor allen Leuten zwischen die Beine gegriffen und ihn bloßgestellt hatte, konnte er bis heute nicht so recht abschütteln. Er setzte nach:

„Du hast das Leben einer Zivilperson fahrlässig aufs Spiel gesetzt! Mal ganz abgesehen von einer ganzen Latte von Dienstvorschriften, die du plattgemacht hast!"

Die Nackenhärchen stellten sich auf und bewirkten bei der Frau das bekannte Kribbeln. Ihr Blut kochte. Sie blitzte ihren Kontrahenten an und drohte wütend mit der wohlbekannten Geste in seine Richtung. Beide dachten in diesem Moment, wenn auch mit gegensätzlicher emotionaler Färbung, an ein bestimmtes Ereignis.

Sloboda wies beide zurecht, was er mit leise drohender Stimme machte:

„Hören Sie auf!"

Die Beteiligten verstummten sofort. Dann fuhr er, an die Kommissarin gewandt, fort:

„Natürlich hat Stegmann Recht. Wie kann es angehen, dass Sie eine Privatperson mit zu einem Einsatz bringen?"

Ike Jensen ereiferte sich:

„Aber ig war doch nigt im Dienst! Wossu ssoll das nun wieder gut ssein? Ssie haben mig doch ssuspenderet!"

Sloboda konnte ihre Sicht durchaus nachvollziehen.

„Erst werde ig vom Dienst rausgessmissen, dann ssoll ig Tille bewachen, dann werde ig nigt informiert über den Mord und ssoll nigt ssein dabei, und dann ssoll ig wieder Kuipers retten in die alte Fabrik! Ja, forfanden*! Und ig hatte nun mal jemanden im Auto, als Ssie mig angerufen haben! Ja! Am Ende war ig nigt im Dienst!"

Sie schniefte. Ihr standen vor Wut die Tränen in den Augen. Stegmann schaute sie hasserfüllt an.

„Also waren wir *beide*", dieses Wort betonte sie vehement, „wir beide waren also Privatpersonen! Und jeder Bürger muss ssehen und retten dem anderen das Leben, wenn der ist in Gefahr!"

Ihre ganze Frustration und Anspannung entlud sich.

„Sso ist das!", setzte sie energisch hinzu und schlug mit der flachen Hand auf den Tisch. Sie biss sich auf die Unterlippe.

„Sie haben ja Recht, Jensen!", versuchte ihr Chef sie zu besänftigen. „Sie sind da in einen persönlichen Machtkampf zwischen Reitner und Staatsanwältin Geller geraten. Natürlich: Ihr Einsatz war vorbildlich. Und der des jungen Mannes. Ich möchte Ihnen dafür danken. Auch Ihnen danke ich", ergänzte er, sich an Stegmann wendend, „für die Rettungsaktion."

Anschließend erstatteten Jensen, die Mühe hatte, sich wieder zu beruhigen, und Stegmann, der demonstrativ sachlich wurde, Bericht über die Ereignisse des frühen Vormittags. Ike schilderte, was die Ärzte ihr über den Zustand von Johann Kuipers und Lars Müller-Hänisch mitgeteilt hatten: Kuipers hatte infolge einer schweren Unterkühlung hohes Fieber, eine schwere Lungen- und Rippenfellentzündung. Er musste zwar schon einige Minuten mit dem Gesicht unter Wasser gewesen sein, aber

*verdammt

infolge der Unterkühlung und der reduzierten Körpertemperatur waren seine Vitalfunktionen sozusagen heruntergefahren, so dass voraussichtlich kein akuter Versorgungsmangel des Gehirns eingetreten war. Man hatte ihn in ein künstliches Koma versetzt und gesagt, dass man die Nacht abwarten müsse, um eine endgültige Prognose abgeben zu können. Soweit die Ärzte sich festlegen wollten, würde er überleben. Der andere Mann, Herr Müller-Hänisch, war ebenfalls einige Zeit ohne Sauerstoff, aber nicht so lange, so dass er von den Sanitätern problemlos wiederbelebt und beatmet werden konnte. Bei ihm gab die Verletzung mit dem dicken, rostigen Draht mehr Anlass zur Sorge. Der Gegenstand war von unterhalb des rechten Schulterblattes in die Lunge eingedrungen. Wahrscheinlich hatte es ihm das Leben gerettet, dass weder er selbst noch die Taucher den Draht herausgezogen hatten; das hätte möglicherweise zu größeren Schäden an der Lunge geführt. Müller-Hänisch war sofort notfallmäßig operiert worden. Die Operation war gut verlaufen. Wenn sich jetzt nicht noch eine schwere Infektion einstellte, sollte er über den Berg sein.

Als die Kommissarin ihren Bericht beendet hatte, klatschten einige spontan Beifall, der ihr guttat.

„Woher wusstest du denn überhaupt, dass Kuipers in der Fabrik war?“, erkundigte sich Ilka Gross neugierig.

„Ig ssollte ja den Professor observieren. Weil ig nigt sslafen konnte, bin ig in der letzten Nacht wieder aufgestanden und habe gedacht, ig ssollte noch mal nach Thandorf fahren. Das hab’ ig dann auch gemacht und hab’ mig mit dem Auto auf den Parkplatz bei dem Café gestellt.“

Dass auch bei diesem Einsatz Lars Müller-Hänisch dabei gewesen war, verschwieg sie. Dann berichtete sie, wie sie einen ihr unbekannten Mann neben Tilles Haus habe hervorkommen sehen und diesen, weil er ihr verdächtig vorgekommen sei, verfolgt habe.

Während ihrer Schilderung wurde ihr wie allen anderen bewusst, dass in demselben Moment Professor Tille auf der Stuhllehne um sein Leben kämpfte. Sie hätte ihn retten können.

„Warum bist du nicht in die Scheune gegangen?“, hakte jemand nach.

„Das hatte ig auch überlegt, aber dann hätte ig den Fremden nigt verfolgen können!“

„ … und hättest Kuipers nicht ausfindig gemacht! – Eine schicksalsschwere Situation, in der du nur falsch reagieren konntest!“, warf Hustedt apodiktisch ein.

Ein Leben für das andere …

Ike stockte. Dann merkte sie, dass der Einwand ihres Kollegen nicht als Kritik gemeint zu sein schien. Sie war ziemlich dünnhäutig. Daraufhin schilderte sie die nächtliche Verfolgung des Mannes durch Lübecks Hochwasser, ihre Ankunft vor dem alten Fabrikgebäude und wie sie ihn plötzlich aus den Augen verloren hatte. Auf die hämische Frage von Stegmann musste sie zugeben, dass sie etwas versäumt hatte, was zum Einmaleins der Polizeiausbildung gehörte: Sie hatte vergessen, das Kennzeichen zu notieren.

Sven Hustedt informierte die Runde anschließend über die Befragung des Herrn Waldemar Stübchen. Er stöhnte und tauschte einen vielsagenden Blick mit seiner Lieblingskollegin. Dann fasste er das Befragungsergebnis zusammen:

„Ja, der alte Herr hat nicht mehr viel anderes zu tun, als am Küchenfenster zu sitzen und das Treiben zu beobachten, was sich in so einem kleinen Dorf wie Thandorf wahrscheinlich nicht nur auf die Mitmenschen, sondern auch auf Stare, Kiebitze und Regenwürmer bezieht. Nach dessen Aussagen fanden sich auf dem Platz vor dem Café, den er von dem Fenster aus einsehen kann, folgende Personen ein, ich zitiere: *ein Fremder von gedrungener Gestalt und mit dunklen Absichten,* dann später, Zitat: *der werte Herr Akademiker,* schließlich, wieder seine Formulierung: *der Gedrungene erneut, diesmal in Begleitung eines tückischen Telekommunikationsgerätes, welches er manuell und verbal manipulierte.* Dann kam – Moment mal", Hustedt tippte auf das Display seines tückischen IT-Gerätes. „Ja, hier, dann kam also, zitiere: *eine hagere Gestalt in Vogelscheuchen-Aufmachung, vermutlich weiblichen Geschlechts, die*, wie Herr Oberstübchen sich ausdrückte, *dem Erstgenannten läufigen Schrittes in die dunkle Scheune folgte.*"

Sven grinste breit, während Ilka ihre Augen verdrehte und vor sich hinmurmelte: „Alter Bock!" Es war nicht ganz eindeutig, wen sie meinte.

„Und dann", nahm Hustedt seinen Bericht wieder auf, „ist nur der Mann wieder aus der Scheune herausgekommen, die Frau und der Professor nicht. Irgendwann ist auch noch, ich zitiere wieder: *der blaue Heinrich,* gemeint ist Erich Bukowski, aufgetaucht und in die Scheune gegangen. Und dann ist noch ein, Zitat: *klappriger Golf mit zwei turtelnden Täubchen auf die Bühne des Geschehens gefahren und nach kurzem Geschnäbel wieder von hinnen geprescht.*"

Sofort richteten sich aller Augen auf die junge Kommissarin, die über und über rot anlief. Sloboda seufzte und schüttelte resignierend den Kopf.

„Das mit dem Auto war aber zeitlich vor dem Auftauchen von Bukowski", ergänzte Hustedt noch. „Ach, und übrigens, das Gespräch haben wir aufgezeichnet. Es lohnt sich, das mal abzuhören!"

„Was gibt es sonst noch?", fragte Sloboda in die Runde. „Ilka, was habt ihr? Ilka und Deutschmann!"

Letzter hatte für heute genug geredet, also meldete sich Ilka Gross zu Wort:

„Manfred und ich haben die Nachbarschaft abgeklappert. Eigentlich nichts Neues. Von den nächtlichen Ereignissen haben die anderen Bewohner nichts mitgekriegt. Der Bedienung vom Café ist ein Mann aufgefallen, der öfters bei ihnen in der Gaststube gesessen hat und auch Fragen über den Professor und Bukowski gestellt hat. Den hatte doch auch schon Bukowski erwähnt, wenn ich mich recht erinnere.“

Sie schaute Bestätigung suchend zum Chef hinüber. Der nickte kurz. Dann führte Gross ihren Bericht fort:

„Sie beschreibt ihn als ungefähr eins fünfundsiebzig, eins achtzig, gesetzte Statur, mittelblond, eher bieder und zurückhaltend. Sie wusste nicht, ob sie ihn wiedererkennen würde. *Ein Durchschnittstyp*, sagte sie.“

Hustedt unterbrach sie:

„Ach ja, das fällt mir jetzt wieder ein: Der alte Kauz, Stübchen, hatte auch einen Fremden erwähnt. Ich weiß wieder: *Norm-Wessi* nannte er ihn oder so ähnlich.“

„Ansonsten nichts Erwähnenswertes. Bericht folgt.“

„Ilka und Sven, ihr verfolgt bitte die Spur von dem großen Unbekannten!“

Sloboda klappte nach diesem Schluss-Satz seine Unterlagen zu.

Die Sitzung war beendet.

Ike Jensen hatte Angst, dass ihr Chef auf die Sache mit Lars im Auto bei der Observierung zu sprechen kommen könnte. Sie wollte ihm keine Gelegenheit geben. Also trat sie auf ihn zu und fragte nach dem Stand in Sachen Karoß. Der Kommissar informierte sie in aller Kürze über den Fortschritt der Ermittlungen und erkundigte sich umgekehrt nach dem Stand ihres Berichtes über den Kampf mit Klaas Karoß. Das hatte Ike Jensen völlig vergessen! Das hätte sie doch während der Suspendierung zu Hause erledigen können!

Wieder ein Fehler!

Sloboda äußerte sich nicht dazu. Stattdessen forderte er sie auf, einen Moment auf ihn zu warten, weil er noch mit Trude Koch sprechen wollte. Anschließend würden sie Bernd Ewert vernehmen.

Die Befragung Ewerts führte – leider, wie Ike fand – zum Ausschluss dieses Kandidaten aus der Verdächtigenliste. Er hatte angegeben, mit seiner Partnerin und einem befreundeten Pärchen bis tief in die Nacht hinein Doppelkopf gespielt zu haben. Die Überprüfung ergab, dass er die Wahrheit gesagt hatte. *Sofern sie nicht alle vier gelogen haben!* Aber jetzt gab es erst einmal heißere Spuren zu verfolgen.

Also wurde Ewert entlassen, wobei er von der Kommissarin die Erinnerung mit auf den Weg bekam, dass er mit einer Anklage wegen schwerer Körperverletzung zu rechnen habe.

Bernd Ewert verließ das Polizeigebäude ziemlich kleinlaut. Als er nach Hause kam, überreichte er seiner Freundin einen peinlich großen Blumenstrauß.

Wie viele dieser Sträuße hatte Vanessa von Ruhleben wohl

schon von ihm erhalten?

Sie zählte sie schon lange nicht mehr …

Freitag, 3. November

34 Am frühen Morgen des nächsten Tages ging Renate Mrosska vor dem Eingangsportal des Polizeipräsidiums auf und ab. Sie litt Qualen. Nervös steckte sie sich eine Zigarette in Brand, sog fahrig einige Züge ein und warf sie dann angewidert weg. Sie war Nichtraucherin. Aber heute wusste sie nicht, was sie tun sollte. Ihre Freundin Hannah eine Auftraggeberin für einen Mord? Eigentlich konnte sie sich das nicht vorstellen. Andererseits: Hatte diese ihre beste Freundin sie nicht auch jahrelang über den Zustand ihrer Ehe im Unklaren gelassen und ihr eine Komödie vorgespielt? Und Bukowski? Der war doch als Säufer bekannt, der überhaupt nichts auf die Reihe kriegte. Aber: Im Café hatte sie gehört, dass er seit Tagen trocken sein sollte! Was, wenn sich hinter diesem Wrack ein ganz anderer Mensch verbarg, als jeder im Dorf ahnte? Vielleicht hatte Bukowski seine Schattenseite mittels des Alkohols in Schach gehalten? Und jetzt, wo er nüchtern war, kam diese zum Vorschein: ein eiskalter Mörder!

Wem konnte man noch trauen? Was galt noch nach so einer schrecklichen Tat? Sie fühlte den Zwiespalt in sich: einerseits die Loyalität zu ihrer Freundin; andererseits konnte sie nicht mit der Ungewissheit leben, ob Hannah das wirklich getan hatte. Sie durfte das nicht verschweigen! Sie musste jetzt in das Gebäude gehen, das so übermächtig groß vor ihr in den Himmel ragte und das Gesetz repräsentierte! Aber es ging nicht nur um Recht und Ordnung, der Glaube daran war Renate Mrosska angesichts vieler grotesker Auswüchse des gepriesenen westlichen Rechtssystems abhanden gekommen. Woran sie aber glaubte, das war etwas Größeres, was für die menschliche Ordnung sozusagen den Untergrund bildete: die göttliche Moral.

Und heute deckten sich Recht und Moral.

Also gab sie sich einen Ruck, überprüfte noch einmal in ihrem Taschenspiegel Sitz der Frisur und Unversehrtheit der frühmorgendlichen kosmetischen Korrekturen. Mit dem festen Vorsatz, dem Kommissar alles über den Mordauftrag ihrer Freundin an Bukowski zu berichten, durchschritt sie den Eingangsbereich und steuerte auf den Fahrstuhl zu.

Der Arzt der Intensivstation hatte ihnen erlaubt, mit Johann Kuipers zu sprechen, die Vernehmung aber auf wenige Minuten begrenzt.

„Wir denken, dass er es schaffen wird“, hatte der Mediziner erklärt, „er braucht aber noch unbedingte Schonung.“

Ike Jensen saß direkt neben Kuipers' Bett und beugte sich über sein Gesicht. Hinter dem Bett, ebenfalls etwas vorgebeugt, stand Manfred Deutschmann. Der Gedanke, dass Sloboda ihn und die Dänin zu einem festen Gespann machen wollte, quälte ihn.

Kuipers bewegte die Augen. Er wollte etwas sagen, aber er konnte nur einzelne Worte stammeln:

„Biggi … meine Frau? … Kinder …“ Er räusperte sich schwach, dann machte er weiter: „Oberd Seinfa- … Bofesser Dille … Mord …“

Er schloss die Augen, während Jensen und Deutschmann seine Worte mitschrieben. Kuipers war erschöpft. Der Arzt betrat den Raum und forderte die Beamten auf, das Verhör jetzt zu beenden.

Kuipers spannte seinen Körper noch einmal an und flüsterte:

„Doktor … Danner … suchen … Sychothe … therabie … Brasis Kö …“

Dann röchelte er und schlief ein.

Auf dem Flur verglichen die Kommissare ihre Notizen.

„Ig meine, das nach sseiner Frau und den Kindern, das klang sso wie *Roberts Einfahrt*. Ike Jensen kratzte sich mit dem Bleistift auf dem Kopf.

„Hm“, machte ihr Kollege mürrisch, „Quatsch!“ Er schien nichts weiter sagen zu wollen, schickte dann aber nach einer Weile hinterher: „Der Name des Mörders vermutlich: Norbert Seinert oder so, vielleicht auch Robert Steiner …“

„Ja, eher Robert! – Und das Ssweite“, mutmaßte die junge Polizistin, „war ein Hinweis auf den Mord an dem Professor. Er muss das gewusst haben. Wahrssjeinlig hat der Täter ihn deshalb in die Fabrik gebracht.“

„Vermutlich“, erwiderte Deutschmann kurz angebunden.

„Der Täter hat ihn in die Fabrik gebracht und wollte ihn töten oder wollte ihn hindern, sseine Pläne ssu stören.“

Manfred Deutschmann fand, dass man so offensichtliche Dinge nicht auch noch aussprechen musste.

Engagiert fuhr seine Kollegin fort:

„Und jetzt müssen wir ssuchen nach die Frau Danner oder sso, die Psychotherapeutin ist und ihre Praxis in der Königstraße hat. Kann ssein, das ist unsere Unbekannte.“

Deutschmann musste zugeben, dass seine Kollegin wahrscheinlich Recht hatte. Er sagte das aber nicht laut, sondern brummte nur:

„Mmh …“

Wortlos wählte er Slobodas Nummer auf seinem Handy.

„Der Täter könnte Robert oder Norbert Seinert oder Steiner oder so ähnlich heißen“, teilte er seinem Chef mit. „Wir haben Johann Kuipers kurz sprechen können, aber er war sehr schwach und konnte nur undeutlich sprechen. Jetzt ist er wieder eingeschlafen. Zweitens haben wir von ihm möglicherweise Hinweise auf die unbekannte Frau erhalten: Es könnte eine Psychotherapeutin mit Praxis in der Königstraße sein. Name Dr. Danner oder ähnlich. Wie gesagt, er war nur schwer zu verstehen.“

„Warten Sie bitte kurz“, erwiderte der Hauptkommissar. „Ich habe gerade Kollege Bender hier. Er hat etwas in Erfahrung gebracht über die Frau.“

Deutschmann hörte einen gedämpften Wortwechsel; vermutlich hielt sein Chef das Mikro zu.

„Hören Sie“, meldete sich Sloboda wieder zu Wort. „Bender hat in Erfahrung gebracht, dass ihr Freund, Jurek Sominka, sich bei den Kollegen auf dem Polizeirevier Meesenring gemeldet hat und eine Frau Dr. Annerose Tannert als vermisst angezeigt hat. Außerdem hat eine Melanie Rauchfleisch in der Polizeidienststelle Mengstraße ebenfalls eine Vermisstenanzeige aufgegeben. Frau Rauchfleisch ist die Sprechstundenhilfe dieser Frau Dr. Tannert und vermisst sie ebenfalls. Ihre Chefin ist am Donnerstag nicht in der Praxis erschienen. Die Praxis befindet sich in der Königstraße 3 c, und ich habe die Frau angewiesen, dort auf uns zu warten. Haben Sie alles?“

Als Deutschmann bejahte, forderte Sloboda ihn auf, mit Kollegin Jensen unverzüglich in die Praxis zu fahren und die Assistentin zu befragen.

Fünfundzwanzig Minuten später schritten Deutschmann und Jensen durch den Hinterhofgarten auf das kleine Praxisgebäude zu, welches sich hinter der mächtigen Fassade der Gebäude an der Königstraße verbarg.

Melanie Rauchfleisch öffnete. Sie hatte schon auf die Polizisten gewartet. Sie war nervös. Deutschmann zeigte ihr seinen Dienstausweis und stellte sich und seine Kollegin vor. Auf die ängstliche Frage, was mit der Frau Doktor passiert sei, teilte Ike Jensen ihr mit, dass sie sich wegen eines Schockzustandes im Krankenhaus befinde, dass aber keine Lebensgefahr bestehe. Es war unklar, ob die Sprechstundenhilfe mehr Angst um ihre Vorgesetzte oder um ihre Arbeitsstelle hatte.

„Haben Sie in der letzten Zeit irgendwelche Veränderungen an Frau Tannert wahrgenommen?“, eröffnete der Hauptkommissar die Vernehmung. „Oder ist irgendetwas Ungewöhnliches passiert?“

„Weiß nich’“, erwiderte die Angesprochene zögerlich. „Ja, glaub’ schon, sie war angespannt und nervös, hat mich total oft angemacht.“

„Erinnern Sie sich, ob sie sich mal darüber geäußert hat, dass sie Probleme hat? Ärger? Wurde sie bedroht?“

„Nee, weiß nich’ ...“

Deutschmann wechselte die Strategie:

„Wie war sie denn so als Mensch? Und als Chefin? Beschreiben Sie sie uns!“

Während Deutschmann versuchte, der Sprechstundenhilfe verwertbare Aussagen zu entlocken, sah seine Kollegin sich ziellos in dem kleinen Büro und im angrenzenden Wartezimmer um.

„Also, weiß auch nich' …" Melanie wollte nicht illoyal sein. „Vielleicht manchmal 'n bisschen zickig."

„Und?" Vielleicht half es, dachte der Polizeibeamte, ebenfalls in den restringierten Sprachcode zu verfallen. Er fixierte sie und sagte nichts weiter. Die junge Frau wurde zappelig.

„Vielleicht Ärger mit ihrem Freund. So'n Pole, glaub' ich. Viel jünger als sie. Und ei'ntlich immer gut drauf. Im Ge'nsatz zu ihr." Sie blickte unsicher zu Boden. „Weiß nich', was der an ihr fand …"

„Kennen Sie diesen Freund?"

„Paar Mal hat der sie abgeholt. Hat dann hier gewartet. Und mit mir geschnackt. Total nett."

Sie errötete leicht.

„Was weiter?", hakte Deutschmann nach.

„Wie?" Melanie Rauchfleisch war irritiert.

„Ich meine", wurde sie von dem Ermittler wieder eingenordet, „können Sie sich vorstellen, dass ihr Freund ihr, ich will mal sagen: etwas Böses antun könnte?"

„Nee." Und nach einer kurzen Pause fügte sie hinzu: „Glaub' nur, dass der sie bald abserviert. Weil sie auch mit ihm immer rumnervt."

„Wie ist das mit den Patienten?", schaltete Jensen sich ein. Deutschmann war ihr in dem Moment ganz dankbar. „Hatte ssie Sswierigkeiten mit einem?"

Melanie Rauchfleisch dachte nach. Es dauerte ein Weilchen, aber weil ihre Augen angestrengt nach schräg oben wiesen, hatte Deutschmann den Eindruck, dass der Denkprozess zu einem Ergebnis führen könnte und ließ sie gewähren.

Und tatsächlich antwortete sie überraschend ausführlich:

„Na, da war so einer, der kam immer mittwochs, um acht morgens. Am Anfang hat der sich einfach ohne Termin in das Therapiezimmer gesetzt. Sie war hinterher total wütend auf mich und hat mich angemacht, was mir einfällt und so. Aber ich hab' den nich' reingelassen. Weiß nich', wie der reingekommen ist."

„Was war das für einer?", übernahm Deutschmann wieder.

„Na, weiß auch nich'. Ei'ntlich normal." Die Assistentin grübelte nach. „Ir'ndwie unheimlich …"

„Unheimlich?" Deutschmann versuchte, das Feuer anzufachen.

„Ja, ir'ndwie. Aber auch zurückhaltend. Förmlich. Na, und die Frau Doktor war vor den Stunden mit ihm immer ganz angespannt. Hat rumgenervt. Ir'ndwie zickig."

„Wie heißt der und wann war er das letzte Mal hier?"

„Mal überlegen, vergess' immer sein' Namen." Die Sprechstundenhilfe blätterte in dem Kalender und tippte auf einen Eintrag. „Hellmuth Michelsen, letzten Mittwoch um acht. Vorgestern."

„Gibt es einen Patienten, der Norbert oder Robert Steiner heißt oder Sseinert oder sso?", wollte Jensen wissen.

„Nee, glaub' nich'."

„Geben Sie uns bitte die Kartei!“, forderte der Kommissar sie auf. Er sah die Karten durch. Da es eine psychotherapeutische Praxis war, die keinen hohen Durchlauf hatte, dauerte es nicht lange. Er fand keinen entsprechenden Eintrag.

„Und die Akte von diesem Michaelsen bitte!“

„Michelsen hieß der. Ja, Moment. Hier!“

Deutschmann sah die Gesprächsnotizen durch. Jensen schaute ihm über die Schulter. Die Stundenprotokolle waren knapp und kryptisch. Und ziemlich krakelig. An einigen Stellen schien es mit der Ärztin durchgegangen zu sein; denn es gab auch Einträge, in denen sie ihren eigenen Gefühlen freien Lauf ließ. Zum Beispiel: *M. macht mir Angst, scheint Beschreibung seiner zwanghaften Gewaltphantasien zu genießen! Die Schilderung der Sache mit den Katzen war eklig!*

Ein anderer Eintrag lautete: I*ch hatte wieder diesen Puppentraum! Was ist los mit mir? Gegenübertragung Vater??! Supervision??! Von B. anrufen wegen Termin!*

Jensen las diese Passage laut vor und wandte sich an Melanie:

„Wer könnte dieser von B. ssein?“

„Weiß nich'.“

„Gut“, beschloss Deutschmann die Vernehmung, „wir nehmen diese Akte einmal mit. Die Adresse von diesem Michelsen haben wir. Das war's fürs Erste.“

Ohne sich um seine Kollegin zu scheren, erhob er sich und verließ die Praxis.

Draußen angekommen, stellte er fest:

„Ich werde jetzt etwas essen gehen.“

Der Klang seiner Stimme machte deutlich, dass er dies ohne Gesellschaft zu tun gedachte.

„Ssoll ig noch mal ssehen und fahren zu Kuipers? Wir ssollten ihn fragen, ob ihm der Name Hellmuth Michelsen ssagt etwas.“

„Meinetwegen. Tun Sie das.“

Deutschmann drehte sich um und ließ Ike Jensen allein.

Nachdem Jensen ihren Chef über den Verlauf der Vernehmung telefonisch ins Bild gesetzt und angefragt hatte, ob sie Kuipers noch einmal aufsuchen sollte, nachdem Sloboda ihr bedeutet hatte, das mit ihr am späteren Nachmittag gemeinsam tun zu wollen, nachdem er sie angewiesen hatte, um 14 Uhr 17 zur Besprechung ins Büro zu kommen, nachdem sie festgestellt hatte, noch genug Zeit zu haben, saß die junge Frau kurz darauf auf der Kante von Lars' Bett. Nach einem Aufflackern von Wiedersehensfreude und Erleichterung darüber, dass es ihm besser ging, spürte sie wieder ihren inneren Zwiespalt: Sie konnte Schmerzen ertragen, Einsamkeit, Angst; sie konnte sich gegen aggressive Anmache oder Intrigen zur Wehr setzen, Streits und Kämpfe überstehen; sie wurde mit Niederlagen und Verlusten fertig.

Womit sie nicht umgehen konnte, war Liebe.
Deshalb verstand Lars auch nicht, weshalb Ike nach der herzlichen Begrüßung und fürsorglichen Erkundigung nach seinem Befinden sich plötzlich so kurz angebunden, so kalt und distanziert verhielt und unvermittelt, obwohl ihre Pause noch nicht abgelaufen war, den Besuch beendete und einen irritierten und beunruhigten Patienten zurückließ.
Was er nicht ertragen konnte, war Schweigen.

„Vorab einige Erklärungen zum Fall Karoß", eröffnete Sloboda die Besprechung. „Wir haben jetzt alle Indizien zusammengestellt, Klaas und Charlotte Karoß haben beide gestanden, das Labor hat alle Untersuchungen abgeschlossen. Beide sitzen in U-Haft. Die Staatsanwaltschaft stellt gerade die Anklage zusammen, so dass in einigen Wochen die Verhandlung beginnen wird."
Er streckte sich. Ührchen war immer noch auf Reisen, und mit seinem Lebenspartner war auch seine Tagesstruktur abhanden gekommen. Er erwischte sich dabei, dass er unregelmäßiger aß, keine ordentlichen Mahlzeiten zubereitete, sich bis Mitternacht und länger fragwürdige Soaps und Castingshows reinzog und sich nur jeden dritten, vierten Tag rasierte.
Noch vier Tage bis zu seiner Rückkehr!
Nachdem Deutschmann und Jensen ihren Bericht über die Vernehmung der Sprechstundenhilfe vorgetragen hatten, meldete sich Bender zu Wort und berichtete, dass der Freund der Ärztin, Jurek Sominka, sich inzwischen gemeldet und die Identität von Frau Tannert in der Klinik persönlich bestätigt habe. Er sei mit Tannerts Wagen für einige Tage nach Polen zu einem Familienfest gefahren. Sie hätten die Autos getauscht, weil ihrer besser und zuverlässiger sei.
Danach wandte sich der Leiter der Mordkommission an Gross und Hustedt:
„Ilka und Sven, was habt ihr Neues?"
„Wir waren den ganzen Tag über in der Unterwelt", begann Hustedt. „Zuerst im Archiv der Lübecker Nachrichten. Da haben wir außer dem Artikel vom 2.11.76, den die Kollegin aus Rehna vorgelesen hat, nur noch einen kurzen Bericht gefunden, und zwar vom 6.11.76. Darin steht, dass sich die Selbstmordthese erhärtet hat und der Sohn der Toten in der Kinder- und Jugendpsychiatrie untergebracht wurde."
„Und ich habe hier die alten Polizeiakten", übernahm Gross und nieste. „Ziemlich staubig da unten im Keller!" Sie nieste erneut und putzte sich laut schnaubend die Nase. „Insgesamt erscheinen die Unterlagen der Polizei ziemlich schlampig. Aber der Reihe nach: Am 1.11.1976 wurde im Haus 8 der Psychiatrie die Krankenschwester Barbara Steinfath erhängt aufgefunden."
„Steinfath!", rief Jensen dazwischen, „Deutschmann, er könnte *Steinfath* gesagt haben!" Sie erklärte kurz, was es mit

diesem Namen auf sich hatte. Dann machte Gross weiter mit ihren Ausführungen:

„Also, wo war ich? Ja, also, Barbara Steinfath, zur Tatzeit 34 Jahre alt, geboren 27.8.1942. Sie wurde erhängt aufgefunden, und zwar von ihrem Sohn Robert, der zur Tatzeit 16 Jahre alt war. Geburtsdatum war der 31. Mai 60. Dessen Beschuldigungen gegen den Oberarzt konnten entkräftet werden, weil dieser nachweislich zum Zeitpunkt der Tat an einer Besprechung teilgenommen hatte. Dieser Oberarzt war übrigens ein gewisser Dr. Christian Tille ..."

Einige Gesichter hellten sich auf, einige *Ooohs* und *Aaahs* schwirrten durch den Raum.

„Und weiter geht's: Hier wurde echt schlampig gearbeitet. Denn am Anfang schreibt einer der untersuchenden Kommissare in seinen Bericht etwas von, Zitat: *Schmutz unter den Fingernägeln der Toten. Könnten Hautpartikel sein – hat sich B.St. gegen den Täter zur Wehr gesetzt? – Probenentnahme wurde veranlasst.* Aber davon wird in den gesamten Unterlagen kein Wort mehr erwähnt! Auch nicht, ob die Beteiligten auf Kratzspuren untersucht wurden, zum Beispiel dieser Tille!"

„Dann waren noch die Hämatome an den Handgelenken der Toten", warf Hustedt ein. „Dem wurde auch nicht weiter nachgegangen! Da steht nur: *Oberarzt Dr. Tille gibt an, dass die ermordete Krankenschwester ihm hartnäckig nachgestellt hat und er sich ihrer nur dadurch erwehren konnte, dass er sie einige Tage zuvor an beiden Handgelenken gepackt hat, um ihre Annäherungsversuche abzublocken.* Zitat Ende. Das ist auch wieder so eine Sache: Diese Versuche wurden von keinem anderen bestätigt, und außerdem wurde die Frau von Dr. Tille als depressiv und kaum noch für den Stationsdienst tragbar beschrieben. Wie passt das denn wohl zusammen? Eine depressive Frau macht doch nicht solche handgreiflichen Annäherungsversuche, oder?"

Hustedt schaute sich triumphierend um und kam dann zu seiner Schlussfolgerung:

„Ich könnte mir vorstellen, dass Tille doch etwas mit dem Tod der Krankenschwester zu tun hatte. Zumal der Todeszeitpunkt der Frau ziemlich vage angegeben ist und diese Schätzung sich auf die Äußerungen des Jungen stützt. Der war aber, nachdem er seine Mutter hat von der Decke baumeln sehen, ziemlich durch'n Wind, wie man sich vorstellen kann. Er hat bestimmt nicht auf die Uhr geschaut! Und schließlich würde die Geschichte so erst Sinn machen: Steinfath rächt sich an Tille für den Mord an seiner Mutter!"

Die Zuhörer wiegten nachdenklich ihre Köpfe.

„Nach dreißig Jahren!?", äußerte einer von ihnen seinen Zweifel.

Dann ergriff Ilka Gross wieder das Wort:

„Ja, Tille hat als Einziger die Erhängte als depressiv geschildert. Alle anderen Befragten, die Barbara Steinfath kannten, beschrieben sie aber tendenziell eher als fröhlich und positiv! – Übrigens, hier hab' ich noch ein Schreiben vom Jugendamt beigeheftet, aus dem hervorgeht, dass Robert noch einige Zeit in der Psychiatrie bleiben muss und voraussichtlich anschließend in das Heim *Wakenitzhof* kommt."

Sie blätterte in den Unterlagen.

„Ach ja, da hab' ich's: Die behandelnde Ärztin des Jungen in der Klinik war eine Frau Annerose Tannert. Sie war damals Stationsärztin in der KJP, der Kinder- und Jugendpsychiatrie."

„Tannert! Annerose Tannert! Ja klar!", erregte sich Ike Jensen. „Jetzt wissen wir, was der Professor und diese Ärztin miteinander ssu tun haben! Jetzt müssen wir ssnell ins Krankenhaus und befragen den Redakteur noch mal. Vielleicht kann der uns was über Robert Steinfath ssagen!"

Jetzt hatte sie schon wieder Anordnungen erteilt und ihre Kompetenzen überschritten! Würde sie denn nie dazulernen?

Aber Hauptkommissar Sloboda schien dies gar nicht zur Kenntnis zu nehmen. Er nickte und ergänzte:

„Jensen, Sie kommen mit mir! Sven und Ilka, versucht herauszufinden, wo dieser Steinfath steckt! Kinderheim Wakenitzhof, Schule, ehemalige Nachbarn überprüfen und so weiter. Und Sie, Kollege Deutschmann –"

„Haftbefehl gegen Robert Steinfath beantragen?", unterbrach dieser.

„Nein, noch nicht. Sie fahren auf Kuipers' Arbeitsstelle und zu ihm nach Hause und prüfen, ob er irgendwelche Unterlagen über Tille, Tannert und diesen Steinfath hat."

Sie war immer noch nicht vernehmungsfähig. Sie schaute Sloboda mitten in die Augen, blickte durch diese hindurch; ihr Blick durchdrang ihn, als wäre er nicht vorhanden, als wäre er nichts; nicht einmal ein Widerstand war sein physischer Körper für ihren Blick, nur ein Medium, durch das er drang, das ihn transportierte, ihren Blick, zum Fenster hinaus, über die Dächer der kleineren Psychiatriegebäude hinweg, durch Bäume hindurch und durch große Klinikkästen, hinein in einen wabernden Wolkensee von wahnhaften Wirklichkeiten und halluzinierten Welten und Ängsten und Sehnsüchten anderer Psychiatrieinsassen. Ihr Blick ließ auch diese Schwaden stummen Tumults hinter sich und versank in einer fernen, namenlosen Leere.

Der Blick der Frau war stumpf. Ihr Körper saß, nein, er saß nicht, höchstens konnte man sagen: er befand sich, oder: er war, er war abgelegt, abgestellt, wie man einen nutzlosen Sack irgendwo abstellt, einen, der im Weg steht, der stört, und deshalb schiebt man ihn achtlos in irgendeine Ecke, wo man ihn vergisst und bei der nächsten Gelegenheit noch tiefer in die Ecke tritt. Sackartig also befand sich dieser Körper auf dem Stuhl, am Tisch, zum Fenster gewandt, wie eine gebeugte, verlassene Hülle, den Kommissaren gegenüber. Regungslos. Geschichtslos.

Die blondgrauen Haare bildeten einzelne, erschlaffte Strähnen, die an ihrem Kopf klebten. Eingefallene Wangen erzeugten den Eindruck eines viel zu großen, fremdartigen Gebisses, das etwas offen stand. Ein zähschleimiger Speichelfaden zog sich von der Unterlippe schräg hinauf zum linken vorderen Schneidezahn wie der erste Faden eines immer dichter werdenden Netzes, welches eine unsichtbare Spinne wirkte, um den Mund für immer zu verschließen.

Ab und zu schüttelte ein klirrendes Lachen diesen verkümmernden Leib. Für einen kurzen Moment kam dann der Blick zurück ins Diesseits, ein Blick, der ausdrückte, dass er nicht verstand.

Sloboda und Jensen schauten sich an. Von Annerose Tannert würden sie nichts erfahren.

Montag, 6. November

35 Montag früh. Noch keine sechs Uhr. Zwei Uniformierte sicherten die Haustür und die Rückseite des Hauses. Ein weiterer Polizist befand sich im Treppenhaus im zweiten Stock, die Sig Sauer entsichert und vorschriftsmäßig in Augenhöhe nach vorn gerichtet. Er hatte die Aufgabe, die anderen Bewohner am Verlassen ihrer Wohnungen zu hindern. Die ersten Geräusche des beginnenden Tages zogen durch das Gebäude. Eine Klospülung ging. Aus der Erdgeschosswohnung drang eine aufdringlich wache und fröhliche Frauenstimme: *Radio Schleswig-Holstein! Nachrichten, bei uns immer um fünf vor!* Jemand stellte das Gerät leiser. Blubbern, leises Zischen, kurz darauf eine Ahnung verführerischen Kaffeedufts, der die Vorstellung eines beherzten Bisses in das krosse Tigerbrötchen des türkischen Bäckers an der Mühlenstraße heraufbeschwört. Im Mund zusammenlaufender dünnflüssiger Speichel. Man kann kaum noch dagegen anschlucken.

Denken an das Frühstück nach dem Einsatz.

Mehr dachte Sloboda in diesem Moment nicht. Wohin die Gedanken seiner Kollegin gingen, wusste der Hauptkommissar nicht. Sie wirkte konzentriert.

Gut. Er hatte das Gefühl, sich auf sie verlassen zu können.

Er nickte ihr kurz zu. Sie klappte einmal die Augenlider nieder, als Zeichen, dass sie ihn verstanden hatte.

Er hob die Hand. Klopfte an die Tür.

„Robert Steinfath? Polizei! Herr Steinfath! Bitte machen Sie die Tür auf!“

Dann warteten sie. Die wenigen Sekunden, die vergingen, bevor etwas passierte, waren qualvoll lang.

Die vergangenen Tage, der Freitagabend und das Wochenende, waren arbeitsreich gewesen. Die Erkenntnisse, welche die

Ermittler zusammengetragen hatten, ließen sich zu einem klaren Mosaik zusammenfügen. Johann Kuipers, den Sloboda und Jensen im Anschluss an die missglückte Befragung von Annerose Tannert ein zweites Mal vernommen hatten, war in stabiler Verfassung gewesen. Er hatte ihnen bestätigt, dass Robert Steinfath und Hellmuth Michelsen ein und dieselbe Person seien. Bevor Erschöpfung und ein trockener, explosionsartiger Husten ihn wieder übermannt hatten, war er noch in der Lage gewesen, einen knappen, abgehackten Bericht seines Martyriums zu erstatten. Die Adresse Steinfaths alias Michelsens hatte sich in der Patientenakte der Psychotherapeutin finden lassen.

Sloboda hatte unverzüglich angewiesen, Steinfaths Wohnung zu beschatten. Jensen, Deutschmann, Gross und Hustedt hatten den Freitagabend und das Wochenende unter sich aufgeteilt. Sie hatten strikte Anweisung, noch nicht einzugreifen, sondern lediglich alle Bewegungen des Verdächtigen aufzuzeichnen und ihn gegebenenfalls zu verfolgen.

Deutschmann hatte Kuipers' Wohnung und Arbeitsstelle durchsucht und Ehefrau und Kollegen befragt. Dabei war er auf Aufzeichnungen seiner Observationen gestoßen, welche die Verbindung zwischen Steinfath, Tannert und Tille erhellt sowie den vermuteten Tathergang bestätigt hatten. Demnach hielt Steinfath Tille für den Mörder seiner Mutter und Annerose Tannert, da sie ihn in der Psychiatrie festgehalten und seine Aussage als paranoid bezeichnet hatte, für seine Komplizin. Hustedt und Gross hatten einige der Stationen des Werdeganges des mutmaßlichen Mörders nachzeichnen können, unter anderem den Aufenthalt im Kinderheim Wakenitzhof und seine letzte Tätigkeit im Hildesheimer Landeskrankenhaus. Die Vernehmung der Kollegen sowie der Lebensgefährtin, Ilse Petersen, stand für die kommende Woche auf dem Programm. Auch einige Fälle von Tierquälerei, in die Robert Steinfath verwickelt gewesen war und die in den siebziger Jahren für Aufsehen gesorgt hatten, hatten die Kommissare den Archiven entnehmen können.

Trude Koch, die Leiterin der Abteilung für Spurensicherung, hatte ihre Mannschaft fieberhaft durcharbeiten lassen. Bukowskis Anwesenheit am Tatort war anhand seines Speichels eindeutig nachgewiesen worden. Der Abgleich der DNA-Spuren von Annerose Tannert und Christian Tille war noch in Arbeit.

Aus dem Krankenhaus war die Nachricht gekommen, dass Kuipers über den Berg sei, wenn nicht noch eine überraschende Komplikation eintreten sollte. Er habe noch hohes Fieber, das aber unter Kontrolle sei. Die schwere Lungen- und Rippenfellentzündung sowie eine massive körperliche Schwäche würden einen weiteren Krankenhausaufenthalt und intensivmedizinische Beobachtung sinnvoll erscheinen lassen. Der junge Psychologe sei physisch, bis auf eine lokale Entzündung an der Eintrittsstelle des Fremdkörpers, wiederhergestellt, die Lungenfunktionsprüfung habe fast Normalwerte erreicht, aber seine psychische Verfassung gebe einigen Anlass zur Sorge. Er esse schlecht und wirke deprimiert und antriebslos. Man sehe dies als Folge einer leichten akuten Traumatisierung an und habe bereits einen Termin beim Psychologen der Inneren Medizin vorgemerkt.

Sloboda und Jensen lauschten angespannt. Die wenigen Sekunden unmittelbar vorher schlichen zäh dahin. Später würde sich der Hauptkommissar fragen, wieso er nichts gehört hatte.

Ike hatte sich zur Wohnungstür vorgebeugt, um zu horchen. Er musste drinnen sein. Sie war sicher, dass er das Haus nicht verlassen hatte. Sollten sie die Tür aufbrechen? Fragend schaute sie ihren Chef an. Dieser gab ihr ein Zeichen. Sie holte tief Luft, spannte ihre Muskeln an. Die 9-Millimeter-Pistole lag fest in ihrer Hand.

Dann passierte es. Mit einem Knall sprang die Wohnungstür auf. Der blitzende Stahl einer Klinge zischte durch die Luft. Den Bruchteil einer Sekunde waren die Polizisten gelähmt. Im selben Moment, da Ike einen schrillen Schmerz am rechten Oberarm fühlte und erstaunt zusehen musste, wie ihre Hand den Griff löste und die Waffe aus ihren Fingern glitt, wurde sie an der Schulter gepackt und mit einem Ruck ins Wohnungsinnere gezogen. Die Tür krachte ins Schloss. Blitzschnell bückte Steinfath sich. Er hob die Waffe auf, die durch den Schwung der Aktion in den Wohnungsflur geflogen war. Sie schaute in den Lauf ihrer eigenen Pistole.

„Bleiben Sie, wo Sie sind!“, zischelte Steinfath. Er sah entschlossen aus.

Hans Sloboda war vor der Tür erstarrt. Die Farbe war vollends aus seinem Gesicht gewichen.

Also kein Frühstück, war das Erste, was er denken konnte.

Und einige Sekunden lang auch das Einzige. Und dann dachte er:

Ührchen …! In diesem Augenblick konnte er sich nicht vorstellen, seinen Lebensgefährten jemals wiederzusehen.

Dann erst realisierte er, was gerade vor seinen Augen geschehen war: eine Geiselnahme!

Mechanisch folgte die Kommissarin den Anweisungen des Mannes. In seinen Augen versuchte sie zu lesen, was er vorhaben könnte. Er sah nicht sehr bedrohlich aus, auch wirkte er gefasst, nicht so, als könnte er eine Kurzschlusshandlung begehen. Fast schien er wie ein biederer Familienvater. *Ein unscheinbarer Familienvater. Durchschnittstyp. Normgröße, Gesicht wie tausend andere,* registrierte Ike. Ihre Muskeln entspannten sich ein wenig. Sie spürte einen pochenden Schmerz, der ihren ganzen rechten Arm erfasst hatte und bis in den Rücken ausstrahlte. Sie legte ihre Linke auf die verletzte Stelle und presste sie zusammen. So ging es besser. Ihr Herz schlug heftig gegen die Innenseiten des Halses. Angst hatte sie merkwürdigerweise nicht. Abgesehen von dem wellenförmig anbrandenden Schmerz fühlte sie kaum etwas. Es war unwirklich.

„Gehen Sie da rüber!“, forderte der Mann sie leise auf. Fast klang er traurig.

„Was ssoll das? – Was haben Ssie vor?“

Er antwortete nicht. Vor dem alten, dunkel gebeizten Küchenbüfett befahl er ihr, stehen zu bleiben. Die Waffe auf sie gerichtet, räumte er langsam den vor dem Gaubenfenster platzierten Küchentisch zur Seite. Einen Stuhl stellte er einen Meter vor der Kommissarin ab.

„Sie können sich hinsetzen.“ Nach einer kurzen Pause ergänzte er, wie träumend:

„Das wird jetzt etwas dauern ...“

Den zweiten Stuhl, der zuvor an dem Tisch gestanden hatte, stellte er ebenfalls weg, so dass der Platz vor der Gaube frei wurde. Er lehnte sich an das Fensterbrett. In dem Licht des klaren heraufziehenden Morgens zeichnete er sich wie eine dunkle Silhouette ab. Ike konnte seine Gesichtszüge kaum erkennen.

Was sollte das?

„Was machen Ssie da?“ Eine Ahnung erklomm allmählich die Stufen in Ikes Bewusstsein.

„Steinfath!“, schallte es von der Wohnungstür. Slobodas Stimme klang verzerrt und unwirklich. Fremd. Voller Angst! „Steinfath, ich will mit Ihnen reden!“

Der Mann zögerte. Eigentlich gab es nichts zu sagen. Dann entschloss er sich, hob seine Stimme an und erwiderte:

„Gehen Sie weg! Wenn Sie reinkommen, werde ich Ihre Kollegin erschießen!“

„Aber Sie haben doch keine Chance, hier rauszukommen!“

Steinfath hatte alles gesagt. Sloboda versuchte es weiter. Irgendwann gab er auf. Schritte. Er schien abzuziehen.

Steinfath stand vor dem Fenster, legte die Waffe neben sich auf den Tisch.

„Ssie wissen doch, was jetzt passiert!“, erregte sich Ike Jensen.

Steinfath blieb ausdruckslos. Jensen wurde lauter:

„Was wollen Ssie eigentlig? Haben Ssie vor –?“

Ihre Stimme versagte. Ihr Gefühl kehrte zurück. Die Taubheit ihrer Sinne ließ nach. Sie wusste jetzt, was der Mann vorhatte.

Ein gutes Ziel ...

Nach dem Schrecken war zunächst die Erstarrung gekommen. Dann Übelkeit. Sloboda musste sich übergeben. Er kotzte in die Ecke. Er hatte Angst. Mit der Angst kam der Drang zum blinden Aktionismus. Er musste sich beherrschen, um sich nicht gegen die Wohnungstür zu werfen. Das würde ihren Tod bedeuten! Stattdessen rief er in die Wohnung hinein. Hauptsache, er tat was. Irgendwas. Er wusste gar nicht mehr, was er gerufen hatte. Jetzt klang die Panik ab, und hinter der Panik erschien die Scham. Er hatte sich überrumpeln lassen. Wie ein grüner Anfänger! Wieso hatte er nichts gehört? War er unaufmerksam gewesen? Weil er an Ührchen gedacht hatte! Deshalb hatte er nichts wahrgenommen! Weil er mit seinen Gedanken bei seinem Freund gewesen war!

Ein böser Fehler!

Langsam kehrten die klaren Gedanken zurück. Er musste tun, was jetzt zu tun war. Zu allererst den Chef informieren. Manfred Reitner würde toben. Oder, schlimmer noch: ihn triumphierend angucken. Sloboda gab sich einen Ruck, atmete durch, spannte seinen Körper an. Er hatte keinen Frühstückshunger mehr. Er wusste, was jetzt zu geschehen hatte. Das ganze gnadenlose Programm …

In den nächsten Stunden liefen ziemlich viele Leute umher. Man rief sich Dinge zu. Man telefonierte. Man organisierte. Einige gaben Befehle, andere führten aus. Man war unterschiedlicher Meinung. Absperrbänder wurden installiert. Ein Lautsprecherwagen fuhr auf. Spezialisten verteilten sich auf Dächern und in Wohnungen von anderen Häusern. Von Häusern in der Nachbarschaft. Von Häusern, von denen aus man in die Dachgeschosswohnung des Hauses an den Schüsselbuden sehen konnte. Die Männer bezogen ihre Posten, legten ihre Präzisionsgewehre an und regten sich nicht mehr. An dem Fenster der fraglichen Wohnung konnten sie einen Schatten sehen. Den Schatten eines Mannes. Des Mannes. Vor ihren Mündern saßen kleine Mikrophone. Sie hatten kurz bestätigt, dass sie sich auf ihren Posten befänden. Mehr würden sie nicht in diese hineinsprechen. In ihren Ohren hatten sie die winzigen Lautsprecher. Irgendwann würde über diese ein Befehl kommen.

Der Befehl.

Sloboda hatte sich vor der Wohnungstür postiert. Zwei uniformierte Beamte standen eine halbe Etage unterhalb auf dem Treppenabsatz. Karlheinz Beck, der Leiter des *SEK Geiselnahme*, das von Kiel angerückt war, hatte ihm eine halbe Stunde eingeräumt. Karlheinz Beck war als harter, kompromissloser Knochen bekannt, absolut richtlinientreu und verhandlungsresistent. Wenn der eine halbe Stunde sagte, war damit eine halbe Stunde gemeint, kein Sekundenbruchteil länger. Sloboda sah ihn innerlich auf den Sekundenzeiger seiner Stoppuhr schauen. Bei *00:00:00* würde er das Signal geben.

„Steinfath!", rief der Hauptkommissar in die Wohnung hinein.

Nichts!

„Robert Steinfath! Ich will nur mit Ihnen reden!" Er horchte.

Stille!

Sloboda kramte einen Dietrich aus seiner Tasche.

„Herr Steinfath? Ich werde jetzt die Tür öffnen und zu Ihnen hereinkommen. Ich bin unbewaffnet."

Behutsam führte er den Dietrich in das Schloss ein.

Ein Schuss krachte durch das Türblatt und streifte Slobodas Ärmel.

Das war die einzige Antwort.

Ike zuckte zusammen. Steinfaths Reaktion war so schnell gewesen, dass der Knall ihr Hirn viel früher erreichte als die Erkenntnis, was gerade geschah. Das Gesicht des Mannes blieb völlig ausdruckslos.

Fast traurig ...

„Mein Gott! Was wollen Ssie denn?“, fragte sie nervös, obwohl sie wusste, dass er nicht antworten würde. „Wollen Ssie ein Fluchtauto?“

Sie suchte seinen Blick.

„Oder Geld?“

Sie fand seinen Blick nicht.

„Warum ssagen Ssie nicht, was Ssie wollen? Ssie müssen denen doch Ihre Forderung ssagen!“

Tief drinnen wusste Ike, dass er keine Forderungen hatte. Sie wusste, dass er wartete. Sie spürte, dass auch sie wartete.

Er stand vor dem Fenster und wartete. Er wartete darauf, dass sie einsehen würden, dass er nicht verhandelte. Er wartete darauf, dass sie verstünden, dass er keine Forderungen hatte. Er wartete darauf, dass sie merkten, dass er wartete.

Dass er auf *sie* wartete.

Heiko Bommert hatte sich neben den Schornstein des Hauses gegenüber gehockt. Die Steile des Daches erlaubte es ihm, sich etwas nach hinten zu lehnen, um mit seinem Gesäß seine Lage zu stabilisieren. Seit einer halben Stunde befand er sich nahezu regungslos in dieser Position. Seine Beine hatten bald angefangen zu kribbeln, jetzt spürte er sie kaum noch. Er hatte gelernt, stundenlang so zu verharren, hatte gelernt, körperliche Schmerzen zu ignorieren. Die Körperteile, die allmählich taub wurden, existierten für ihn einfach nicht mehr. Wichtig war nur, dass er ungehindert sehen und frei atmen konnte. Die Stöpsel hatte er gleich zu Beginn so fest in die Ohren gedrückt, dass sie nicht hinausfallen konnten. Die Waffe, an die er seine Wange schmiegte, fühlte sich vertraut an wie seine junge Geliebte. Der linke Ellbogen ruhte auf seinem Knie, der Lauf des Gewehrs lehnte seitlich an dem Schornstein. Langsam ließ er die Luft aus seinen Lungen entweichen, sog sie wieder ein ... aus ... ein ... ein vollendeter Rhythmus ohne die geringste Unregelmäßigkeit. Seine Waffe und er verschmolzen. Der perfekte Schuss entsteht nicht aus der Starre, nicht aus der Bewegungslosigkeit; er entspringt dem Fließen des Atems, dem wogenden Auf und Ab des Bewusstseins. Das hatte man ihn gelehrt. Das hatte der Präzisionsschütze verinnerlicht. Meditation, Versenkung, absichtsloses Wollen ...

Von seinem Platz aus hatte Heiko Bommert den Geiselnehmer genau im Visier. Als der Befehl kam, sah er den Mann bereits zusammensinken, bevor er den Abzug ganz durchgedrückt hatte. So sicher war er sich, dass er sein Ziel nicht verfehlen könnte.

Als die Scheibe zersprang und die Kugel in seinen Leib eindrang, reagierte Robert Steinfath zunächst überhaupt nicht. Dann entspannten sich langsam seine Gesichtszüge, die Waffe glitt ihm friedlich aus der Hand, und der Mann begann, an der Fensterlaibung hinunterzurutschen. Der breite rote, an einigen Stellen vom schmutzigen Weiß der Wand unterbrochene Streifen, den der sinkende Körper in einem geschwungenen weiten Bogen auf die Raufasertapete schmierte, erinnerte Ike an ihre mit einem Schwamm ausgeführten Wischtechnikversuche auf ihren großformatigen Aquarellbildern. Einen derart perfekten Schwung hatte sie nie zustande gebracht.

Dann erst kam ihr zu Bewusstsein, was geschehen war, und sie sprang zu ihm hin. Während sie vergeblich versuchte, diesen schweren, tonuslosen Körper festzuhalten und ihn in die stabile Seitenlage zu drehen, öffnete der Mann die Augen.

„Endlich“, flüsterte er röchelnd. „Endlich ist es vorbei ...“

Ike sprang auf und rannte zur Tür. Sloboda stürmte herein, guckte seine Kollegin fragend an. Sie nickte nur kurz. Dann lief er zu dem Mann, der blutend auf dem Boden lag, und befühlte die Halsschlagader.

„Er lebt. Schnell, der Notarzt!“

Noch während Sloboda sprach, hatte Ike das Kommando bereits an die beiden Beamten weitergegeben, die in diesem Moment zur Tür hereinkamen.

„Er wollte sterben“, erklärte Ike Jensen tonlos ihrem Chef. „Er wollte, dass ssie das tun ...“

Erst jetzt wurde ihr der Schmerz an ihrem Oberarm wieder bewusst. Die Wunde blutete stark. Sie spürte, wie das Zittern durch ihren Körper lief. Der Boden bewegte sich etwas.

„Zeigen Sie mal!“, wandte sich Sloboda ihr zu. „Das sieht ja gar nicht gut aus!“

Väterlich ging er auf seine neue, tapfere, unmögliche Kollegin zu, als sie auch schon die Augen nach oben drehte und ihm in die Arme sank. Die gewohnten Koordinaten des Fußbodens hatten sich doch zu sehr verändert ...

„Ich bräuchte jetzt mal Hilfe“, stammelte Sloboda und versuchte unbeholfen, die junge Frau festzuhalten.

36 Schwester Bea und die Schwesternschülerin Katharina beugten sich über das Fensterbrett.

„Ich wäre jetzt lieber da unten!“, meinte die eine mit einem seufzenden Ton. Die andere nickte.

„Das macht Johanna immer so!“, klagte Bea in säuerlichem Tonfall. „Immer wenn’s interessant wird, überträgt sie mir die

Stationsleitung. *Das kriegst du schon hin!*, meinte sie gestern beim Dienstplanschreiben. Und sonst darf ich nicht mal alleine pupsen, ohne sie vorher um Erlaubnis zu fragen!"

Die große, dürre Frau in Weiß gestikulierte wild. Im letzten Moment konnte Katharina mit dem Kopf ausweichen, um nicht Opfer einer ausholenden Armbewegung zu werden. Beas Stimme klang jetzt nach übersäuertem Magen:

„Dabei hab' ich seit über sieben Monaten die stellvertretende Leitung! Ja, klar, wenn nichts los ist wie heute! Beziehungsweise, wenn woanders was los ist, wo sie gerne hin will!"

Von dem großen Platz unterhalb der chirurgischen Abteilung ertönte ein vielstimmiges, zorniges *Buuuuh!* Einige Tausend Leute, die sich dort versammelt hatten, schrien Parolen und fuchtelten mit Transparenten und Fäusten:

Lübeck kämpft für seine Uni! – Schröpft die Diäten der Kieler Proleten! – Keine Privatisierung der Lübecker Uni! – Finger weg von unserem Campus! – Wir lassen uns nicht länger verarschen!

Die Gesundheitsministerin des Landes Schleswig-Holstein, Brigitta Untreu, stockte. Die Menge ließ sie nicht mehr zu Wort kommen. Man hatte genug gehört. Während der Lautsprecherwagen der Gewerkschaft das Kommando wieder übernahm, rückte die Ministerin auf dem Podium etwas dichter an ihren Kollegen, den Wirtschaftsminister, heran, der sich wiederum ein wenig hinter der Kultusministerin zu verstecken versuchte. Den leitenden Direktor und den Dekan der Lübecker Universität hatte man bereits mit einigen persönlich gefärbten Versprechungen hinter vorgehaltener Hand besänftigen können. Heute ging es darum, der Lübecker Belegschaft die geplante Vormachtstellung der Kieler Universität schmackhaft zu machen. Allerdings hieß dies, eine zu schluckende Kröte zur Delikatesse zu erklären, und nicht einmal die beteiligten Politiker waren von dem Rezept, welches sie da öffentlich präsentierten, überzeugt.

Aber es gab nun einmal einige hochstehende Politiker, welche die schwere Bürde zweier Ämter auf sich geladen hatten: die Last eines gewichtigen politischen Mandats sowie die Mühen eines Aufsichtsratspostens. Also hatte die ausführende Ministerriege ihre geflüsterten Anweisungen wieder einmal von ganz oben bekommen: von der Aeskulap-Holding-GmbH & Co KG, die seit Monaten hinter den Kulissen agierte und an unsichtbaren Fäden zog. Man wollte um jeden Preis der erste private Klinikbetreiber werden, der sich universitäre Lorbeeren aufsetzen und vor allem Einfluss auf Forschung und Lehre nehmen konnte.

Während dort unten auf dem Campus die vielen Universitätsbediensteten, aber auch viele Lübecker Sympathisanten ihre ohnmächtige Wut artikulierten, während die Ministerin damit zu tun hatte, der Einsicht in die Unsinnigkeit der eigenen Position den Zutritt in ihr Bewusstsein zu verwehren, während die beiden Pflegekräfte aus dem Fenster hinab auf das Spektakel schauten und dabei unwillkürlich die Fäuste in den Taschen ballten, erwachte in dem Zimmer 25 eine junge Frau aus einem tiefen, traumlosen Schlaf und versuchte, die Wirkung eines hoch dosierten Beruhigungsmittels abzuschütteln. Sie benötigte dafür etwa eine halbe Stunde. Danach war sie so weit wieder klar, dass sie zwei Dinge wusste: wer sie war und dass sie einen Hunger hatte, der keinen Aufschub duldete. Sie wusste noch nicht so recht, wo sie sich befand. Aber ihre suchende Hand ertastete am Rand ihres Bettes einen kleinen handlichen Gegenstand. Sie drückte auf die Klingel.

Zur gleichen Zeit fragte sich ein junger Mann durch die verwinkelte und wenig nachvollziehbare Architektur des Klinikums. Er benutzte einige Male sein Mobiltelefon, schwindelte, spielte etwas Theater, fand schließlich einen herrenlosen weißen Kittel, den er sich überwarf. Er suchte die Frau, von deren Einlieferung er soeben in der Zeitung gelesen hatte. Als er endlich auf der chirurgischen Station 45 angekommen war, sah er sich um. Der Flur war verwaist. Er ging zum Stationszimmer, wo er zwei Schwestern über das Fenstersims gebeugt stehen sah. Sie bemerkten ihn nicht. Auf dem Flur stand der Servierwagen. Der Mann schaute sich noch einmal um. Über Zimmer 25 leuchtete das rote Lämpchen. Er blickte zum Schwesternzimmer, von dort zum Krankenzimmer, dann wieder auf den Servierwagen und schließlich an sich hinunter. Dann schritt er entschlossen zu dem Wagen, zog ein Tablett heraus, ergänzte dessen karge Bestückung mit ausgewählten Speisen anderer Tabletts und betrat das Krankenzimmer.

„Das Abendbrot!“, verkündete er fröhlich.

Das ging aber schnell!, dachte Ike Jensen und richtete sich ein wenig auf. Sie erkannte Lars nicht sofort. Die ungewohnte Umgebung und der weiße Kittel machten es ihr schwer. Dann erhellten sich ihre Gesichtzüge.

„Hi, Lars!“

„Hallo, Süße! Was machst du denn für Geschichten?“, fragte er in gespieltem Vorwurf.

Ike freute sich, ihn zu sehen. Sie freute sich sehr. Sie freute sich so sehr, dass sie sich aufrichtete, um ihm einen Kuss zu geben. Ihr verletzter Arm knickte ihr jedoch weg, so dass sie stöhnend zurück ins Bett sank.

Später, nachdem sie sich gegenseitig ausführlich berichtet hatten, nachdem sie gemeinsam gierig das Tablett leer gefressen hatten, sich immer wieder zwischendurch geküsst hatten, später, als Lars dann wieder ihr Zimmer verlassen hatte, weil er auf seine eigene Station zurückkehren musste, da erst bemerkte sie, wie groß ihre Wiedersehensfreude gewesen war. Genau in diesem Moment, da sie dies wahrnahm, spürte sie sogleich, wie eine große Hand sich um ihren Hals legte, die sie würgte, und ein Stahlgürtel ihr Zwerchfell zusammenpresste und ihr den Atem nahm.

Sie durfte sich nicht auf eine emotionale Beziehung einlassen! Sie war schon viel zu weit gegangen! Alte Wunden würden aufbrechen, Ängste würden sie überfluten, Erinnerungen sie überschwemmen, die sie ein für alle Male in das tiefste Verlies ihrer Seele verbannt hatte!

Sie schluckte. Sie atmete tief durch. Dann kramte sie in der Nachttischschublade, fand etwas, worauf sie schreiben konnte. Sie fühlte wieder etwas Wut. Wut war besser, vertrauter. Sie machte vieles leichter!

Sex ja, Emos nein! So einfach war das.

Sie begann ihren Brief mit: *Hi, Lars*!

Der Arm schmerzte höllisch. Sie versuchte, ihn ruhig zu halten, während sich nur ihre Hand verkrampft über das Papier bewegte. So ging es. *Hi, Lars!* Wie weiter? Am besten ganz kurz, nur einen Satz. Vielleicht einfach nur …

Es klopfte leise, und in demselben Moment öffnete sich auch schon die Tür. Sloboda erschien und schlich zaghaft herein.

„Kollegin?"

Die Patientin packte schnell den Brief beiseite. Das musste warten. Was ihr nicht ganz ungelegen kam.

„Sloboda! Hallo!" Sie räusperte sich. „Ig meine, guten Tag, Herr Hauptkommissar!"

„Ich wollte nur mal sehen … Wie fühlen Sie sich?" Hans Sloboda wirkte etwas unbeholfen. Die blondgrauen Bartstoppeln ließen sein wenig ausgeprägtes Kinn noch fliehender, zögerlicher erscheinen. Sich eine Haarsträhne aus dem Gesicht streichend, kam er näher und blieb am Fußende des Bettes stehen.

Ein bisschen durch den Wind, dachte sie. Laut aber sagte sie:

„Ssjön, Ssie kommen mig hier besuchen!"

„Wenig los hier, was?"

„Stimmt."

„Und?"

„Bitte?"

„Ich wollte nur …"

Das kann ja eine schöne Unterhaltung werden, überlegte Ike. Offensichtlich bedrückte ihn etwas. Sie fand, dass er etwas ungepflegt aussah.

„Fehlt Ihnen was, Herr Ssloboda?"

„Na ja, es war … vielen Dank für … Ihre Verletzung, es tut mir leid, ich war wohl … Als plötzlich die Tür aufging …"

Sie kapierte: Sloboda hatte ein schlechtes Gewissen! Ike konnte sich ein Grinsen nur mühsam verkneifen. Immer so gelassen, so gradlinig und respekteinflößend! Sie ließ ihn noch etwas im eigenen Saft schmoren, das macht Kriminalhauptkommissare bekanntermaßen mürbe und umgänglich.

Der etwas gebeugte Mann richtete sich mit einem Ruck auf:

„Frau Jensen, Sie haben sich wirklich vorbildlich verhalten. Leider war ich ein Idiot! Ich habe Sie mit meiner Fehleinschätzung der Situation und meiner langsamen Reaktion in Gefahr gebracht. Es tut mir leid!"

So, jetzt war es raus!

Ike war beeindruckt. Es war an der Zeit, ihn zu entlasten:

„Ssehr ssjön, Ssjef, ig denke, da ssind wir wohl beide ssiemlig blöde gewesen!"

Sloboda schluckte. Dann musste er lächeln.

„Ja, sind wir wohl!"

Er reichte ihr die Hand.

„Sie sind mir plötzlich in die Arme gesunken. Erst da habe ich bemerkt, dass Sie ziemlich viel Blut verloren haben müssen. Geht's jetzt denn wieder?"

„Ja, ganz gut. Aber einen Arzt hab' ig noch nigt gesehen."

Sie zeigte auf ihre Schulter und bewegte sie, wobei sie einen zischenden Laut durch die Zähne zog.

„Tut ssiemlig weh, aber ig kann ihn bewegen. Ssum Glück!"

„Das Disziplinarverfahren gegen Sie ist übrigens eingestellt worden. Ab Januar kommen Sie zu uns – in das Büro von Sven und Ilka."

Sloboda kam ihr fast schon vertraulich vor. Ike freute sich.

Schon wieder Freude ...

Beide wurden wie auf Verabredung wieder förmlicher. Sloboda berichtete ihr, dass Steinfath den Schuss, einen glatten Schulterdurchschuss, überlebt hatte und in das Universitätskrankenhaus eingeliefert worden war. Man hatte den detaillierten Mordplan gefunden, der die Theorie von Frau Koch über den Tathergang und die Verbindung zwischen Tille, Steinfath und Tannert bestätigt hatte. Steinfath hatte demnach den Professor wegen des Mordes an seiner Mutter hingerichtet. Man hatte allerdings bis heute noch keine Bestätigung finden können, ob Tille die Krankenschwester damals wirklich getötet hatte. Die Psychotherapeutin Tannert hatte Steinfath als vermeintlicher Patient aufgesucht, um sie dann später in die Scheune locken zu können. Sie hatte den Professor damals, wie Steinfath angemerkt hatte, vor den Mordanschuldigungen des Jungen in Schutz genommen und ihn, Robert Steinfath, mundtot gemacht, indem sie ihn in der Kinder- und Jugendpsychiatrie festgehalten hatte. Insofern war sie aus seiner Sicht eine Komplizin des Professors gewesen. Seine Rache an ihr hatte darin bestanden, dass er sie zum ausführenden Organ der Mordtat gemacht hatte. Die Kollegen hatten ermittelt, dass Steinfath im Hildesheimer Landeskrankenhaus als Psychagoge gearbeitet hatte. Von seinen Kollegen war er als zuvorkommend und zurückhaltend beschrieben worden. Steinfath hatte in Hildesheim so etwas wie eine Freundin, eine Ilse Petersen, die sich geweigert hatte, den Berichten über seine Tat Glauben zu schenken.

Der Journalist, Kuipers, hatte dank ihres und Müller-Hänischs entschlossenen Eingreifens gerettet werden können. Er war inzwischen außer Lebensgefahr.

Hannah Tille, die Witwe des Ermordeten, hatte inzwischen eingestanden, Bukowski Geld für die Mordtat angeboten zu haben. Das war aber, hatte sie behauptet, aus Wut geschehen und nicht ernst gemeint gewesen. Erich Bukowski hatte das bestätigt und beteuert, dass er das niemals in die Tat umgesetzt hätte. Bukowski hatte man kurz nach dem Verhör zur Entgiftung gebracht, weil er plötzlich angefangen hatte zu zittern und wirres Zeug zu reden. Beide, Frau Tille und Bukowski, waren inzwischen aus der U-Haft entlassen worden. Beiden war mitgeteilt worden, dass sie eine Anklage wegen Anstiftung zu einer Mordtat beziehungsweise wegen unterlassener Hilfeleistung zu erwarten hätten.

Und nicht zuletzt sollte Sloboda daran denken, Ike Jensen gute Besserung und herzliche Grüße von allen Kollegen zu wünschen.

Als Sloboda seinen Bericht beendet hatte, wurde es für einen Moment still im Krankenzimmer. Ike schaute ihn spitzbübisch an.

„Na, Ssjef, und wann kommt Ihr Freund wieder? Wann kommt Ührchen?"

Der Kommissar konnte sich nicht daran erinnern, ihr den Kosenamen seines Partners verraten zu haben.

„Morgen früh! Gegen elf hole ich ihn vom Bahnhof ab."

Er hatte ein bisschen erregter gesprochen, als er geplant hatte.

Ein zarter Rouge-Ton huschte über sein Gesicht.

Epilog

Am folgenden Tag nahm Hauptkommissar Hans Sloboda ein ausgiebiges Vollbad, rasierte sich, bügelte seine Hemden und trug Zahnweiß auf. Als er am Bahnhof stand, leuchteten seine eisblauen Augen. Der ICE aus München traf mit nur einer Minute Verspätung am Hamburger Hauptbahnhof ein. Als Uri Senninger aus dem Zug stieg, fühlte sich Hans Sloboda wie ein kleiner Junge.

Obwohl Lars Müller-Hänisch, Psychologe an der Justizvollzugsanstalt Lübeck, am Mittwoch, 8. November, aus dem Krankenhaus entlassen werden würde, begann dieser Tag für ihn äußerst schmerzhaft. Als er gegen fünf Uhr dreißig aufwachte und das Licht anknipste, fand er auf seinem Nachttisch einen Brief vor, in welchem ihm von Kommissarin Ike Jensen in einem knappen Satz mitgeteilt wurde, dass sie eine weitere Beziehung zu ihm nicht wünsche. Es traten Tränen in seine Augen. Gleich darauf jedoch wurde er zornig. Er ballte seine rechte Faust und sagte laut zu sich: „Das werden wir ja sehen!"

Johann Kuipers, angestellter Redakteur der Lübecker

Nachrichten mit ziemlich weit gehenden Freiheiten, verblieb noch eine weitere Woche in der Universitätsklinik und unterzog sich danach einer Anschlussheilbehandlung. Er trug eine chronische Bronchitis davon. Seine Ehefrau Birgit und seine Kinder Timo und Sonja besuchten ihn täglich, weil er es nicht ertragen konnte, von seiner Familie getrennt zu sein.

Dr. Annerose Tannert durchlitt eine akute Belastungsreaktion mit schwerer depressiver und dissoziativer Symptomatik. Sie konnte im Februar des folgenden Jahres aus der stationären Behandlung entlassen werden. Trotz einer anschließenden Rehabilitationsmaßnahme weigerte sie sich, ihren Beruf wieder aufzunehmen. Während ihrer ersten Teilnahme an einer Sitzung der Lübecker Psychotherapeuten-Vereinigung beschimpfte sie ihre Kollegen als Psychotechniker, stand auf und verließ endgültig diesen Verbund. Ihrem ehemaligen Supervisor schrieb sie einen Brief, den dieser im Kollegenkreis vortrug und der allgemeines Kopfschütteln hervorrief. Ihr Freund Jurek Sominka trennte sich von ihr. Er wurde des Öfteren mit einer jüngeren Frau offensichtlich polnischer Abstammung im Lübecker Theater gesehen. Annerose Tannert unterzog sich in einer Hinterhofpraxis in Hamburg-Altona einer langfristigen psychotherapeutischen Behandlung bei Kim Myers, einem 78-jährigen Therapeuten ohne Kassenzulassung, worauf sie Wert legte.

Erich Bukowski wurde nach seiner Entgiftung erneut rückfällig und wurde in eine Lübecker Einrichtung für depravierte Alkoholiker überführt.

Trotz großer Ängste wegen der bevorstehenden Gerichtsverhandlung blühte Hannah Tille auf. Sie verkaufte das eheliche Haus in Thandorf, in dem sie sich nie richtig heimisch gefühlt hatte, und erwarb ein saniertes Ganghaus in der Lübecker Altstadt. Es gab kaum ein kulturelles Ereignis, bei dem sie nicht zugegen gewesen wäre. Sie trat in einen Kirchenchor ein. Die Freundschaft zu Renate Mrosska ließ sie einschlafen. Hannah Tille intensivierte die Besuche bei ihren Töchtern, von denen zwei wegen psychischer Erkrankungen in beschützten Wohngemeinschaften bei Trier beziehungsweise in Frankfurt lebten. Die dritte Tochter, die in Reinfeld wohnte, nahm von sich aus nach dem Tod ihres Vaters Kontakt zu ihr auf.

Vanessa von Ruhleben hatte sich vorübergehend von Bernd Ewert getrennt, ihn aber dann wieder bei sich einziehen lassen, weil er versprochen hatte, sich zu bessern. Nach wenigen Tagen begann er sie wieder zu schlagen. In seiner Gerichtsverhandlung wegen schwerer Körperverletzung bestritt sie dennoch, jemals von ihm misshandelt worden zu sein.

Am 2. Februar des folgenden Jahres unternahm Robert Steinfath alias Hellmuth Michelsen in seiner Zelle der JVA Lauerhof in Lübeck einen Selbstmordversuch durch Erhängen. Dieser konnte jedoch unterbunden werden, weil ein aufmerksamer Justizbeamter ein leises Röcheln vernahm und beherzt eingriff.

Am 17. März fand der dritte Verhandlungstag in der Mordsache Tille statt. Der Angeklagte Robert Steinfath war in den beiden vorangegangenen Sitzungen geständig gewesen, woran ihn ein lustloser Verteidiger auch nicht gehindert hatte. Die beteiligten Polizeibeamten sowie der Diplompsychologe Lars Müller-Hänisch und der Redakteur Johann Kuipers waren als Zeugen vernommen worden. Ein Gutachter hatte Erich Bukowski als nicht vernehmungsfähig beurteilt.

Jetzt trat ein etwa 60-jähriger Mann in den Zeugenstand. Er war von hagerer, etwas gebeugter Gestalt. Seine Züge wirkten freundlich, wobei der eine Nuance nach unten gezogene Mund etwas Spöttisches oder zumindest Ironisches in seinen Gesichtsausdruck mischte. Sein Gang war zögerlich, was jedoch den Eindruck einer gewissen Souveränität nicht zu verwischen vermochte. Er schien sich in vertrauten Gefilden zu bewegen.

„Sie sind Herr Notar Dr. Terzio Bolemus, geboren am 17. März 1946?", eröffnete der Vorsitzende die Vernehmung.

„Ja, ich habe heute Geburtstag." Er zwinkerte der Protokollschreiberin lächelnd zu.

„Und Sie haben, ach ja ..." Der Richter versuchte, seine leichte Verwirrung zu kaschieren. „Herzlichen Glückwunsch! – Sie haben angegeben, ein Schreiben von Herrn Christian Tille verlesen zu müssen. Können Sie uns bitte kurz schildern, worum es sich dabei handelt?"

„Herr Professor Christian Tille suchte mich am Mittwoch, den 25. Oktober dieses Jahres, in meiner Kanzlei auf und händigte mir diesen Brief zur Verwahrung aus."

„Wer ist der Verfasser dieses Schreibens?"

„Er selbst, Christian Tille – der Adressat ist Robert Steinfath."

Es kam Bewegung in den Gerichtssaal. Einige Zuhörer, die in Tiefenentspannung verfallen waren, horchten auf. Der Vorsitzende der Strafkammer straffte seine Körperhaltung.

„Zu welchem Zweck wurde Ihnen dieser Brief überlassen?"

„Herr Tille gab zu Protokoll", erwiderte der Notar und sah dabei in die Runde, „dass der Brief bis zu seinem Tode von mir verwahrt werden sollte."

„Was sollte anschließend mit dem Brief geschehen?"

„Ich zitiere das von Christian Tille unterzeichnete Gesprächsprotokoll: *Nach meinem Tod soll dieser Brief an Robert Steinfath, geboren am 31. Mai 1960, übergeben werden. Sollte ich auf nicht natürliche Weise zu Tode kommen, beauftrage ich hiermit Herrn Dr. Bolemus, diesen Brief anlässlich einer etwaigen Gerichtsverhandlung öffentlich zu verlesen.*"

„Hat Ihnen Herr Tille erläutert, was er mit dieser Andeutung gemeint hat?", fragte der Richter in bemüht sachlichem Tonfall.

„Dazu wollte er keine Angaben machen", gab der Zeuge zurück.

„Dann bitte ich Sie, das Kuvert zu öffnen und mit dem Verlesen zu beginnen!"

Terzio Bolemus rückte sich bedeutsam auf seinem Zeugenstuhl zurecht. Bedächtig setzte er seine Lesebrille auf. Er öffnete den Umschlag und faltete das Papier auseinander. Mit sonorer Stimme begann er seinen Vortrag:

Absender Professor Doktor Christian Tille, Sternweg 23, 19217 Thandorf, den 22. Oktober 2006.

Der Notar hob als Zeichen, dass nunmehr das eigentliche Schreiben begänne, seinen Kopf. Dann fuhr er fort:

Lieber Robert!

Wenn Du diesen Brief erhältst, werde ich bereits nicht mehr am Leben sein. Ich weiß nicht, ob Du ihn allein lesen wirst oder ob er in einer öffentlichen Sitzung verlesen werden wird. Das hängt allein von Dir ab.

Mittlerweile hatte auch der Angeklagte, der bis dahin bewegungslos und in sich zusammengesunken auf seinem Stuhl ausgeharrt hatte, den Kopf leicht gehoben und machte erstmals während der Verhandlungstage einen irritierten Eindruck.

Die ersten Jahre nach dem schrecklichen Tod Deiner Mutter konnte ich keinen Kontakt zu Dir aufnehmen. Ich war wie gelähmt – nicht ganz zu Unrecht könntest Du mir auch vorwerfen, einfach nur zu feige gewesen zu sein. Später erfuhr ich, dass Du in Frankfurt lebtest. Aber ich zögerte, in ständiger Furcht vor einem Zusammentreffen, zu lange, und dann, eines Tages, warst Du verschwunden. Mir kamen Gerüchte zu Ohren, dass Du in die DDR übergesiedelt seist. Einerseits war ich erleichtert und versuchte, die ganze Tragödie zu verdrängen. Andererseits blieb meine Angst, verlor sich auch über die vielen Jahre nicht. Im Gegenteil! Eine Ahnung wuchs in mir heran, die allmählich zur Gewissheit wurde, zum Wissen um die Unausweichlichkeit eines Wiedersehens. Ja, ich hatte Angst, ich habe Angst. Ich spüre, dass das sophokleische Drama nach seinem letzten Akt verlangt.

Dr. Bolemus hielt inne und ließ, eingedenk der dramaturgischen Wirkung dieser Geste, seinen Blick über die Reihen der Zuhörerschaft gleiten. Niemand bewegte sich.

Als ich vor einigen Tagen den Umschlag mit dem Datum 1.11.1976 und dem Zeitungsartikel des folgenden Tages erhielt, wusste ich, dass es so weit ist. Ich weiß, dass Du mir die Schuld am Tod Deiner Mutter gegeben hast, und – wie gesagt – ich wusste, dass Du Dich eines Tages an mir rächen würdest. Warum Du erst jetzt, 30 Jahre später, aufgetaucht bist, darüber kann ich nur Vermutungen anstellen. Aber einerlei, ob Du mir nun früher oder später begegnet wärst, womöglich würde ich nie auf einem anderen Wege als diesem in der Lage gewesen sein, Dir die Wahrheit über den Mord an Deiner Mutter mitzu-

teilen; denn ein Mord war es tatsächlich, kein Selbstmord, wie die Polizei infolge ihrer – glücklicherweise! – stümperhaften Aufklärungsarbeit annahm!

Ich werde Dir die Wahrheit enthüllen. Und glaube mir: Jetzt, da ich tot bin, würde es mir nichts mehr nützen, eigene Untaten zu verschleiern! Ich habe genug Schlechtes getan, habe andere Menschen benutzt und gedemütigt. Aber das ist ein anderes Kapitel. Ich will damit nur sagen: Wenn ich den Mord tatsächlich verübt hätte, würde es mir angesichts meiner Vergehen an meiner Frau, der ich vermutlich auf viel grausamere Weise das Leben genommen habe, nicht schwer fallen, auch den Mord an Deiner Mutter zu gestehen!

Eine Frau im Zuhörerraum schluchzte bei diesen Sätzen laut auf und schnäuzte sich vernehmlich. Einige drehten sich zu ihr um.

Aber ich war es nicht! Ich habe Deine Mutter nämlich geliebt! Barbara ist die einzige Frau in meinem Leben, die ich wirklich und – für meine Verhältnisse! – selbstlos geliebt habe! Ich hätte ihr niemals etwas antun können. Sie war meine Geliebte. Es war für mich die schönste Zeit meines Lebens, aber sie war es, die unsere Beziehung beendet hatte. Sie wollte mich nicht! In meiner unerschütterlichen Eitelkeit konnte ich es nicht verstehen, dass mich jemand nicht wollte! Ich war fassungslos und tief gekränkt. Aber trotzdem habe ich sie weiterhin geliebt, und auch nach dieser für mich unbegreiflichen Abfuhr hätte ich ihr niemals etwas antun können!

Nein, ich war es nicht! Ich habe sie nicht erhängt!

Tief in Deinem Innersten wirst Du, lieber Robert, wissen, wer es gewesen ist: Du selbst hast sie getötet!

Bolemus stockte. Unruhe entstand im Saal. Das spöttische Leuchten in den Augen des Notars erlosch. Äußerlich blieb er gefasst. Nur an dem feinschlägigen Zittern des Blattes in seinen Händen konnte man feststellen, dass er erschüttert war. Robert Steinfath sackte kraftlos in sich zusammen und nickte unmerklich.

„Ruhe!“, rief der Vorsitzende. „Ruhe gefälligst! Fahren Sie bitte fort, Herr Doktor Bolemus!“

Du warst damals sechzehn Jahre alt. Du warst schüchtern und zurückhaltend, aber Deine Mutter und ich wussten, dass in Dir eine Zeitbombe tickte. Irgendetwas muss damals mit einem Mädchen schiefgelaufen sein. Jedenfalls warst Du besonders gereizt und aggressiv, aber nie offen, sondern unterschwellig. Du sprachst nicht über Deine Probleme, sondern zogst Dich nur noch mehr in Dich selbst zurück. Du wurdest nicht laut, schimpftest nicht, nicht mal mit der Tür hast Du geknallt. Aber Deine Stimme klang immer gepresster, Du spanntest Deine Fäuste. Wenn Du doch mal geschrien hättest! Deine Mutter kam eines Tages zu mir und teilte mir mit, dass sie Angst vor Dir habe.

Im Saal herrschte angespannte Stille.

Und dann war ja noch die Sache mit den Katzen damals:

Ich weiß, dass Du Freude daran hattest, diese Tiere zu quälen. Deine Mutter ahnte es ebenfalls, dass Du an den Tierquälereien beteiligt warst. Ich glaube sogar, dass Du der einzige Täter gewesen bist und es irgendwie geschafft hast, Deine Freunde als Schuldige hinzustellen.

Ich will Dir – und Ihnen – beschreiben, was damals wirklich geschah:

Bolemus machte eine kleine Pause und wischte sich verstohlen den Schweiß von der Stirn.

Barbara hatte Dienstschluss, und ich wollte sie abfangen, um sie davon zu überzeugen, unsere Beziehung fortzusetzen. Deshalb betrat ich, obwohl ich wusste, dass sie das gar nicht mochte, die Gerätekammer. Dort fand ich Dich, Robert, in einem katatonen, also völlig erstarrten Zustand. Deine Mutter hing von der Zimmerdecke herab. Tot! Ich wusste sofort, dass nur Du es gewesen sein konntest. Und Du hattest Dich vor der Unfassbarkeit Deiner eigenen Tat in die psychische und physische Starre, die Katatonie eben, geflüchtet! Reflexartig hatte sich ein Teil Deiner Seele um das Erinnerungsbild Deiner abscheulichen Tat gekrampft, hatte so den Zugang zu diesem hermetisch abgeriegelt und sich ins finsterste Verlies Deines Selbst verbannt, nicht ohne mich, den zufällig Hinzukommenden, Deinem eigenen Geist als Täter zu präsentieren. Dissoziation und Projektion nennen wir Fachleute das.

Du hattest einen von diesen Riemen, mit denen man verwirrte oder tobende Patienten an die Betten fesselt, genommen und sie damit erhängt! Deine Mutter muss Dir im Todeskampf den Rücken und die Unterarme aufgekratzt haben. Das war so ungefähr das, was mir die Szene, in die ich gerade eingetreten war, ohne jeden Zweifel enthüllte.

Ich wollte nicht, dass Du ins Gefängnis musst! Ich wollte Dich beschützen! Ich weiß nicht genau, warum. Heute ahne ich es, nein, ich bin sicher, auch dies entsprang meiner übergroßen Selbstliebe: Ich wollte Deine psychische Erkrankung einfach nicht wahrhaben! Es durfte nicht sein, verstehst Du? Dass ich dann später mit meiner Frau Hannah zwei psychisch kranke Töchter bekommen habe, habe ich immer als Strafe des Himmels empfunden.

In den hinteren Reihen des Zuhörerraumes schnäuzte sich jemand.

Jedenfalls habe ich Dich schnell in ein freies Krankenzimmer gebracht, Dich medikamentös ruhiggestellt und die Kratzspuren „kosmetisch" behandelt. Dann bin ich wieder zurückgelaufen und habe, kurz gesagt, alles so hergerichtet, dass es wie ein Selbstmord aussah. Zum Beispiel habe ich Deine Hautreste unter ihren Fingernägeln entfernt. Ich glaube nicht, dass ich sehr gründlich gearbeitet habe, aber mir kamen zwei Umstände zu Hilfe: Erstens hast Du Dich, als Du aufwachtest und mich des Mordes an Deiner Mutter beschuldigtest, bezüg-

lich der Tatzeit um fast zwei Stunden vertan, wohl wegen Deiner Katatonie und auch wegen der Medikation. Und zweitens hat die Polizei derart schlampig gearbeitet, dass sie meiner Depressionsdiagnose und Suizidthese widerspruchslos gefolgt ist. Barbaras Tod wurde kurzerhand als Selbstmord bezeichnet, und die Akten wurden zugeklappt.

Einige unschöne Bemerkungen über *Deinen Freund und Helfer* schwirrten durch den Verhandlungssaal.

Heute bereue ich, dass ich Dir damit die Chance genommen habe, Dich mit Deiner Tat – und vor allem: mit Deiner seelischen Erkrankung – auseinanderzusetzen. Vielleicht hättest Du es geschafft, in der Haftzeit und während einer Therapie Deinem wahren Ich zu begegnen und daran nicht zu verzweifeln. Vielleicht hättest Du ein glückliches Leben führen können?

Es tut mir leid, Robert! Dich beschützen zu wollen, war vielleicht, wie so vieles in meinem Leben, eher meinem überhöhten Ego entsprungen, als dass meine Hilfe Ausdruck wirklicher Selbstlosigkeit gewesen wäre. Auch wenn ich mir heute meines Narzissmus als Grund für mein scheinbar selbstloses Einschreiten bewusst bin, so gibt es ebenso zweifelsfrei ein weiteres, ein wahres Motiv in mir:

Ich habe es getan, weil ich mich schuldig fühle an Deinem Schicksal!

Bewegungslos und mit ausdrucksloser Miene starrte der Angeklagte auf den Redner.

Ich bin nicht für Dich da gewesen. Vielen meiner Patienten habe ich helfen können; aber Dich habe ich, in vollem Wissen um Deine innere Not und um die herannahende Katastrophe, Deinem Schicksal überlassen. Ich habe nicht eingegriffen, obwohl ich es gekonnt hätte! Ich war zu schwach.

Mit einem schweren Seufzen holte der Notar Luft. Alle Farbe war aus seinem Gesicht gewichen.

Und der zweite Grund für mein Eingreifen, lieber Robert, ist ganz einfach der: Du bist der einzige lebende Mensch, den ich wirklich liebe!

Aber ich habe versagt. Jetzt kann ich Dich nicht mehr beschützen. Du musst die Konsequenzen Deiner Taten auf Dich nehmen. Bitte vergib mir!

Lebe wohl!

Dein Vater